KB261140

20세기 프랑스 문화 예술인들을 열광시킨 문화적 신드롬 『팡토마스』

프랑스 범죄 추리소설의 모체라 할 수 있는 팡토마스 시리즈는 가스통 르루의 『오페라의 유령』(1910), 모리스 르블랑의 『아르센 뤼팽』(1905)과 함께 프랑스 대중문학에 한 획을 그은 작품이다. '범죄의 제왕' '공포의 거장' '불가해한 자'라는 별명은 차치하고서도 단순히 '팡토마스'라는 이름 하나만으로도 전 세계를 공포에 휩싸이게 만들었던 악의 화신 팡토마스는 기상천외한 발상과 치밀한 계산을 통해 정교한 예술작품을 빚어내듯 절도, 납치, 협박, 방화, 살인 등 갖가지 섬뜩한 범죄를 저지른다. 기존 추리소설에서 찾아볼 수 없었던 전형적인 안티히어로로, 시시각각 모습을 바꾸는 정체불명의 존재, 기성질서와 통념에 반감을 표하며 교란과 파괴를 통해서만 존재 이유를 찾는 절대악의 캐릭터의 등장은 이른바 '팡토마스 신드롬'을 일으키며 20세기 프랑스 문화 예술인들을 흥분시키기에 충분했다.

팡토마스 시리즈는 1911년 2월부터 1913년 9월까지 매달 한 권씩 두 작가의 공동작업으로 탄생한 총 32권의 연작소설이다. 매달 한 권씩 출간을 목표로 두 작가는 시간 절약을 위해 구술 녹음으로 집필 과정을 대신했고, 그 결과 팡토마스 시리즈만의 독특한 구성과 군더더기 없이 간결하고 자유분방한 문체가 탄생했다. 1919년 최초의 자동기술법에 의한 문학작품의 탄생을 예고했던 것일까, 팡토마스 시리즈는 초현실주의 작가들의 열렬한 사랑을 받았다. 프랑스 시인 블레즈 상드라르는 팡토마스 시리즈를 『호메로스』와 함께 서사시의 최고 걸작으로 손꼽히는 『아이네이스』에 비유하고 있으며, '팡토마스의 친구들'이라는 팡토마스 동호회까지 조직했던 프랑스 초현실주의 운동의 기수 기욤 아폴리네르는 "거침없는 스타일로 집필된 비범하기 그지없는 소설로서 상상력의 관점에서 볼 때 현존하는 최고의 문학작품 중 하나"라며 극찬했다.

르네 마그리트 | 〈화염의 역류〉 | 1943
『팡토마스』의 오리지널 표지를 패러디한 작품이다. 팡토마스의 오른손에는 피 묻은 단도 대신 장미꽃이 쥐여 있다.

르네 마그리트 | 〈야만인〉 | 1928
르네 마그리트는 이 작품에서 거울에 비친 듯한 자신의 모습을 팡토마스에 빗대고 있다.

「응용 정신분석학 시론」 중에서

지그문트 프로이트

우리는 환자가 한번 입을 열기 시작한 뒤부터 자신의 연상에 모든 걸 맡기도록 권한다. 그리고 아무런 비판적 제약 없이 머릿속에 떠오르는 걸 자유롭게 털어놓도록 한다. 최근 두 명의 프랑스 작가가 바로 그런 식으로 어떤 살인자 캐릭터를 창조했는데, 내 생각에 그 인물도 무척 흥미로운 연구주제가 될 수 있을 것 같다.

막스 자콥

'팡토마스 동호회 선언문' 제3부 중 _ 〈레 수아레 드 파리〉 제26호, 1914년 7월~8월

나로 말하자면 영웅이 필요했지.
몬테크리스토보다 멋들어진 영웅이.
이놈의 부르주아 시대에 절실한 건 숭고한 그 얼굴,
팡토마스가 그려내는 초상을 보고 싶은 거지.
가방끈 긴 그대들에게 하는 얘기는 아니야.
현재는 그저 모래성일 뿐,
계산기 퉁기며 미래나 과거만을 살아가는 그대들.
사무실에 출근해 다소곳이 죽치고 앉은
그대들 소시민을 위한 이야기는 절대 아니지.
나는 먹고 마시는 일 말고 별다른 꼼수 없이
그날그날 사는 이들을 상대로 말하고 있는 거야.
당대를 알기 위해 퀴퀴한 역사책보다 일간신문을 파고드는
모든 이에게 팡토마스는 생생히 살아 숨쉬는 존재거든.
팡토마스 당신이야말로 박력 넘치는 최고의 인생교사人生敎師.
글쎄 우리 아파트 관리인 아저씨 열다섯 살 먹은 아들녀석,
당신처럼 이놈의 세상 모조리 접수하겠다며
제 아비 육혈포를 슬쩍 하더라니까!

장 폴 사르트르

「말言」, 1964년

오늘날 팡토마스나 앙드레 지드가 미칠 악영향을 우려하는 사람들을 보면 실소를 금할 수 없다. 도대체 왜 아이들 스스로 자기가 삼킬 독毒을 고르지 못한다고 생각하는 걸까? 내 경우엔 약쟁이 특유의 준엄한 자세로 내가 먹을 독약을 꾸준히 삼켜왔는데 말이다.

로베르 데스노스

자신의 거대한 그림자로
파리와 세계를 뒤덮으면서
침묵 속에 모습을 드러내는
저 회색 눈동자의 유령은 무엇인가?
팡토마스, 정녕 그대인가.
지붕들 위로 일어서는 자?

「팡토마스의 애가」
1933년 11월 3일 라디오방송으로 낭송된 시

파블로 네루다

파체코네 여인네들
한밤중 화롯가에 모여 앉아
귀 쫑긋, 목청껏
『팡토마스』를 읽곤 했지.
그 모든 쾌거와 칼끝 같은 단어들
단말마의 신음소리
잠든 내 귓가로 흘러들면,
태평양의 폭풍우
곤한 잠결 위로
그 첫 천둥소리 투척하고……

「이슬라 네그라 비망록」, 1960년~1963년

FANTÔMAS

**당대 문화 예술인들은 『팡토마스』를 열렬히 칭송하는가 하면,
자신들의 작품의 소재로 끌어들이기도 했다.**

기욤 아폴리네르

〈르 메르퀴르 드 프랑스〉 제410호, 1914년 7월 16일

요즘 문학과 예술계에서 피에르 수베스트르와 마르셀 알랭의 『팡토마스』를 읽는 일이 대단한 유행처럼 번지고 있다. 터무니없는 상상력과 활력으로 가득 찬 이 엄청난 소설은 되는대로 거침없이 쓰였으면서도 생동감 넘치는 묘사가 일품이다. 영화의 붐을 타고 일대 파란을 일으키는 가운데 쥐브 형사와 신문기자 팡도르, 벨담 부인 등이 벌이는 모험은 교양 있는 수많은 대중을 열광의 도가니로 몰아넣는 중이다.

공상과 모험으로 들끓는 대중소설을 읽는 일이야말로 더없이 흥미진진한 시적 과업에 속한다. 나로 말하자면, 뜬금없이 그런 소설들을 한번 손에 잡으면 일주일이건 열흘이건 완전히 빠져들어 읽어버리곤 한다. 심지어 지난날 내가 흡족하게 읽은 책들 중 태반이 그런 소설들일 정도다. 반갑게도 그런 취향을 공유하는 교양인들을 나는 그동안 꽤 많이 만나왔다…… 팡토마스는 상상력의 관점에서 볼 때 현존하는 최고의 문학작품 중 하나라고 할 수 있다.

장 콕토

〈르 피가로 리테레르〉, 1961년 7월 22일

팡토마스는 규칙에 대한 철저한 반항과 지성을 뛰어넘는 본능적 용기로 우리 모두를 매료시킨다. 인간의 대담한 결단을 억제하고 천재의 현란한 분출을 틀어막으려는 위험천만한 지성의 농간을 훌쩍 벗어나 드높이 활공한다.

팡토마스를 통제할 수 있는 힘은 존재하지 않는다. 그의 거침없는 행보에는 어떤 주저함이나 가책도 찾아볼 수 없다. 보통사람으로 하여금 모가지 부러질 걱정 없이도 단숨에 스스로를 초극할 수 있게 만드는 저 위대한 영웅주의를 우리는 그의 모습에서 확인한다.

필리프 수포

〈초현실주의 혁명〉 제4호, 1925년 7월 15일

현재까지 이루어진 초현실주의에 관한 탐구는 단연 언어적 양상에 그 초점이 모아져왔다고 할 수 있다. 그와 관련해 축적된 자료들로 추론해볼 때, 일정한 조건 하에 어떤 상황들을 상상하다 보면 상당한 에피소드들을 구술할 수가 있는데, 딱히 곱게 다듬어지진 못해도, 그렇게 만들어진 이야기는 분명한 특색과 일정한 징후를 드러내기 마련이다.

그 중요한 사례 중 하나가 바로 『팡토마스』의 공동저자인 피에르 수베스트르와 마르셀 알랭의 작업이다. 그들은 매일 열네 시간씩 꼬박 구술을 통해 전체 수십 권이나 되는 대서사시를 펴냈다. 장담하건대, 완전한 오토마티슴 automatisme에 의존하지 않고서는 그 어떤 작가도 며칠 동안 하루도 빠짐없이 매일 열네 시간을 들여 글을 쓰거나, 더군다나 구술을 하진 못하리라.

앙드레 말로

『인간의 조건』 제1장, 갈리마르, 1933년

클라피크는 담배에 불을 붙였다. 알 수 없는 얼굴 위로 검은 실크 스카프만 기요의 눈에 들어왔다. 메이가 기다리는 동안 그는 지갑을 가지러 갔다가 돌아와, 약속된 수수료를 지불했다. 남작은 액수를 세지도 않고 돌돌 만 지폐다발을 호주머니 속에 쑤셔 넣고는 말했다.

"선의에는 늘 복이 따르는 법. 밤에 나의 일과야 어마어마하게 도덕적이지. 자선으로 시작했다가 대박으로 끝을 보거든. 어디 가서 입도 뻥긋하지 마!"

그는 검지를 치켜들더니, 기요의 귓가로 몸을 기울이며 덧붙였다.

"팡토마스는 이만 실례!"

그러고는 홱 몸을 돌려 자리를 떴다.

기요는 다시 돌아올까 걱정인 듯, 하얀 벽을 따라 턱시도 자락을 너울대며 멀어지는 그를 지켜보고 있었다.

"하긴 저런 옷차림이면 충분히 팡토마스일 수도 있겠군. 근데 눈치를 챈 걸까, 아니면 넘겨짚은 걸까, 그것도 아니라면……"

원작의 성공 후 팡토마스 시리즈는 영화, 드라마, 연극, 인형극, 만화, 오디오북 등 끊임없이 수많은 장르로 재탄생했다. 그중 가장 성공적인 시도 중 하나로 1913년, 프랑스 초기 무성영화를 대표하는 거장 루이 푀야드 감독이 각색한 영화를 꼽을 수 있다. 총 5부작으로 제작된 영화는 원작소설 못지 않은 대중의 큰 호응을 끌어냈는데, 이 역시 대중들을 비롯한 여러 초현실주의 예술가들에게 많은 영향을 끼쳤다.

자크 프레베르
〈루이 푀야드를 기리며〉, 1967년 11월

어렸을 적부터 나는 영화를 무척이나 좋아했고, 워낙 자주 보러 가기도 했다. 입장권도 그리 비싼 편이 아닌 데다가, 목요일에는 들키지 않고 몰래 들어가 소위 공짜관객으로 구경할 때도 가끔 있었다. 어느덧 세월은 흘렀고 영화도 그만큼 변했다. 그 당시 내가 본 영화로는 〈시에라의 독수리〉〈해적 모건〉〈샤를로〉〈아리조나 빌〉〈스파르타쿠〉〈로캉볼〉〈지고마르〉 그리고 〈팡토마스〉가 기억에 선연하다!

팡토마스가 '공포의 주인'이라지만, 감독 루이 푀야드는—나중에 안 일인데—스튜디오에서나 야외에서나 실로 〈팡토마스〉의 주인이었다고 한다. 무엇보다도 그는 시장법칙에 의거해 아주 혁신적이고 대중적인 방식으로 제작된 초기 영화의 거장 중 한 명이었다.

르네 마그리트 | 〈위험에 처한 암살자〉 | 1926
쥐브와 팡도르로 보이는 두 사람이 벽에 기댄 채 공간 안쪽에 서 있는 인물을 노리고 있는 듯하다. 그리스 출신의 문화 예술 평론가 칼보코레시 역시 『팡토마스』의 한 장면에서 영감을 받은 작품이라 평가하고 있다.

루이 푀야드 감독 | 〈죽은 자가 살인하다〉의 한 장면
르네 마그리트의 〈위험에 처한 암살자〉는 이 장면과 매우 흡사한 구도를 보인다.

팡토마스

이 도서의 국립중앙도서관 출판시도서목록(CIP)은
e-CIP 홈페이지(http://www.nl.go.kr/ecip)에서 이용하실 수 있습니다.
(CIP제어번호: CIP2012001128)

FANTÔMAS
팡토마스

1

팡토마스

피에르 수베스트르 · 마르셀 알랭 장편소설

성귀수 옮김

문학동네

차례

1
범죄의 천재

“팡토마스!”

“뭐라고요?”

“팡토마스 말입니다……”

“그게 뭔데요?”

“아무것도 아니면서…… 모든 것이죠!”

“아니, 그게 무슨 말입니까?”

“그 누구도 아니면서…… 분명 누군가이긴 한 존재!”

“도대체 그 누군가가 뭐 하는 사람인데요?”

“공포를 퍼뜨린답니다!”

이제 막 저녁식사를 끝낸 사람들이 거실로 이동하고 있었다.

언제부터인지는 모르나 랑그륀 후작부인은 로트 데파르트망

북단 코레즈 경계 지역이면서 도르도뉴에 인접한 아름다운 보리외 성城에 해마다 장기 체류하는 동안, 외로움도 달래고 친분관계도 챙길 겸 매주 수요일 가까운 이웃 몇 명을 저녁식사에 초대하고 있었다.

전직 재판장인 보네 판사는 현재 브리브 시市 근방 생 조리 마을 인근 지역의 아담한 사유지에 은퇴해서 살고 있는 인물. 시골 교구를 맡고 있는 시코 신부 역시 하루가 멀다 하고 성을 찾는 손님이다. 그보다는 덜 자주 드나들지만 젊고 부유한 과부인 비브레 남작부인도 빠질 수 없는 벗인데, 여행을 좋아하는 그녀는 하루의 대부분을 널찍한 도로 위에서 자동차로 드라이브하며 보내곤 했다.

그중 싱싱한 젊음이 단연 돋보이는 손님은 샤를 랑베르라는 청년이었다. 이틀 전부터 성에 머물고 있는 그는 열여덟 살 정도의 얌전한 젊은이로, 후작부인은 물론 부모를 여읜 뒤 곁에서 딸처럼 지내고 있는 부인의 손녀 테레즈 오베르누아의 따뜻한 대접을 받고 있었다.

보네 판사가 식탁을 벗어나며 내뱉은 이상야릇한 이야기, 딱히 설명도 없이 툭 내던진 저 '팡토마스'라는 이름은 곧 사람들의 관심을 끌어모았고, 테레즈 오베르누아 양이 우아하게 커피를 나르는 동안 여기저기에서 열띤 질문들을 솟구치게 만들었다.

이윽고 보네 판사가 입을 열었다.

"통계수치를 조회해보면 말입니다, 매일 기록되는 사망자 중 적어도 삼분의 일 정도가 범죄의 피해자로 판명되고 있지요. 한데 다들 아시다시피 실제 벌어지는 범죄 행위의 절반가량을 경찰이 색출해내고, 법의 심판을 받는 경우는 그 절반에도 미치지 못하는 실정 아니겠습니까?"

"그래서 어떻다는 얘긴가요?"

랑그뤼 후작부인이 잔뜩 호기심 어린 표정으로 물었다. 판사는 얘기를 이어나갔다.

"바로 이런 겁니다. 아무리 숱한 범죄 행위가 묻혀 지나간다 해도, 그것이 실제로 저질러졌다는 사실엔 변함이 없겠죠. 문제는 평범한 범죄자들 말고, 너무도 영악하고 능란해서 도저히 발각되지도 잡히지도 않을 수수께끼 같은 존재들이 버젓이 나다닌다는 점입니다. 역사자료를 뒤지다보면 그렇게 베일에 가려진 인물과 관련된 사례들이 수두룩하죠. '철가면의 사나이'라든가 '칼리오스트로'라든가…… 그렇다면 우리 시대에도 그처럼 강력한 악당이 얼마든지 있을 수 있다고 생각해야 마땅하지 않겠습니까?"

"하지만 오늘날 경찰은 예전과는 비할 수 없을 만치 잘 정비되어 있지요."

시코 신부가 살짝 목소리를 높였다. 그러자 판사는 고개를 끄덕이며 얘기를 계속했다.

"물론 그렇습니다. 그러나 짊어진 역할 역시 예전 그 어느 때와도 비교할 수 없을 만큼 힘겨워졌죠! 요즘 악당들의 행각을 보면 범행을 저지르는 수단들이 보통이 아닙니다. 기술 발전을 이룩한 현대의 과학이 불행하게도 이들 범죄자들에게 기막힌 공범 역할을 하고 있어요! 결국 그 혜택은 양편 모두에게 공평히 돌아간다는 뜻이죠!"

판사의 이야기를 주의깊게 듣고 있던 샤를 랑베르가 약간 들뜬 목소리로 말했다.

"그래서 조금 아까 팡토마스 얘기를 하신 거로군요!"

"이제야 얘기가 통하는군. 안 그렇습니까, 여러분? 우리가 사는 이 시대야말로 사상 초유의 무섭고 수수께끼 같은 존재를 낳게 한 장본인이다 이 말씀입니다. 궁지에 몰린 공권력과 떠도는 풍문으로 이미 오래전부터 이름이 세간에 널리 알려진 팡토마스라는 괴이한 존재 말이에요! 팡토마스…… 실은 그가 누구인지 정확하게 설명하는 건 물론이고, 얼추 파악하는 것조차 불가능합니다! 때로는 신분이 확실하다 못해 다들 알 만한 인물이다가도, 어떨 땐 동시에 서로 다른 두 인물로 둔갑하기도 하니까요! 아, 팡토마스는 어디에도 없고 모든 곳에 있어요! 가장 난해한 수수께끼가 나도는 곳엔 반드시 그의 그림자가 배회하고 있습니다. 도저히 해명할 수 없을 것 같은 범죄사건들 주변엔 항상 그의 흔적이 감돈단 말이에요."

그쯤에서 랑그뢴 후작부인이 젊은이들을 향해 말했다.

"자, 자, 늙은이들하고 같이 있으니 무척이나 지루할 게다. 이제 그만 나가들 보거라."

그러고는 워낙 고분고분해서 이미 자리를 뜨려 하는 손녀 테레즈에게 살짝 웃으며 덧붙였다.

"테레즈, 서재에 가보면 아주 멋진 퍼즐이 있을 게다. 샤를과 함께 재미있는 시간을 보내는 것도 좋겠지?"

그렇게 젊은이들을 내보내고 나서, 랑그뢴 후작부인은 다시 팡토마스에 관한 대화로 돌아왔다.

"그런데 판사님, 왜 벨담 경 실종사건 이야기를 하시다가 갑자기 그 기분 나쁜 작자를 언급하시나요? 맙소사, 우리 여자들은 남정네들이 하는 행태에 대해 너무나도 잘 알고 있답니다. 점잖은 척하면서 온갖 탈선은 다 저지르고 다니지요! 이번에도 필경 심심풀이 삼아 가출이나 해본 것 아닐까요?"

"죄송합니다, 부인. 만약 벨담 경의 실종을 둘러싸고 별다른 의문점이 발견되지 않았더라면 저 역시 부인과 같은 생각이었을 겁니다. 하지만 아무래도 심상치 않아 보이는 구석이 있어요. 아까 잠깐 읽어드렸던 〈라 카피탈〉에서도 그 점을 명시하고 있습니다만, 벨담 경이 실종된 것을 알고 경황이 없던 차에, 그러니까 실종 바로 다음 날 아침 벨담 부인이 문득 기억 하나를 떠올렸답니다. 벨담 경이 집을 나서기 직전 정사각형 모양의 어떤 편지를 읽고 있었다는 거예요. 모양이 일반 편지지와는 판이해서 당시 부인은 무척 의아하게 생각했다고 합니다. 게다가 그 편지지에 검은색의 굵은 선이 여러 줄 그어져 있는 것도 눈길을 끌었다지요. 한데 마침 그 편지가 실종된 남편의 책상 위에 그대로 놓여 있었다지 뭡니까. 그것도 적힌 내용이 온데간데없이 사라진 채로요! 세밀히 조사한 결과, 그 문서가 벨담 경이 쥐고 있던 바로 그 편지지임이 몇 가지 흔적들을 통해 확실히 밝혀졌다고 합니다. 〈라 카피탈〉이 직접 나서서 이 문제를 제기하고 쥐브 경감에게 문의할 생각을 하지 않았다면, 아마 벨담 부인은 그 사실을 묻어두고 아무런 조치도 취하지 못했을 겁니다. 쥐브 경감이라 하면 지금껏 내로라하는 범죄자들을 숱하게 잡아들인 놀라운 경력의 민완형사지요. 한데 그런 쥐브 경감이 그 문서를 보더니 적잖이 흥분하더라는 거예요! 그건 틀림없는 팡토마스의 소행이라는 겁니다."

분위기를 보아하니 보네 판사의 얘기에 다들 넋을 잃은 듯했고, 특히 마지막 몇 마디 말에는 등골까지 오싹해하는 눈치였다.

이쯤에서 화제를 돌려야겠다고 판단했는지, 랑그륀 후작부인이 불쑥 물었다.

"그런데 그 벨담 경 내외는 대체 어떤 사람들이지요?"

대답은 비브레 남작부인이 대신 했다.

"어머나, 파리의 사교계 소문이 이곳에는 다소 뜸하게 와 닿는 모양이네요. 벨담 내외처럼 유명한 부부도 보기 드물죠. 벨담 경은 예전에 영국 대사관에서 일하셨어요. 그분이 참전하기 위해 파리를 떠나 트란스발로 향했을 때 부인도 동행했는데, 전쟁* 내내 부상자들을 몸소 돌보고 치료 봉사를 얼마나 열심히 했던지 그 용기와 자애심에 대한 찬사가 자자했답니다. 얼마 후 런던으로 귀환한 벨담 부부는 잠시 그곳에서 지내다 결국 파리로 돌아와 정착하게 되었지요. 그러고는 지금까지 뇌이 쉬르 센에 위치한 앵케르만 대로변의 호화 저택에서 종종 지인들을 초대하며 살고 있어요. 저도 여러 차례 벨담 부인의 초대에 응한 적이 있는데요, 정말이지 그렇게 총명하고 매혹적인 여인은 보기 드물어요. 키도 훤칠한 데다 눈부신 금발 하며, 북부 출신 여자들 특유의 매력이 철철 넘친다고나 할까요.”

그때 열시를 알리는 시계 종소리가 울렸다.
“테레즈, 이제 그만 가서 잘 시간 아니니? 많이 늦었어요, 우리 아가……”
성채 안주인이면서 자상한 할머니 노릇을 결코 등한시하지 않는 랑그뢴 후작부인의 말에 소녀는 다소곳하게 놀이를 그만두고 비브레 남작부인과 보네 판사, 늙은 신부에게 차례로 작별인사

---

* 1899~1902년 영국과 트란스발 공화국이 벌인 보어 전쟁.

를 했다. 그중 신부가 자상한 어조로 물었다.

"테레즈, 내일 아침 일곱시 미사에 나올 거지?"

소녀는 즉시 후작부인을 돌아보며 묻는다.

"할머니, 내일 아침 샤를 씨를 역까지 배웅해주고 싶어요. 그러고 나서 돌아오는 길에 여덟시 미사에 참석했으면 하는데요."

랑그륀 후작부인은 얼른 샤를 랑베르 쪽으로 고개를 돌리며 말했다.

"그러니까 아버지가 아침 여섯시 오십오분 기차로 베리에르에 도착하시는 거 맞지요, 샤를?"

"네, 부인."

랑그륀 후작부인은 잠시 생각하는 듯하더니 테레즈에게 말했다.

"애야, 내 생각에는 우리 친구 분이 혼자서 아버지를 마중할 수 있게 배려해주는 것이 나을 것 같구나."

그러나 샤를 랑베르의 생각은 좀 다른 모양이었다.

"오, 제 아버지도 기차에서 내리자마자 테레즈 양과 제가 함께 있는 모습을 보면 무척이나 기뻐하실 겁니다."

"그렇다면 그렇게 하는 것도 괜찮겠군."

후작부인은 명민한 노부인답게 선뜻 얘기를 마무리하며 테레즈한테 마저 이르는 것을 잊지 않았다.

"테레즈, 잠자리에 들기 전에 내일 아침 여섯시까지 마차가 준비되도록 돌롱 집사에게 미리 당부해놓거라. 역까지 거리가 꽤 되지 않니……"

"네, 할머니."

두 젊은이가 거실을 벗어나자마자 기다렸다는 듯 신부가 물었다.

"그런데 저 샤를 랑베르라는 젊은이는 누구인가요? 엊그제 돌롱 집사와 함께 있는 걸 처음 보고 혹시 아는 사람인지 머리를 쥐어짜느라 한참 혼났답니다."

후작부인이 지그시 웃으며 대답했다.

"괜한 고생을 하셨군요, 신부님. 아는 사람일 리가 없거든요."

"하지만 언젠가 부인께서 오랜 친구 이야기를 하시면서 에티엔 랑베르인가 하는 이름을 내비친 적이 있어서요."

"에티엔 랑베르와는 서로 못 보고 지낸 지가 한참이랍니다. 파리에서 자선축제 때 만난 게 벌써 이 년 전이니까요. 그 사람 참 딱하게도 사는 게 영 순탄치가 않았어요. 이십 년 전에, 정말이지 내가 봐도 기막히게 아름다운 여자와 결혼했는데, 알고 보니 심각한 병을 앓고 있었나봐요. 어쩌면 정신병일지도 모른다고 생각하는데…… 최근 들어서 에티엔 랑베르도 어쩔 수 없이 아내를 요양원에 맡기지 않았나 싶어요."

이때 가만히 얘기를 듣고 있던 보네 판사가 끼어들었다.

"그렇더라도 그 두 사람 사이의 자식이 왜 하필 이 집의 식객으로 와 있느냐는 거지요.”

“한번 생각해보세요. 아직 나이도 어린 샤를 랑베르가 독일어를 공부하며 묵고 있던 함부르크의 하숙집에서 최근에 나오게 된 거예요. 애 아버지가 내게 보낸 편지 내용으로는, 아이 엄마는 지금 처지가 그야말로 옴짝달싹 못하는 지경이고 말이죠. 설상가상으로 자기도 얼마간 집을 비워야 한다는 겁니다. 그러면서 다시 파리로 돌아올 때까지만이라도 아들을 이곳 보리외 성에 맡아줄 수 없겠느냐는 거예요. 그래서 엊그제부터 저 젊은이가 여기에 와 있게 된 거랍니다. 그게 전부예요.”

“바로 그 에티엔 랑베르 씨가 내일 아들을 만나러 온다, 이거지요?”

신부의 질문에 랑그륀 후작부인은 “네, 그런데 실은……” 하고 뭔가 얘기를 덧붙이려는 듯했으나, 마침 그 순간 젊은이가 다시 거실로 들어왔다.

일제히 입을 다물고 있는 가운데, 샤를 랑베르는 아직 어설픈 젊은이답게 수줍은 기색을 감추지 못하며 천천히 걸어 들어왔다. 젊은이는 본능적으로 보네 판사에게 다가가더니 불쑥 용기를 냈다.

“그런데 말이죠, 판사님……”

그래도 역시 머뭇거리는 티가 역력한 목소리……

“그래, 뭔가, 젊은이?”

"혹시 팡토마스 얘기를 하고 계시지 않았나요? 워낙 재미있게 들어서……"

그러자 판사는 다소 쌀쌀한 말투로 대꾸했다.

"솔직히 말하네만, 그런 범죄자들 얘기가 그리 '재미'있는 것으로 여겨지진 않네!"

젊은이는 판사의 말투에 담긴 뜻을 제대로 읽지 못했는지 계속해서 이렇게 말했다.

"하지만 팡토마스처럼 신비스러운 인물이 우리 시대에 존재한다는 건 정말이지 기발하고도 흥미로운 일 아닙니까? 한 인간으로서 그토록 많은 범죄 행각을 벌이고, 경찰의 추적을 모조리 따돌리고, 제아무리 정교한 함정을 파놓아도 결코 걸려들지 않는다는 게 과연 가능한 일일까요? 제 생각에는……"

판사는 아까보다 훨씬 싸늘한 말투로 냉큼 말을 가로막았다.

"이보게, 젊은이. 자네가 무슨 말을 하는 건지 나는 모르겠네! 지금 자네는 마치 감전이라도 된 것처럼 혹한 모습이야."

그러고는 시코 신부 쪽을 돌아보며 이렇게 덧붙였다.

"신부님, 이 꼴 좀 보십시오. 이런 게 바로 현대 교육이 만들어낸 결과 아니겠습니까! 언론이 조장한 정신 상태라는 것이 이래요!"

하지만 샤를 랑베르는 좀처럼 고집을 꺾지 않았다.

"판사님, 이건 엄연한 현실 이야기입니다. 실제 벌어지고 있는 문제예요."

웬만한 일에는 너그럽기 그지없는 랑그륀 후작부인조차 이제 더는 웃는 얼굴이 아니었다.

그제야 샤를 랑베르도 자신이 지나쳤음을 깨달았는지 이렇게 우물거렸다.

"죄, 죄송합니다. 제가 아무 생각 없이 말했나보네요."

잔뜩 풀 죽은 젊은이의 태도 앞에서 전직 법관의 말투도 다소 누그러졌다.

"이보게, 젊은이. 자네의 상상력이 좀 풍부했을 뿐이야. 조금 지나칠 정도로 말일세. 아무튼 그 정도면 됐네. 하긴 아직은 뭘 잘 모르고도 실컷 떠들 나이 아닌가!"

담소는 밤늦은 시각까지 이어졌다. 랑그륀 후작부인의 손님들은 앞서 말한 돌발사태가 있고도 한참 시간을 끈 뒤, 주춤주춤 자리에서 일어났다.

샤를 랑베르는 후작부인의 방문 앞까지 동행한 뒤 정중히 인사를 했다. 그런 다음 바로 이웃한 자기 숙소로 돌아가려는데, 후작부인이 잠시 방으로 들어오라고 불렀다.

"샤를, 여기 와서 내가 약속한 책을 가져가요. 책상 위에 있을 거예요."

부인은 방에 들어서자마자 책상 쪽을 흘끔 돌아보더니 이내 다시 말을 이었다.

"아니면 책상 속에 있을지도 모르겠네. 내가 열쇠로 잠가놨던 가……"

"괜한 폐를 끼치는 건 아닌지 모르겠습니다."

문 앞에서 젊은이가 다소 어려워하며 망설이자 후작부인은 후덕한 음성으로 말했다.

"괜찮아요, 괜찮아…… 어차피 책상 속에서 좀 뒤져봐야 할 것이 있거든. 몇 주 전에 테레즈에게 선물하려고 사둔 복권이 여기 어디 있을 텐데……"

랑그륀 후작부인은 제정시대풍 책상의 접이식 뚜껑을 밀어올리다 말고 젊은이 쪽을 흘끔 쳐다보며 또 한마디 덧붙였다.

"이봐요, 샤를. 만약 우리 테레즈가 복권에 당첨된다면 정말이지 대단한 행운 아니겠어요?"

"그럼요, 부인!"

샤를 랑베르는 미소를 지어 보이며 화답했다.

마침내 발견한 책을 한 손으로 젊은이에게 건네면서 후작부인은 나머지 손으로 쌓여 있는 색색가지의 종이 다발을 헤집었다.

"아, 여기 있네!"

한데 활짝 웃음꽃이 피려다 말고 후작부인의 얼굴이 갑자기 굳어졌다.

"맙소사! 이런 바보가 있나! 〈라 카피탈〉에 실린 당첨번호를 그만 깜빡했네!"

"제가 가서 신문을 찾아올까요?"

젊은이의 말에 후작부인은 고개를 저으며 대답했다.

"소용없어요. 매주 수요일 저녁에 일주일 동안 모아둔 신문을 신부님이 죄다 가져가버리거든. 뭐, 오늘만 날은 아니니까!"

샤를 랑베르는 불도 끄고 커튼도 친 어두컴컴한 방에서 이상한 흥분에 휩싸인 채 잠을 이루지 못하고 있었다.

잠자리에 누웠지만 신경질적으로 몸만 이리저리 뒤챈 지 오래……

잠깐잠깐 잠이 드는 듯하다가도 팡토마스의 이미지가 뇌리에 또렷이, 그러나 이런저런 모습들로 떠오르면서 그를 괴롭히고 있었다. 근육질의 떡 벌어진 어깨에 야수 같은 얼굴의 거한이 어른거리는가 하면, 괴이하고도 번득이는 눈빛의 깡마르고 창백한 사내가 불쑥 모습을 드러내기도 했다. 그러다가는 이내 희미한 윤곽만 어슴푸레 떠돌았다. 마치 유령fantôme처럼…… 팡토마스 Fantômas처럼!

2
참혹한 새벽

루아얄 다리 끄트머리에 이른 삯마차가 둑길 위에서 오르세 역 쪽으로 방향을 꺾을 즈음, 에티엔 랑베르 씨는 호주머니에서 회중시계를 꺼내 들여다보았다. 예상대로라면 기차가 출발할 때까지 십오 분은 족히 남아 있었다. 이윽고 정지한 마차에서 훌쩍 뛰어내리자마자 그는 역무원을 불러 무거운 트렁크 하나와 이런 저런 여행 가방들을 맡겼다.

"뤼숑 행 기차는?"

랑베르 씨가 툭 말을 던지자 역무원은 잠시 저 혼자 구시렁대 듯 이상한 태도로 머뭇거리더니 선로 번호를 중얼중얼 가르쳐줬 는데, 도무지 알아들을 수가 없었다.

"그러지 말고 앞장서서 안내를 좀 해주시오."

때는 저녁 여덟시 반, 오르세 역은 주요 노선을 운행하는 열차가 출발할 때 늘 그렇듯 유달리 번잡한 분위기였다.

에티엔 랑베르 씨 역시 가방들을 운반해주는 역무원을 따라 걸음을 재촉했다.

선로가 뻗어 있는 플랫폼에 이르자, 앞서 가던 역무원이 돌아보며 물었다.

"급행을 타시는 건가요?"

"급행 말고 완행이오."

역무원은 아무 생각 없이 곧장 되물었다.

"맨 앞차를 타시렵니까, 아니면 맨 뒤차를 타시겠습니까?"

"맨 뒤차가 낫겠지."

"일등칸이겠죠?"

"그렇소, 일등칸."

플랫폼 가장자리에서 잠시 지체하던 역무원은 다시 무거운 가방을 집어들며 말했다.

"그렇다면 달리 선택할 여지가 없겠군요. 완행열차의 일등칸은 열차 중간에 연결된 단 두 량뿐입니다."

"통로가 겸비된 차량이겠죠?"

"네, 선생님, 주요노선치고 그렇지 않은 경우는 거의 없죠. 특히 일등칸은요……"

점점 불어만 가는 사람들을 헤집으며 에티엔 랑베르는 역무원의 뒤를 힘겹게 따라붙었다. 오르세 역은 다른 역들과는 한참 달랐다. 장거리 노선과 근교로 빠지는 노선 사이에 분명한 구분이 되어 있지도 않았다.

따라서 에티엔 랑베르를 태우고 브리브를 지나 베리에르까지 데려다줄 기차와 쥐비시까지만 가는 기차가 각각 같은 플랫폼 우측과 좌측에서 동시에 타고 내릴 수 있도록 되어 있었다.

뤼송 행 기차에 오르는 사람은 별로 없었다. 반대로 근교로 빠지는 노선의 기차는 객차마다 사람들로 북적였다.

에티엔 랑베르를 안내하던 역무원이 일등칸으로 오르는 계단 위에 짐을 내려놓으며 말했다.

"완행 노선에는 아직 승객들이 없군요. 혼자 편하게 여행하시려거든 객실은 직접 고르시는 편이 좋겠습니다."

에티엔 랑베르는 충고를 그대로 따랐다. 한데 열차 통로를 걸어 들어가자마자, 후한 수고비 냄새를 벌써 맡았는지 차장이 몸소 나와 승객을 맞이하는 것이었다.

"선생님이 타시려는 차가 여덟시 오십분 차 맞지요? 잘못 타신 건 아니지요?"

다짜고짜 그렇게 묻는 차장에게 에티엔 랑베르는 뚱하니 대답했다.

"네, 맞습니다. 그런데 왜 그러시죠?"

"일등칸 탑승 승객들 중에 여덟시 오십분에 출발하는 지금 이

기차와 여덟시 사십오분에 출발하는 다른 기차를 혼동하시는 분이 많아서요."

"여덟시 사십오분에 출발하는 기차는 급행 아닙니까?"

랑베르 씨가 혹시나 하는 마음에 묻자 차장은 곧장 이렇게 대답했다.

"맞습니다. 이 기차처럼 모든 역에 정차하지 않고 직행으로 가죠. 무려 세 시간이나 앞서서 뤼송에 당도한답니다. 저기 옆에 보이는 기차가 바로 그 열차입니다만……"

차장은 설명을 계속했다.

"혹시 저걸 타실 생각이라면 아직 시간은 있습니다. 어차피 일등칸 표를 가지고 계시니 두 기차 중 어느 것을 타시든 전적으로 선생님의 권리죠."

하지만 에티엔 랑베르는 간단히 사양했다.

"아닙니다! 완행을 타는 게 낫겠어요. 급행을 타면 브리브에서 내려야 할 텐데, 그러면 내가 가려는 생 조리까지 20킬로미터는 더 가야 할 겁니다."

객실들이 아직은 텅텅 비어 있을 거라 생각하며 통로를 몇 걸음 더 걸어 들어가던 랑베르 씨는 다시 차장을 돌아보며 말했다.

"저기 말입니다, 내가 지금 좀 피곤하거든요. 그래서 오늘밤에는 잠을 푹 자려고 하는데…… 가급적 혼자 있고 싶군요. 어느 객실이 제일 조용한지 알려주시겠습니까?"

차장은 벌써 무슨 뜻인지 알겠다는 표정이었다.

조용한 객실이 어디인지 물으면서 에티엔 랑베르 씨가 은근슬쩍 두둑한 수고비를 암시했던 것이다.

"여기 이 객실이 괜찮을 겁니다. 들어가자마자 커튼부터 치십시오. 다른 승객들은 제가 알아서 다른 객실로 안내하겠습니다."

싹싹한 차장의 태도에 랑베르 씨는 지목된 객실로 들어서며 만족을 표했다.

"좋군요! 기차가 출발할 때까지 시가나 한 대 피우다가 잠을 청해야겠습니다. 아 참, 이왕 친절을 베푸는 거 한 가지만 더 부탁합시다. 내일 아침 베리에르에 안전히 내릴 수 있도록 적당한 시각에 나를 좀 깨워줄 수 있겠습니까? 곯아떨어졌다 하면 잘 일어나질 못하는 편이라……"

*

보리외 성에서는 이제 막 세면을 끝낸 샤를 랑베르의 귀에 다소곳한 노크 소리가 들려왔다.

"다섯시 십오 분 전이에요, 샤를 씨! 어서 일어나야죠!"

"벌써 일어났습니다, 테레즈! 이 분 내로 준비할게요."

샤를 랑베르의 힘찬 대답에 문 저쪽에서 다시 소녀의 음성이 들려왔다.

"어머, 벌써 일어났어요? 대단한데요! 그럼 어서 옷 입고 내려
오세요."

"알겠습니다."

젊은이는 옷을 마저 입고 한 손에 램프를 든 채 소리 나지 않
도록 조심조심 문을 열고 나와 발끝걸음으로 계단을 내려갔다.
테레즈는 식당에서 그를 기다리고 있었다.

아직은 어린 소녀임에도 이미 능숙한 주부가 다 된 테레즈는
요깃거리를 준비해놓고 있었다.

"자, 어서 들어요. 오늘 아침엔 눈이 안 왔으니, 원하신다면 함
께 역까지 걸어서 가는 것도 괜찮지 않을까요? 아직 시간이 많으
니까 조금 걷는 것도 좋을 것 같아요!"

"그러면 몸에 열도 나고 기운도 나겠네요!"

사실 약간은 잠이 덜 깬 상태였지만 샤를 랑베르는 선뜻 대답
한 뒤, 테레즈와 나란히 앉아 차려놓은 아침식사를 맛있게 들기
시작했다.

"그렇게 똑 부러지게 일어나시다니, 정말 놀란 거 아세요? 대
단하세요! 대체 어쩐 일이세요? 어젯밤에는 평상시처럼 잠들기
가 힘들다고 그렇게 야단하시더니⋯⋯"

"정말이지 오늘 아침 아버지를 뵐 생각에 무척 흥분하고 신경
이 예민해 있었답니다. 실은 거의 잠을 이루지 못했어요!"

둘은 함께 오순도순 식사를 마쳤고, 테레즈가 먼저 자리에서

일어났다.

"이제 출발해야죠?"

"그럽시다!"

테레즈가 앞장서서 현관문을 열었고, 두 젊은이는 계단을 통해 정원으로 걸어 내려갔다.

마사馬舍 앞을 지나치다가 둘은 구식 마차를 막 밖으로 끌어내고 있는 마부와 마주쳤다.

테레즈가 그에게 아침 인사를 하고는 얼른 소리쳤다.

"장, 굳이 서두를 것 없어요! 우린 역까지 걸어서 갈 거예요. 이따 우릴 데리러 와주기만 하면 돼요."

마부는 알았다며 고개를 끄덕였다. 두 젊은이는 이내 정원을 벗어나 탁 트인 길로 접어들었다.

"아버지를 보러 가니 기분이 참 좋겠어요. 만난 지 꽤 오래되지 않았나요?"

테레즈의 질문에 샤를 랑베르가 대답했다.

"삼 년 됐습니다. 불과 얼마 전에야 그 사실을 깨달았어요. 지금은 아메리카 대륙에서 오시는 길인데, 그 전에도 오랫동안 에스파냐를 여행하셨죠."

"그럼 아버지가 당신을 보고 많이 변했다고 느끼시겠어요."

소녀의 말에 젊은이는 탄식을 섞어 대답했다.

"아, 이런 말 하긴 좀 그렇지만, 원래 아버지와 나는 서먹한 편입니다.”

“알아요. 할머니 말씀이, 당신은 주로 어머니 손에서 자랐다고 하더군요.”

샤를 랑베르는 쓸쓸히 고개를 끄덕이며 이렇게 얘기했다.

“사실대로 말하자면 어느 누구의 손에서 자랐다고도 할 수 없답니다! 내 기억 저 끝자락에 부모님은 그저 가끔씩 만나는 낯선 사람들이라는 느낌밖에 없어요. 그토록 사랑했건만, 늘 내게 불안만 안겨주던 사람들…… 정말이지 오늘에야 비로소 아버지라는 사람이 어떤 분인지 소개받으러 가는 기분인걸요.”

“그럼 당신이 어렸을 때 아버지는 줄곧 여행만 다니셨나요?”

“네. 콜롬비아에 고무 농장을 관리하러 가셨고, 에스파냐에도 넓은 땅을 가지고 계시거든요. 이따금 파리에 들를 때도 제가 있던 기숙사 면회실에서 잠깐 이야기를 나누는 게 고작이었어요. 한 십오 분 정도……”

“그럼 어머니는요?”

“오, 어머니는 사정이 또 다르죠! 이봐요, 테레즈, 내게 어린 시절은 말입니다, 적어도 내가 기억하는 어린 시절은 하숙집이나 기숙사를 전전하며 보낸 게 전부예요!”

“그래도 어머니를 사랑했겠죠?”

“그럼요! 하지만 어머니 역시 낯선 사람인 건 마찬가지랍니다. 이를테면 말이죠……”

테레즈는 자못 놀라는 눈치였지만, 젊은이는 계속 자신의 외로운 어린 시절 이야기를 은밀한 부분까지 털어놓았다.

"테레즈, 지금은 이렇게 컸기 때문에 그 당시 상상조차 못 하던 것을 웬만큼 이해해서 하는 말입니다만, 아버지와 어머니는 정말 서로 안 어울리는 사람들이랍니다. 어렸을 적 기억에, 어머니는 늘 우울하니 말이 없으셨고 아버지는 밝고 쾌활하며, 항상 괄괄하니 활동적인 모습이었죠. 지금 생각해보면 아마도 아버지가 어머니를 꽤나 질리게 했던 것 같아요! 매주 목요일이면 하인이 와서 나를 집에 데려가곤 했는데, 그때마다 어머니는 블라인드가 내려진 어두컴컴한 침실의 긴 의자에 축 늘어져 계시는 거예요. 그러다가 나를 보고는 살짝 입맞춤을 한 뒤 한두 가지 질문을 건네곤 하셨죠. 그것만으로도 어머니는 피곤해 하셨기 때문에 나는 곧장 방에서 나와야 했고요."

"어디가 편찮으셨나요?"

"어머니는 항상 편찮으셨어요."

테레즈는 잠시 조용히 있다가 이렇게 말했다.

"그리 행복하지는 않은 어린 시절이었군요."

"오, 그것도 좀 자라서 생각해보니 그럴 뿐입니다. 그 당시에는 아빠 엄마가 없어서 슬프다는 생각은 전혀 하지 않았으니까요."

그런저런 이야기를 나누는 사이 테레즈와 샤를은 제법 많이 걸어왔다. 이제 베리에르 역까지 거의 절반은 온 상태였다.

날이 희부옇게 밝아오고 있었다. 12월의 날씨답게, 지면에 낮게 깔리는 잿빛 운무가 조금은 지저분한 느낌을 주는 새벽.

테레즈가 다시 입을 열었다.

"실은 나도 그리 행복한 어린 시절을 보낸 건 아니에요. 아주 어렸을 적에 아빠를 여의었거든요. 심지어 기억도 나지 않는답니다. 엄마도 아마 돌아가셨을 거예요……"

테레즈가 말끝을 흐리자 샤를 랑베르는 잔뜩 호기심이 생겼다.

"그게 무슨 말이죠? 엄마가 진짜 돌아가셨는지 잘 모른다는 얘기 같은데요."

"어머, 아니에요! 할머니가 분명 그렇게 말씀하셨으니까…… 다만…… 내가 어머니의 죽음에 대해 자세히 말해달라고 조를 때마다 할머니는 항상 화제를 돌리시거든요! 그러니 이따금 내게 뭘 숨기는 건 아닐까 하는 생각이 들 수밖에요. 만약 정말로 엄마가 더는 이 세상 사람이 아니라면……"

마침내 베리에르 역 주변의 가옥 몇 채가 시야에 들어왔다. 집의 창문들이 하나둘 반쯤 눈을 뜨고, 문들도 이곳저곳 빠끔히 열리고 있었다.

저만치 보이는 역사의 시계를 가리키며 테레즈가 말했다.

"우리 너무 일찍 온 것 같아요. 아버지가 타신 기차는 여섯시 오십오분 도착인데, 이제 겨우 여섯시 사십분이에요. 십오 분은 기다려야 할 것 같네요. 그나마 기차가 연착하면……"

두 사람은 아담한 역사 안으로 들어갔다. 여행객은 단 한 명도 보이지 않았다. 다소 쌀쌀한 아침 공기를 피할 수 있게 된 것이 반가워 샤를 랑베르가 구둣발을 탁탁 구르자, 그 소리가 텅 빈 역사 안에 요란스레 울려 퍼졌다.

그제야 역무원 한 명이 나타나 짜증 섞인 말투로 내뱉었다.

"거 누구요? 누가 이리 시끄럽게 하는 거야?"

한데 역무원은 테레즈를 보자마자 곧장 이렇게 말하는 것이었다.

"아, 테레즈 양, 어찌 이렇게 일찍 나오셨습니까? 누구 마중할 사람이라도 있나보죠? 아니면 어디 가시는 길인가?"

역무원은 호들갑을 떨면서도 눈으로는 이틀 전 역에 도착했을 때부터 신경이 쓰였던 샤를 랑베르를 훑고 있었다.

"아니에요. 어디 가는 게 아니라, 여기 랑베르 씨 아버지께서 오늘 기차로 오셔서 마중하러 나온 거예요."

"아, 아버지를 모시러 오셨군요. 먼 데서 오시나요?"

이번에는 역무원이 랑베르를 향해 물었다.

"파리에서 오십니다. 그런데 아직 기차가 도착한다는 신호가 없나보죠?"

역무원은 둥그스름한 모양의 큼직한 회중시계를 꺼내 시간을 확인한 뒤 대답했다.

"도착하려면 이십 분은 더 있어야 할 겁니다. 빌어먹을 터널 공사 때문에 입환入換 작업을 거쳐야 해서 요즘 항상 기차가 연착하지요. 그럼 이만. 마무리할 일이 있어서요, 테레즈 양."

역무원이 멀어지자 테레즈는 얼른 샤를 랑베르를 돌아보며 말했다.

"너무 오래 걸리는 것 같죠?"

"조금 그러네요."

"아예 플랫폼에 나가서 기차 오는 걸 지켜볼까요?"

둘은 대합실에서 나와 곧장 탁 트인 플랫폼을 따라 걷기 시작했다.

테레즈는 재깍거리는 시곗바늘의 느린 움직임을 눈으로 좇다 말고 샤를에게 히죽 웃어 보였다.

"자, 이제 오 분만 있으면 아버지를 보게 되네요! 일 분 지나서 사 분 남았어요! 저기요! 저기 기차가 와요!"

그녀는 저멀리 낮은 언덕을 가리켰다. 탁 트인 푸른 지평선을 배경으로 새하얀 연기가 폭폭 솟아오르고 있었다.

"보여요? 방금 터널에서 빠져나온 기차 연기인가봐요!"

테레즈의 말이 끝나기가 무섭게 인적 없는 작은 역사 안에 요란스러운 안내 종소리가 울렸다.

샤를 랑베르는 저도 모르게 신음처럼 중얼거렸다.

"아, 드디어……"

한편 역무원이 바삐 지나치면서 테레즈에게 일렀다.

"플랫폼 중간쯤에 가 계십시오, 테레즈 양, 일등칸은 그쯤에서 멈춥니다."

친절한 조언대로 두 사람이 허겁지겁 걸음을 옮기는 사이, 기차는 벌써 모습을 완전히 드러내며 다가오고 있었다. 묵직한 굉음과 함께 기관차가 서서히 속도를 줄이는가 싶더니, 어느새 시커먼 기차 바퀴가 끼익 하고 멈춰 섰다.

일등칸 객차가 테레즈와 샤를이 미리 가서 기다리고 있던 지점에 정확히 정차했다. 출입구 계단에는 훤칠한 체격에 품위 넘치는 풍모의 한 노신사가 당당한 자세로 서 있었다. 다름 아닌 에티엔 랑베르!

한눈에 테레즈와 샤를을 알아본 그는 자질구레한 짐 가방들을 집어든 채 훌쩍 플랫폼으로 뛰어내리더니, 그나마 되는대로 벤치 위에 팽개쳐놓고 샤를의 어깨를 와락 감싸안았다.

"오, 내 자식! 이 녀석아……"

그러면서도 북받치는 감정을 다스리려 애쓰는 기색이 역력했다.

극도로 흥분한 건 샤를 랑베르도 마찬가지였다. 벌써 안색이 창백해지면서 목소리마저 부들부들 떨고 있었다.

"아, 아버지! 이렇게 뵙게 되어 정말 기뻐요!"

테레즈는 부자만의 상봉을 위해 사려 깊게도 슬그머니 몇 걸음 떨어져 있었다. 노신사는 포옹을 풀었지만 여전히 아들의 어깨를 두 손으로 움켜잡은 채, 여기저기 뜯어보며 말했다.

"녀석, 다 컸구나! 많이 변했어, 내 아들! 이 아비의 희망대로 아주 건장한 청년이 되었어. 역시 내 자식이로구나! 그래, 몸은 건강한 거지? 그런데 어딘지 좀 피곤해 보이는데?"

샤를은 빙그레 웃으며 털어놓았다.

"혹시라도 제 시간에 못 일어날까봐, 어제 잠을 좀 설쳤어요."

에티엔 랑베르 씨는 고개를 돌려 테레즈를 흘끔 보더니 반갑게 손을 내밀며 말했다.

"잘 있었느냐, 테레즈? 너도 예전에 봤을 때보다 몰라보게 많이 컸구나. 꼬맹이 계집애였는데 이제는 어엿한 숙녀가 다 됐어!"

테레즈는 랑베르 씨의 손을 꼭 붙들며 활짝 웃었다.

"할머니께서 직접 마중 나오지 못해 죄송하다는 말씀을 꼭 전하라고 하셨어요. 의사가 너무 이른 아침에 일어나 돌아다니면 건강에 좋지 않다고 했거든요."

"아, 그랬구나. 괜찮다. 오히려 할머니께서 그동안 샤를을 잘 돌봐주셔서 내가 뭐라 감사의 말씀을 드려야 할지 모르겠는걸!"

순간 기적 소리와 함께 기차가 다시 움직이기 시작했고, 역무원이 랑베르 씨에게 다가와 물었다.

"선생님, 짐은 다 부리신 건가요?"

그제야 겨우 실질적 고민이 떠오른 듯, 에티엔 랑베르는 화물차에서 조심스레 내린 자신의 큼직한 트렁크를 바라보며 한숨을 내쉬었다.

눈치 빠른 테레즈가 얼른 나섰다.

"할머니께서 커다란 짐들은 하인을 불러서 오전 중에 따로 실어다주실 거라 하셨어요. 마차가 오면 작은 손짐만 몇 개 챙겨서 저희와 함께 타고 가시면 되니 걱정 마세요."

"아니, 할머니께서 일부러 마차까지 보내주신다는 거니?"

"사실 보리외까지는 꽤 멀거든요. 샤를한테 물어보세요."

셋은 그렇게 나란히 역 앞 공터까지 걸어나왔다. 한데 테레즈가 별안간 당황한 표정으로 이렇게 말하는 것이었다.

"어머나, 이게 어떻게 된 거지? 마차가 아직도 도착하지 않았네! 우리가 성을 떠날 때 이미 장이 마차를 준비하고 있었는데……"

한 손을 여전히 아들의 어깨 위에 올려놓고 애정 어린 눈길로 이리저리 뜯어보던 에티엔 랑베르가 테레즈를 돌아보며 말했다.

"뭐 조금 늦나보지. 차라리 우리 이렇게 하는 게 어떻겠니? 어차피 마차가 짐을 실으러 올 테니, 내가 따로 짐을 챙길 필요는 없을 테고…… 짐을 모두 수하물 보관소에 맡긴 다음 셋이서 함께 걸어가기로 하자꾸나. 내 기억이 맞는다면, 성으로 가는 길은 딱 하나인 것 같은데…… 그렇다면 도중에 장과 마주칠 테고, 그때 마차를 탈 수도 있지 않겠어?"

그렇게 해서 셋은 보리외로 향하는 길로 접어들었다.

길모퉁이 구석구석, 스치는 풍광 하나하나가 에티엔 랑베르에게 가슴 뭉클한 기억을 되살렸다. 그는 지그시 웃음을 지으며 중얼거렸다.

"내가 이곳을 나이 예순에 건장한 아들까지 옆에 끼고 다시 찾게 될 줄이야! 보리외 성에서 보낸 즐거운 시간들이 바로 엊그제 일처럼 생생하구나. 테레즈, 이 숲만 지나면 성채가 눈에 들어오는 거 맞니?"

"네, 맞아요! 이곳을 정말 잘 아시네요."

밝게 웃으며 대답하는 테레즈에게 에티엔 랑베르가 고개를 끄덕이며 말했다.

"그렇지? 하긴 내 나이 정도 되면 행복했던 젊은 시절일수록 자꾸 머릿속에 떠오르는 법이란다!"

에티엔 랑베르 씨는 잠시 우울한 생각에 빠져 한동안 아무 말 없이 있다가 다시 말문을 열었다.

"허어, 저런…… 보아하니 정원 담장을 바꿨구나! 옛날엔 이런 담벼락이 아니라 단순한 산울타리였는데……"

"그래요? 전 산울타리에 관해선 들어보지 못했어요!"

싱글벙글 웃는 테레즈에게 랑베르 씨가 불쑥 물었다.

"저기 저 쇠창살로 된 정문까지 가야 하나, 아니면 네 할머니께서 친절하게 따로 출입구라도 만들어놓으셨니?"

"일단 부속건물을 통해서 들어갈 거예요. 장이 왜 우리를 데리러 오지 않았는지 알아봐야죠."

결국 송악과 이끼로 덮여 반쯤 가려진 작은 문짝을 열고 랑베르 부자를 들여보내는 테레즈.

"어머나, 장이 마차를 몰고 이미 떠난 모양이네! 마사가 텅 비어 있잖아. 그런데 왜 만나지 못했을까?"

깜짝 놀란 것도 잠시, 테레즈의 얼굴에 금세 미소가 번졌다.

"아이, 참 딱하기도 하지. 그 아저씨는 대체 정신을 어디 두고 다니는 건지! 보나마나 매일 아침 성당으로 나를 데리러 올 때처럼 생 조리에서 우두커니 기다리고 있는 게 분명해!"

어쨌든 셋은 성 앞까지 무사히 당도했다.

테레즈는 랑그뢴 후작부인의 침실 창문 바로 아래를 지나면서 쾌활하게 소리쳤다.

"저희 왔어요, 할머니!"

그러나 왠지 아무 반응이 없었다.

그 대신 바로 옆방 창가에 돌롱 집사의 모습이 나타났는데, 조용히 하라는 시늉인 것인지 잘 알 수 없는 몸짓을 연신 해 보였다. 테레즈는 랑베르 부자에 앞서 부랴부랴 성 안으로 걸음을 재촉했다. 한데 때마침 현관문이 활짝 열리면서 돌롱 집사가 계단을 허겁지겁 달려 내려오는 것이 아닌가!

　노집사는 완전히 혼비백산한 모습이었다. 평소엔 그토록 점잖고 공손하던 사람이 난데없이 랑베르 씨한테 달려와 덥석 팔을 붙들고는 테레즈와 샤를을 따돌리고 저만치, 거의 끌고가다시피 하는 것이었다. 그는 무척 떨리는 목소리로 에티엔 랑베르에게 말했다.

　"선생님, 큰일났습니다! 정말 끔찍한 일이 벌어졌어요! 오늘 아침 후작부인께서…… 살해된 채로 발견되었습니다!"

3
인간 사냥

브리브 검찰청에서 파견된 수사판사* 프렐 씨가 막 보리외 성에 도착했다.

"자, 돌롱 씨, 살해 사실을 어떻게 알게 되었는지 정확히 설명해주시겠소?"

수사판사의 질문에 집사는 차근차근 대답하기 시작했다.

"네, 수사판사님. 저는 여느 때와 마찬가지로 오늘 아침 랑그뤼 후작부인께 아침 문안인사를 드리고 지시도 받기 위해 침실 문을 두드렸습니다. 한데 아무런 대답이 없으셨어요. 그래서 조

---

* 프랑스 수사 제도에 존재하는 고유한 직책. 종래의 예심판사라는 용어보다는 수사판사가 정확하다.

금 더 세게 문을 두드렸죠. 반응이 없기는 마찬가지였습니다! 순간 그냥 물러나지 말고 살짝 문을 열어봐야겠다는 생각이 들더군요. 그런 걸 일종의 예감이라고 하나요? 맙소사, 정말이지 그때의 충격은 도저히 잊을 수 없을 겁니다! 우리 소중한 마님께서 침대 발치에 쓰러져 계신 게 아니겠습니까! 그것도 목이 베어진 채 말입니다. 얼마나 처참한지, 처음에는 머리가 아예 떨어져나간 줄 알았어요!”

군경반장*도 집사의 증언을 확인해주었다.

“사실입니다, 수사판사님. 매우 끔찍한 방식으로 저지른 살해 현장이었습니다. 상처가 보통 심한 게 아니었어요.”

“단도에 베인 건가요?”

프렐 씨의 질문에 군경반장은 약간 자신 없는 표정으로 대답했다.

“글쎄요, 잘은 모르겠습니다. 판사님께서 직접 확인해보시는 게 좋겠어요.”

프렐 씨는 집사의 인도를 받아 안으로 걸어 들어갔다. 평상시 노련한 돌롱 집사의 관리하에 무엇 하나 흐트러짐 없이 잘 정돈된 실내였다.

방은 널찍했고 고가구들로 간소하게 꾸며져 있었다.

후작부인의 침대는 방의 한쪽 면을 독차지하고 있었다. 그만큼 덩치가 큰 데다, 짙은 양탄자로 덮인 일종의 단상 위에 높이 자리하고 있었다. 방 한가운데엔 아카시아 나무로 만든 소형 원탁이 있었고, 한쪽 구석에는 커다란 십자가가 걸려 있었다.

문제는 조금 동떨어진 곳에 놓인 아담한 책상이었다. 접이식 뚜껑이 반쯤 열린 채, 서랍까지 죄다 열려 있는 게 아닌가! 주위의 바닥엔 종잇장이 여럿 떨어져 있었다.

방으로 들어오는 출입구는 방금 수사판사가 이용한 문, 그러니까 2층 중앙복도로 통하는 문과 후작부인의 전용 화장실로 통하는 문이 전부였다.

수사판사는 방에 들어서면서부터 바닥에 누운 사체에 눈길이 갔다. 두 팔을 한껏 벌리고 머리는 침대 쪽으로, 두 발은 창 쪽으로 향한 채 벌렁 드러누운 자세, 옷은 반쯤 걸치다 만 상태였다. 목둘레 거의 전체를 베어버린 틈새로 허연 뼈가 드러나 보일 만큼 상처가 끔찍했다.

죽은 여인을 알아보자 본능적으로 모자부터 벗은 프렐 씨는 사체를 굽어보면서 중얼거렸다.

"지독하군! 정말 끔찍한 상처야."

그러고는 돌롱 집사에게 물었다.

"이 방에서 아무것도 손대지 않았겠죠?"

"물론입니다, 판사님."

수사판사는 서랍이 열린 책상을 가리키며 다시 물었다.

"저것도 그대로입니까?"

"네."

"랑그륀 부인께선 저 안에다 중요한 물건들을 넣어두나보죠?"

그러자 집사는 고개를 갸우뚱하며 대답했다.

"마님께서는 이 성 안에 이렇다 할 큰돈을 두지는 않으셨을 겁니다. 생활비 명목으로 수천 프랑 정도면 모를까……"

"그러니까 당신 생각엔 절도가 범행의 목적은 아닐 거다, 이건가요?"

수사판사의 질문에 집사는 어깨를 으쓱하며 말했다.

"글쎄요, 어쩌면 범인 입장에선 후작부인의 수중에 상당한 돈이 있을 거라 믿었는지도 모르죠. 아무튼 부인께서 잠자리에 들기 전에 항상 경대에 놓아두는 반지에도 손을 못 댄 걸 보면, 범인도 몹시 흥분한 상태가 아니었나 싶습니다."

수사판사는 집사가 하는 말에 아무런 대꾸도 하지 않은 채 천천히 방을 둘러보고는, 툭 던지듯 물었다.

"저 창문은 원래 저렇게 열려 있나요?"

"후작부인께서는 늘 그렇게 열어두셨습니다. 답답증이 도질까봐 되도록 맑은 공기를 쐬고 싶어하시거든요."

"혹시 범인이 저기로 침입한 건 아닐까요?"

수사판사가 슬쩍 떠보자 집사는 고개를 저으며 말했다.

"그럴 가능성은 별로 없습니다. 자세히 보면 아시겠지만, 창문 바깥에 쇠창살이 있는 데다 뾰족한 부분이 아래쪽으로 향해 있어서 사람이 기어오르기 힘들거든요."

프렐 씨는 창문 가까이 다가가 조사해보고는 집사의 말이 사실임을 확인했다.

계속해서 이곳저곳 살피면 살필수록, 평상시 그대로인 방 안 그 어디에도 범인이 다녀간 흔적은 남아 있지 않다는 것을 확인할 뿐이었다. 그렇게 복도로 난 출입문 가까이 다가갔을 때였다.

"아, 여기 흥미로운 점이 있군 그래!"

프렐 씨가 손가락으로 가리킨 문 안쪽 빗장에 나사못이 반쯤 빠져나와 있었다. 누군가 잠금장치를 강제로 열려 했음이 분명했다.

"랑그뤼 부인은 매일 밤 빗장을 걸어잠그나요?"

수사판사의 질문에 집사는 즉시 대답했다.

"네, 그럼요!"

프렐 씨는 아무런 대꾸도 없이 다시 한번 방 안을 둘러보면서 물건들의 위치를 하나하나 꼼꼼하게 살펴보기 시작했다. 잠시 후, 그는 밖의 층계참에서 별도의 지시를 기다리고 있던 군경을 불러들였다.

"자네 지금 즉시 내려가서 마차 안에 대기중인 서기한테 당장 이리로 올라오라고 전해주겠나? 그리고 돌롱 씨, 탁자와 잉크를 사용할 수 있는 곳으로 안내해주시기 바랍니다. 일단 기초신문부터 진행해야 할 테니까."

수사판사의 말대로 집사가 옆방에 장소를 마련해놓고 그를 안내하는 사이, 서기를 부르러 내려갔던 군경이 헐레벌떡 돌아왔다. 그는 깍듯하게 경례를 붙인 다음 말했다.

"판사님, 지금 서기가 아래층 서재에 모든 준비를 마친 채 기다리고 있습니다."

수사판사는 못마땅한 기색이 역력한 표정으로 혼자 구시렁거렸다.

"쳇! 지구가 또 제멋대로 예심을 진행하려는 모양이군."

그는 다짜고짜 집사를 향해 버럭 언성을 높였다.

"이보시오! 별 상관 없다면 잘난 서기께서 기다리시는 곳으로 같이 가십시다!"

사실 브리브 법원 예심 담당 판사 프렐 씨는 자신의 서기와 몹시도 성격이 맞지 않았다.* 프렐 씨는 아주 젊고 우아하며 품위 넘치는 상류층 사람인 데 반해, 그의 서기인 지구라는 인물은 진부하리만치 상투적인 취향과 다소 경망스러운 성격이 뒤범벅된

---

* 프랑스 경찰 제도에서 수사판사가 직속으로 거느릴 수 있는 부하직원은 서기뿐이다. 다른 사법 경찰관은 위임을 통해 업무를 지시하는 관계다.

땅딸막한 체구의 위인이었다. 이른바 지방 사법관의 전통적 입장을 그처럼 확실하게 구현하는 사람도 드물 텐데, 무조건 길게 써나가는 문서양식이라든지 번잡하기만 한 행정절차, 꽉 막힌 형식주의야말로 그가 늘 자부심을 갖고 매달리는 원칙들이었다.

그럼에도 불구하고 두 사람은 보리외 성에 도착하기 전부터 서로 거의 다를 바 없는 감정으로 잔뜩 상기되어 있었다.

꼭두새벽부터 브리브 지방 검사장의 호출을 받은 두 사람은 너 나 할 것 없이 예기치 않은 이번 '사건'으로부터 끌어낼 수 있는 각자의 이득을 계산하고 있었다.

우선 지구는 나름 유능한 서기이자 선량한 시골 토박이로서 이 사건을 통해 모처럼 바깥세상도 구경하고 이런저런 조사도 경험하면서, 평소 좋아하는 법적 절차와 다량의 보고서에 실컷 솜씨를 쏟아붓겠다는 욕심이었다. 그런가 하면 프렐 씨의 생각은 이 정도의 사건이라면 얼마든지 자신만의 두각을 발휘할 수 있고 이 사건을 계기로 좀더 좋은 보직을 바라볼 수도 있겠다는 것이었다.

그러나 불행히도 보리외 성에 막상 당도하자, 둘 다 그 모든 것이 그리 수월치만은 않으리라 예감했다. 서기는 프렐 씨의 주도로 신속하게 예심 절차가 진행되자 자신의 희망 일부가 무너져버리는 느낌이었고, 수사판사 프렐 역시 이 살해사건이 설사 자신에게 기회를 가져다준다 해도 그건 어디까지나 적잖은 고생을 치른 다음이라는 점을 인정하지 않을 수 없었다. 요컨대 이번 사건은 아무리 봐도 처음 예상했던 것처럼 순순히 처리될 만한 것이 아니었다!

과연 신문이 만족스럽게 진행될 수 있을까? 프렐 씨는 그런 고민에 깊이 빠진 채, 원기왕성한 서기가 임시 취조실을 마련해둔 1층 서재로 돌롱 집사를 따라 뚜벅뚜벅 걸어 내려갔다.

마침내 서재에 들어선 수사판사는 커다란 탁자를 앞에 두고 자리를 잡은 다음, 군경반장을 불러 이야기했다.

"이보시오, 반장. 여기 도착하면서 내가 맡긴 전보는 틀림없이 처리했겠죠?"

"네, 판사님. 치안국 형사 한 명을 지원 요청한다는 내용으로 파리 경찰청에 보내라고 하신 그 전보 말씀이죠?"

"그렇지. 바로 그거……"

"제가 직접 발송했습니다, 판사님."

젊은 사법관은 비로소 진정된 듯한 얼굴로 이번엔 돌롱 집사 쪽을 돌아보며 말했다.

"자, 거기 좀 앉으시지요."

프렐 씨는 서기의 못마땅한 눈빛은 아랑곳하지 않고, 진술자의 이름과 나이, 직업 등과 관련한 통상적인 질문 따위는 깡그리 무시한 채 곧장 본론으로 직행하는 질문을 던졌다.

"이 성의 구조가 정확히 어떻게 됩니까?"

"그거라면 이제 수사판사님도 저 못지않게 잘 알고 계실 겁니다. 1층 현관에서 시작되는 회랑을 따라 곧장 가면 아까 저와 같이 올라가셨던 중앙계단이 나오죠. 그리로 올라가면 후작부인의 침실이 위치한 2층에 이릅니다. 2층 전체가 복도 하나를 사이에 두고 방 여러 개가 늘어선 단순한 구조로 되어 있고요. 우선 우측 첫번째 방은 테레즈 아가씨의 침실이고, 그다음으로는 손님들을 위한 방이 죽 이어지는데 지금은 모두 비어 있습니다. 또 좌측 첫번째 방은 마님의 침실인데, 개인 화장실이 딸려 있습니다. 그다음으로 또다른 개인용 화장실이 위치하고 그에 이어서 제가 좀 전에 말씀드렸던 샤를 랑베르 씨가 묵고 있는 방이 있지요."

"좋아요. 그럼 다른 층은 어떤 구조죠?"

"3층과 2층의 구조는 거의 같습니다. 다만 하인들이 쓰는 방 위주로 되어 있다는 점만 다르지요."

"성에서 숙식을 하는 하인들은 누구누구입니까?"

"평상시에는 방 청소와 잔심부름을 담당하는 마리와 주방 일을 하는 루이즈가 있고, 급사장 에르베가 있습니다만…… 어젯밤에는 에르베가 성에서 잠을 자지 않았어요. 읍내에 볼일을 보러 나가게 해달라고 청해서 마님이 허락을 하셨거든요. 단, 밤중에 무리하게 귀가하지 않는다는 조건으로 말이죠."

그 말에 수사판사는 의아하다는 듯 캐물었다.

"귀가하지 않는다는 조건이라니, 그게 무슨 말이오?"

"그게 이렇습니다, 판사님. 마님께서는 워낙 겁이 많으신 분이라, 밤중에 누가 성에 드나드는 것을 극도로 싫어하셨습니다. 그래서 매일 저녁 손수 현관과 주방 출입구를 이중으로 꼼꼼히 잠그고서야 마음을 놓으셨답니다. 뿐만 아니라, 성 안의 모든 방을 돌아다니시면서 덧창들이 제대로 닫혀 있는지 일일이 확인하시곤 했어요. 그래서 집 안에 누가 침입하는 것이 불가능하다는 겁니다. 저녁때 에르베가 외출할 경우에는 오늘 그런 것처럼 그냥 마을에서 자고 다음 날 아침에 돌아오든지, 아니면 마차꾼한테 미리 부속건물 출입구를 열어놓도록 이르고는 마사 위에 있는 빈 방에서 잠을 청하든지 하는 거죠."

"나머지 하인들이 지내는 곳 말이죠?"

"그렇습니다, 판사님!"

프렐 씨는 한동안 아무 말 없이 생각에 잠겨들었다. 방 안에서는 서기가 거위깃털 펜을 끼적이는 소리만 신경질적으로 들리고 있었다.

이윽고 프렐 씨가 고개를 들며 말했다.

"결국 범행이 일어난 밤에 성 안에서 잠을 잔 사람은 랑그뢴 후작부인과 손녀인 테레즈 양, 샤를 랑베르 씨, 그리고 하녀 두 명뿐이라는 얘기로군요, 그렇죠?"

"네, 판사님."

"그렇다면, 성에 거주하는 누군가가 범행을 저질렀을 가능성은 그만큼 희박하다는 얘긴데……"

"저기, 그런데……"

돌롱 집사는 자기가 하려는 말에 스스로 놀라기라도 한 듯 말을 잇지 못했다.

"그런데 뭐요?"

수사판사의 추궁에 집사는 뭔가를 털어놓듯이 말했다.

"맙소사, 현관 열쇠를 가지고 있는 사람은 단 두 명, 바로 마님하고 저란 말입니다!"

프렐 씨는 또박또박 얘기를 정리했다.

"그러니까 지금 그 말은, 충분히 조심을 한 만큼, 성에 누가 어떻게 잠입할 수 있었는지 도저히 이해가 안 된다, 이거죠?"

"그렇습니다, 판사님! 나아가 저는 그 누구든 성에 잠입했으리라고는 생각지 않습니다."

수사판사의 표정에 점점 난감한 기색이 짙어갔다.

"혹시 누군가 낮 동안 성에 들어와 숨어 있다가, 밤이 된 뒤 범행을 저질렀을 가능성은 없을까요? 랑그뤼 부인의 방문 빗장의 나사가 빠져 있었다는 점을 생각해보십시오. 범인이 그 문을 강제로 열고 침입했다는 증거가 아니고 무엇이겠습니까?"

그러나 집사는 여전히 고개를 저었다.

"그건 아닙니다, 판사님. 낮 동안 성에 숨어 있을 수는 없었을 거예요. 주방에 항상 사람이 있기 때문에 찬방에 숨기는 불가능합니다. 정원사들도 어제 오후 내내 현관 바로 앞 잔디 공사를 하고 있었기 때문에 거길 통해 들키지 않고 드나드는 것도 불가능했을 테고요. 게다가 마님께서는 항상 저에게 지하실 계단으로 통하는 모든 문을 단속하라고 하셨고, 저는 그 지시를 한 번도 어긴 적이 없습니다. 결국 지하실에 숨기도 불가능하다는 얘기지요. 그러니 대체 누가 어디에 숨을 수 있었겠습니까? 하루 종일 계단 아래 매어둔 덩치 큰 개가 모르는 사람이 그냥 지나치게 내버려두었을 리도 만무하고 말입니다. 하긴, 아는 사람이 고깃점이라도 하나 던져주었다면 모를까…… 하지만 만약 그랬다면 흔적이라도 남았을 것 아닙니까? 한데 전혀 그런 것 같지는 않거든요.”

“그렇다면 도대체 범행 자체가 설명이 안 되지 않소! 성에서 잔 사람들의 면면을 살펴볼 때, 그들 가운데 범인을 찾을 수 없다는 건 분명해 보이고 말이오. 방금 당신 입으로 말하지 않았습니까, 성에는 랑그륀 후작부인과 두 젊은이와 하녀 둘뿐이었다고…… 그들 중 범행을 저지를 만한 사람은 없는 것 아니오? 그러니 범인은 외부에서 침입했다고 볼 수밖에 없는 것 아니냐고요. 자, 자, 돌롱 씨, 뭔가 조금이라도 짚이는 점이 없습니까?”

집사 역시 난감한 듯 두 팔까지 쳐들며 말했다.

“아, 저도 정말 모르겠습니다! 아무도 짚이는 사람이 없어요. 그런데 판사님, 그날 밤 성 안에 있던 사람들 중에 범인이 없었

다 해도, 밖에서 침입하지 않은 것만은 분명하고 말이죠…… 밖
에서 침입하기란 정말 불가능하거든요! 빗장도 걸어잠그고 덧문
단속도 철저히 해놓은 상태였으니……”

“그렇더라도 누군가 살인을 저지른 건 확실하니, 이렇게 결론
내릴 수밖에 없습니다. 랑그뢴 부인이 현관문을 닫아걸 즈음 누
군가 외부인이 성 안으로 잠입해 들어왔든지, 아니면 밤을 틈타
들어왔든지!”

수사판사가 자르듯 말했지만 집사는 잠시 머뭇거리다가 또박
또박 대꾸했다.

“정말 알다가도 모를 일입니다, 판사님. 다시 말씀드리지만 아
무도 들어올 수 없어요. 하지만 샤를 씨도, 테레즈 아가씨도, 하
녀들도 결코 범인일 수는 없다는 것 또한 분명하고요.”

잠시 생각에 잠기던 프렐 씨는 집사에게 하녀들을 불러오라고
주문하고는, 멀어져가는 그의 등 뒤에 이렇게 덧붙이는 것을 잊
지 않았다.

“당신도 같이 와야 합니다! 당신 설명을 더 들어야 할지도 모
르니까……”

4
아닙니다, 난 미치지 않았어요!

사건이 일어난 다음다음 날인 금요일 아침, 주방 일을 보는 루이즈는 보리외 성의 끔찍한 비극에 여전히 놀란 가슴을 안고 식사 준비를 하러 주방으로 내려왔다.

이 선량한 요리사는 동이 막 틀 무렵부터 주변을 잘 식별하기 위해 석유램프에 불을 댕겨야 했다. 정신은 다른 데 가 있으면서 그저 기계적인 동작으로 성 안 식구와 손님들의 먹을거리를 준비하는데 갑자기 마당 쪽 출입구에서 노크 소리가 났고, 그 바람에 루이즈는 화들짝 놀랐다.

부랴부랴 문을 열러 간 그녀의 입에서 놀란 비명 소리가 터져 나왔다. 아직은 어스름한 바깥 배경을 뒤로하고 군경들이 쓰는 이각모의 시커먼 윤곽이 불쑥 눈앞을 가로막은 것이다.

가만 보니 남루한 행색의 남자 두 명을 군경들이 에워싸고 있었다. 루이즈가 어정쩡한 몸짓으로 문을 열기가 무섭게, 오래전부터 안면이 있는 군경반장이 불쑥 한 걸음 들어서면서 절도 있게 경례를 붙이고는 말했다.

"아주머니, 간밤에 인근을 배회하고 있던 자들을 붙잡았는데, 아무래도 저희가 실례를 좀 해야 할 것 같습니다."

루이즈는 대뜸 말을 잘랐다.

"세상에! 이봐요, 반장님. 이곳에 부랑자를 데려오셨단 말이요? 대체 나더러 어떡하라고!"

모랑 군경이 빙그레 웃자 군경반장이 말을 이었다.

"그냥 주방에서만 좀……"

하지만 손사래 치는 루이즈의 태도는 완강했다.

"어쩔 수 없어요. 두려워할 것 없습니다. 이자들은 죄다 수갑을 찬데다, 우리가 감시를 게을리하지 않으니 절대 안전할 거예요! 수사판사가 올 때까지만 여기서 기다려야겠습니다."

군경들은 작정한 듯 처량한 몰골의 두 사내를 앞세워 주방으로 들어섰다.

루이즈는 일단 끓기 시작하는 냄비를 살피러 반사적으로 저만치 가서 놓치지 않고 캐물었다.

"수사판사라면 프렐 씨 말이요? 그분은 이미 와 계신데……"

"그럴 리가요!"

의자에 걸터앉았던 반장이 벌떡 일어서자, 루이즈는 계속 말을 이었다.

"정말이라니까. 여기 와 계세요. 함께 다니는 땅딸막한 이도 같이 와 있고……"

"땅딸막한 이라니? 아, 지구 씨 말이구나. 서기 말이죠?"

"아마 그럴 거예요."

반장은 구시렁대는 루이즈를 뒤로하고 부하 군경에게 절도 있게 지시를 내렸다.

"이보게, 모랑, 이자들을 잘 감시하게. 절대 경계를 늦춰선 안 돼!"

모랑 군경의 임무는 언뜻 그리 어려워 보이진 않았다. 주방 화덕 맞은편 구석에 처박힌 두 부랑자는 전혀 도망칠 마음이 없는 듯했다. 자세히 보니 둘의 인상착의가 현저한 대조를 보이고 있었다. 한 명은 키가 크고 몸집이 단단했으며, 짙은 머리칼에 작은 승마용 챙모자를 비껴쓰고 있었다. 그는 아무 말 없이 무성한 콧수염만 질겅대면서 함께 붙잡혀온 부랑자를 포함한 주변을 불안한 듯 두리번거리고 있었다. 징이 박힌 오버슈즈 차림에 손에는 단단한 곤봉까지 쥐고 있는 그가 군경에게 밝힌 이름은 프랑수아 폴이었다.

그런가 하면 다른 한 명은 어느 농가 뒤 건초 더미 속으로 파고들려다가 붙잡혀온 몸인데, 시골 부랑자의 전형적인 몰골을 하고 있었다. 즉, 푹 눌러쓴 낡아빠진 펠트 모자 가장자리로 희끗희끗해진 붉은 머리카락이 중구난방 제멋대로 뻗쳐나오고, 얼굴은 얼굴대로 텁수룩한 수염에 뒤덮여 윤곽을 가늠하기 어려울 정도였다. 그것이 얼굴임을 알아보게 해주는 것은 끊임없이 이곳저곳을 훑으며 반짝거리는 두 눈동자가 전부였다. 그는 군경들에게 끌려들어온 그곳을 주의깊게 둘러보고 있었다.

그가 등에 비껴매고 있는 묵직한 봇짐 안에는 온갖 잡동사니가 들어 있었다. 함께 붙잡혀온 부랑자가 굳게 입을 다물고 있는 반면, 그는 무언가를 쉴새없이 주절대고 있었다. 그리고 이따금 팔꿈치로 상대의 옆구리를 찔러가며 나지막이 속삭이곤 했다.

"그래, 형씨는 고향이 어디요? 영 낯이 선 걸 보면 이 지역 사람은 아닌 것 같고…… 나로 말하자면, 이 근방에서 모르는 사람이 없을 정도지. 이름은 부지유라 하오!"

그러고는 이번엔 군경 쪽을 돌아보며 친한 척했다.

"이봐요, 모랑 씨. 우리 안면을 튼 지 제법 오래지 않소? 그쪽 손에 내가 붙잡힌 것만 최소 네다섯 번은 될 테니까!"

그제야 옆에 있던 또다른 부랑자가 상대를 바라보며 입을 열었다.

"그만큼 툭하면 덜미를 잡힌단 얘기로군?"

수다꾼은 지체 없이 대꾸했다.

"글쎄올시다, 그거야 말하기 나름이지. 자고로 겨울철에는 날씨가 날씨인 만큼 '빵'에 드나드는 것도 그리 나쁜 것만은 아니외다. 대신 여름철엔 얌전히 구는 게 여러 모로 좋지. 게다가 여름은 범죄가 가장 뜸한 계절이기도 하지. 필요한 모든 것이 길가에 널려 있으니까 굳이 훔칠 필요가 없단 얘기요. 촌사람들도 여름 한철만큼은 그리 경계하지 않아. 하지만 겨울은 다르지. 오늘밤 내가 이렇게 당한 건, 필경 시카르 할멈의 토끼와 관련이 있을 거외다."

아까부터 부랑자의 넋두리 같은 얘기를 건성으로 흘려듣던 군경이 불쑥 끼어들었다.

"아니, 토끼를 훔친 게 부지유 자네였어?"

"쳇, 그걸 왜 나한테 묻는 거요, 모랑 씨? 애초에 확신하지 못했다면 날 얌전히 내버려두었어야 할 것 아닌감!"

그러자 옆에 있던 과묵한 부랑자가 머리를 절레절레 흔들면서 아주 나직이 속삭였다.

"실은 더 악랄한 사건이 벌어져서 이러는 거요. 지금 우리가 와 있는 성의 안주인이 화를 당했다나 어쨌다나……"

"어련하시겠어!"

부지유는 관심 없다는 듯 한쪽 팔을 크게 저으며 툭 내뱉었다.

마침내 군경반장이 주방에 돌아와 엄한 말투로 외쳤다.

"프랑수아 폴, 앞으로! 수사판사가 기다리고 있소."

호출당한 사내가 손이 묶인 상태 그대로 고분고분 나서자, 부지유는 모랑 군경 쪽으로 약아빠진 눈빛을 건네며(하긴 이제 누구를 붙잡고 수다를 떤단 말인가) 만족스러운 듯 이렇게 말했다.

"옳거니! 오늘은 왠지 빨리 끝날 것 같군그래! 그리 오래 잡아두는 분위기가 아니야!"

군경은 아예 거리를 두기로 했는지 아무런 대꾸도 하지 않았다. 그래도 부랑자의 못 말리는 수다는 계속 이어졌다.

"하긴, 나야 구류 좀 며칠 산다고 크게 지장 있을 것도 없지. 따지고 보면 국가로부터 공짜로 숙식을 제공받는 셈이니까. 게다가 요즘 브리브 감옥은 정말 잘 꾸며놓았다더군!"

부지유는 잠시 입을 다무는 대신 주변 공기를 코로 연신 킁킁대더니 말했다.

"세상에, 이게 웬 혹할 냄새야?"

그러고는 이제 루이즈에게 찝쩍대기 시작했다.

"이보시오, 루이즈 부인. 혹시 내 배 속을 채워줄 먹을거리라도 만들고 있는 거요?"

루이즈가 휙 돌아보며 기겁하는 시늉을 하자, 부지유는 계속 말을 이었다.

"아이고, 아주머니, 그렇게 기겁할 필요까지야 있나! 날 잘 알지 않소! 내가 종종 헌 옷가지 좀 있으면 달라고 부탁하러 오지 않았소? 그럴 때마다 당신이 항상 챙겨주었고 말이오! 돌롱 씨

의 떨어진 신발은 으레 내 차지가 되었고, 빵 한 조각도 얼마나
달가웠는데……"

딱한 부랑자의 얘기에 기억이 되살아난 루이즈는 그와 군경을
번갈아 바라보며 머뭇거리고 있었다. 군경의 허락이 떨어지기를
기다리는 눈치였다.

마침내 모랑은 어깨를 한 번 으쓱하고는, 부지유에게 호의적
인 눈길을 보내며 말했다.

"웬만하면 그 친구에게 요깃거리라도 좀 내주시구려. 내가 볼
때 그자의 소행은 아닌 것 같아요."

그러자 부랑자가 발끈하듯 대꾸했다.

"아이고, 모랑 씨! 고작 이리 뒹굴 저리 뒹굴 하던 토끼라든가
혼자 외로워 빌빌대던 닭 한 마리 정도 슬쩍한 것 때문에 이러는
거라면 나도 굳이 아니라고는 안 하겠소. 하지만 그 나머지 일에
관해서는…… 아이쿠, 고맙소, 아주머니!"

루이즈가 큼직한 빵 한 덩어리를 내주자 부랑자는 냉큼 받아
자신의 봇짐 깊숙이 챙겨넣었다.

그러고는 계속해서 또 주절대기 시작했다.

"그나저나 아까 그 친구는 대체 무슨 얘기를 하고 있을까요?
판사 나리 앞에서 말이나 제대로 할 수 있을는지…… 가만 보니
이런 일에 별로 익숙하지도 않은 것 같던데…… 나야 검은 옷
입은 사람들 앞에만 가면 워낙 고분고분하게 '네, 판사님' 해가

며 깍듯하게 알아 모시지만서도…… 그러면 대부분 흡족해하더라고요. 가끔은 같이 웃기까지 한다니까. 그러고 나서는 결국 재판장이 내게 이러지. '일어나시오, 부지유!' 그리고 대개는 보름에서 이십 일, 때로는 두 달까지 구류를 때려버리거든. 형량이야 그때그때 기분에 따라 달라지는 거고……"

그때 반장이 다시 나타나 부하 군경에게 말했다.

"그자는 풀어줬다. 프렐 씨가 부지유에 대해서는 신문할 필요도 없을 것 같다고 하시는군."

"아니, 그럼 날 다시 바깥으로 내쫓겠다는 겁니까?"

부랑자가 창밖에 내리치는 빗줄기를 흘끔거리며 울상이 되자, 반장은 새어나오는 웃음을 억지로 참으며 말했다.

"오, 천만에, 부지유. 자넨 유치장까지 같이 가줘야겠어. 토끼에 관해서 아직 할 얘기가 남아 있으니 말이야. 자, 어서 가자고!"

*

우울하고 침울한 분위기 속에서 하루가 흘렀다.

전날부터 적막이 지배하는 성의 썰렁한 방들을 어찌할 줄 모른 채 배회하던 샤를 랑베르와 그의 아버지는 오후 내내 테레즈와 비브레 남작부인과 함께 원탁에 둘러앉아 랑그륀 후작부인의 친인척과 친구들에게 보낼 부고장을 작성하고 있었다. 장례는 다음다음 날 치르기로 정해졌다. 에티엔 랑베르 씨도 기꺼이 참석하기로 약속했다.

한편 비브레 남작부인은 자기 집에 가서 지내자고 테레즈를 설득하려 했으나 허사였다.

보리외 성의 참사에 대해 속속들이 파헤치려 했지만 여전히 미진한 부분이 많은 신문 기사들을 이리저리 훑어보던 에티엔 랑베르 씨가 이상하리만치 엄숙한 어조로 아들에게 말했다.

"잘 시간이다, 애야. 그만 올라가자."

샤를의 방 앞에 이르자 에티엔 랑베르 씨는 잠시 망설이더니, 뭔가 결심한 듯 자기 방이 아닌 아들의 방으로 성큼 들어섰다.

먼저 들어간 샤를 랑베르는 피곤한 몸을 이끌고 이제 막 옷을 갈아입으려던 참이었다. 에티엔 랑베르 씨는 그런 아들의 어깨 위에 느닷없이 두 손을 얹으며 탁하게 잠긴 목소리로 말했다.

"이런 딱한 녀석 같으니라고. 자, 이제 이 아버지한테 모든 걸 털어놓거라!"

샤를은 갑자기 안색이 창백해지면서 뒤로 흠칫 물러섰다.

"뭘요, 아버지?"

에티엔 랑베르는 결연한 어조로 말을 이었다.

"살인을 저지른 건 바로 너야!"

젊은이는 당장 부인하려고 했지만, 격렬하게 떨리는 목소리는 안타깝게도 목구멍을 타고 넘어오기가 무척이나 힘겨운 모양이었다.

"사, 살인을 하다니…… 제가요? 대체 제가 누굴 죽였단 말이죠?"

마침내 아들의 항변이 절규처럼 터져나왔지만, 아버지는 한 치의 흔들림도 없는 엄숙한 표정을 유지하고 있었다. 아버지의 생각을 눈치챈 샤를 랑베르는 조금 더 목청을 높여 말했다.

"지금 저더러 랑그륀 후작부인을 죽였다고 말씀하시는 겁니까? 아니, 어떻게 그런 끔찍하고 무시무시한 말을……"

"안됐지만…… 그렇다!"

"아니에요! 천만의 말씀입니다! 세상에 어떻게……"

"네가 죽인 게 맞아!"

에티엔 랑베르의 말 한 마디 한 마디는 단단하고 묵직했다.

두 부자는 서로 마주 본 채 점점 가빠지는 숨을 고르고 있었다. 샤를은 목이 메는 느낌을 겨우 가다듬으면서 슬픔과 비난이 함께 뒤섞인 말투로 이렇게 외쳤다.

"어떻게 아버지 입으로 제게 그런 얘기를 할 수 있는 거죠?"

샤를은 넋이라도 빠져나간 듯, 한동안 축 늘어져 아무 말도 못하고 서 있었다.

반면 에티엔 랑베르 씨는 방 안을 이리저리 오가다가 의자를 들고 아들 앞에 와 앉았다. 그는 머릿속을 떠도는 악몽을 걷어내려는 듯 손등으로 이마를 훔친 다음, 천천히 입을 열었다.

"자, 우리 흥분을 가라앉히고 차근차근 생각해보기로 하자꾸나. 어떻게 일이 이렇게 되었는지는 모르겠다만, 난 어제 아침 역에서 너를 본 바로 그 순간부터 알 수 없는 어떤 예감 같은 것을 느꼈다. 그때 넌 유난히 창백하고 눈이 퀭한 게 피곤해 보였어."

"아버지, 그건 이미 말씀드렸다시피 밤에 잠을 거의 자지 못해서……"

"그래, 그거야 나도 알지. 하지만 잠 한숨 못 이룬 네가 간밤에 아무 소리도 듣지 못했다는 건 어찌 설명할 수 있겠느냐?"

"그건 테레즈도 마찬가지인걸요!"

"테레즈의 방이야 조금 떨어져 있지만, 너는 랑그륀 후작부인의 방과 얇은 벽 하나만 사이에 두고 있지 않았느냐! 그 정도라면 무슨 소리든 들었어야 마땅하지."

"하지만 그 끔찍한 범행을 저지른 자가 저라고 생각하는 사람은 아버지밖에 없습니다!"

샤를의 주장에 에티엔 랑베르는 우물거리는 말투로 이렇게 말했다.

"나밖에 없다고? 그럴지도 모르지. 그래, 당장은 그럴 거다! 그런데 너 그거 아느냐? 랑그륀 후작부인의 친구들이 너에 대해 별로 좋지 않은 인상을 가지고 있다는 거…… 특히 범행이 일어나기 전날 저녁, 보네 판사가 파리에서 일어난…… 그 뭐라더라…… 하여튼 누군가 저지른 살인 행각에 관해 미주알고주알 떠벌렸을 때 말이다."

"그렇다면…… 그 사람들이 모두 나를 의심한다는 애긴가요?"

젊은이는 이제 아주 격분한 표정으로 소리쳤다.

"설사 그렇더라도 이런 식으로 나를 몰아세울 순 없을 겁니다! 명확한 사실을 내세워야죠! 증거 말입니다, 증거!"

"증거? 안타깝지만 너한테 불리한 증거는 많아. 정말이지 입에 담기도 끔찍하구나. 자, 잘 들어봐라."

에티엔 랑베르 씨는 자리에서 일어나 아들을 똑바로 마주 보았다.

"1차 예심이 끝났을 때 내려진 결론이 뭔지 아니, 샤를? 문제의 밤에 성 안으로 들어온 사람은 아무도 없다는 것이다! 한데 이곳에서 잠을 잔 남자는 오직 너 하나뿐이란 말이야."

"그래도 누군가 외부에서……"

"글쎄 들어온 사람이 아무도 없대도! 설사 있었다 해도 그걸 네가 증명해낼 수 있겠니?"

결국 샤를은 속수무책인 상태로 입을 다물 수밖에 없었다. 아연실색, 정신이 온통 혼미해지고, 황당해하는 눈빛에 손가락 하나 움직일 힘도 없는 것 같았다.

방 한가운데에 멍하니 선 채 두 다리마저 후들후들, 금방이라도 쓰러질 것처럼 보였다. 아버지의 표정만 간신히 눈으로 좇고 있었다. 에티엔 랑베르 씨는 생각에 잠긴 듯 고개를 숙인 채 천천히 화장실 쪽으로 걸어갔다.

"샤를, 나를 따라오너라……"

들릴락 말락 한 목소리였다.

하지만 아들은 조금도 움직일 수가 없었다.

화장실로 들어간 아버지는 선반에 아무렇게나 쌓여 있는 수건들을 들추다가, 그중 엉망으로 구겨진 수건 하나를 빼들고 나왔다.

"자, 보란 말이다……"

에티엔 랑베르 씨는 아들의 눈앞에 수건을 내밀면서 나직한 목소리로 중얼거렸다.

순간, 환한 불빛 아래 시뻘건 피로 얼룩진 수건이 샤를 랑베르의 시야에 섬뜩하게 들어왔다!

샤를 랑베르는 펄쩍 뛰며 반박하려 했지만, 에티엔 랑베르의 준엄한 꾸짖음에 그만 기가 꺾여버리고 말았다.

"이래도 부정할 테냐, 이 딱한 녀석아! 아, 가련한 녀석! 안타깝구나! 여기 이토록 확실한 증거가 나왔는데도? 네 끔찍한 범행을 입증하고도 남을 만하지 않느냐! 이 시뻘건 핏자국이 모든 걸 말해주고 있지 않느냔 말이다! 네 방 화장실에 피 묻은 수건이 숨겨져 있는 걸 어떻게 설명할 테냐? 이래도 계속 부인할 작정이야?"

"하지만 아니에요. 전 아니라고요! 도무지 뭐가 뭔지 모르겠습니다.”

샤를 랑베르는 안락의자에 쓰러지듯 털썩 주저앉았다.

그 위로 아버지의 연민 어린 눈빛이 오래오래 머물렀다.

비탄에 잠긴 에티엔 랑베르는 혼잣말을 하듯 중얼거렸다.

“딱한 녀석, 가엾은 내 자식! 그래, 어쩌면 네 잘못만은 아닐지도 모르지. 어쩌면 모종의 상황이 너를 어쩔 수 없이 그렇게 몰아갔는지도 모른다.”

“세상에, 아버지…… 여전히 저를 의심하시는 겁니까? 정말로 저를 살인범으로 보시는 거예요?”

아들의 질문에 에티엔 랑베르는 절망적으로 고개를 끄덕였다.

“아! 우리 가문의 명예를 위해서, 또 우리를 아껴준 사람들을 생각해서라도, 네가 치명적인 유전병 때문에 그런 일을 저지른 거라고 내가 얼마나 주장하고 싶은지 아느냐? 아, 어미에게서 병을 물려받았음을 과학의 힘으로 증명해낼 수만 있다면……”

“유전병이라뇨?”

샤를이 걱정스레 묻자 에티엔 랑베르는 계속 얘기를 이어나갔다.

“그래, 도무지 정체를 알 수 없는 지독한 질병이지. 그 누구도 당해낼 수 없을 만큼 무서운 질병이야. 일종의…… 광증이라고나 할까?”

샤를은 점점 더 질겁하며 몸부림을 쳤다.

"아, 이럴 수가…… 아버지, 대체 제게 무슨 말씀을 하시려는 거예요? 어머니가 정신병 환자라도 된다는 겁니까?"

그러더니 몸 안의 기력이 한꺼번에 빠져나간 사람처럼 맥없이 말을 이었다.

"오, 맙소사! 일부러 거짓말을 하실 리야 없겠죠. 하긴, 그토록 이해할 수 없는 모습들을 보는 동안 한두 번 가슴이 철렁했나! 하지만 나도? 나도 그렇다고요?"

샤를은 정신이 멀쩡히 깨어 있다는 걸 확인이라도 하려는 듯 자신의 가슴을 두드리며 괴로워했다.

"내가…… 지금 제정신 맞죠?"

"글쎄다. 하지만 끔찍한 환각 상태였다면 일단 책임을 벗어나는 것 아니겠니."

그러나 샤를은 당장 아버지의 말을 자르며 울부짖었다.

"아니요, 아버지! 그건 아닙니다! 난 미치지 않았어요!"

이제 샤를은 극도로 흥분한 상태였고, 더이상 목청을 자제하지도 않았다. 그토록 그리워하던 아버지와의 원만한 대화 따위는 아랑곳하지 않고, 한밤중의 적막을 찢어발길 듯 고래고래 소리를 질러대고 있었다.

큰소리를 자제하지 못하는 건 에티엔 랑베르도 마찬가지였다. 아들의 발언 때문에 그도 적잖이 흥분하고 있었다.

"그렇게 주장하면 죄를 면할 수 없다는 걸 왜 모르느냐! 정신이 올바로 박혀 있는 상황이었다면 네가 범한 죄는 결코 용서받지 못해! 영락없는 살인범이 된단 말이다! 살인범!"

그때였다. 문득 복도에서 어떤 소음이 들려와 주의를 끌었고, 두 사람은 즉시 말을 멈추었다.

그러지 않아도 잘 닫혀 있지 않았던 방문이 스르르 열리면서, 어두컴컴한 가운데 희부연 사람의 윤곽이 천천히 드러났다.

나이트가운 차림의 테레즈가 헝클어진 머리에 두려움으로 휘둥그레진 눈망울, 핏기 없이 파르르 떠는 입술로 멍하니 서 있었다. 보아하니 격한 신경증에 휘둘리고 있는 게 분명했다. 테레즈가 가까스로 한쪽 손을 들어올려 샤를을 가리키는데……

"테레즈…… 테레즈……"

에티엔 랑베르의 입에서 안타까운 중얼거림이 새어나왔다.

그는 참담한 표정으로 무릎을 털썩 꿇었다. 그러고는 두 손까지 모은 채 애걸하는 목소리로 이렇게 묻는 것이었다.

"테레즈, 너 거기 있었니?"

소녀의 입술이 잠시 움찔하는가 싶더니, 들릴 듯 말 듯한 대답이 긴 탄식처럼 새어나왔다.

"네……"

그 이상은 어떤 말도 하지 못했다. 희번덕거리던 두 눈이 스르르 감기면서 몸 전체가 위태롭게 휘청거리더니, 아무 소리 없이, 아무런 제스처도 없이 그대로 바닥에 쓰러져 꼼짝도 하지 않았다!

5

나를 체포하시오!

수이약에서 대략 20킬로미터 떨어진 지점, 브리브에서 카오르를 잇는 간선철도는 급격한 커브를 그리다가 터널 속으로 진입하게 되어 있다.

그런데 겨울철의 억수 같은 비가 그만 터널 진입로에 두둑이 쌓아 다진 철도 제방에 심각한 훼손을 가해놓고 말았다. 특히 12월 초 며칠에 걸쳐 내린 폭우가 자갈층의 집중적인 침하를 불러왔고, 그 상태가 너무도 심각해 철도 회사의 1급 엔지니어들이 피해 지역으로 급파되기까지 했다.

전문가들이 확인한 결과는, 수이약으로 빠지는 터널 출구 직전 약 몇 미터에 달하는 구간 선로에 즉각적인 보수 공사가 절실하다는 것이었다.

이 같은 불상사와 관련하여 이미 한 달 전부터 브리브와 카오르 구간을 운행하는 급행, 완행, 화물을 막론한 모든 열차들은 너나 할 것 없이 삼십 분가량의 지체를 예상하는 형편이었다. 선로 상에 존재하는 위험을 감안하여 취해진 안전조치는 브리브 쪽에서 오는 열차 기관사가 터널 200미터 전방에서 열차를 정차시키는 것과, 카오르 방향에서 오는 열차 기관사가 터널 500미터 전방에서 열차를 멈추도록 하는 것이었다.

햇살은 거의 구경조차 할 수 없는 12월의 흐린 아침, 현장감독과 인부들은 전날 가져다놓은 새 선로들을 새로 설치한 침목 위에 고정하느라 모두 눈코 뜰 새 없이 바빴다. 그러면서도 삼삼오오 이렇게 수군대고 있었다.

"세상에, 우리더러 지금 여기에 12미터짜리 선로를 놓으라는 거야! 8미터짜리보다 별로 좋을 게 없을 텐데 말이야. 12미터라면 정확하게 이어 맞추기가 여간 까다로운 게 아니잖아!"

한 늙은 인부의 말에 작업 동료가 이렇게 대꾸했다.

"뭐 어쩌겠어요? 윗사람들이 그렇게 하겠다는 걸. 우리야 시키는 대로 할밖에요."

순간 날카로운 기적 소리가 공기를 가르고 울렸다. 검은 구멍처럼 입을 떡 벌리고 있는 터널 속에서 두 개의 전조등 불빛이 어른거렸다. 다름 아닌 카오르로 향하는 열차가 공사 표지에 지시된 대로 차를 멈추고는 통과 가능 여부를 묻고 있었다.

작업반장은 일단 인부들을 선로 양쪽으로 안전하게 정렬시킨 뒤, 터널 입구에 위치한 임시 대기소까지 걸어와 수동 신호기를 조작해 열차의 통과를 허락해주었다.

당시 임시 대기소는 900미터 터널을 포함해 총 4킬로미터 구간에 해당하는 제14구역 담당 선로 기술자 한 사람이 지키고 있었는데, 웬 사내 하나가 그리로 다가와 아무렇지도 않게 말을 건넸다.

"저 기차가 아침 여섯시 오십오분에 베리에르 역에 도착할 기차 맞나요?"

"네, 맞습니다. 그런데 좀 늦었네요."

이윽고 기차는 터널을 통과했고, 꽁무니에 달린 세 개의 붉은 불빛만 저만치 아침 안개 속으로 사라져갔다.

인부도 다시 선로 고르는 작업으로 돌아갔다. 한데 이제 막 터널 안으로 사라지려는 그의 등 뒤에서 누군가 그를 부르는 것이었다. 얼른 돌아보니, 아까 뜬금없는 질문을 던진 그 사내, 다시 말하자면 하루 전 수사판사의 짧은 신문을 받고 풀려난 바로 그 부랑자 프랑수아 폴이었다.

"아침 차에는 승객이 별로 없네요. 일등칸에는……"

인부는 어깨에 메고 있던 곡괭이를 내려놓으며 대꾸했다.

"알고 보면 별로 놀랄 일도 아니올시다. 일등칸에 자기 돈 내고 타는 부자들은 대개 오전 두시 오십분 브리브에 도착하는 급행열차를 이용하거든요."

"그렇겠군요. 그런데 한 가지 궁금한 게 있습니다. 구르동이나 수이약, 베리에르같이 급행열차가 서지 않는 작은 역에서 내리는 사람들은 어떻게 하느냔 말이죠."

"맙소사, 그거야 내가 어찌 알겠소! 글쎄올시다, 일단 카오르까지 죽 갔다가 마차 편을 알아보든지, 아니면 브리브에서 내려서 다시 완행열차를 타야 하나?"

프랑수아 폴은 더이상 귀찮게 하지 않을 작정인지 질문은 그쯤 하고 툭 내뱉었다.

"오늘 아침엔 날이 좀 쌀쌀하군요."

"그러게요. 조만간 비가 올 것도 같고……"

그 말에 무심코 고개를 들어본 프랑수아 폴은 구름 한 점 없는 하늘에 어리둥절했다. 인부는 그럴 줄 알았다는 듯 씩 웃으며 말을 이었다.

"내 말은 이제 서풍이 불기 시작했다, 이겁니다. 이 지역에서 그건 곧 비가 온다는 뜻이죠!"

"하긴 날씨가 무슨 상관이겠소. 어딜 가나 그저 사는 게 고달플 뿐이지!"

부랑자의 넋두리에 인부는 조금은 안됐다는 표정으로 이렇게 말했다.

"보아하니 편히 놀고먹을 팔자는 아닌 듯한데, 무슨 일이든 열

심히 해볼 생각은 없는 거요? 그러잖아도 이곳에 일꾼이 부족한
데……"

"아, 정말입니까?"

"그렇다니까요! 마침 저기 작업반장이 오시는구먼. 어디 내가
한번 얘기해드릴까?"

"아니, 잠깐만요! 물론 싫다는 게 아니라, 그 전에 여기서 하는
일이 어떤 건지 좀 보고 나서요. 맞지 않는 일에 손댔다가 워낙
낭패를 많이 봐서……"

인부 곁을 떠난 부랑자는 땅에 시선을 고정한 채 침하가 일어
난 철도 제방을 천천히 훑기 시작했다.

반대 방향에서 걸어오던 작업반장은 부랑자를 그대로 지나친
뒤, 터널 입구에 서 있는 인부 앞으로 다가왔다.

"어이, 미슈 아저씨. 그래, 건강은 좀 어떤가요?"

반장의 인사에 성격 좋은 인부는 반갑게 대답했다.

"아, 네! 괜찮습니다. 뭐 좋지도 않고 나쁘지도 않고, 그냥 그
럭저럭 지내고 있지요! 그래, 공사는 어떤가요? 저는 열차가 제
구역에 정차할 때마다 일에 치여 못 살 지경입니다만……"

작업반장이 의아한 표정으로 물었다.

"아니, 왜요?"

"말이 나왔으니 말입니다만, 열차가 정지하면 기관사들이 그
틈을 타 일제히 재받이를 비우거든요. 그러면 터널 안에 온갖 지

저분한 쓰레기가 쏟아지고, 전 그걸 틈틈이 다른 곳으로 치워야 한단 말입니다!"

그제야 작업반장이 껄껄 웃고는 이렇게 말했다.

"아무래도 회사에서 보조 인부를 보내 아저씨 수고를 좀 덜어 드리도록 해야겠군요."

"아이고, 회사에 그럴 만한 인력이 있기나 한답니까? 좀 전에 저기로 간 저 녀석을 좀 보십쇼. 반장님한테서 일자리를 좀 얻어 보라고 제가 아까 충고했거든요. 아, 그랬더니 글쎄 한다는 말이 '두고 봅시다. 우선 여기서 하는 일이 어떤 건지 좀 보고 나서요……' 이러지 않겠어요! 그러고는 훌쩍 가버리는 겁니다. 게 을러터진 종자가 또 하나 납신 게지요."

"미슈 아저씨도 참…… 요즘 세상에 심지 제대로 박힌 인간 보기가 어디 그리 쉬운가요. 저 친구 지금 당장 일 좀 하게 해달 라고 조르지 않는 한, 나도 받아줄 생각 전혀 없어요. 이곳이 무 슨 노숙자 수용소도 아니고 말이에요. 이젠 볼트하고 구리 자재 같은 게 없어지지 않나 감시라도 해야 할 지경이라니까. 특히 요 즘 이 지역에 질 나쁜 부랑자들이 심심치 않게 돌아다닌다고 하 더군요."

"아이고, 말도 마십쇼! 흉악범들까지 판친다니까요! 못 들으 셨습니까? 보리외 성에서 일어난 살인사건 말입니다."

인부의 말에 작업반장도 얼른 맞장구를 쳤다.

"아, 들은 것 같아요! 작업장 어딜 가도 그 사건 이야기뿐이더군요. 아무튼 여기에 낯선 치들이 어정대지 않는지 단단히 감시해야 할 겁니다. 특히 아까 그 사람 같은 경우……"

순간 작업반장의 말이 뚝 끊겼다.

그는 저만치 아래를 내려다보면서 한동안 꼼짝도 하지 않고 있었다. 인부 역시 입을 다문 채 반장의 시선을 따라 그쪽을 뚫어져라 내려다보았다.

두 사람은 한동안 그렇게 침묵을 유지하더니 서로 마주 보고 멋쩍게 웃었다. 저 비탈 아래 어슴푸레한 골짜기로부터 누구라도 군경임을 알아볼 만한 풍채 좋은 사내가 모습을 드러내고 있었다. 성큼성큼 걸어서 올라오는 품이 누군가를 찾고 있는 듯했다.

마침내 미슈 영감이 중얼거렸다.

"옳거니, 두세 군경반장이로구먼! 아마 저 사람도 반장님처럼 누군가를 예의 주시하고 있는 모양입니다그려."

"그럴 수도 있겠군요."

반장이 맞장구치자 인부는 계속 말을 이었다.

"한 사흘 전부터 모든 공권력이 전전긍긍하고 있어요, 그놈의 보리외 성 사건 때문에요. 지금까지 스무 명도 넘는 부랑자들을 검거했다가 풀어주었다죠. 다들 알리바이가 확실했다고 하네요. 하여튼 이 지역 사람이 그 살인사건을 저지른 건 아니라는 얘기가 파다해요. 여긴 그런 짓을 할 만한 사람이 없는 데다 모두 랑그뤼 후작부인을 존경하고 사랑하니까요."

"잠깐만, 저기 좀 봐요!"

작업반장이 선로 쪽으로 천천히 기어올라오는 군경반장을 가리키며 갑자기 말을 막았다.

"아무래도 저 군경반장이 아까 일자리 구하는 척하며 쓰렁쓰렁 여길 배회하던 그 인간 쪽으로 가는 것 같은데……"

잠시 그쪽을 눈여겨보던 미슈 영감도 곧장 동의를 표했다.

"맙소사, 정말 그런 것 같네. 아닌 게 아니라, 아까 그 친구 인상이 별로였어요. 우리 같은 사람이 아니었다고."

이제 두 사람은 잔뜩 신경을 곤두세운 채 무슨 일이 벌어지는지 말없이 지켜보고 있었다.

50여 미터 거리, 베리에르 역 방향으로 프랑수아 폴이 깊은 생각에 잠긴 듯 천천히 걸어가고 있었다.

누군가 따라오는 발소리에 그는 문득 뒤를 돌아보았다. 군경반장을 알아본 그의 미간이 잠시 일그러졌다.

한데 참 이상하게도 군경반장이 몇 걸음 못 미쳐 멈춰 서더니, 무척이나 공손한 태도로 손을 들어 거의 모자챙에 갖다붙이려고 하는 것이었다. 그러자 수수께끼 같은 부랑자는 다짜고짜 나무라는 투로 내뱉었다.

"이보시오, 군경반장. 날 방해하는 일이 없도록 하라고 분명히 말했을 텐데!"

그제야 군경반장은 한 걸음 더 다가서며 말했다.

"죄송합니다, 경감님! 하지만 전해드릴 중요한 사항이 있어서요."

군경이 방금 '경감님'이라고 높여 부른 프랑수아 폴은 다름 아닌 파리 경찰청 치안국에서 보리외로 비밀리에 특파된 사복 경찰관이었다!

한마디로 그는 일반 경찰과는 차원이 다른 존재였다. 이번 랑그뤼 사건이 여간 복잡하고 의문투성이가 아님을 눈치챘는지, 아바르 씨가 자기 휘하에서 가장 유능한 형사이자 제일 뛰어난 전문가를 선발한 것이다. 이름 하여 쥐브 경감! 바로 그 쥐브 경감이 이틀 전부터 일개 떠돌이 부랑자로 변장한 채 보리외 성채 주변을 배회하고 있었고, 어찌나 용의주도한지 진짜 부랑자 부지유와 함께 군경들의 손에 붙잡히기까지 했던 것이다. 그러는 가운데 자신의 정체를 철저히 숨기면서 체계적인 조사를 벌이고 있었던 것!

쥐브 경감은 한층 인상을 찌푸리며 다급히 중얼거렸다.

"그러니 더더욱 좀 조심하시오! 사람들이 우리를 지켜보고 있단 말이오. 이제부터 당신이 나를 붙잡아 연행하는 것처럼 해야 하오. 자, 어서 내게 수갑을 채우시오!"

"하지만 경감님…… 제가 어떻게 감히……"

쥐브 경감은 다짜고짜 휙 돌아서더니 거듭 지시했다.

"자, 이제 내가 도망치려는 것처럼 한두 걸음 앞서 나갈 테니, 당신은 내 어깨를 거칠게 붙잡는 거요. 그런 다음 얼른 수갑을 채우시오."

터널 입구에서는 선로 기술자와 작업반장은 물론 보수 작업에 매달린 다른 인부들까지 100여 미터나 떨어진 거리에서 군경반장과 부랑자 사이에 벌어지고 있는 이 수수께끼 같은 광경을 호기심 어린 눈빛으로 지켜보고 있었다.

갑자기 도망치기 시작하는 부랑자를 군경반장이 즉시 낚아채는 모습이 보였다.

곧이어 부랑자는 두 손을 앞으로 해서 묶인 채 군경반장의 손에 이끌려 가파른 비탈을 얌전히 내려가고 있었다. 그러고는 얼마 안 있어 나무가 우거진 숲 속으로 둘 다 자취를 감췄다.

미슈 영감이 한숨을 내쉬며 말했다.

"두세가 또 한 건 한 모양이로구먼!"

한편 쥐브 경감은 빠른 걸음으로 보리외 성을 향해 걸음을 옮기는 가운데 군경반장에게 물었다.

"그래, 성에 무슨 일이라도 일어난 거요?"

군경반장은 다급한 목소리로 대답했다.

"경감님, 살인자가 밝혀졌답니다!"

6
팡토마스, 그는 죽음 자체다!

아침 여덟 시였다.

성 쪽으로 신속하게 이동하는 도중 이미 수갑을 풀어버린 쥐브 경감은 정원의 철제 울타리 바로 앞에서 프렐 씨와 맞닥뜨렸다.

쥐브 경감은 침착한 목소리로 물었다.

"그래, 소식은 알고 계십니까?"

수사판사는 어리둥절한 표정으로 쥐브 경감을 바라보기만 했다.

"얼굴을 보니 아직 모르시는 것 같군요. 어서 체포영장부터 준비하시는 게 좋을 것 같습니다. 우리가 곧 샤를 랑베르의 신병을 인수할 참입니다!"

프렐 씨는 깜짝 놀라 주춤하더니, 지극히 침착한 발걸음으로 정원을 가로지르는 쥐브 경감의 뒤를 따라 허겁지겁 성 쪽으로 달려갔다.

"그러니까 그의 혐의에 대한 심증이라도 있다는 겁니까?"

헐떡거리며 묻는 수사판사에게 쥐브 경감과 군경반장이 동시에 대답했다.

"그 이상입니다!"

쥐브 경감은 앞서 군경반장이 이야기해준 내용을 수사판사를 위해 간추려서 들려주었다. 판사도 놀라는 건 마찬가지였다.

"그런데 말입니다……"

수사판사가 또 뭔가를 물으려는 가운데, 갑자기 세 사람의 발길이 현관 계단 앞에서 뚝 멈추었다. 현관문이 열리면서 돌롱 집사가 모습을 나타낸 것이다.

헝클어진 머리에 잔뜩 일그러진 얼굴로 돌롱 집사는 다짜고짜 소리쳤다.

"혹시 랑베르 부자 못 보셨습니까? 도대체 어디 있는 거지? 어디에 있는 거냐고!"

쥐브 경감이 해준 이야기의 충격에서 미처 벗어나지 못한 채 사건의 추이를 꿰어맞추느라 쩔쩔매고 있는 수사판사와는 달리, 이미 사태 전반을 신속히 파악한 쥐브 경감은 군경반장을 돌아보며 중얼거렸다.

"이런…… 새가 날아가버렸군!"

현관에 들어서자마자 쥐브 경감과 프렐 수사판사는 돌롱 집사를 붙잡고 테레즈 양이 공개한 사실들에 대해 좀더 자세한 질문들을 쏟아냈다.

노집사는 차근차근 설명을 해나갔다.

"제가 오늘 아침 일찍 성에 도착하니, 이 집 살림을 돕고 있는 루이즈와 마리가 방 안에서 뭔가로 무척 괴로워하는 테레즈 아가씨를 정성껏 돌보고 있었습니다. 그렇게 이십 분 정도 지났을까요. 아마 여섯시 반쯤 되었을 텐데, 겨우 진정한 테레즈 아가씨가 간밤에 들었다며 랑베르 부자 사이에 오고 간 끔찍한 대화 내용을 고스란히 우리에게 전해주는 것이었습니다."

"그래서요, 그래서 어떻게 했나요?"

프렐 수사판사가 바짝 다그치듯 물었다.

"아, 수사판사님, 저야 우선 기겁을 했죠. 그런 다음에는 얼른 마부 장을 생 조리로 보내 의사도 데려오고 두세 군경반장님에게도 알리도록 조처했습니다. 그런 다음 먼저 도착한 두세 반장님에게 모든 얘기를 전하고, 곧장 의사와 함께 테레즈 양을 돌보러 올라갔지요."

수사판사가 이번에는 군경반장 쪽을 돌아보았고, 두세 군경반장은 곧장 설명을 이어갔다.

"돌롱 집사로부터 애기를 전해듣자마자 저는 우선 성 주변에 계신 쥐브 경감님께 달려가 모든 걸 알리는 게 급선무라고 판단했습니다.”

순간 프렐 씨의 입에서 거친 탄식이 새어나왔다.

“맙소사! 당신 정말 엄청난 실수를 저질렀군! 이보시오, 군경 반장. 우선 랑베르 부자부터 도망치지 못하도록 묶어놓는 게 순서 아니오!”

하지만 반장도 나름대로 할 말이 있었다.

“판사님, 그게 말입니다. 실은 모랑이 현관 앞에서 지키도록 조처해놓았거든요! 설사 도망칠 생각을 해도 밖으로 빠져나올 수 없게 말입니다.”

“그래, 모랑은 그들이 빠져나가는 걸 보지 못했다고 합니까?”

수사판사의 추궁에 대한 대답은 이미 사태를 짐작하고 있는 쥐브 경감이 대신 해주었다.

“필경 모랑은 그들이 빠져나오는 걸 보지 못했을 겁니다. 두 사람이 도망친 건 언쟁이 오고 간 직후, 아마 한밤중이었을 테니까요!”

그러고는 이번엔 자신이 나서서 질문했다.

“그 이후 진행 상황은?”

“글쎄요, 경감님……”

“이봐요, 반장. 내 생각에는 수사판사님이 곧장 사람을 풀어 도망자를 추적하라고 지시하실 것 같은데요.”

“아, 당연하죠! 자, 자, 어서 그대로 실행하시오!”

프렐 씨가 허겁지겁 지시를 내리자, 군경반장은 곧장 뒤로 돌아 쏜살같이 밖으로 튀어나갔다.

경감과 수사판사는 한동안 아무 말 없이 생각에 잠겼고, 돌롱 집사는 황망해하는 태도로 저만치 떨어져 있었다.

마침내 수사판사가 입을 열었다.

“테레즈 양은 지금 어디 있나요?”

돌롱 집사가 바짝 다가서며 대답했다.

“지금 휴식을 취하고 있습니다, 판사님. 의사가 옆을 지키고 있습니다. 당분간 깨우면 안 된다고 했어요.”

“알겠으니 그만 가보시오.”

수사판사의 말에 돌롱 집사는 주춤주춤 자리를 피했다.

집사가 사라지자마자 쥐브 경감이 낮은 목소리로 말했다.

“프렐 판사님, 우리 2층으로 올라가보는 것이 어떻겠습니까?”

잠시 후, 쥐브 경감과 프렐 수사판사는 에티엔 랑베르가 이틀 동안 머물던 방에 들어가 또다시 침묵에 빠졌다.

이번에도 수사판사가 먼저 침묵을 깼다.

“결국 사건이 이렇게 마무리되는 겁니까? 정녕 샤를 랑베르가 범인일까요?”

쥐브 경감은 고개를 끄덕이며 중얼거렸다.

“샤를 랑베르라…… 지금으로선 그가 ‘범인이어야만’ 얘기가 되겠지요."

"아니, 그건 또 무슨 말씀입니까?"

쥐브는 잠시 눈을 내리깔고 구두코만 뚫어져라 바라보더니 어느 순간 번쩍 고개를 들며 말했다.

"현재의 상황으로 봐선 그렇게 결론이 나야 정상일 테니 그렇게 말할 수밖에요. 하지만 내 양심의 판단으로는 그렇게만 보기는 어렵습니다."

"그의 혐의에 대한 추정이라든가 거의 자백이나 다름없는 증거물, 다 떠나서 아버지의 단호한 지적에 아무 말도 못 했다는 것은 확실한 정황으로 볼 수 있지 않을까요?"

프렐 씨의 말에 쥐브는 다소 주저하는 기색을 보이면서도 이렇게 반박했다.

"사실 그의 무죄를 짚어볼 만한 추정도 가능합니다."

"하지만 당신의 조사 결과도 집 안의 누군가가 범행을 저질렀다는 쪽으로 나오지 않았습니까?"

"그럴 가능성이 짙다는 것뿐, 확실히 그렇다는 것은 아니지요!"

"무슨 뜻인지 제발 차근차근 설명해주시오!"

"오, 너무 서둘지 맙시다, 수사판사님."

쥐브 경감은 빙그레 웃더니 의자에서 일어나며 덧붙였다.

"이제 이 방에선 더이상 할 일이 없을 것 같군요. 우리 샤를 랑베르가 지냈던 옆방을 둘러보러 갈까요?"

수사판사는 치안국 형사의 말을 고분고분 따랐다. 수사판사가 안락의자에 몸을 파묻고 시가에 불을 붙이는 동안, 쥐브는 이리 저리 서성이면서 날카로운 눈빛으로 방 안을 훑다가 문득 이렇게 입을 열었다.

"아까 제가 서둘지 말자고 말씀드렸습니다만, 실은 이런 이유 때문입니다. 저는 이번 사건에서 다음의 두 가지만큼은 사전에 정확히 규명해야 한다고 생각합니다. 하나는 범행의 성격이 무엇이냐 하는 것이고, 또 하나는 그걸 저지르게 한 동기가 무엇이냐 하는 것입니다. 이 두 가지를 다시 한번 생각해봅시다. 먼저 랑그륀 후작부인 살인사건을 법률적 차원에서 뭐라고 규정하는 것이 적절한지 자문해보아야 할 것입니다. 범행 현장과 희생자의 사체를 살펴본 사람으로서 관찰력만 갖추었다면 누구나 도달할 수 있는 첫째 결론은, 이 사건이 소위 말하는 흉악 범죄의 테두리 내에 속한다는 사실입니다. 범인은 희생자의 사체에 자신의 특성을 보여주는 흔적을 남긴 것 같습니다. 즉 희생자가 입은 상해의 격한 양상을 볼 때, 가해자는 하층 계급에 속하는 자로서, 절도나 폭행을 전문적으로 일삼는 부류로 여겨집니다."

"도대체 어떻게 해서 그런 추론이 가능하다는 겁니까?"

프렐 씨의 질문에 쥐브는 설명을 계속했다.

"상처 하나만 봐도 그렇지요. 판사님도 보셨겠지만, 랑그륀 부인의 목은 날이 선 도구로 거의 전체가 절단된 상태입니다. 상처의 깊이와 넓이로 미루어보아 단 한 차례의 동작으로 초래되었다고 보기는 힘들지요. 범인은 집요하게도 수차례에 걸쳐 악착같이 가해를 했음이 분명합니다. 이는 곧 범인이 그런 유의 흉악한 짓거리에 전혀 거부감이 없다는 것을, 아무런 두려움도, 감정도 없이 살인을 저지를 수 있는 인물이라는 것을 뜻하지요! 상처에서 또 하나 알 수 있는 점은, 범인이 비교적 힘이 센 자라는 사실입니다. 예컨대 힘이 약하고 근력이 부실한 사람은 뾰족한 무기로 되도록 '깊이' 찌르는 경향이 있음을 판사님께서도 모르시진 않을 겁니다. 반면 힘이 센 사람은 얕고 넓은 부위에 걸쳐 끔찍한 상해를 반복해서 가하는 경우가 많지요."

얘기를 듣고 있던 수사판사가 동의를 표했다.

"그만하면 정확한 추론이군요. 나 역시 당신과 마찬가지로 이번 사건이 흉악 범죄에 해당한다고 봅니다. 그 밖에 다른 사항은요?"

"범행에 사용한 무기를 규명하는 일이 남았습니다. 일단 지금까지는 무기의 행방이 묘연한 상태지요. 물론 정화조도 비우고, 정원 연못도 준설해가며 어떻게든 찾아보라는 지시를 내려놓았습니다만, 수색 결과에 상관없이 저는 범행 도구가 불량배들이 흔히 가지고 다니는, 접었다 폈다 할 수 있는 주머니칼일 거라고 확신합니다. 랑그륀 후작부인은 그 품격에 어울릴 만큼 우아한 비수로 살해된 것이 아니지요."

"아니, 그 생각은 어떻게 하게 된 겁니까?"

프렐 씨가 신기하다는 듯 물었다.

"역시 상처의 특징을 보고 말씀드리는 겁니다. 만약 범인이 끝이 뾰족한 무기를 가지고 있었다면 절단하기보다는 어떻게든 찌르려고 했겠지요. 그런데 범인이 사용한 무기는 날 위주였습니다. 그래서 찌르지 않고 베어버린 것이죠. 범행은 비수가 아닌 단도로 저질러졌습니다. 전형적인 흉악 범죄인 셈이죠."

"그러니까 내 말은, 이 사건이 전형적인 흉악 범죄의 면면을 보인다는 사실로부터 구체적으로 나오는 결론이 뭐냐는 겁니다!"

수사판사의 질문에 쥐브는 엄숙한 어조로 대답했다.

"간단합니다. 나이로 보나 자란 환경으로 보나, 전문적인 범죄자로 보기엔 무리가 있는 샤를 랑베르 같은 젊은이의 소행은 아니라는 것이죠!"

"음…… 듣고 보니 그렇군요."

"자, 괜찮으시다면 이제부터는 범행 동기에 관해 같이 생각해 보도록 하죠. 범인은 왜 살인을 저질렀을까요?"

"글쎄올시다…… 뭘 훔치려고 했겠죠."

수사판사가 우물거리며 대답하자, 쥐브는 곧장 반문했다.

"대체 뭘 훔치려고 했을까요? 사건 현장에 있던 원탁 위에는 랑그뢴 부인의 반지와 다이아몬드 브로치, 지갑 등이 보란 듯이 놓여 있었습니다. 훼손된 서랍 속도 면밀하게 조사했습니다만, 다른 보석들이 여럿 있는가 하면, 금화 은화 합해서 510프랑 정도가 있었고, 50프랑짜리 은행권 세 장도 들어 있었습니다. 결국 흉악한 범인이 그 모든 귀중품을 코앞에 두고도 전혀 손을 대지 않았다는 얘긴데, 수사판사님은 이것에 대해 어떻게 생각하시는 지요?"

"정말이지 의외로군요."

수사판사는 인정하지 않을 수 없었다.

"그렇죠, 정말이지 의외입니다! 돈이나 보석을 훔치는 것보다 더 중요한 뭔가가 있다는 얘긴데…… 솔직히 저도 이 대목에서 꽤 골치를 앓고 있지요."

"그러게 말입니다."

쥐브는 더욱 맹렬하게 사고를 진전시켜나가고 있었다.

"그런데 말이죠. 만약 이번 범행이 아무런 동기 없이, 일종의 재미라든가 병적인 충동에 의해 저질러졌다면…… 즉 종종 있 어온 사례들처럼 정신적으로 문제가 있는 편집광의 소행이라면 말입니다……"

"그렇다면 뭐죠?"

수사판사가 잔뜩 긴장하며 끼어들자, 쥐브는 차근차근 의견을 개진해나갔다.

"그렇다면 말입니다. 흉악 범죄라는 점에 비추어 젊은 랑베르 에게 지나친 혐의를 두는 것에 반대했지만 그 입장을 다시 번복 하게 될지도 모른다는 겁니다. 즉 얼마든지 샤를 랑베르가 범인

일 수도 있다는 얘기지요. 제가 알기로 그의 모친은 불안정한 정신 상태에 시달렸습니다. 그것을 근거로 샤를 랑베르를 온전하지 못한 정신의 소유자로 보기 시작한다면, 그를 랑그뤤 후작부인의 살해범으로 몰 만한 여지도 그만큼 커지는 셈이지요. 그렇다 해도 흉악 범죄로 추론한 지금까지의 논의에는 아무런 문제가 없습니다. 보잘것없는 완력의 소유자가 발작 증세에 휘둘리다보면 어느 순간 평소 근력의 열 배에 가까운 힘을 발휘하기도 하니까요……"

쥐브 경감은 뭔가 또 질문을 하려는 수사판사를 손사래로 제지하고는 계속 얘기를 이어갔다.

"실은 범인의 근력에 관해서 이제 곧 정확한 자료가 구비될 예정입니다. 최근 베르티용 선생께서 도구를 이용해 불법 침입한 사람의 정확한 근력을 추정하기 위한 완력 측정기를 발명했습니다. 현재 훼손된 서랍의 목재로부터 필요한 표본을 추출해놓았으니, 조만간 그에 해당하는 자료를 확인할 수 있을 겁니다."

수사판사가 납득이 간다는 표정으로 말을 받았다.

"정말 요긴한 자료가 되겠군요. 그나저나 집 안 누군가가 범행을 저질렀다는 것을 인정하면서도 샤를 랑베르의 혐의를 확실한 것으로 받아들일 수 없다면, 성에 거주하는 또다른 누군가가 범행을 저지른 것으로 봐야 하는 건 아닙니까?"

"그래서 얘긴데, 이제부터 우리는 똑같은 추론을 통해 알리바이가 명확한 사람들부터 차례차례 혐의선상에서 소거해나갈 수 있을 겁니다. 어떻습니까, 어찌 보면 죄다 소거 대상일 수도 있을 것 같은데…… 지금 같이 해보시겠습니까?"

수사판사는 기꺼이 그러기로 하고 먼저 얘기를 풀어나갔다.

"내가 보기에 루이즈와 마리는 나이도 있고 하니 혐의를 두는 게 불가능할 것 같습니다. 또한 그동안 붙잡았다가 곧 풀어준 이 지역 부랑자들 역시―아, 물론 거기서 쥐브 당신은 빼야겠지요―제외해야 할 것 같아요. 그들은 너무 단순하고 투박스러우니 말입니다."

쥐브 경감이 고개를 끄덕이자 수사판사는 다음으로 넘어갔다.

"이제 돌롱이 있는데요. 당신도 그렇게 생각하겠지만, 몸이 좋지 않은 아내를 돌보느라 오전 다섯시까지 줄곧 의사와 함께 있었다는 알리바이로 미루어 혐의를 둘 수 없을 것으로 보입니다만, 어떤가요?"

"법의학자의 소견으로는 범행이 새벽 세시에서 네시 사이에 일어났다고 하니, 그의 혐의를 논하기는 힘들겠지요. 자, 그렇다면 이제 에티엔 랑베르 씨만 남았는데요……"

"그 사람도 혐의를 두기가 어렵습니다. 에티엔 랑베르 씨는 사건이 일어난 전날 밤 아홉시경에 오르세 역에서 완행열차를 탔답니다. 다음 날 오전 여섯시 오십오분에 베리에르에 도착 예정이었던 열차편이지요. 결국 밤새 열차 안에 있었고 제시간에 도착했다는 얘긴데, 그 이상 깔끔한 알리바이는 없는 셈이죠.”

“그렇군요. 그럼 결국 또 샤를 랑베르만 남는 건가요?”

수사판사의 설명을 듣고 있던 쥐브 경감이 툭 던지듯 대꾸하더니, 젊은이를 겨냥한 무자비한 시나리오를 일사천리로 쏟아내기 시작했다.

“범행은 아무 소리도 나지 않게 진행되었습니다. 다시 말해 살인범은 집 안에 있었던 거지요. 그는 후작부인의 방에 살금살금 다가가 조심스럽게 노크를 했습니다. 후작부인은 문을 열어주었고, 범인을 보고서도 그리 놀라지 않았습니다. 아는 사람이었을 테니까요. 범인은 부인과 함께 방 안으로 들어섰으며……”

“아이고…… 잠깐만요, 잠깐만!”

수사판사가 서둘러 말을 막았다.

“그건 거의 소설을 쓰는 거나 마찬가지올시다, 쥐브 경감! 무엇보다 후작부인의 방문이 망가져 있었다는 걸 잊었습니까? 빗장이 거의 뜯기다시피 한 채 나사에 간신히 매달려 있지 않았습니까.”

그제야 쥐브는 빙그레 웃으며 말했다.

“그렇게 말씀하실 줄 알았습니다, 판사님. 일단 그 질문에 답하기에 앞서, 저와 함께 범행 현장으로 가주실 수 있겠는지요. 아주 흥미로운 것을 하나 보여드리겠습니다.”

쥐브 경감은 복도를 지나 랑그뤼 후작부인의 방으로 성큼 들어서더니, 수사판사를 향해 이렇게 말했다.

"이 빗장을 잘 보십시오. 뭔가 이상한 점이 없습니까?"

"글쎄요, 없는 것 같은데⋯⋯"

"아니죠! 빗장의 걸쇠를 보면 바깥쪽으로 빠져나온 걸 알 수 있습니다. 마치 빗장이 잠겼을 때처럼 말이죠. 한데 빗장이 끼워져 있었을 고정판은 전혀 손상되지 않고 멀쩡합니다. 요컨대 누군가 정말 빗장을 힘으로 뜯어내 문을 억지로 열었다면 여기 이 고정판도 함께 뜯겨나갔어야지요."

"그렇다면⋯⋯"

쥐브 경감은 수사판사의 중얼거림엔 아랑곳하지 않고 내처 질문을 던졌다.

"이 나사들을 어떻게 보십니까?"

수사판사는 나사못을 조심스레 손가락으로 짚어가며 대답했다.

"미세한 홈이 살아 있군요. 그렇다면⋯⋯"

"그렇죠? 어서 말씀해보십시오, 어서요!"

쥐브의 다그침에 프렐 씨는 머뭇머뭇하면서도 얘기를 이어나갔다.

"그러니까⋯⋯ 이 나사못들은 빗장에 억지로 가해진 힘 때문에 뽑혀나온 것이 아니라⋯⋯ 살살 돌려서 빼냈다는⋯⋯ 그러니까 결국⋯⋯"

그다음은 쥐브가 대신 말했다.

"이 단순한 위조의 흔적만으로도 우리는 범인이 우리를 속이려 했고, 문을 억지로 연 것처럼 믿게 만들려 했다고 결론 내릴 수 있는 겁니다. 실제로는 열어달라는 자연스러운 요청에 의해 랑그뢴 후작부인이 순순히 문을 열어주었는데 말이죠. 말하자면 범인은 후작부인이 아는 사람이었다는 얘깁니다!"

쥐브 경감은 그쯤에서 갑자기 말을 멈추더니, 수사판사를 붙잡고 방에서 나가 다시 샤를 랑베르의 방으로 들어갔다. 그러고는 화장실로 가 다짜고짜 무릎을 꿇고는 바닥에 펼쳐진 방수포 한가운데를 손가락으로 짚어보는 것이었다.

"자, 여기 무엇이 보입니까, 판사님?"

수사판사는 외눈안경을 끼고는 쥐브 경감이 가리킨 지점을 가만히 들여다보았다. 작고 거무튀튀한 얼룩이 눈에 들어왔다.

"피입니까?"

수사판사가 묻자 쥐브가 대답했다.

"피입니다! 따라서 에티엔 랑베르 씨가 아들의 화장실에서 발견해 테레즈 양을 질겁하게 했다는 피 묻은 수건 이야기는 결코 테레즈 양이 꾸며낸 것이 아니라는 결론이 나오지요. 젊은이의 혐의점을 겨냥해서 생각할 수 있는 가장 강력한 증거가 실제로 존재한다는 얘깁니다."

수사판사는 고개를 끄덕이며 중얼거렸다.

"결정적인 증거로군…… 샤를 랑베르의 혐의에는 이론의 여지가 없어 보입니다!"

그런데 잠깐 침묵 속에서 뜸을 들이던 쥐브의 입 밖으로 난데없이 다음과 같은 말이 튀어나왔다.

"아니죠!"

수사판사는 어리둥절한 표정으로 경감을 바라보았다.

"아니, 도대체 무슨 말을 하는 겁니까?"

"이를테면 이런 겁니다. 집 안의 누군가가 살인을 저질렀고 그 범인은 샤를 랑베르일 수밖에 없다는 관점에서 우리가 명명백백한 논리를 가지고 있다면, 집 밖의 누군가가 범행을 저질렀을 수 있다는 관점에서도 명백한 논리는 가능하다는 것이죠. 즉 누군가 문을 열고 집 안으로 잠입했을 가능성을 차단할 그 어떤 확고부동한 논리도 우리에겐 없다는 것입니다."

"하지만 성의 문은 자물쇠로 잠겨 있지 않았습니까!"

수사판사의 반론에 쥐브는 슬며시 미소를 지었다.

"오, 그 정도쯤이야…… 그건 있으나 마나 한 논리입니다! 세상 어디에도 완벽하게 안전한 자물쇠란 존재하지 않는다는 걸 아셔야죠. 어차피 열쇠로 열리는 것이 자물쇠인 한 말입니다. 만약 문에 간단한 구식 걸쇠가 설치되어 있었다면 저는 오히려 이렇게 말했을지도 모릅니다. 걸쇠로 문이 잠긴 곳에 들어갈 수 있는 유일한 방법은 문을 부수고 들어가는 것뿐이니, 아무도 그곳에 들어가지 않은 게 분명하다고요! 그러나 지금 우리는 열쇠만 있으면 얼마든지 열리는 자물쇠에 대해 논하고 있습니다. 한데 본을 뜰 수 없는 열쇠란 존재하지 않고, 일단 본을 떠놓으면 어느 열쇠든 위조할 수가 있지요. 결국 범인은 그와 같은 위조 열쇠를 가지고 성 안으로 쉽게 들어갈 수 있었던 겁니다.”

“하지만 범인이 바깥에서 침입했다면 성 주변에 어느 정도 흔적을 남길 수밖에 없었을 텐데, 우리가 확인한 바로는……”

쥐브 경감은 수사판사의 반론 시도를 단박에 무력화했다.

“확인한 바로는 그런 흔적이 분명 있습니다! 우선 여기 이 찢어진 ‘타리드 지도*’ 조각이 있습니다.”

그러고는 호주머니에서 찢어진 종잇조각을 꺼내들었다.

“어제 성채와 철도 제방 중간쯤에서 제가 직접 발견한 겁니다. 묘하게도 그 찢어진 지도 조각에는 보리외 성 주변 지역이 담겨 있지요.”

“그것만으로 대체 무엇이 증명된단 말입니까? 우리 지역 내에서 우리 지역이 담긴 지도가 발견되는 거야 지극히 자연스러운 일일 텐데…… 오호라, 만약 찢어진 지도의 나머지 조각이 누군가의 소지품에서 추가로 발견된다면…… 그건 얘기가 다르겠군요!”

이제 슬슬 얘기가 통한다 싶은지 쥐브는 두 눈을 반짝이며 이렇게 중얼거렸다.

---

* 타리드 사社에서 1895년부터 제작하기 시작한 지도.

"그러지 않아도 최대한 빨리 조치를 취할 예정입니다! 한데 저의 의견을 뒷받침할 만한 증거가 이 지도 조각 하나만은 아닙니다. 실은 오늘 아침 철도 제방을 배회하면서 수상하기 짝이 없는 발자취들을 발견했거든요."

발자취 따위가 무슨 대수이겠나 싶었는지 수사판사는 서둘러 결론부터 물었다.

"그래, 이번에는 또 어떤 결론이 나왔습니까?"

그럴수록 쥐브는 목청을 높여 자신의 생각을 전개했다.

"일단 두 가지 가설을 설정할 수 있습니다. 하나는 범인이 살인을 저지르기 훨씬 전부터 이미 성 안에 있었고, 사건 직후 성을 떠난 경우입니다. 만약 범인이 범행을 저지르고 나서 성을 나와, 방금 언급한 대로 발자취가 발견된 철도 제방을 지나던 기차에 올라탔다고 한다면 판사님은 뭐라 하시겠습니까?"

"글쎄요, 달리는 기차를 마치 전차에 올라타듯 올라탈 수는 없는 일 아니겠습니까?"

수사판사의 대꾸에 쥐브는 고개를 끄덕이며 이렇게 덧붙였다.

"그렇지요. 한데 문제의 철도 제방에 위치한 터널 주변에 보수 공사가 한창이라 모든 열차들이 이미 한 달 전부터 일단정지 수칙을 지키고 있다면 어떻겠습니까?"

수사판사는 쥐브의 치밀한 추리에 다소 흔들리면서도 끈질기게 반론을 들이댔다.

"그래도 성채 주변에서는 그 어떤 의문의 발자취도 발견하지 못했습니다."

"물론 그렇지요. 하지만 제가 확인한 바로는 범행이 일어난 방 창문이 올려다보이는 잔디밭의 흙이 조금 심상치 않은 모습을 하고 있었습니다. 그 부근의 흙이 약간 어지럽혀졌음을 보여주는 단서라 할 만했지요. 그래서 곰곰이 생각해보았습니다. 만약 누군가 어떤 건물 2층에서 잔디밭의 무른 흙 위로 뛰어내리고는 거기에 찍힌 신발 자국을 지우고자 했다면 주위의 흙과 풀을 이렇게 저렇게 끌어다 파인 흔적을 덮었을 텐데, 그렇게 하면 방금 언급한 잔디밭 흙의 심상치 않은 모습처럼 될 거라고요."

"음…… 어디 직접 눈으로 보고 싶군요."

프렐 씨의 제안에 쥐브 경감은 선뜻 대답했다.

"그거야 어려운 일이 아니지요!"

두 사람은 쏜살같이 계단을 내달려 현관을 지나 건물 밖으로 나왔다. 문제의 지점에 다가가는 동안 수사판사는 주변의 잔디가 너무도 멀쩡한 것에 점점 어리둥절해했고, 쥐브 경감은 그런 수사판사에게 덤덤한 어조로 말했다.

"뭐, 따지고 보면 이해 못 할 일도 아닙니다! 범인이 잔디 위를 걸어다닌 것은 한밤중의 일이고, 그것은 곧 이슬이 내리기 전을 의미하지요. 그런데 아침이 되어 새벽이슬이 증발하기 시작하면 사람이나 짐승에 밟혔던 풀들이 일제히 몸을 일으킨다는 건 누구나 아는 상식입니다. 그러다보면 간밤에 생긴 흔적들이 감쪽같이 사라지고 마는 것이지요!"

그럼에도 수사판사와 쥐브는 정확한 목표 지점에 도착하자 누가 먼저랄 것도 없이 흙 위로 몸을 웅크리고는 유심히 살펴보기 시작했다. 잔디 바로 옆에는 대황 한 포기가 그럴듯한 그늘까지 드리운 채 넓은 잎사귀들을 펼치고 있었다.

그중 가장 가깝게 늘어진 잎사귀에 무심코 눈길이 닿은 쥐브 경감. 다음 순간 그의 입에서 놀라움과 만족의 탄성이 새어나왔다!

"아하…… 여기 재미있는 게 있군요……"

"무엇 말입니까?"

"여길 좀 보십시오."

쥐브가 손가락으로 가리킨 곳에는 거무튀튀하게 굳어버린 뭔가의 흔적이 마치 반점처럼 잎사귀 여기저기에 묻어 있었다.

"이게 다 뭐죠?"

프렐 씨의 질문에, 쥐브는 대답 대신 손바닥으로 잎사귀 표면을 쓸어내더니 이렇게 말했다.

"흙입니다. 10여 센티미터 아래 주변에 널려 있는 그냥 보통 흙이요."

"그래서요?"

쥐브 경감은 이미 어리둥절한 표정으로 변하고 있는 수사판사에게 히죽 웃어 보이며 말했다.

"이런 생각을 해보는 거죠. 그냥 보통 흙, 아니, 설사 부식토라 해도 자기 맘대로 이리저리 옮겨다닐 수는 없지 않겠나, 심지어 10센티미터 위 공중으로 저절로 튀어오르는 일은 불가능하지 않겠나……"

수사판사는 아무 말도 못 하고 있었고, 쥐브 경감은 계속 얘기를 이어갔다.

"결론은 이 흙이 저 혼자 옮겨다닌 게 아니라는 얘긴데, 그렇다면 과연 어떻게 여기 들러붙게 되었겠습니까? 가만히 생각해보면 의외로 간단하지요! 프렐 판사님, 아까 말씀드린 대로 누군가 이 잔디밭으로 뛰어내렸습니다. 그는 자기 신발 자국을 지우기 위해 주변의 흙을 손으로 쓸어모아 파인 부분을 메웠겠지요. 그러다보니 손에 흙이 묻었을 테고, 무의식적으로 양손을 비비거나 털어서 흙을 떨어냈을 겁니다. 손에 묻었던 흙은 그 바람에 작은 알갱이로 떨어져 주변에 널린 이 대황 잎사귀에 내려앉은 거고요! 이 정도의 증거만으로도, 범인이 바깥에서 침입해 들어왔건 어쨌건, 최소한 범행을 저지른 뒤 바로 여길 통해 달아났다는 사실만은 증명되는 셈이죠."

"그러니 샤를 랑베르가 그랬다는 얘기 아니겠습니까?"

수사판사의 말에 쥐브는 수수께끼 같은 어조로 대꾸했다.

"샤를 랑베르가 '그랬어야' 얘기가 맞아떨어지는 거겠죠."

98

잠시 침묵이 흘렀다. 수사판사는 도무지 속을 알 수 없는 쥐브의 태도에 점점 심기가 불편해지면서 입을 꼭 다문 채 깊은 생각에 빠져들고 있었다. 마침내 쥐브 경감이 먼저 침묵을 깼다.

"이제 마지막 가설을 설명할 차례가 왔군요. 내용이 달갑지 않더라도 귀담아들어주시길 바랍니다. 아시다시피 보리외 살인사건은 무척이나 이상야릇하고 수수께끼 같은 사건입니다. 요컨대 이번 사건이 영락없는 팡토마스 스타일의 범죄 유형을 보인다고는 생각하지 않으시나요?"

형사의 입에서 거의 전설에 가까운 그 이름이 튀어나오는 순간, 수사판사는 '이건 아니다'라는 생각부터 들었다. 그는 어이없다는 표정으로 어깨를 으쓱하며 대꾸했다.

"아하, 팡토마스라!…… 이것 보십시오, 쥐브 경감. 설마하니 당신이 팡토마스까지 끌어들일 거라고는 꿈에도 생각지 못했소이다! 팡토마스라니…… 세상에! 그건 너무 손쉬운 도피 수단이 아닐까요? 사건을 쉽사리 재단하고 분류해버리는 아주 진부한 수단이란 말입니다! 당신도 잘 알겠지만, 그건 법조계 사람들끼리 하는 농담에 불과합니다. 팡토마스란 인물은 존재하지 않아요!"

그러나 쥐브는 오히려 펄쩍 뛰는 시늉을 했다. 잠시 침묵이 이어진 뒤, 쥐브는 침착하지만 자신의 신념을 표할 때 으레 그러듯, 아주 진지한 태도로 단어 하나하나에 힘을 주어가며 말했다.

"그렇게 간단히 치부할 일이 결코 아니지요! 암, 아니고말고요…… 당신은 수사판사, 나는 치안국의 일개 형사에 불과합니다만…… 당신의 경력이라야 삼사 년 혹은 그 이하에 지나지 않고, 이 몸은 십오 년 동안이나 이 일을 해왔어요. 내가 알기로 팡토마스는 분명히 존재합니다! 어떤 사건이든 그의 개입이 의심될 때 나는 결코 당신처럼 가벼운 자세로 임하지 않습니다.”

수사판사는 당혹해하는 기색을 감추지 못한 채 이 대담한 형사를 뚫어져라 바라보았다. 쥐브의 얘기가 계속되었다.

“프렐 씨, 아직까지 세상 그 누구도 나에게 겁쟁이라고 말한 적이 없습니다. 죽음이라면 아주 가까이서 무수하게 목격한 몸이에요. 나를 죽여버리겠다고 이를 가는 악당들이 수도 없이 많습니다. 무시무시한 복수의 다짐이 늘 이 목숨을 위협하고 있단 말입니다. 다 좋아요! 솔직히 그런 것쯤은 내게 아무것도 아닙니다. 하지만 내 뇌리에 팡토마스라는 이름이 맴돌 때, 그 범죄의 천재가 어떤 사건에 개입했다는 의심이 내 머리를 휘저을 때…… 그때는 말입니다, 프렐 씨, 나는 겁이 덜컥 납니다! 고백하는데, 정말로 겁을 집어먹어요! 내가…… 이 쥐브 형사가 말입니다! 팡토마스는 평범한 방식으로는 결코 대적할 수 없는 존재이기에, 한계를 모르는 대담성과 가늠할 수 없는 위력을 지닌 존재이기에 두려운 겁니다. 뿐만이 아닙니다, 프렐 씨…… 지금까지 팡토마스와 대결을 감행한 모든 이들이, 나의 동료, 친구, 상관…… 그 모든 사람들이 팡토마스의 손에 치명타를 입고 나가떨어지는 광경을 내 두 눈으로 똑똑히 보았어요. 아, 팡토마스는 존재합니다! 그건 내가 알아요. 하지만 과연 그가 누구냐 이 말입니다! 적어도 가늠할 수는 있는 위험이라야 물리치고 극복하지, 어렴풋이 짐작만 할 뿐 도무지 정체를 알 수 없으니 그저 벌벌 떨 수밖에요."

가만히 듣고만 있던 수사판사가 불쑥 말했다.

"그래도 그 팡토마스라는 존재가 악마는 아니지 않습니까? 우리와 똑같은 사람 아닌가요?"

"네, 맞습니다, 판사님. 그 역시 우리와 똑같은 사람이지요. 하지만 앞서 말한 대로 천재입니다! 그는 아무런 흔적도 남기지 않는 기발한 비법을 통해 사람을 죽이는 것 같아요. 누구도 그를 보지 못하고 그저 짐작만 할 뿐입니다. 아무도 그의 소리를 듣지 못하고 그저 추측만 할 뿐이지요. 만약 이 사건에 정말로 팡토마스가 연루되어 있다면, 우리가 과연 사건을 해결할 수 있을지 의문이 들 정도입니다!"

수사판사는 자기 의지와는 무관하게 조여드는 가슴을 속으로 쓸어내리며 이렇게 물었다.

"이보시오, 쥐브 경감. 그렇더라도 설마 수사를 그만두자는 얘기는 아니겠지요?"

쥐브는 갑자기 떠나갈 듯 억지 너털웃음을 터뜨리더니 대답했다.

"아하하, 이것 보십시오, 수사판사님. 제가 분명 겁이 난다고는 말씀드렸지만 비겁한 사람이라고 하지는 않았습니다! 안심하십시오. 끝장을 볼 때까지 의무를 소홀히 하는 일은 결코 없을 테니까……"

그때였다. 난데없이 들려온 다급한 발소리에 둘은 누가 먼저랄 것도 없이 소리가 나는 쪽으로 고개를 돌렸다. 우체부가 땀을 뻘뻘 흘리며 보리외 성에서 달려나오고 있었다.

"혹시 두 분 중에 쥐브 씨라는 사람을 아시는 분 있습니까?"

"내가 쥐브요."

형사는 우체부가 내민 전보를 얼른 받아 쥐고 재빨리 봉투를 뜯었다.

다음 순간 소스라치게 놀라는 쥐브 형사. 수사판사에게 전보를 내미는 손길이 예사롭지 않게 떨리고 있었다.

"이걸 좀 읽어보십시오……"

치안국에서 보내온 전보의 내용은 다음과 같았다.

파리로 급히 귀환 바람.

벨담 경 실종사건 배후에 심상치 않은 범죄가 숨어 있는 것으로 판단됨.

지금으로서는 팡토마스의 개입이 의심스러우나,

이는 극비사항임.

7

치안국

"거언 씨가 이곳에 살죠?"

방금 서둘러 계단 청소를 마치고 돌아온 르베르 가街 147번지 관리인 둘랑크 부인은 이렇게 물어오는 상대를 유심히 쳐다보았다. 갈색 머리칼에 짙은 콧수염, 펠트 모자를 눌러쓴 훤칠한 사내가 단추를 있는 대로 꼼꼼히 채우고 외투 깃을 귀밑까지 추어올린 차림새로 서 있었다.

사내는 거듭 물었다.

"거언 씨 말입니다."

"지금 안 계신데요. 안 계신지 꽤 됐어요."

둘랑크 부인의 대답에도 불구하고 낯선 사내는 이렇게 말했다.

"그건 나도 압니다. 그분 댁에 볼일이 있어서 그러니 안내를 좀 해주셨으면 합니다.”

그러면서 사내는 언뜻 호주머니 속을 뒤지려는 듯했다. 보아하니 편지라든가 명함 따위를 내밀어 이 갑작스러운 요구를 정당화하려는 눈치였다. 바로 그때, 머뭇머뭇하던 둘랑크 부인이 때마침 뭔가 생각난 듯 이렇게 외쳤다.

“혹시…… 아, 이제 알겠다! 가방을 가지러 오겠다고 하신 양반인 모양이구려! 회사에서 나오신 분 맞죠? 잠깐만, 회사 이름이 뭐였더라…… 영어 이름이었던 것 같은데……”

관리실 문을 반쯤 열어둔 채 서 있던 둘랑크 부인은 부랴부랴 안으로 들어가 세입자들의 우편물을 분류해둔 정리함을 한동안 뒤지더니, 수취인이 거언으로 표기된 낡은 안내장 하나를 찾아냈다.

글씨가 잘 보이지 않아 부인이 안경을 요리조리 고쳐 끼는 사이, 사내는 슬쩍 부인 뒤로 다가가 어깨 너머로 재빨리 훔쳐보고는 눈치채지 못하게 슬그머니 빠져나와 툭 던지듯 말했다.

“저는 ‘사우스 스팀십 컴퍼니’에서 나왔습니다만……”

둘랑크 부인은 안내장에 인쇄된 글씨를 간신히 읽어내려갔다.

“그래요, 맞군요. 사우스…… 방금 말씀하신 그대로네요. 난 이게 영 발음이 안 돼서……”

둘랑크 부인은 방문객을 돌아보며 말을 이었다.

“그런데 댁의 회사는 일을 도통 서둘지 않는 것 같네요. 짐을 치우기 위해 벌써 삼 주를 기다린 거 알아요? 거언 씨는 자신이 떠나고 며칠 후면 사람이 올 거라고 했는데.”

둘랑크 부인은 거리에 면한 관리실 창밖을 무심코 내다보다가, 다시 고개를 돌려 방문객을 위아래로 유심히 살펴보았다. 심부름꾼으로 보기에는 아무래도 옷차림이 너무 깔끔했다.

“아니, 그런데 손수레나 트럭도 가져오지 않았네요. 설마 그 트렁크들을 죄다 짊어지고 가겠다는 건 아니죠?”

부인의 질문에 낯선 사내는 잠시 뜸을 들인 뒤 침착하게 대답했다.

“실은 트럭도 가져오지 않았고, 거언 씨의 짐을 가지러 온 것도 아닙니다. 그냥 여기 있는 짐들이 얼마나 중요한 것들인지 오늘 오전 중으로 살펴보기 위해 온 것입니다. 자, 이제 좀 보여주시죠.”

둘랑크 부인은 그제야 긴 한숨을 내쉬며 말했다.

“에휴…… 하는 수 없지! 6층이에요.”

부인은 계단을 오르면서도 계속 구시렁댔다.

“조금만 일찍 오셨더라면 좋았을 것을…… 내가 청소를 하는 중이었다면 백이십 계단을 두 번이나 오르락내리락하는 일은 없었을 것 아니에요!”

이윽고 6층. 둘랑크 부인은 호주머니에서 열쇠를 꺼내 아파트 문을 열었다.

전체적으로 검소한 편이면서도 아기자기하게 꾸며져 있었다.

일종의 식당 겸 거실인 공간과 침실 모두 커다란 유리창을 통해 주위의 공원들을 마음껏 내다볼 수 있는 전망을 갖추고 있었다. 아울러 사방 어디로부터도 마주 보이는 위치가 아니었기에, 이웃의 시선을 걱정할 것 없이 창문을 활짝 열어놓은 채 집 안에서 제멋대로 생활할 수 있었다.

"환기를 좀 시켜야겠구먼. 그러지 않으면 거언 씨가 돌아왔을 때 기분이 좀 언짢겠어……"

둘랑크 부인이 중얼거리자 낯선 사내가 불쑥 물었다.

"거언 씨는 보통 여기서 지내시지 않나요?"

"웬걸요! 그 뭐야, 출장이라는 걸 다녀서 그런지 자주 집을 비우는데, 가끔은 아주 오랫동안 비우기도 해요. 그렇게 떠돌아다니는 것도 결코 즐거운 일은 아닐 텐데, 그래도 벌이는 괜찮은 모양이죠. 거언 씨는 전혀 인색한 양반이 아니거든……"

그러자 펠트 모자의 사내가 다시 물었다.

"아하, 그분이 인색하지 않다고요?"

"글쎄, 그렇다니까요."

이제 둘랑크 부인의 수다는 세입자가 두둑이 얹어주는 팁에 대한 혼을 빼놓는 찬사로 넘어가기 시작했다. 그동안 낯선 사내는 벽난로 위에 있는 어느 젊은 여인의 사진을 유심히 살펴보더니 그걸 가리키며 물었다.

"거언 부인이신가요?"

"거언 씨는 독신이라오."

둘랑크 부인의 대답에 펠트 모자의 사내는 살짝 윙크를 하면서 입가엔 의미심장한 미소를 띤 채 은근한 목소리로 물었다.

"그렇다면…… 애인?"

한데 둘랑크 부인은 정색을 하며 고개를 내젓는 것이었다.

"아이고, 천만에요! 사진 속 여자는 애인을 전혀 닮지 않았는걸……"

"그의 애인을 아십니까?"

"글쎄올시다, 안다고 해야 하나 모른다고 해야 하나…… 거언 씨가 파리에 머물 때면 종종 오후에 웬 귀부인이 찾아오곤 했어요. 정말이지 우아한 여자였다오. 이곳 벨빌 근처에서는 좀처럼 보기 힘든 여자였어…… 맞아, 아마도 상류사회 여자였던 것 같아요. 항상 베일로 얼굴을 가리고 나타나서는, 관리실 앞을 쏜살같이 지나쳐 갔지요. 나하고는 대화 한마디 없었어요. 그런데 마음 하나는 그렇게 넉넉할 수가 없는 것 같더라고! 오다가다 툭하면 나한테 백 수짜리 동전을 내밀었던 걸 보면……"

둘랑크 부인의 말에 흥미가 잔뜩 당기는지 낯선 사내는 또 이렇게 물었다.

"오호라, 그러니까 이곳 세입자께선 돈 문제에 별로 신경을 안 쓰더라, 이거죠?"

“아, 글쎄 내 말이 바로 그거라니까!”

그때였다. 관리인을 소리쳐 부르는 웬 굵직한 목소리가 저 아래 계단으로부터 들려왔다.

“관리인! 관리인 어디 있소!”

둘랑크 부인은 허겁지겁 층계참으로 달려나가 대답했다.

“6층에 있어요! 무슨 일이신지요?”

“거언 씨 지금 댁에 계시오?”

“올라오세요. 제가 지금 그분 댁에 있으니까.”

둘랑크 부인은 낯선 사내에게 돌아와 다짜고짜 호들갑을 떨었다.

“아니, 이게 무슨 일이지? 또 누가 와서 거언 씨를 찾네요! 아무래도 오늘은 모조리 거언 씨 찾는 손님들뿐인가봐……”

낯선 사내 역시 다소 어리둥절한 모양이었다.

“거참 이상하군요. 평소에도 거언 씨를 찾는 손님들이 많나요?”

“웬걸요, 거의 없어요. 그래서 내가 이렇게 놀라는 거 아니에요!”

이윽고 남자 두 명이 계단을 다 올라와 문 앞에 섰다. 차림새만으로도 둘 다 트럭 운전사임을 알 수 있었다. 둘 중 한 명이 무언가 말을 하려 하자 둘랑크 부인이 이미 알고 있다는 투로 만류하더니, 펠트 모자 사내를 돌아보며 말했다.

“아이고, 보아하니 그쪽 직원들이 트렁크를 가져가러 온 모양이네요!”

사내는 순간 인상을 찌푸리며 대꾸를 할까 말까 망설이는 듯하다가 그대로 잠자코 있었다.

트럭 운전사 중 한 명이 마침내 입을 열었다.

"저희는 '사우스 스팀십 컴퍼니'에서 나왔습니다. 거언 씨의 짐 네 개를 가져가려고 왔는데요…… 아, 저것들입니까?"

그러면서 첫째 방 구석에 가지런히 놔둔 큼직한 트렁크 두 개와 자그마한 상자 두 개를 가리켰다.

그제야 둘랑크 부인이 불쑥 물었다.

"아니, 그런데 세 분 모두 함께 나오신 분들 아니에요?"

낯선 사내가 고집스레 아무 대꾸도 하지 않는 가운데, 트럭 운전사 한 명이 대뜸 대답했다.

"아닌데요. 저분은 우리 일행이 아닙니다."

그러고는 동료에게 툭 던지듯 말했다.

"자, 자, 어서 움직이자고!"

순간 펠트 모자를 쓴 사내와 둘랑크 부인 모두 누가 먼저랄 것도 없이 거의 반사적으로 트럭 운전사들과 트렁크 사이를 가로막았다.

사내가 먼저 깍듯하면서도 어딘지 모르게 위압적인 어조로 입을 열었다.

"실례합니다만, 아무것도 가져갈 생각은 마십시오!"

트럭 운전사는 대답 대신 얼른 호주머니에서 꾀죄죄한 수첩

하나를 꺼내더니, 이리저리 펼쳐 꼼꼼히 읽어보고는 말했다.

"어, 착오가 생긴 건 아닌데요. 분명히 이곳으로 가라고 지시를 받았습니다."

그리고 다시 동료를 향해 손짓을 하며 외쳤다.

"자, 뭐 해. 어서 옮기자고!"

이제는 둘랑크 부인의 의심도 한층 불어났다. 상황이 점점 심상치 않게 돌아가자, 부인은 허겁지겁 밖으로 나가 불안한 목소리로 외쳤다.

"오로르 부인! 오로르 부인!"

한데 펠트 모자의 사내가 느닷없이 뒤에 따라붙더니, 노파의 팔을 붙들고 다시 거언 씨의 아파트로 들어가며 나직이 말하는 것이었다.

"부탁입니다만 조용히 좀 해주십시오! 소란을 부리면 안 됩니다!"

그러나 이미 남자들의 석연치 않은 태도에 불안을 느끼고 있는 노파로서는 더욱 귀에 거슬리는 소리를 지를 수밖에 없었다.

"아, 이러는 게 아닌데. 이게 아니야…… 당신들 사정은 내 알 바 아니에요! 도대체 세 사람 모두 뭐 하는 사람들이에요? 이거 놔요! 내 몸에 손대지 말라니까!…… 여기서 뭣들 하는 거냐고!"

트럭 운전사 한 명도 노파의 호들갑에 매우 기분 나쁘다는 듯 반응을 보이기 시작했다.

"나 참, 우리도 회사의 지시를 받고 이러는 거예요! 여기 이 장부를 보세요! 표지에 회사 이름이 엄연히 새겨져 있지 않습니까……"

그러더니 낯선 사내 쪽을 흘끔거리며 말을 이었다.

"혹시 저분께서도 '사우스 스팀십 컴퍼니'에서 나왔다고 하던가요? 내가 보기에 그건 거짓말 같은데……"

이런 상황에서 펠트 모자를 쓴 사내는 미동도 하지 않았다. 대신 조금 전보다 더 기겁을 한 노파가 다시금 오로르 부인을 더욱 크게 소리쳐 부르기 시작했다.

"오로르 부인! 오로르 부인!"

상황이 진전됨에 따라 갈수록 수상쩍어지는 낯선 사내가 한 발 다가서자, 둘랑크 부인은 이제는 가쁜 숨까지 몰아쉬며 비명을 질러댔다.

"아이고, 도와줘요!…… 사람 살려요!"

트럭 운전사도 더이상 못 참겠다는 듯 같이 목청을 높였다.

"이런 젠장! 어쩌다 도둑으로까지 몰리게 된 거야? 정 그러면 경찰에 신고라도 하시든지! 우린 어디까지나 떳떳하다고요!"

그러고는 낯선 사내 쪽을 의식하며 다음과 같이 중얼거렸는데, 아무래도 께름칙하다는 투였다.

"그런데 저 양반은 아까부터 왜 저러고 있는지 모르겠네……"

순간, 무슨 생각이 들었는지 그가 동료를 후딱 돌아보며 말했다.

"어이, 오귀스트! 자네가 대신 내려가서 저기 길모퉁이에 있는 경찰관을 좀 데려오는 게 낫겠어. 그래야 저 신사 분도 우리도 처지가 명확해질 것 아닌가!"

오귀스트는 지체 없이 계단을 달려 내려갔다.

얼마나 지났을까. 6층에 남아 있는 사람들 사이에는 아무 말도 오가지 않은 채 불안한 기운만 감돌고 있었다.

출입구에 서 있는 둘랑크 부인은 온몸을 부들부들 떨면서, 누가 조금이라도 움직이면 뒤도 안 돌아보고 계단 쪽으로 줄행랑칠 생각만 하는 눈치였다. 트럭 운전사는 장부를 한쪽 겨드랑이에 낀 채, 아무 생각 없이 따분한 표정으로 주변을 두리번거리는 펠트 모자의 사내를 아니꼽다는 눈초리로 계속 흘겨보고 있었다.

마침내 묵직한 발소리가 들리기 시작했다. 오귀스트가 경찰관과 함께 계단을 올라왔다.

"무슨 일이십니까?"

근엄하고도 당당한 경찰관의 음성에 모두의 얼굴이 일순 환해졌다. 노파는 더이상 떨지 않았고, 트럭 운전사도 불만스러운 기색을 깨끗이 털어버렸다. 두 사람 다 누가 먼저랄 것도 없이 방금 등장한 공권력의 화신 앞으로 다가가 자초지종을 설명하려는 찰나…… 펠트 모자의 낯선 사내가 간단한 손동작으로 두 사람을 제지하더니, 경찰관에게 뚜벅뚜벅 걸어가 떡하니 버티고 서서 두 눈을 똑바로 마주 보며 이렇게 말했다!

“치안국 소속 형사반장 쥐브 경감이네!*”

예상치 못한 상황에 맞닥뜨린 경찰관은 한 발짝 주춤 뒤로 물러나 상대를 다시 한번 쳐다보는가 싶더니, 곧바로 손을 모자챙에 척 갖다붙여 경례를 하고는 절도 있는 음성으로 말했다.

“아, 죄송합니다, 경감님! 미처 알아뵙지 못했습니다, 용서하십시오. 이 동네에는 너무 오랜만에 오시는 거라……”

그러고는 트럭 운전사 쪽으로 홱 돌아서서 거칠게 내뱉었다.

“거기 당신, 이리 나와보시오!”

치안국 형사라는 신분이 밝혀진 쥐브는, 이제 경찰관이 ‘사우스 스팀십 컴퍼니’ 소속의 트럭 운전사를 도둑으로 오인하려 한다는 걸 알고는 실소하지 않을 수 없었다.

“자, 자, 그만하면 됐네. 그분은 아무 잘못 없으니 가만두시게나……”

“하지만…… 그럼 도대체 누굴 연행해야 하는지……”

한편 낯선 사내의 신분에 적잖이 놀란 둘랑크 부인이 이죽거리며 한마디 했다.

“아니, 진작 형사님이라고 말했으면 경찰을 부르러 보내진 않았을 것 아니에요……”

---

* 보통 일선 경찰서에서는 경위가 반장급이나, 치안국 규모에서는 경감이 형사반장을 맡는다.

그러자 쥐브는 빙그레 웃으며 대꾸했다.

"그러지 않아도 불안해하는 마당에 내가 신분을 밝혔다 한들 곧이곧대로 믿었을까요? 그래도 사람을 부르러 보냈을 겁니다!"

그러고는 황당해하는 두 트럭 운전사를 향해 말했다.

"자, 두 분은 즉시 회사로 돌아가도록 하시오."

그럼에도 두 사람이 일이 아직 남았다며 버티자 쥐브는 손짓으로 말을 막은 뒤 이렇게 덧붙였다.

"만사 제쳐놓고 내 말대로 하시라니까! 그리고 회사에 가자마자 사장님에게…… 아 참, 사장님 성함이 어떻게 되지요?"

"울랜드 씨입니다."

"그래요, 울랜드 씨에게 내가 이곳에서 기다리니 최대한 빨리 와주십사 전하시오. 단, 거언 씨의 발송물과 관련된 일체의 서류를 지참해달라고 하시오. 내 말 알겠습니까?"

"잘 알겠습니다! 거 운수 한번 고약한 아침이지만, 우리야 뭐 상관있나요……"

"적절한 보상은 하도록 할 테니 걱정 마요."

쥐브 경감의 약속을 받고서야 두 사람은 계단을 내려갔다. 한데 그들의 등에 대고 쥐브가 낮은 목소리로 당부하는 것이었다.

"방금 일어난 일에 대해서는 일절 입을 열지 마시오. 내가 전하라는 말만 사장님에게 전하고, 그 밖에는 아무 말도 해선 안 됩니다!"

그렇게 트럭 운전사들이 부랴부랴 오트빌 가로 떠나고 십오 분이라는 시간이 흘렀다.

쥐브는 집 안의 모든 서랍을 열어보고 가구 속을 뒤지는가 하면, 선반과 찬장 이곳저곳을 손으로 더듬는 가운데, 관리인 둘랑크 부인에게 무엇이든 좋으니 세입자 거언 씨에 대해 이야기를 해달라고 청했다.

"거언 씨는 중간 키에 금발이고, 영국식으로 깔끔하게 면도한 얼굴에 단단한 몸집을 가지고 있지요. 별다른 특징이 있는 건 아니고, 여느 사람들과 비슷한 인상이라고나 할까요."

부인의 두루뭉술한 이야기는 쥐브가 듣기에는 전혀 홍미롭지 못한 것 같았다. 그는 경찰관에게 주방에서 찾은 드라이버로 트렁크 자물쇠의 나사를 해체하라고 지시한 뒤, 어쩔 줄 몰라 우두커니 서 있는 둘랑크 부인에게 다가가 말했다.

"아까 거언 씨에게 애인이 있다고 말했죠? 그 여자와는 대개 언제 만나는 것 같던가요?"

"아, 그게 말이죠, 거언 씨가 파리에 있을 때 주로 오후에 만나곤 했지요."

"함께 외출도 했나요?"

"아뇨."

"그 애인이라는 여자가 이곳에서 밤을 지내기도 했나요?"

"오, 그런 적은 전혀 없어요."

둘랑크 부인의 말에 쥐브는 혼잣말처럼 중얼거렸다.

"그렇군…… 분명 유부녀야……"

그러자 둘랑크 부인이 어중간하게 손사래를 치며 더듬거렸다.

"저는 그렇게 말한 적이……"

"됐습니다. 그건 그렇고, 그쪽 뒤에 걸려 있는 옷 좀 이리 줘보십시오."

형사의 말에 둘랑크 부인은 옷걸이에 걸린 상의를 고분고분 집어 건네주었다. 쥐브는 옷을 받아들자 신속하게 훑어보더니, 옷깃 안쪽을 더듬어 상표를 찾아내 거기 새겨진 '프레토리아'라는 지명을 읽어냈다.

"옳거니! 내가 예상한 그대로군!"

나직이 내뱉고는 이번엔 단추를 살피기 시작하는 쥐브 경감. 단추 뒷면에 새겨진 제조자 이름은 '스미스'였다.

쥐브 경감이 조사하는 방식에서 나름대로 감을 잡았는지, 경찰관도 방금 자신이 자물쇠를 해체해 연 첫째 가방 속의 옷가지들을 이리저리 살피기 시작했다.

"경감님, 여기 있는 옷들에는 제조된 곳이나 제조자 이름이 없는데요?"

경찰관의 말에 쥐브 경감은 대수롭지 않다는 듯 대꾸했다.

"그건 됐고…… 다른 트렁크도 좀 열어보게."

경찰관이 트렁크 자물쇠에 매달려 낑낑대는 동안, 쥐브 경감은 잠시 주방으로 건너갔다가, 쇠로 된 손잡이가 달린 다소 묵직해 보이는 구리 망치를 들고 왔다.

쥐브가 무척이나 흥미롭다는 표정으로 망치를 요모조모 뜯어보며 무게를 가늠하고 있을 때였다. 갑자기 경찰관의 입에서 끔찍한 비명 소리가 터져나왔고, 쥐브의 눈길은 방금 개봉된 대형 트렁크 쪽으로 순식간에 가서 꽂혔다.

직업상 냉정한 태도를 유지하고 전혀 흔들림을 보이지 않으면서도 쥐브 형사 역시 움찔하지 않을 수 없었다.

눈앞의 트렁크 속에…… 시체가 들어 있었다!

둘랑크 부인은 안락의자에 쓰러지듯 주저앉아 반쯤 실신해버렸고, 혼비백산한 경찰관은 부인에게 달려들어 정신을 차리게 하려고 호들갑을 떨었다.

쥐브는 자세를 가다듬은 뒤 신속히 지시를 내렸다.

"이곳 출입문부터 차단하게. 여자 비명 소리가 밖으로 새어나가선 안 돼."

부랴부랴 지시를 수행한 경찰관은 다시 노파 곁으로 달려왔다.

서민층에 속하는 여자들은 사실 웬만해선 혼절하는 일이 드문 법이다. 둘랑크 부인 역시 살짝 정신을 잃었다가 곧바로 회복했고, 지금은 의자에 처박힌 채 여전히 넋 나간 얼굴로 시체만 뚫어져라 바라보고 있었다.

사실 시체는 보기에 그리 끔찍한 편은 아니었다. 나이가 오십대는 되어 보이는 남자인데, 뚜렷한 이목구비에 조금은 때 이르게 탈모가 진행중인 넓은 이마를 하고 있었다. 남자는 트렁크 속에 무릎을 구부리고 고개를 파묻다시피 하여 잔뜩 웅크린 상태였다. 아마도 뚜껑을 억지로 닫느라 그 압력이 두개골에 그대로 얹히면서 그런 자세가 된 것 같았다.

상당히 세련된 차림새로 미루어보아 어느 정도 품위를 갖춘 우아한 신사임을 짐작할 수 있었다. 언뜻 봐서는 눈에 띄는 외상도 없었다.

쥐브는 둘랑크 부인을 향해 살짝 고개를 돌리며 물었다.

"거언 씨를 본 지가 얼마나 됐습니까?"

둘랑크 부인은 더듬더듬 대답했다.

"최소한 삼 주는 된 것 같네요…… 딱 그 정도 됐을 거예요…… 맹세컨대 그동안은 아무도 여길 드나든 사람이 없었어요."

쥐브 경감은 경찰관에게 눈짓을 보냈고, 경찰관은 즉시 지시를 알아채고 실행에 옮겼다.

허리를 숙인 채 얼마간 사체를 더듬어보던 경찰관이 말했다.

"아주 뻣뻣하게 굳었습니다. 한데 냄새는 전혀 나지 않네요. 아마도 추운 날씨 때문에……"

쥐브는 곧바로 고개를 가로저었다.

"아무리 추위가 심해도 이런 곳에서 삼 주 동안이나 시체를 저렇게 유지하진 못하지. 대신 저걸 좀 보라고."

쥐브는 워낙 마른 체형이라 그런지 부착식 옷깃이 살짝 벌어진 틈새로 유난히 두드러져 보이는 남자의 울대뼈 근처 조그맣고 누르스름한 반점을 손으로 가리켰다.

어리둥절해하는 경찰관을 제치고, 쥐브는 시체의 겨드랑이에 손을 낀 뒤 조심스럽게 몸통을 들어올렸다. 그러고 나서 보니, 목덜미에 큼직한 혈흔이 거무스름한 종창처럼 자리잡고 있었다. 대략 5프랑짜리 동전만 한 크기인데, 정확한 위치는 척추의 마지막 추골 바로 위였다.

"이걸로 설명이 되는군……"

이렇게 중얼거리고는 계속 조사를 해나가는 쥐브 경감. 민첩한 손동작으로 죽은 자의 옷을 이리저리 뒤지더니 시계를 찾아냈다. 그리고 조끼 호주머니에는 돈이 두둑이 들어 있었다. 한데 아무리 찾아도 지갑은 영 보이지 않는 것이었다. 대개 돈이 털렸다 해도 희생자의 사체에서 신분증과 함께 발견되기 마련인 지갑이 없었다!

"음……"

쥐브는 자신의 생각을 밝히진 않고 긴 신음만 뱉어낼 뿐이었다.

잠시 후, 그는 둘랑크 부인을 홱 돌아보며 물었다.

"거언 씨에게 자동차가 있었나요?"

"아니요…… 그런데 왜 그걸 물으시는 거죠?"

둘랑크 부인의 반문에 쥐브 경감은 잠깐 뜸을 들이다가 툭 내뱉듯 말했다.

"그냥요."

그러면서도 눈으로는 선반 위, 니켈로 만든 기름 주입기를 유심히 살펴보았다. 보통 운전기사들이 기름을 주입하거나 차내 탱크에서 기름을 뽑아낼 때 사용하는 것과 유사했고, 대략 반 리터 정도의 용량으로 보였다.

쥐브 경감은 아까부터 트렁크 옆에 바짝 붙어 웅크리고 있는 경찰관에게 이렇게 말했다.

"목에 있는 누르스름한 반점은 이미 확인했고…… 손목이나 장딴지, 복부에도 아마 반점이 있을 걸세. 사체를 훼손하지 않도록 주의하고…… 아직 확인 못 했나?"

그러고는 경찰관이 즉각 지시를 이행하는 동안 둘랑크 부인을 바라보며 물었다.

"그동안 여기 청소는 누가 했습니까?"

"제가…… 했는데요……"

두려움에 벌벌 떨며 대답하는 노파에게 쥐브 경감은 일부러 환한 표정을 지어 보이며 말했다.

"정말 수고가 많으셨군요! 아주 깔끔하고 성실하게 청소를 하신 것 같습니다."

그러고는 거실에서 건넌방으로 통하는 문에 드리워진 벨벳 커튼을 손으로 가리키며 말을 이었다.

"그런데 말입니다. 저기 저 커튼은 왜 윗부분이 떨어진 채로 방치해둔 거죠?"

형사가 지목하는 곳에 눈길이 가 닿은 둘랑크 부인은 혹시 꾸지람이라도 듣는 건 아닐까 걱정하면서 허겁지겁 둘러대기 시작했다.

"세상에, 저도 저건 처음 봐요! 솔직히 말해서 거언 씨가 여기에 머무는 일이 좀 드물다보니 저 역시 청소를 그리 자주 하지는 않았어요……"

"마지막으로 청소한 게 언제지요?"

"대충 한 달 전쯤일 거예요."

"그렇다면 마지막으로 청소한 뒤 일주일 정도 지나서 거언 씨가 여길 떠난 거로군요?"

"그렇게 되죠."

쥐브는 그쯤에서 화제를 돌려 시체를 가리키며 물었다.

"그나저나 저 사람은 아는 사람입니까?"

둘랑크 부인은 여태껏 가까이서 볼 엄두도 내지 못하고 있던 죽은 몸뚱어리 쪽으로 간신히 눈길을 돌리고는, 가슴을 쓸어내리며 힘겹게 대답했다.

"한 번도 본 적이 없는 사람이네요……"

쥐브는 되도록 부드러운 말투로 질문을 덧붙였다.

"그러니까 저 사람이 이곳에 올라올 때 부인은 보지 못했다는 말씀이로군요?"

"네, 전혀 못 봤어요!"

관리인 둘랑크 부인의 확고한 태도 앞에서, 쥐브는 마치 자기 뇌리를 스치는 생각에 본능적으로 대답하듯 계속 혼잣말을 중얼거렸다.

"그것 참 의외인걸. 거언 씨를 찾아오는 손님은 무척이나 드물었잖아…… 물론 애인과 함께 있을 땐 다른 손님은 일절 들이지 않았을 테고…… 그럼 결국 사망자는 관리실을 거치지 않고 곧장 이리로 올라왔을 터……"

쥐브가 이제 수긍이 간다는 듯 고개를 끄덕이고 있는데, 문득 초인종이 요란하게 울렸다.

"누가 온 것 같네요."

둘랑크 부인의 말에 경찰관이 나직한 목소리로 지시했다.

"열어주시오……"

문을 열자, 맑은 눈빛에 척 봐도 영국인임을 알 수 있는 스물다섯 살가량 되는 젊은이가 쥐브의 눈에 들어왔다. 젊은이는 외국인 억양이 두드러지는 말투로 자신을 이렇게 소개했다.

"'사우스 스팀십 컴퍼니' 사장으로 있는 울랜드라고 합니다. 거언 씨 댁에서 보자고 한다기에 왔는데요?"

쥐브가 선뜻 앞으로 나섰다.

"이렇게 와주셔서 감사합니다. 저는 치안국에서 일하는 쥐브 형사라고 합니다. 어서 들어오십시오."

울랜드 씨는 아무 거리낌 없는 의연한 태도로 성큼 들어섰다. 순간 뚜껑이 열린 대형 트렁크와 사람의 시체가 그의 눈길을 붙들었다. 하지만 그의 얼굴 표정엔 한 줄기 미동도 없었다. 대영 제국 혈통이라서 그런지 울랜드 씨는 강력한 앵글로색슨 국가의 힘에 어울리는 대단한 뱃심의 소유자처럼 보였다.

쥐브 경감이 먼저 운을 뗐다.

"울랜드 씨, 오늘 아침 거언 씨 댁에서 가져가려 했던 짐에 관련된 일체의 내용을 제게 공개해주셨으면 합니다."

"그야 어렵지 않습니다, 형사님. 사흘 전, 그러니까 정확히 12월 14일이네요…… 영국 런던으로부터 저희 쪽에 편지가 한 장 도착했는데, 내용인즉 벨담 경께서 12월 17일, 바로 오늘 거언 씨 댁에 가서 H. W. K.라고 표시된 짐 네 개를 찾아 운송해달라는 내용이었습니다. 고객 분 말씀으로는 이곳 관리인에게 이미 별도의 지시를 해놓았다고 하더군요."

"짐들을 어디로 운송할 예정이었나요?"

"고객께서 주문하기를, 트란스발로 가는 선발 기선에 실은 뒤 거기서 다시 요하네스버그까지 운송해주면 알아서 수거할 거라고 했습니다. 관례대로 우리측에선 화물과 더불어 선하증권 두 장을 함께 발송하기로 되어 있었고요. 나머지 선하증권 한 장은 런던 채링 크로스 63번국에 국유치로 발송하기로 되어 있었습니다.”

쥐브는 ‘채링 크로스 63번국’이라고 재빨리 수첩에 휘갈기고는 이렇게 물었다.

“수신자의 이름이라든가 이니셜은요?”

“그냥 벨담이라고만 되어 있었습니다.”

“알겠습니다. 그 밖에 또다른 사항은 없습니까?”

“다른 사항은 없습니다.”

젊은이의 태도는 여전히 덤덤할 뿐이었다. 쥐브는 잠시 침묵 속에서 상대를 응시한 뒤 말했다.

“선생도 벨담 경과 관련해 파리에 나돌았던 각종 소문들이 금시초문은 아닐 거라고 봅니다. 사교계의 총아나 다름없는 그 인물이 갑자기 실종되었단 말이죠. 그런데 사흘 전 벨담 경으로부터 편지를 받고서도 어떻게 그렇게 덤덤할 수 있는지 궁금하군요.”

울랜드 씨는 곧장 대답했다.

“벨담 경이 실종된 것에 대해서는 저 역시 소식을 듣기는 했습니다만, 그것에 대해 공식적 견해를 표방하는 것이 저의 직무는 아니지요. 벨담 경은 자신의 의지와는 무관하게 실종되었을 수도 있고, 일부러 자취를 감춘 것일 수도 있습니다. 그걸 제 입장에서 이렇다 저렇다 판단할 필요까진 없지요. 중요한 건 고객의 주문이 들어왔고, 우리가 그것을 아무 차질 없이 실행에 옮겨야 한다는 것이었습니다."

"그럼 당신은 벨담 경이 그 주문을 넣었다고 확신하는 겁니까?"

"말씀드렸다시피, 벨담 경은 수년 전부터 우리의 고객이셨습니다. 그분 명의로 된 운송 주문을 수없이 처리해왔고요. 마지막으로 접수된 주문서만 봐도 그 형식이나 필체, 심지어 용지까지도 이전에 접수된 것들과 전혀 다르지 않아서 의심할 여지가 전혀 없었습니다."

쥐브가 아무 대꾸 없이 깊은 생각에 잠겨들자, 울랜드 씨는 의연한 태도 그대로 물어왔다.

"제가 아직도 필요하신가요?"

쥐브는 꿈에서 깨듯 퍼뜩 고개를 들었다.

"아, 아닙니다. 협조해주셔서 감사합니다."

울랜드 씨가 고개를 까딱하는 것으로 인사를 대신하고 곧장 뒤로 돌아 문 쪽으로 다가가는데, 쥐브가 또다시 그를 불러 세웠다.

"울랜드 씨…… 혹시 벨담 경을 직접 만나신 적은 있나요?"

"아뇨. 벨담 경은 언제나 편지로 주문을 하셨습니다. 전화 통화는 두세 번 한 적이 있지만, 한 번도 저희 회사를 직접 찾아오신 일은 없습니다."

"잘 알겠습니다. 감사합니다."

쥐브는 조사를 벌이는 동안 이렇게 저렇게 어질렀던 몇몇 물건을 세심하게 제자리로 돌려놓았다. 그리고 경찰관과 둘랑크 부인의 휘둥그레한 눈길로부터 죽은 자의 몸뚱어리를 거두어 조심조심 트렁크 안으로 도로 밀어넣고 뚜껑을 닫았다.

그러고 나서 침착하게 자신의 옷매무새를 가다듬은 뒤, 경찰관에게 말했다.

"자네가 근무하는 경찰서가 어딘가?"

"랑포노 가 46번지입니다."

"그렇군. 자네는 내가 별도의 지시를 할 때까지 이곳을 지키고 있게. 내가 직접 서장을 만나서 일을 처리하지."

쥐브 경감은 고개를 숙이고 잰걸음으로 현장을 떠났다.

틀림없었다. 트렁크 속의 시체는 다름 아닌 벨담 경이었다! 이 영국인 유명 인사와는 애당초 알고 지낸 처지라, 쥐브는 처음부터 죽은 자의 신원을 파악하고 있었다. 하지만 살인자는 과연 누구란 말인가!

그는 계속해서 생각을 굴렸다.

'분명히 모든 정황이 거언이라는 자를 범인으로 지목하고 있어. 물론 그의 무죄를 말하고 있는 요소들도 없진 않지만 말이야. 평범한 범인이 이처럼 대담한 살인을 저지르진 않았을 테고…… 정말이지 전문가든가, 최소한 상습범이라야 저지를 수 있는 범행이라고!'

그러고는 조금은 지친 목소리로 이렇게 혼잣말을 중얼거리는 것이었다.

"아, 내가 미쳐가나봐…… 또 혼자서 너무 멀리 가고 있는 건
아닌지 몰라…… 파리 한복판에서 이런 대담무쌍한 사건이 일
어나다니! 아무래도 심상치 않은 점이 너무 많아…… 놀라울 정
도로 발칙하고 눈 하나 깜짝하지 않을 확신이 엿보일 뿐만 아니
라, 용의주도하기까지 하단 말이지…… 아무래도 분위기가 이
상해…… 팡토마스가 자꾸만 떠오른단 말이야……"

8
끔찍한 고백

쥐브 경감이 급전急電을 통해 치안국으로부터 지시받은 새로운 사건 조사에 기민하게 임하는 동안, 랑그뢴 후작부인의 성채 주변에서도 사태가 급박하게 전개되고 있었다.

다들 샤를 랑베르의 행방을 찾느라 혈안이었다.

한편, 요란한 소음을 내며 비탈을 달려 내려가던 부지유는 시카르 할멈이 사는 오두막 앞에 덜컥 멈춰 섰다. 아주 대단한 장비를 갖추고 당도하는 참인데…… 그게 보통 어마어마한 '장비'가 아니었다!

시카르 할멈은 소란의 원인이 어디에 있는지 이미 눈치채고 있었다. 여든셋이라는 고령에도 불구하고 할멈은 빗자루를 무기 삼아 틀어쥔 채 문 앞까지 분연히 나서며 이렇게 외쳤다.

"아, 또 네놈이냐? 이 도둑놈아! 악당 같으니! 못된 짓거리나 하면서 인생 허비하는 네놈 꼬락서니 보는 것도 이젠 정말 신물이 난다! 또 무얼 훔치려고 온 게냐?"

부지유는 적잖이 당황한 태도로 고개를 다소곳이 숙인 채 주춤주춤 다가왔다. 그나마 입이 떨어질 만하자, 그는 정성껏 빌기 시작했다.

"너무 화내지 마십시오. 그러지 않아도 혹시 할 수만 있다면 할머니하고 화해를 해보려고 온 거라고요."

시카르 할멈은 의심을 품은 눈초리로 부랑자를 한동안 꼬나보았다.

"그거야 자네가 어떻게 하느냐에 따라 다르지. 자네하고 화해하는 건 솔직히 별로 믿음이 가지 않거든!"

호된 날씨 때문에 바깥에 오래 머물기가 힘든 만큼, 시카르 할멈은 그렇게 툭 내뱉고는 얼른 집 안으로 들어가버렸다.

부지유는 아주 작정을 한 듯 냉큼 그 뒤를 따라 들어가 조심스럽게 문을 닫았다.

"날씨 한번 정말 고약하군요, 시카르 할멈!"

자신의 기분을 쉬 바꿀 마음이 없는 시카르 할멈은 넉살 좋게 외치는 부랑자를 향해 이렇게 쏘아붙였다.

"그토록 아끼던 우리 예쁜 토끼를 훔쳐가다니 도저히 봐줄 수가 없어!"

"아, 정말 그깟 털 빠진 녀석 하나 가지고 유난도 보통이 아니
쇼!…… 더군다나 이제부터 내가 하는 제안으로 크게 이득을 볼
텐데 말입니다."

난데없는 상대의 큰소리에 시카르 할멈은 조금은 울화가 가라
앉는 모양이었다. 의자에 앉은 할멈은 탁자에 턱하니 걸터앉은
부지유를 바라보며 말했다.

"그래, 또 무슨 꿍꿍이속인지 어디 얘기나 들어보지."

"다름이 아니라, 할멈의 토끼를 시장에 내다 팔면 2프랑 50상
팀 정도나 받을까? 한데 지금 내가 마리당 40수*씩 하는 암탉을
두 마리나 가지고 왔다 이거지! 게다가 점심때 수프 한 그릇만
베풀면 오전 내내 이 집의 힘든 일을 죄다 처리해주겠다 이거올
시다!"

시카르 할멈은 대답하기 전에 먼저 암탉을 보자고 했고, 아닌
게 아니라 암탉 두 마리가 부랑자의 봇짐에서 당장 끄집어내졌
다. 다리가 묶인 채 빈사 상태에 허덕이는 가엾은 녀석들은 몰골
이 그리 보기 좋은 편은 아니었다.

"이건 또 어디서 난 거야?"

출처가 부정할 거라 지레짐작한 시카르 할멈은 아무렇지도 않
게 툭 던지듯 물었다.

---

* 40수는 2프랑.

그러자 부지유는 어정쩡한 몸짓을 하며 우물우물 대꾸했다.

"아, 그건…… 우리 꼬꼬댁하고 나만 알면 되는 일이지요……
자, 어때요, 내 제안이?"

"좋아! 그럼 이제 장작부터 좀 패줘야겠어. 그다음에는 저기
강가로 내려가서 물에 담가놓은 골풀 좀 거둬오고 말이야."

부지유는 일단 화해가 성립된 것에 만족하면서도 뭔가 중요한
얘기를 덧붙이는 것처럼 힘주어 말했다.

"그런데 말입니다, 시작하기 전에 내 자가용들을 일단 광 옆에
가지런히 놓아두어야겠습니다."

할멈이 눈을 동그랗게 뜨고 물었다.

"자가용들이라니? 여러 대라도 몰고 왔나보지?"

"여부가 있겠습니까. 모두 세 대예요!"

우쭐대며 큰소리를 치고 나간 잠시 후, 오두막 뒤쪽에서 불쑥
나타난 부지유의 모양새가 어찌나 황당무계한지, 그 꼴을 보는
시카르 할멈은 터져나오는 웃음을 도저히 참을 수가 없었다.

두 개의 커다란 뒷바퀴와 자그마한 앞바퀴로 굴러가는, 고릿
적에나 나다니던 삼륜 자전거에 턱하니 올라타 있었는데, 온통
녹이 슨 차체와 니켈 도금이 여기저기 벗겨진 조종용 손잡이는
보기에도 민망할 정도였다!

그래도 이 첫째 물건은 괜찮은 편이었다. 줄줄이 다른 것이 따
라 나오는데, 단단한 밧줄로 삼륜 자전거 꽁무니에 매달려 툴툴

굴러오는 것은 버들가지를 엮어 만든 사륜 유모차로, 엄마들이 흔히 아기를 태우고 다니는 바로 그런 것이었다. 안을 보니 부랑자로서 정처 없이 떠다니면서 닥치는 대로 주워모은 온갖 지저분한 누더기가 빼곡히 차 있었다.

그래도 이 둘은 셋째 '차량'에 비하면 준수한 편이었다! 마르세유 비누 상자에 쥐방울만 한 나무 바퀴 네 개를 달랑 붙인 앙증맞은 짐수레는 그야말로 허무맹랑하기 짝이 없는 이 퍼레이드의 대미를 장식했다!

이 수레 아닌 수레에다 부지유는 빵 조각이라든가 기름 덩어리, 채소와 포도주 등등 먹을거리들을 닥치는 대로 쟁여놓고 있었다.

부지유는 자신의 삼륜 자전거가 곧 죽어도 '기관차'라고 우겼고, 둘째 차량은 소위 부랑자 전용 침구들을 운반하는 터라 '침대차'라 부르고 있었다. 그러니 셋째 차량은 자연스레 '식당차'가 되는 셈이었다!

"그나저나 부지유 자네에 대해서 소문이 돌던데…… 내 토끼 훔친 것하고 보리외 성 사건 때문에 옥살이를 했다고 말이야."

시카르 할멈의 말에 부지유는 펄쩍 뛰었다.

"맙소사! 할멈, 우리 말은 바로 합시다! 그건 엄연히 별개의 이야기란 말이요. 나는 보리외 성 사건에 대해 양심에 찔릴 것이 전혀 없는 사람이에요!"

"그럼 내 토끼에 대해서는?"

이마를 긁적이는 부지유의 목소리가 일순 기어들어가는 듯했다.

"아, 그거야 조금 찔리기도 하고…… 아니기도 하고…… 어쨌든 지금은 화해를 한 마당 아닙니까!"

부지유는 쉴새없이 구시렁대면서도 시카르 할멈이 시킨 모든 일을 말끔히 해치웠다. 그동안 할멈은 감자 몇 개를 깎았고, 점심에 먹을 수프를 만들었다.

마침내 부지유가 이마의 땀을 훔치면서 끌끌 혀를 차더니 말했다.

"시카르 할멈, 이제 슬슬 배가 고프네요!"

"아, 오전 열한시 반이면 당연히 그래야지. 암, 그렇고말고…… 자, 자, 이제 배 좀 채우고, 또 가서 골풀을 건져와야지."

부지유는 음식을 먹는 동안에도 봄을 대비한 자신의 계획들을 시카르 할멈에게 줄줄이 늘어놓았다.

"그래요, 올겨울에는 절대로 철창신세를 지지 않을 생각이에요. 이번 겨울에는 여행이나 실컷 해보렵니다!"

"어디, 툴루즈에라도 갈 생각인감?"

"그보다 더 멀리요."

"리옹쯤?"

"더 멀리요!"

"내가 알 만한 데야? 아비뇽? 보르도?"

순간 부지유는 조금은 엄숙한 분위기를 만들려는 속셈으로 먹기도 말하기도 잠시 중단했다. 그러고는 곧 이렇게 선언하는 것이었다.

"바야흐로 파리에 입성할 거다 이 말입니다, 시카르 할멈!"

놀란 할멈이 아무 대꾸 없이 멍하니 있자, 그는 식탁 위에 팔꿈치를 괴며 자세를 잡고는 본격적으로 속내를 털어놓기 시작했다.

"난 말이에요, 이 가슴속에 늘 품고 있는 소망이 하나 있는데 말이죠…… 그게 뭐냐 하면, 바로 에펠탑을 내 두 눈으로 직접 보는 거랍니다. 거의 십오 년 동안 그 생각이 머릿속을 떠나지 않고 있어요. 이젠 그냥 넘길 수가 없습니다. 그놈의 얄궂은 소망을 성취해야겠어요!"

"그런데 거기 가는 데 얼마나 걸리지?"

할멈이 아직도 어리둥절한 표정으로 묻자, 부지유는 잠시 생각하더니 대답했다.

"그야 모르죠. 내 자가용들을 굴리자면 아마 석 달은 족히 걸릴 겁니다. 혹시라도 가는 도중에 재수 없게 짭새들한테 시달린다면, 여행 기간이 얼마나 걸릴지는 아예 생각할 필요도 없겠지만요……"

식사가 끝나자 할멈은 평소처럼 설거지를 시작했고, 부지유는 강가로 내려가 골풀들을 건져내기 시작했다. 그러고 나서 얼마나 지났을까, 갑자기 부지유의 외침 소리가 시카르 할멈의 귀청을 때렸다.

"할멈! 얼른 와서 이것 좀 봐요! 내가 대어를 낚았어요!"

부지유가 워낙 소리소리 지르는 데다 그 내용 또한 예사롭지 않아 살짝 호기심이 동한 시카르 할멈은 만사 제쳐놓고 달려나갔다.

저만치 부지유가 허리까지 물에 잠긴 채 서 있었다. 그는 기다란 막대기를 쥔 팔을 쭉 뻗어서 둥둥 떠 있는 물체를 기슭 쪽으로 끌어오려고 애쓰고 있었다.

잠시 후, 물을 뚝뚝 흘리며 뭍으로 걸어나오는 부지유의 뒤에 큼직한 꾸러미 하나가 질질 끌려나왔다.

시카르 할멈은 더더욱 궁금해져서 천천히 다가갔다. 하지만 이내 뒤로 화들짝 물러서며 끔찍한 비명을 지르지 않을 수 없었다.

부지유가 물에서 끌고 나온 것은 다름 아닌 시체였다!

한마디로 처참한 몰골이었다…… 거의 어리다고 할 만큼 젊디젊은 청년의 사체인데, 길고 가냘픈 팔다리는 축 늘어지고, 갈기갈기 찢긴 얼굴은 엄청나게 부어올라 도무지 윤곽을 알아볼 수가 없었다. 게다가 다리 하나는 몸통에서 거의 분리될 정도로 너덜너덜한 상태였다.

부지유는 역겨운 광경에도 아랑곳 않고 잔뜩 몸을 웅크린 채,

물속에 오래 잠겨 있었던 듯 이곳저곳 헐어빠진 나뭇조각들이 뭉툭뭉툭 박혀 있는 상처 부위를 일일이 확인했다.

잠시 후, 몸을 일으킨 그는 하얗게 질려 아무 말 못 하고 그쪽만 휘둥그레 바라보고 있는 시카르 할멈에게 말했다.

"이제야 알겠네…… 이 친구 아무래도 물레방아 바퀴 속으로 휘말려 들어갔던 것 같습니다. 그래서 이렇게 나뭇조각이 박힌 상처가 난 것 같아요."

"혹시라도 살인사건이면 어쩌나! 지독한 악당이나 저지를 만한 일인데……"

시카르 할멈이 고개를 절레절레 저으며 중얼거리자, 부지유가 다시 받았다.

"암만 들여다봐도 도통 모르는 사람 같아요. 보아하니 시골 청년 같지는 않은데……"

"그야 당연하지. 버젓한 차림새잖아!"

부지유와 시카르 할멈은 한동안 아무 말 없이 서로 우두커니 생각에 잠겼다. 부지유는 방금 전과 비교해서는 다소 흥이 깨진 상태였다. 익사자를 신고하면 보상금을 주기 때문에 당장 지역 군경대에 달려가 알리고 싶은 마음이 굴뚝같았지만, 똑똑한 할 망구가 그럴듯하게 제기한 범죄 가능성에 생각이 미치면서 발길이 쉬이 떨어지지 않는 것이 사실이었다. 만일 이 지역에서만 두 차례의 강력 범죄가 발생한 것이 맞다면, 그로 인해 공권력 전체가 벌집 쑤신 듯 난리일 테고, 부랑자인 그 같은 사람은 불편만 가중될 것이 너무도 뻔했다!

마침내 결심이 섰는지 부지유는 이렇게 내뱉었다.

"이걸 다시 물속에 처넣어야겠어!"

그러고는 막 실행에 옮기려는 걸 시카르 할멈이 달려들어 만류했다.

"그럼 안 되지. 혹시라도 누가 이 광경을 보았다면 공연히 우리만 귀찮은 일에 휘말릴 것 아닌감!"

삼십 분 후, 결국 딱한 숙제만 하나 더 늘게 된 부지유는 선사 시대 유물 같은 자신의 자가용 삼륜 자전거에 맥없이 걸터앉아 생 조리를 향해 페달을 밟기 시작했다.

*

공적인 차원에서건 가족관계에서건 1월 1일이라고 특별히 바쁠 것도 없는 사람들의 경우, 새해 첫날은 괜히 마음만 싱숭생숭하니 얼마든지 우울한 날일 수 있다. 달력에 적힌 숫자가 바뀌고, 그로써 이런저런 생각만 많아질 뿐. 오후 네시의 저물어가는 황혼 녘 서재에 푹 처박힌 쥐브 경감이 바로 그런 상황이었다.

바야흐로 1월 1일인데도 쥐브 경감은 외출을 하지 않고 있었다.

그는 연달아 터진 사건들의 해결책을 구하느라 벌써 한 달 전부터 수수께끼 같은 문제들에 온 정신을 쏟으며 지내고 있었다.

벨담 사건.

랑그뢴 사건.

그리고 팡토마스!

지금 이 순간 팡토마스는 무얼 하고 있을까? 만약 치안국 민완 형사가 철석같이 믿는 것처럼 팡토마스라는 인물이 정말로 존재한다면, 1월 1일이라는 이날 그는 과연 무얼 하며 지낼까?

쥐브 경감은 아늑한 공간 안을 데우는 장작불의 따스한 온기, 그 온기가 제공하는 노곤한 기운에 온몸을 맡기고 있었다.

자신이 뿜어대는 담배연기를 눈으로 좇으면서 반쯤 조는 듯한 기분으로 상념들을 이리저리 건드려보는 쥐브 경감. 한순간 느닷없이 울리는 초인종 소리에 화들짝 놀랐다. 안락의자에서 벌떡 일어난 그는 하인보다 먼저 달려가 문을 열고는 우체부가 건넨 전보 용지의 점선 부분을 단번에 찢었다.

불빛 속에 펼쳐진 전보의 내용은 다음과 같았다.

도르도뉴 강에서 얼굴을 알아볼 수 없는 젊은이의 익사체가 발견됨.
몇 가지 단서로 미루어보아 샤를 랑베르일 것으로 추정중임.
즉시 상황을 검토하고 일정을 전보로 통보하기 바람.

전보의 발신지는 브리브로 되어 있고, 발신자 서명란에는 수사판사 프렐이라고 명기되어 있었다.

"얼굴을 알아볼 수 없는 젊은이의 익사체라…… 정말 샤를 랑베르일까?"

하긴 에티엔 랑베르와 그 아들의 행방이 묘연해진 바로 그 시점부터 쥐브도 머릿속에 몇 가지 가설들을 설정해놓고 있었다. 하지만 잠깐이나마 그럴듯해 보인 그 어떤 결론도 기정사실로 받아들이기엔 충분한 논리가 성립되지 않았다.

그러나 이제 새로운 변수가 생겼으니 수사판사에게서 온 전보를 바탕으로 뭔가 알맹이 있는 결론을 이끌어내겠다며 마음을 다지던 차, 느닷없이 울리는 또다른 초인종 소리!

이번에는 하인에게 모든 걸 맡긴 채 가만히 귀만 열어놓고 있었다.

"손님은 받지 않으십니다!"

사실 쥐브는 집에 외부 손님을 가급적 들이지 않는 것을 절대적인 원칙으로 정한 터였다. 일 문제로 그에게 용건이 있는 사람들은 매일 오전 열한시에 치안국 사무실로 오면 되었다.

한데 지금 온 방문객은 어찌나 고집을 부리는지, 하인이 하는 수 없이 명함을 받아들고 쥐브의 의사를 묻기 위해 다가왔다. 누구든 제멋대로 집에 들이닥치는 걸 극도로 싫어하는 주인의 성향을 알기에, 하인의 얼굴은 불안으로 가득했다.

그런데 놀랍게도 명함을 확인한 쥐브 경감의 입에서 이런 지시가 즉각 튀어나왔다.

"당장 들어오시라고 하게. 이리로 모시도록!"

잠시 후, 쥐브 앞에 나타난 사람은 다름 아닌 에티엔 랑베르 씨였다!

초췌한 모습의 랑베르 씨는 슬픔이 깊이 새겨진 얼굴에 손에는 엉망으로 구겨진 석간신문을 움켜쥔 채 무척이나 흥분한 기색이었다.

"쥐브 씨…… 이 모든 것이 사실입니까?…… 읽자마자 만사 제쳐놓고 달려오는 길입니다……"

쥐브 경감은 우선 손님에게 앉으라고 의자부터 권한 뒤 신문을 낚아채, 방금 브리브의 수사판사로부터 온 전보와 유사한 내용을 눈으로 훑었다.

쥐브는 한동안 아무 소리 않고 에티엔 랑베르 씨를 뚫어져라 바라보더니, 좀처럼 속내를 드러내지 않는 침착하고 덤덤한 어조로 이렇게 물었다.

"그런데 왜 저를 찾아오셨는지요?"

노신사는 답답하다는 듯 두 팔을 하늘로 치켜들며 말했다.

"그야 당연히 알고 싶어서죠!"

"무얼 알고 싶다는 건가요?"

에티엔 랑베르 씨는 가볍게 떨리는 목소리로 덧붙였다.

"익사했다는 그 시체 말입니다…… 그게 정녕 내 아들 샤를인가 해서……"

쥐브는 여전히 무감각한 어조로 상대의 말을 잘랐다.

"그거야 오히려 선생께서 제게 알려주실 사안 아닙니까?"

두 사람 사이에 잠시 적막이 흘렀다. 에티엔 랑베르 씨는 격한 감정 속에서도 뭔가를 골똘히 생각하는 모습이었다. 순간 눈을 들어 형사를 바라보는 노신사. 그가 천천히 입을 열었다.

"쥐브 씨, 절망에 빠진 아비를 가엾게 여겨주십시오…… 이제부터 정말 끔찍한 고백을 해야겠습니다……"

9
명예를 위하여

카오르의 재판소 경비로 일하는 오라스 엘로이는 아연실색하지 않을 수 없었다.

이 지역 주민의 긍지를 표상하는 건물 주변 소광장에 이토록 많은 사륜마차와 자동차, 이토록 많은 인파가 모여든 광경은 난생처음이었다.

요컨대 오라스 엘로이는 지금 얼마나 중대한 상황이 벌어지고 있는지 직감적으로 알아챘다.

"맙소사! 상류층 인사들이 이렇게 죄다 모인 걸 보면, 얼마나 특별한 재판인지 알 만하군그래!"

성격 털털한 오라스 엘로이의 판단은 틀리지 않았다.

그날 중죄 재판이 열리는 재판소에 모여든 사람들의 면면은

실로 '상류사회 그 자체'를 옮겨놓았다 해도 과언이 아니었다. 이른바 유명인에게 법의 심판이 내려질 때마다 파리의 법정이 내로라하는 인사들로 북새통을 이루는 것처럼, 카오르의 법정 역시 상류층 사람들로 북적거렸다. 그럼에도 불구하고 그들 방청객에게선 파리 사람들 특유의 혐오스러운 태도는 전혀 보이지 않았다.

서로 대화를 나누든 인사를 주고받든 낮은 음성과 절제된 동작들뿐이었고, 가끔 귓가를 스치는 얘기들에는 안타깝고 서글픈 마음이 담겨 있기 일쑤였다.

누군가가 사건 관련자 중 한 명을 손가락으로 가리키며 딱하다는 듯 말했다.

"저기 저 첫 줄에 앉은 여자 좀 봐요. 테레즈 오베르누아잖아…… 재판장이 일부러 저기에 앉혔다나봐요. 케렐 성에 소환장을 전하러 갔던 우체부가 말해줘서 나도 알았어요."

"비브레 남작부인이 사는 성 말입니까?"

"네, 저 회색 옷을 입은 젊은 여자…… 테레즈 옆에 앉아 있잖아요…… 랑그뤼 후작부인이 죽고 난 다음부터 그 손녀 테레즈를 보리외 성에 그대로 방치할 수는 없다고 고집을 부렸다는 거예요. 그건 어린 소녀에게 너무 잔인한 처사라면서……"

"아하, 그래서 테레즈가 비브레 부인 집에서 살고 있군요."

"그렇죠! 종친회에서는 보네 판사에게 당분간 테레즈의 후견인이 되어달라고 정식으로 의뢰를 했다죠. 저기 보여요? 지금 돌롱 집사에게 뭔가 얘기하고 있는 깡마르고 키 큰 남자……"

"돌롱 집사를 압니까?"

"물론이죠! 가엾은 랑그뤼 후작부인 댁에서 자주 본걸요."

"그렇군요. 가엾은 후작부인…… 그분이 돌아가시고 난 뒤 왜 이다지도 험악한 일들이 벌어지는지!"

그렇게 대화가 오가는 가운데 장내 분위기는 차츰 조용히 가라앉고 있었다.

비브레 남작부인은 검은 베일을 길게 늘어뜨린 채 창백한 몰골로 앉아 있는 소녀 쪽으로 다정하게 몸을 숙이며 말했다.

"테레즈, 피곤하지는 않니? 우리 잠시 동안이라도 밖에 나가 있을까?"

"아니에요, 대모님. 너무 신경 쓰지 않으셔도 돼요…… 굳건히 버텨낼게요!"

오래 잠자코 앉아 있지 못하는 비브레 남작부인은 고개를 절레절레 저으면서 이내 탄식 섞인 말들을 뱉어내기 시작했다.

"아, 정말 가슴이 아프구나! 가만히 놔둬도 약해질 대로 약해지고 거의 병상에 누울 지경인데 굳이 이런 가혹한 재판에 임하겠다니 정말이지 너도 무모하기 짝이 없어!"

하지만 테레즈는 조용히 대꾸할 뿐이었다.

"이건 제 의무예요. 사랑하는 제 할머니의 죽음과 관계된 일이니까요. 설사 모든 것을 자세히 알 수는 없다 해도, 가능한 한 그냥 지나쳐버리고 싶진 않아요."

그때까지 두 여자 곁에 앉아 모자를 살짝살짝 치켜들며 사람들과의 점잖은 인사에만 열심이던 보네 판사가, 아마도 자신의 존재감을 좀 과시할 필요를 느꼈는지 불쑥 끼어들었다.

"대부분의 지방도시들이 거의 마찬가지지만, 이제 곧 판사석에 착석할 법관들은 내가 아주 잘 아는 사람들이지…… 우선 고등법원 판사인 생 에랑 씨는 예전에 그 양반이 생 칼레에 있을 때부터 알고 지내는 사이고, 카오르 민사재판소장과 함께 이곳 법관들 중 최고령자이기도 한 모줄 씨가 나올 거야. 그러니까 두 종류의 법복을 입은 판사들로 재판부가 구성되는 셈인데, 재판장은 붉은 옷이고, 두 명의 배석 판사는 검은 옷을 입게 되는 거지……"

보네 판사는 테레즈도 비브레 남작부인도 전혀 관심을 보이지 않는 이야기를 막무가내로 계속했다.

"저기 오른쪽에 보이는 작은 책상은 문서들을 낭독하거나 새로 문서를 작성할 때 입회서기가 사용할 거고…… 그 맞은편에는 공판검사가 착석할 텐데, 다들 그 양반의 일장 연설에 반하지 않을 수 없을걸…… 여기 있는 이 다른 의자들에는 배심원들이 앉아서 사실관계에 대해 의사 표명을 할 거고, 그것을 토대로 재판부가 어떤 형을 내릴지 결정하는 거지……"

그렇게 보네 판사는 끊임없이 자잘한 설명들을 이어갔다. 다른 쪽 옆에 앉아 있는 사람들은 그나마 이 이야기가 흥미로운지 잔뜩 귀를 기울이는 눈치였는데, 그중에서 온통 검은 옷을 걸치고 안경까지 검은색으로 착용한 한 명만은 예외였다. 그는 이 전직 법관의 이런저런 얘기들이 못내 거북한 모양이었다.

하긴 치안국 형사반장 쥐브 경감은 보네 판사가 주절대는 논평 없이도 사법체제와 그 구성원리에 대해 모르는 게 있을 리 만무했다!

얼마나 더 시간이 흘렀을까. 한순간 그곳에 모인 모든 이가 동시에 감전되기라도 하듯 대화 소리가 뚝 끊기면서 엄숙한 적막이 자리잡는가 싶더니, 그 미세한 틈으로 단어 하나가 여러 사람들의 입을 통해 가느다랗지만 분명하게, 반복적으로 흘러나오기 시작했다.

"피고다!"

다름 아닌 에티엔 랑베르를 두고 하는 소리였다.

그는 가운데에 난 통로를 막 걸어 들어와 증언대 조금 앞의 자기 자리로 다가갔다. 그 바로 곁에는 카오르의 변호사들 중 최고참이라 할 수 있는 다뢰유 선생이 먼저 자리를 잡고 앉아 있었다.

방청객들이 피고의 얼굴을 똑바로 바라볼 시간은 별로 없었다.

에티엔 랑베르 씨가 자기 자리에 착석하고 얼마 안 돼, 배심원들을 위한 토의실 문이 활짝 열렸다. 한 명, 또 한 명, 배심원들이

제각각 착석하고 나자, 검은 제복 차림의 법정 경위가 앞으로 나서서 날카로운 목소리로 외쳤다.

"정숙! 전원 기립하십시오! 모자를 벗으십시오!"

이윽고 재판관들이 엄숙한 걸음을 하나하나 세기라도 하듯 천천히 옮기면서 판사석으로 다가가 앉았다. 곧이어 재판장의 근엄한 목소리가 들렸다.

"개정을 선언합니다!"

그 즉시 서기가 자리에서 일어나 기소장을 큰 소리로 낭독하기 시작했다.

"본 수사판사는……"

카오르 재판소의 입회서기는 제법 똑똑한 사람으로, 랑그륀 사건 조사 때 프렐 수사판사를 수행했던 지구 서기와 매우 흡사한 외모를 가진 사람이었다.

다만 지구 서기는 무엇보다 겉으로 드러나는 양상이나 법의 형식적 요소를 복잡하고 까다롭게 만드는 것에 심취했다면, 카오르 재판소의 입회서기는 지나치리만큼 소심하고 남의 눈에 띄는 것을 본능적으로 싫어했다.

사실 카오르에서 중죄 재판이 열리는 일은 극히 드물었다. 따라서 입회서기도 이번처럼 처참한 내용의 기소장을 읽어본 경험이 별로 없었고, 지금과 같은 감정이 그리 실감 날 이유도 없었다. 그러면서도 워낙 모범적인 서기였기에, 이번 재판에서 낭독

해야 할 기소장의 도입 부분만큼은 이미 외워둔 상태였다. 기소장의 첫머리가 사람들 귀에 생생하게 들린 것도, 또 서기가 미처 외우지 못한 부분부터는 제대로 알아듣기 어려울 만큼 모든 내용이 후닥닥 지나가버린 것도 다 그 때문이었다.

방청객들로서는 이처럼 실망스러울 때가 없었다.

겁 많고 속 좁은 법무 공무원이 얼버무리는 말들 대부분을 아무도 제대로 알아듣지 못했으니까!

서기의 낭독이 끝나자, 에티엔 랑베르는 지난 모든 기억의 무게에 완전히 짓눌려 이마를 두 손으로 감싼 채 꼼짝도 하지 않았다. 마침내 그를 흠칫 놀라 깨어나게 한 건 재판장의 엄중한 목소리였다.

"피고는 일어서시오!"

에티엔 랑베르는 죽은 사람처럼 창백한 얼굴로 일어나 양팔을 가슴 위에 포개고 섰다. 잠시나마 억지로라도 기력을 되찾으려 애쓰는 기색이었다.

"이름은?"

"에르베 폴 에티엔 랑베르입니다."

"직업은?"

"사업가입니다. 남미에 고무 농장을 운영……"

"나이는?"

재판장이 거칠게 말을 끊고는 덧붙여 물었다.

"예순 살입니다."

모든 질문에 응하는 에티엔 랑베르의 목소리는 단단하면서도 어딘지 먹먹한 느낌의 단조로운 어조로 이어졌다.

재판장은 심한 매부리코 위로 금테 안경을 고쳐 쓰느라 잠시 뜸을 들이고는 신문을 계속했다.

"피고는 부자인 데다…… 교육도 받을 만큼 받았을 테니…… 방금 기소장에 언급된 내용을 이해했는지는 따로 물어볼 필요가 없겠지요?"

"네, 모두 이해했습니다. 다만 일부 주장은 인정할 수가 없습니다. 특히 명예를 중시하는 사람으로서 의당 지켜야 할 도리를 소홀히 했다거나, 아비로서 의무를 게을리했다는 비판에 대해서는 저의 모든 것을 걸고 항변하고 싶……"

순간 재판장의 매서운 질타가 또 그의 말을 잘랐다.

"미안하지만, 한없이 시간을 끌어도 좋다고 피고에게 허락하지는 않았습니다. 지금부터 여러 기소조항에 대해 연달아 신문을 진행하도록 하겠습니다. 피고는 그때그때 필요하다고 생각되면 적절히 항변하도록 하십시오."

한 치의 빈틈도 없는 재판장의 태도 앞에서 에티엔 랑베르는 그 어떤 이의도 제기할 수 없었다.

"알겠습니다. 신문에 성실히 응하겠습니다……"

재판장은 점점 깐깐해지는 말투로 목청을 높였다.

"음, 어디 믿어보지요…… 지금까지 구속 상태가 아닌 자유의 몸으로 재판에 임한 것만으로도 당신은 충분한 배려를 누렸다고 할 수 있소. 그럼에도 불구하고 여기 이 배심원들 앞에서 지극히 성실하지 못한 태도로 발언하고 있어요!"

다소 무례한 추궁에도 에티엔 랑베르가 아무런 반응을 보이지 않자, 재판장은 더욱 신랄하게 말을 이어갔다.

"어쨌든 당신은 기소장의 내용을 모두 숙지하고 있을 거요. 우선 예심과정에서 혐의가 발견된, 아들의 도피를 도와주었다는 점이 문제인데, 그보다 더 큰 문제는 세간의 평판을 걱정한 나머지 아비로서 자기 자식을 살해하고 그 사체를 도르도뉴 강에 유기했다는 사실이오!"

재판장의 거친 발언에 에티엔 랑베르는 갑자기 발끈하는 태도로 돌변하며 외쳤다.

"재판장님, 말이라는 것이 아무리 이렇게도 저렇게도 할 수 있다지만…… 기소장의 근본 취지는 부정하지 않는다 해도, 그 내용을 요약한 지금의 방식에는 도저히 동의할 수가 없습니다! 결국 기소장에서 주장했고 또 주장할 수 있는 유일한 사실은, 내게 끔찍한 충격을 줬지만 결코 남의 손에 맡겨선 안 될 죄인 한 명을 이 손으로 직접 벌했다는 것 하나뿐입니다!"

이번에는 재판장이 당황해서 얼른 말을 잇지 못하는 듯 보였다.

"흠…… 으흠…… 아무튼 그것에 관해서는 나중에 논의하기로 하고…… 정녕 죄인을 벌할 권리가 스스로에게 있다고 믿었다 해도, 문제는 그것이 아니오. 배심원단 앞에서 당신이 해명해야 할 또다른 문제들이 엄존하고 있소. 도대체 왜 처음에는 수사판사에게 말하기를 고집스레 거부했던 거요?”

에티엔 랑베르는 다시금 차분해진 목소리로 대답했다.

“재판장님, 저는 그와 같은 추궁을 제가 들어야 한다고는 생각지 않습니다만…… 뭐, 좋습니다! 제가 그 당시 왜 입을 다물고 있었는지 정 아셔야 되겠다니 말씀입니다만, 저는 수사판사에게 대답할 것이 아무것도 없었습니다. 그가 나를 상대로 질문할 것이 있다고는 보지 않았으니까요! 저는 지금 이 치욕스러운 의자에 앉아, 재판장님이 저를 ‘피고’라고 부를 때 고분고분하게 일어섰습니다만, 오로지 이 나라의 사법 절차를 존중하는 뜻에서 그러는 것뿐입니다! 제가 ‘피고’임을 진정으로 받아들이거나, 그 누구든 저를 정당하게 기소할 수 있다고 인정해서 그러는 것은 결코 아닙니다……”

피고의 발언은 뜻밖의 흐느낌으로 이어졌고, 덩달아 방청석의 여자들까지 손수건을 꺼내 눈가를 훔치기 시작했다. 비브레 남작부인조차 더는 주체할 수 없다는 듯 흐느끼는 가운데, 테레즈마저 상기된 양 볼 위로 굵은 눈물방울을 떨구고 있었다. 남자들은 그나마 조금이라도 더 담대해서인지 가까스로 냉정한 태도를 유지하며 헛기침만 해댔다. 그런가 하면 배심원단은 다들 억지로 덤덤한 표정을 지었지만 그래도 언뜻언뜻 격한 감정을 추스르지 못해 미간을 움찔거렸다.

보네 판사가 슬그머니 돌롱 집사 쪽으로 몸을 기울이며 이렇게 중얼거렸다.

"알다시피 나는 공판에 이력이 난 사람인데…… 이건 거의 확실한 중죄 판결 감이지……"

재판장은 엄한 눈빛으로 장내를 둘러보면서 방청객의 어수선한 분위기를 잠재우기 위해 잠시 뜸을 들였다. 마침내 그가 피고를 돌아보더니 다분히 빈정대는 투로 이렇게 말했다.

"그러니까 예심 내내 악착같이 입을 봉한 이유가 결국 그거란 말인데…… 거 정말 재미있군요! 평판을 중시하는 명예로운 시민의 도리를 그런 식으로 이해하고 있다니, 정말이지 놀랍소이다!…… 아주 굉장해요. 재미있어……"

에티엔 랑베르는 상대의 독기 서린 말을 단호히 가로채며 응수했다.

"재판장님, 저는 지금 이 자리에 계신 많은 분들이 제 얘기를 깊이 이해하고, 또 수긍하고 있음을 확신합니다!"

피고의 지나치게 독단적인 말투에 재판장은 발끈하며 질타를 서슴지 않았다.

"이것 보시오, 랑베르. 당신이 이번 사건에서 취한 태도들을 내가 일일이 명시하기만 하면, 여기 모인 신망 높은 분들도 하나

같이 나에게 동의할 것임을 나 역시 확신하고 있소. 당신은 아들이 살인범이라 생각했을 때, 피 묻은 수건을 발견했을 때, 즉 범행의 물적 증거를 확보했을 때, 단 한순간도 망설이지 않고 단호한 태도를 취했소. 그건 공권력의 손에 범인을 넘기는 것이 아니라, 오히려 그것에서 도망치게 하는 것이었소! 설마 그걸 부인하는 건 아니겠지요?”

그러자 에티엔 랑베르는 격하게 몸을 떨면서 절규에 가깝게 항변하기 시작했다.

“이보십시오, 재판장님! 만약 지금 그 말씀이 제가 공범으로서 법에 위배되는 행위를 했다는 지적이라면, 저는 결코 부인하지 않을 겁니다! 아니, 세상 만천하에 소리 높여 제가 공범이라고 외칠 것입니다!…… 재판장님, 아비의 도리는 자기 자식을 고발하고 그 목숨을 남의 손에 넘기는 것은 결코 아니라고 생각합니다!”

재판장은 더더욱 동정의 물결이 일렁이는 방청석의 분위기를 물끄러미 바라보며 어깨를 으쓱하고는 이렇게 말했다.

“자, 자, 알맹이 없는 얘긴 이 정도로 합시다…… 이제 보니 자기 행위를 정당화하는 데 대단한 언변을 지닌 것 같은데, 아무튼 그건 당신 입장이고…… 지금부터는 사실관계를 바로잡는 일에 치중하는 것이 훨씬 쓸모 있을 것 같소. 앞으로는 내가 하는 질문에 성실하게 대답이나 해주시오.”

"알겠습니다, 재판장님."

"당신이 도망치게 해준 밤이건 혹은 그 이후건, 당신 아들이 랑그뤼 부인의 살해범임을 스스로 자백하긴 했습니까? 물론 지금 당신이 답변할 내용만으로 진실이 확고하게 성립하는 것은 아니오. 단지 당신 입장에서 주장하고자 하는 바가 무엇인지를 시사할 따름이지…… 자, 그가 자백을 했소, 안 했소?"

"재판장님, 저는 답변할 수 없습니다! 제 아들은 미쳤으니까요…… 그애에겐 그런 행동을 저질러서 득이 될 만한 그 어떤 동기도 없습니다! 다만 그애 어미가 요양원에 수용되어 있다는 것 말고는…… 그것만으로 범행에 대한 설명은 끝나는 셈입니다! 만일 그애가 살인을 저질렀다면, 그건 전적으로 정신착란 상태에서 빚어진 일일 뿐입니다!"

"그러니까 샤를 랑베르는 자백을 했지만, 당신은 그걸 확인해주고 싶지 않다…… 이건가요?"

"그애가 자백했다는 말은 한 적 없습니다."

"하지만 그렇게 들리게끔 말을 하고 있소……"

재판장이 잠시 숨을 고르는 동안 집요하게 입을 다물고 있는 에티엔 랑베르.

신문이 재개되었다.

"좋소, 그건 그쯤 해두고…… 성을 벗어난 다음부터 정확히 무엇을 했소?"

"그야 도망치는 사람이 으레 하는 행동들이죠. 숲과 들판을 닥치는 대로 헤매 다녔습니다. 재판장님, 저희 부자는 도저히 사람으로서 겪을 수 없는 고초를 겪어야만 했습니다!"

"얼마 동안을 그렇게 헤매 다녔소?"

"나흘 밤낮을 꼬박 그랬습니다."

"그럼 나흘째 되는 날 아들을 죽인 겁니까?"

"오, 재판장님…… 제발 봐주십시오…… 재판장님은 지금 저를 고문하고 계십니다…… 저는 제 자식을 죽인 것이 아닙니다! 당시 저와 같이 있던 사람은 살인범이었어요! 경찰에 쫓기고 있는 살인범! 결국에는 기요틴의 이슬로 사라져버릴 존재 말입니다!"

재판장은 고통스러워하는 에티엔 랑베르의 처절한 절규에는 눈 하나 깜빡하지 않고, 그저 어깨를 으쓱한 뒤 계속 신문을 이어갔다.

"뭐, 당신 말마따나 자식이 아닌 살인범이라고 해둡시다. 하지만 그렇다고 해서 당신 스스로 사형 집행인이 될 권리는 없었소…… 자, 자, 어쨌든 아들을 죽인 것은 시인합니까?"

"시인하지 않습니다!"

"죽이지 않았다는 건가요?"

"저는 단지 저의 의무와 도리가 명하는 일을 행했을 뿐입니다!"

재판장은 단상을 거칠게 두드리며 으르렁댔다.

"항상 똑같은 얘기로군! 답변을 거부하고 있어……"

에티엔 랑베르의 마지막 답변으로 인해 다시 어수선해진 장내 분위기는 재판장의 만류하는 손짓에도 불구하고 좀처럼 가라앉을 기미를 보이지 않고 있었다.

"이제는 배심원들께서 판단하실 일만 남았소이다! 그런데도 당신은 중요한 몇몇 질문에 전혀 책임 있는 답변을 하지 않고 있소…… 이를테면, 당시 아들에게 아버지로서 어떤 조언을 해주었는지, 그중 하나만이라도 지금 이 자리에 공개해줄 순 없겠소? 그때 당신이 아들에게 진정 바랐던 건 무엇이오?"

이번에는 에티엔 랑베르도 다소 차분해진 목소리로 대답했다.

"재판장님, 저는 아들을 남의 손에 넘기는 건 결코 원치 않았습니다. 제가 그 당시 바란 건 오직 하나, 그냥 잊는 것이었습니다! 만약 잊는 게 불가능하다면, 차라리 죽음을 바랐고요…… 그래서 아들에게 조언했습니다. 무엇보다 그때까지 살아온 인생을 깊이 돌이켜보기를. 그리고 앞으로 닥칠 수치와 치욕을 생각해보라고 말해주었습니다. 차라리 깨끗하게 사라져버리는 것이 어떻겠느냐고 했지요……"

"아니, 아들에게 자살을 권유했단 말입니까?"

"그보다는, 외국으로 멀리 나가버렸으면 했습니다……"

재판장은 에티엔 랑베르가 방금 흘린 마지막 말의 중요성을 배심원단이 가늠할 수 있게끔 일부러 신문을 중단한 채 이런저런 서류들을 들추면서 시간을 끌고 있었다.

그는 여전히 얼굴을 서류 속에 묻은 채 슬쩍 떠보듯이 내뱉었다.

"그렇다면 아들이 죽었다는 소식에 적잖이 놀랐겠군요?"

랑베르는 기어드는 목소리로 대답했다.

"네……"

"둘이 어떻게 헤어졌죠?"

"마지막 날 밤, 피로에 지친 우리 부자는 노천에 쌓인 어느 건초 더미 아래에서 잠을 자고 있었습니다. 아마 도르도뉴 강가 어디쯤이었을 거예요…… 한데 다음 날 아침 눈을 떠보니 저 혼자 있는 겁니다! 아들 녀석은 온데간데없고 말이죠…… 그 밖에는 아무것도 모……"

순간, 이번에야말로 피고의 진술에서 모순을 끄집어낼 절호의 기회를 잡았다고 판단한 재판장이 덜컥 말을 막았다. 그의 엄한 눈빛이 장내의 어수선한 분위기를 또다시 잠재우고 있었다.

"그래요? 그렇다면…… 당시엔 아무것도 알지 못했다면, 어떻게 그로부터 며칠 후 쥐브 경감에게 직접 찾아가 다짜고짜 당신 아들의 사체에 관한 질문을 꺼낼 수 있었습니까? 랑베르 당신은 그것에 대해 짐작도 못 하고 있었을 텐데?…… 결국 당신은 그 사체가 아들의 것임을 알고 있었던 겁니다! 왜죠? 어떻게 알았습니까?"

재판장은 방금 에티엔 랑베르의 살인에 무게를 실어줄 가장 중요한 단서 하나를 강조한 셈이었다.

에티엔 랑베르도 그 점을 잘 알고 있었다. 그는 배심원단 쪽으로 몸을 돌리더니, 갑자기 그들 외에는 아무도 믿지 못하는 것처럼 이렇게 외쳤다.

"아, 여러분! 이런 신문은 글자 그대로 고문과 같습니다. 더이상은 견딜 수가 없어요…… 그에 필요한 대답을 저는 할 수가 없습니다. 이미 여러분은 저를 심판하는 데 필요한 사실들을 충분히 아셨을 겁니다…… 이제는 저를 심판해주십시오! 제가 명예를 더럽혔는지, 아비로서의 도리를 어겼는지 말씀해달란 말입니다! 저로선 새로운 질문들에 어떻게 대답해야 할지 정말로 모르겠습니다!"

랑베르는 탈진한 것처럼 그대로 의자에 털썩 주저앉았다.

한편 재판장 역시 배심원단을 휙 돌아보고는, 흡사 죄 없는 사냥감을 함정에 제대로 몰아넣은 사냥꾼처럼 뿌듯한 표정으로 말했다.

"질문에 더는 대답하지 않겠다는 것이야말로 자신의 유죄를 시인하는 것과 다름없습니다. 배심원단에서는 그 점을 알아서 참작해주시기 바랍니다!"

사람들 사이에서 이런저런 수런거림이 일기 시작했다. 그 가운데에는 동정 어린 말들을 수군거리는 사람들도 있었다. 재판장은 아랑곳하지 않고 공문서를 읽을 때와 마찬가지의 평범한 어조로 말했다.

"이제부터는 증인들의 이야기를 청취하도록 하겠습니다. 참고로, 그중에서 가장 흥미로운 건 샤를 랑베르의 사체를 강에서 건져올린 부지유 씨의 증언일 텐데, 아쉽게도 그는 현재 정해진 주거지 없이 떠돌아다니는 노숙자 신분이기에 법원의 공식 소환장으로는 접촉이 불가능한 상황입니다."

그러고는 법정 경위를 시켜 끝없이 많은 검사 측 증인들을 불러들였다.

그들은 대개 랑베르 부자가 성을 도망쳐 나올 때 주변에서 목격한 농부들이거나, 허기진 몸으로 인근 마을을 배회하던 에티엔 랑베르에게 빵을 판 빵집 주인들이었다. 아울러 도르도뉴 강을 떠내려가는 샤를 랑베르의 사체를 빤히 보고도 끄집어낼 수 없었던 수문 관리인들 역시 우르르 나와 증언대에 섰다.

사실 그 사람들의 증언은 사건의 내막을 밝히는 데 아무런 기여도 하지 못했다. 방청객들은 노골적으로 듣는 둥 마는 둥이었고, 이대로 가면 평결이 어떻게 날지 뻔했다.

그러는 가운데 뒷줄에 앉은 어느 뚱뚱한 사내가 이렇게 말했다.

"두고 보라고. 이제 변호인 측 증언을 듣게 되면 사건의 양상이 확 뒤바뀔걸! 지금까지는 배심원들이 저 가엾은 에티엔 랑베르에게 불리한 얘기들만 접했지만, 앞으로는 다를 거야. 에티엔 랑베르의 친구들이 줄줄이 나와서 그가 얼마나 명예를 중시하며 성실한 인생을 살아왔는지 낱낱이 증언해줄 테니까…… 틀림없어!"

그러자 옆에 있던 사람이 얼른 말을 받았다.

"아닐 걸세…… 자넨 뭔가 착각하고 있어. 내가 보기에 에티엔 랑베르 씨는 자신을 방어하는 일 자체를 하찮게 여기고 있네. 아마 변호인 측 증인들을 한 명도 갖춰놓지 않았을 거야."

"설마 그렇게 경솔할 수가!"

"경솔한 게 아니라 훌륭한 거지! 저 남자는 자신의 도리를 다할 뿐이네. 판사들의 마음을 억지로 누그러뜨릴 생각일랑은 하지 않겠다, 이거지."

"변호사는 어떤가? 변호는 괜찮게 하겠지?"

"누가 그러는데, 다뢰유 변호사는 고객의 확고한 의지에 따라 재판부의 판결에 모든 걸 맡기겠다는 차원의 발언만 할 거라더군."

그때 재판장이 다시금 배심원단을 향해 말했다.

"여러분은 쥐브 경감의 증언을 청취하는 것도 흥미로울 거라고 보시겠지만, 그의 증언 역시 방금 공개된 소장에 명시된 것 이상의 별다른 내용은 없을 겁니다. 쥐브 경감을 따로 호출하지 않은 이유가 바로 여기에 있습니다. 대신 이곳에 랑그뢴 후작부인의 손녀 테레즈 오베르누아 양의 모습이 보이는군요…… 아시다시피, 보리외 성에서 부자가 함께 도주하던 날 밤 아들한테

서 자백을 이끌어내려고 애쓴 피고의 행동을 직접 듣고 목격한 장본인이지요. 하지만 이번 사건과 관련하여 이분만큼은 증인으로 호출하지 않기로 했습니다. 이분의 증언은 이미 예심과정에서 다 이야기한 내용의 반복에 지나지 않을뿐더러, 그 고통스러운 기억을 피해 당사자에게 다시 떠올리게 하는 것은 너무 가혹한 처사라고 판단했기 때문입니다. 하지만 이렇게 본인 스스로 법정에 나와주셨기에, 배심원단이 원한다면 재판장의 재량에 의해 한 가지 중요한 점을 확인해주십사 요청 드리고자 합니다……자, 테레즈 오베르누아 양, 증언대로 나와 서주시겠습니까?"

재판장의 말이 떨어지기가 무섭게 법정 경위가 소녀 앞으로 다가왔다. 예기치 못한 호출에 깜짝 놀란 테레즈는 통로로 걸어 나가 증언대 위에서 몸을 추스른 채, 재판장의 질문을 기다렸다.

"피고인 에티엔 랑베르 씨를 아는지 모르는지에 대해선 굳이 묻지 않겠습니다. 토요일 밤 보리외 성에서 샤를 랑베르와 대화를 나눈 사람이 그였는지만 말씀해주십시오."

"네, 재판장님. 분명 에티엔 랑베르 씨였습니다."

"아들을 살해한 혐의로 피고가 기소된 것과 관련해 아는 내용이 있으면 말씀해주십시오."

테레즈는 질문에 대답하기 위해 보기에도 딱할 만큼 안간힘을 쓰고 있었다.

"재판장님, 저는 오직 이 한 가지만 말씀드릴 수 있습니다……

그때 랑베르 씨가 아들한테 어찌나 처절한 태도로 이야기하는지, 그 속마음이 얼마나 쓰라릴지 충분히 느낄 수 있었어요!"

새로운 증인으로부터 조금은 신랄한 증언을 기대했던 재판장은 그녀 역시 자식의 광증에 대한 책임을 불행한 아비에게 돌릴 생각이 전혀 없다는 것을 깨닫지 않을 수 없었다.

아니나 다를까, 테레즈의 증언이 점점 피고에게 유리한 쪽으로 전개되자, 재판장은 단호히 증언을 중단시켰다.

"그만하면 됐습니다, 오베르누아 양! 감사합니다."

테레즈가 자기 자리로 돌아가는 사이, 재판장은 배심원단을 향해 이렇게 말했다.

"이제 더이상 청취할 증언은 없습니다. 지금부터는 검사 측의 논고가 있겠습니다."

에티엔 랑베르의 유죄 판결을 요청할 검사가 자리에서 일어나, 사실 자체보다는 법리에 의존하는 논고를 전개하기 시작했다. 그는 피고가 내세웠던 주장에서 논리적 모순과 허점을 빠르게 들추어냈다. 피고의 연이은 답변 거부에도 불구하고 그는 자명한 것으로 간주되는 사실들을 조목조목 짚어나갔다. 그렇게 피고의 유죄를 거의 기정사실화하면서, 스스로 법의 집행자로 자처하고, 자식을 도망치게 부추겼으며, 결국 살해까지 한 에티엔 랑베르의 행동이 모두 잘못된 것임을 온갖 잡다한 문헌들을 인용해가며 장시간 예시했다.

검사의 논고는 웅변적일지는 몰라도, 사건에 새로운 실마리를 부여하기엔 역부족이었다.

이제 피고 측 변호인이 일어설 차례였다.

다뢰유 변호사는 배심원들을 향해 변론을 시작했다.

"여러분은 에티엔 랑베르 씨에 대한 신문 과정을 지켜보셨을 겁니다. 아마 지금쯤 그가 무엇 때문에 기소되었고, 문제가 되는 사실들과 관련해 그에게 죄가 있는지 없는지 나름대로 판단이 섰을 거라 생각합니다. 제 고객은 저에게 다음과 같은 각오를 밝혔을 뿐입니다. 정신병에 걸린 자식을 둔 아버지로서, 게다가 그 정신병자 아들이 살인범임을 알게 된 아버지로서, 명예로운 인간의 도리와 부모 된 심정 모두를 챙기는 것이 과연 잘못인지에 대한 판단을 배심원단의 양심에 온전히 맡기겠다고 말입니다! 따라서 저는 이 자리를 빌려 특별히 탄원도 호소도 하지 않을 생각입니다. 가혹하고 관대하고를 떠나, 명예를 긍지로 아는 인간으로서 여러분 각자가 공평무사한 평결을 내려주기를 부탁드릴 뿐입니다!"

비교적 간략했지만, 그 어떤 웅변 못지않은 변론이었다.

파리 소리 하나 들리지 않는 적막 속에서 재판장과 배석 판사들은 잠시 토의실로 물러났고, 뒤이어 배심원들도 평결을 논의하기 위해 자리를 옮겼다.

그렇게 재판부가 퇴장하고 에티엔 랑베르도 군경들의 호송을 받아 자리를 뜨자, 장내는 다시 이런저런 술렁거림으로 어수선해졌다.

전체적인 분위기는 분명 피고를 향한 동정론 쪽으로 기울고 있었다.

비교적 냉소적이고 무관심한 사람들조차 이 불행한 아버지가 겪었을 고통에 마음이 움직인 듯했다. 다들 서로 질세라 평결을 넘겨짚었고, 평결문의 서두를 이렇게 저렇게 예상해보는 것이었다.

"자기 자식을 죽인 게 분명해!"

혈색이 불그스레한 사내가 한마디 하자, 옆에 있던 여자가 대꾸했다.

"그건 그래요. 직접 죽였든지, 아니면 자살하게 부추겼든지…… 하지만 달리 어쩔 수 있었겠어요? 아들을 무자비한 사형 집행인의 손에 넘기지 않으려면 하는 수 없죠, 안 그래요?"

그러자 뚱뚱한 남자가 끼어들었다.

"진퇴양난의 상황이었을 겁니다! 제아무리 자식을 사랑했다 해도, 에티엔 랑베르로선 한 가지 방법밖에는 없었을 거예요. 스스로 자결하도록 돕는 것 말입니다!"

"하여튼 나는 에티엔 랑베르 편이에요!"

그렇게 떠들썩한 가운데, 마침내 보네 판사가 또다시 자상한 설명을 시작했다.

"배심원단이 에티엔 랑베르의 무죄 방면을 원할 경우, 그걸 성사시킬 수 있는 방법은 딱 하나, 그가 자식을 죽이지 않았다고 선언하는 것이죠. 즉, 지금까지 제기된 모든 질문에 일관되게 '아니오'라고 대답할 수 있어야 한다는 얘깁니다. 단 하나의 질문에라도 '네'라고 대답한다면, 중죄 재판소 재판장의 준엄한 성격을 고려할 때, 모르긴 해도…… 극형을 내릴 수밖에 없을 거예요."

때마침 배심원들의 입장을 알리는 종소리가 요란스레 울렸다. 그들이 자리를 잡자, 뒤이어 엄숙한 표정의 판사들이 들어와 자리에 착석했다. 쥐 죽은 듯 고요한 분위기…… 배심원 대표가 자리에서 일어나, 약간 떨리는 목소리로 관례적인 문안의 평결을 낭독하기 시작했다.

"신과 인간 앞에서, 저의 명예와 양심에 비추어, 지금까지 제기된 모든 질문에 대한 본 배심원단의 답변은 만장일치로 '아니오'입니다."

무죄 방면이었다!

10

소냐 대공비의 목욕

에티엔 랑베르 씨가 카오르 중죄 재판소에서 극적으로 무죄 방면된 지 넉 달이 흘렀다.

보리외 성에서 충격적인 사건을 겪은 사람들의 뇌리에서 그 모든 것이 잊히기 시작할 즈음, 벨담 경 살해사건 역시 해결의 실마리가 전혀 보이지 않는 가운데 잊혀가는 것은 마찬가지였다.

오직 쥐브 형사만이 늘 심혈을 기울여 몰두하는 직무에 한 치의 소홀함도 보이지 않고 있었다.

파리의 수수께끼 같은 지하세계, 하루가 멀다 하고 수도를 피로 물들이는 비극에 대해 집요한 감시의 끈을 놓지 않고 있었다.

지금껏 경험한 가장 대담하고 끔찍한 살인사건의 장본인……
그게 누구이든, 제발 한순간이라도 실수를 저질러주길 바라며 쥐브는 암중모색 기다리고 있었다.

6월 말은 관광객들로 북적이던 파리의 시가지가 슬슬 한산해지는 시기.

그 와중에도 200여 미터에 걸쳐 뻗어 있는 건물 외관이 우측으로는 샹젤리제를 거슬러 에투알 광장 한 모퉁이로 돌아드는 로열 펠리스 호텔만큼은 세계 각국 사람들로 연일 문전성시였다. 종업원들은 호텔 입구로 통하는 널찍한 홀과 1층에 자리한 살롱을 정신없이 누비고 다녔다.

마침 호텔 고객들이 각종 야회와 공연 관람을 끝내고 하나둘 돌아올 시간. 사람이 들고 나는 통로마다 검은 연미복 차림의 신사들과 턱시도를 입은 젊은이들, 가슴이 깊이 파인 우아한 드레스 차림의 여인들이 언제 끝날지 모를 행렬을 이루고 있었다.

길게 이어진 회랑 앞에 자동차 한 대가 당당한 위용을 드러낸 건 바로 그때쯤이었다.

호텔 지배인 루이 씨는 지체 높은 고객들에게 흔히 하듯 차 앞으로 다가가 깍듯이 허리를 숙였다.

"잘 다녀오셨습니까, 대공비님?"

듬직하니 정중한 목소리로 묻는 그에게 손님이 고개를 살짝 숙여 답하자, 지배인은 즉시 벨보이를 불러 지시했다.

"소냐 다니도프 대공비님을 승강기까지 안내해드리도록!"

잠시 후, 주변 전체가 술렁이는가 싶더니, 우아한 자태의 공작

부인은 눈 깜짝할 사이에 승강기 안으로 사라져버렸다.

소냐 다니도프 대공비는 로열 팰리스 호텔의 주요 여성 고객으로, 4층의 큼직한 방 네 개짜리 스위트룸을 혼자 차지하고 있었다.

실제로 대공비는 두 가지 점에서 그만한 호사를 누릴 자격을 충분히 갖춘 인물이었다. 우선 어마어마한 재산이 그 모든 것을 가능케 할 뿐만 아니라, 다니도프 대공과의 결혼으로 당대 러시아 황제와 사촌지간이 된, 명실상부한 세계 최고 가문의 일원이었던 것이다.

갓 서른이 된 소냐 다니도프 대공비는 파란 눈동자가 검은빛의 탐스러운 머리 타래와 묘한 조화를 이룬, 이미 원숙한 미모의 소유자이기도 했다.

게다가 워낙 사교생활을 좋아해서 일 년 중 여섯 달은 항상 대도시인 파리에, 그것도 최신 아메리카 스타일을 자랑하는 로열 팰리스 호텔에 머물면서 최고의 살롱들로부터 열렬한 환영과 극진한 대접을 받곤 했다.

이런 위신에 걸맞게 처신 하나하나가 결코 남의 입에 오르내릴 만큼 허술하지 않았다. 다니도프 대공비에 대해 흔해빠진 트집을 잡는 일 따위는 일찍이 포기할 수밖에 없었던 사교계의 험담꾼들은 파리에 정기적으로 머무는 대공비의 습관을 두고 혹시 비밀스러운 정치적 활동을 하는 것 아니냐는 주장을 펴기 일쑤였다. 물론 확실한 단서가 있어서 하는 얘기는 아니었다.

거처로 들어선 소냐 다니도프 대공비는 널찍하고 호화로운 거실을 그대로 지나쳐 곧장 침실로 들어갔다. 두 개의 전기 스위치를 돌리자 빛의 다발이 온 방 안을 환하게 밝혔다.

"나딘!"

대공비의 점잖은 부름에, 저만치 구석에 놓인 나지막한 소파에서 반쯤 자다 깬 얼굴의 아가씨가 폴짝 튀어나왔다.

"나딘! 이 망토 좀 벗기고 머리 푸는 것 좀 도와다오. 내가 너무 피곤하구나……"

대공비의 지시에 하녀는 깍듯이 복종했다. 여주인의 어깨 위에 화장 가운을 걸쳐주면서 나딘은 용기를 내 말을 붙여보았다.

"마님, 오늘밤은 별로 덥진 않으시죠?"

나딘은 시르카시아가 고향으로, 날씬한 몸매에 짙은 갈색 머리, 생기발랄한 성격, 특히 어두운 불꽃이 타는 듯 반짝이는 눈동자가 인상적인 소녀였다.

대공비는 다소 짜증스러워하는 기색이었다. 주인을 기다리다가 잠깐 빠져든 선잠이 미처 덜 깨었는지 나딘의 움직임이 오늘따라 조금 서툴렀던 것이다. 벌써 두세 차례나 대공비의 입에서 나무라는 소리가 새어나왔다.

"주의 좀 해라!"

급기야 하녀의 손이 또 한번 실수하자 대공비의 욱하는 성미가 폭발하고야 말았다. 우아하면서도 차가운 손길이 소녀의 볼을 살짝 때리듯이 밀쳤다.

나딘은 흠칫 한 발 물러나 발갛게 상기된 얼굴로 주인을 빤히 바라보았는데, 그 눈동자 속에는 분명 반항의 기운이 서려 있었다.

"어머나, 때리지 마세요!"

하녀의 당돌한 외침에 대공비 역시 순간적으로 주춤했지만, 곧이어 더욱 매서운 눈길로 쏘아보며 이렇게 말했다.

"나딘! 당장 무릎 꿇고 잘못했다고 빌어라. 그러지 않으면 내쫓을 거야……"

금세 기가 꺾인 나딘이 발 앞에 무릎 꿇고 고개를 숙이자, 화가 누그러진 대공비는 나딘을 다정히 일으켜 세우며 말했다.

"그래, 됐다. 이제 난 괜찮으니 가봐도 좋아."

하지만 조금 전에 그처럼 발끈하며 대든 것이 못내 후회되는지 나딘은 애원하듯 말했다.

"옷 마저 벗겨드리고 갈게요……"

"아니다. 많이 늦었어. 그냥 네 방으로 돌아가."

한데 대공비는 잠시 생각을 하더니, 성가신 두통이라도 쫓는 것처럼 손으로 이마를 어루만지며 이렇게 말하는 것이었다.

"잠깐. 그러고 보니 목욕을 하면 피로가 좀 풀릴지도 모르겠네…… 준비해줬으면 좋겠구나."

십 분 후 나딘이 돌아왔을 때, 대공비는 발코니에서 뭔지 모를

몽상에 잠겨 있었다. 시르카시아 소녀는 살금살금 다가가 대공비의 손끝에 조심스레 입을 맞춘 뒤 속삭였다.

"준비 끝났습니다……"

잠시 후, 반쯤 옷을 벗은 채 욕실로 향하던 소냐 다니도프 대공비는 문득 뒤를 돌아보더니 방금 나섰던 침실로 되돌아갔다.

"나딘! 아직 방에 있는 거니?"

호화로운 침실엔 적막뿐이었다.

"내 정신이 어떻게 됐나봐…… 분명히 무슨 발소리가 들린 것 같았는데……"

대공비는 그렇게 중얼거리면서 방 전체를 빠르게 훑어보았다. 그리고 불이 환히 밝혀진 거실도 휘둘러본 다음, 다시 침대 옆으로 가 직무별로 하인과 종업원을 부를 수 있게 만든 호출장치를 살펴보았다. 아무런 이상도 없었다. 그제야 안심한 대공비는 다시 욕실로 향했고, 신속히 옷을 벗은 다음 향수가 뿌려진 물속에 몸을 담갔다.

등 쪽에 위치한 무광택 전구의 은은한 조명을 받으며, 소냐 다니도프는 점점 피로가 풀리면서 몸이 나른해지는 형언할 수 없는 행복감에 젖어들고 있었다…… 그때 문득 들리는 또 한번의 이상한 소음! 화들짝 놀란 대공비는 욕조 안에서 벌떡 몸을 일으켰고, 가슴을 물 밖으로 내놓은 채 얼른 뒤부터 돌아봤다. 아무것도 없었다……

'내가 너무 예민한가봐!'

그렇게 생각하며 이번에는 책을 한 권 펼쳐드는 대공비. 순간 다소 장난기 어리고 생소한 목소리 하나가 언뜻 그녀의 귓가를 스치는가 싶더니…… 누군가 그녀의 어깨 너머에서 방금 펼친 책의 한 대목을 중얼중얼 읽는 것이 아닌가!

비명을 지르거나 어떤 동작을 취할 틈도 없었다. 등 뒤에서 손 하나가 불쑥 튀어나와 소녀 다니도프의 입을 틀어막았고, 다른 손은 여자의 손목을 덥석 낚아채 수도꼭지와 함께 설치된 별도의 호출 장치 쪽으로 뻗지 못하게 했다.

대공비는 거의 기절할 뻔했다. 한데, 머리를 때리거나 무시무시한 흉기라도 들이댈 줄 알았던 미지의 존재가 웬일인지 그녀의 입과 손목에 가하고 있던 압력을 느슨하게 푸는 것이었다. 뿐만 아니라, 모습을 감춘 채 그토록 사람을 놀라게 할 때는 언제고, 이젠 욕조 가장자리를 천천히 돌아 여자 앞에 떡하니 버티고 서는 것이 아닌가!

대공비는 콩알만 해진 가슴을 졸이며 상대를 올려다보았다.

사십대쯤 되어 보이는 아주 우아한 차림의 남자였다. 어디 한 곳 나무랄 데 없는 턱시도 복장은 이 난데없는 불청객이 적어도 그녀가 책에서나 접할 수 있었던 파리 뒷골목의 거칠고 혐오스러운 인간들과는 무관하다는 걸 증명해주고 있었다.

불과 몇 초 전 우악스레 여자를 제압하여 꼼짝달싹 못하게 만들었다가 서서히 놓아준 손도 이제 보니 여간 깨끗하고 고상한 게 아니었다. 품위가 절로 느껴지는 얼굴에는 검은 턱수염이 부채꼴로 다듬어져 있고, 살짝 탈모가 진행중인 이마는 빛나도록 넓었다. 그러면서도 이쪽 관자놀이에서 저쪽 관자놀이까지 칼로 그은 듯 선명한 주름들과 범상치 않은 크기의 두상은 대공비를 묘한 불안감 속에 처박아놓기에 충분했다.

소냐 다니도프는 부들부들 떨리는 입술을 악다물려 애쓰면서 본능적으로 몸을 추슬러 다시 호출장치에 손을 갖다대려 했다. 하지만 이번에도 낯선 사내는 신속하고 절제된 동작으로 여자의 어깨를 짚음으로써 간단히 좌절시켰다. 사실 아까부터 사내의 입가에는 수수께끼 같은 미소가 번지고 있었다. 갑작스럽게 몸을 추스르다보니, 어느새 여자의 상반신이 물 밖으로 나와 그 섬세한 가슴이 온통 노출되어 있었던 것이다.

기이한 불청객은 애매한 농담을 중얼거리듯 흘렸다.

"저런! 매우 아름다우십니다, 부인……"

그제야 얼굴이 발갛게 달아오른 소냐 다니도프는 다시 허겁지겁 물속으로 몸을 숨겼다.

대공비는 가까스로 마음을 진정시키며 물었다.

"당신은 누구죠? 뭘 원하는 거예요? 어서 나가주세요. 안 그러면 당장 사람을 부르겠……"

"소리를 질렀다간 그 즉시 죽음이오!"

사내는 단칼에 자르듯 여자의 말을 끊으며 단호한 말투로 못을 박았다. 그러면서 약간은 빈정대는 몸짓을 가미하여 이렇게 말하는 것이었다.

"호출 벨을 울리시겠다? 그건 곤란할 텐데…… 수줍어서라도 그렇게는 못 할걸…… 그 몸이 물 밖으로 나와야 할 테니까…… 어쨌거나 나는 반대야. 물론 구경하는 내 기분이야 기막히게 황홀하겠지만 말이야……"

대공비는 이를 악문 채로 내뱉었다.

"돈이든 보석이든 필요하면 다 가지고…… 제발 나가주시죠!"

사내는 대공비가 욕조 안에 들어가기 전 옆의 원탁 위에 놓아둔 팔찌와 반지들을 슬쩍 흘겨보고는 말했다.

"저 보석들도 나쁘진 않군…… 하지만 당신이 지금 끼고 있는 가문 반지*가 내겐 더 흥미로운걸!"

그는 대공비의 손을 잡고 자기 쪽으로 끌어당겨, 약지에 끼고 있는 보석 반지를 유심히 들여다보았다. 부들부들 떨리는 여인의 손…… 사내는 달래듯 말했다.

"불안해할 것 없어요. 당신만 괜찮다면, 우리 편하게 이런저런 얘기나 나눠봅시다."

그러고는 잠시 뜸을 들이더니 이렇게 덧붙였다.

---

* 가문의 문장이 새겨진 반지.

“사실 보석이라는 것은 일단 그 주인의 곁을 떠나면 별로 매력이 없는 물건이올시다. 내 말은, 사람의 몸에 더이상 부착되어 있지 않은 보석들은 가치가 없다는 뜻이지요. 반대로 사람의 손목을 감고 있는 팔찌라든가, 목을 두르고 있는 목걸이라든가, 손가락에 끼워진 반지 같은 것들은……”

수수께끼 같은 불청객이 도대체 무슨 말을 하려는 건지 당최 알 길이 없는 소냐 다니도프 대공비는 점점 더해만 가는 초조함 속에서 죽은 사람처럼 창백해진 얼굴로 더듬거렸다.

“이 반지는…… 빼드릴 수가 없어요…… 너무 꼭 끼워져서……”

순간 사내의 입가에 냉소가 어른거렸다.

“오, 대공비, 그런 건 하등 문제가 되지 않습니다. 그 정도의 보석을 제 것으로 삼으려는 사람이라면 의당 간단한 절차 하나만으로……”

그러면서 아무렇지도 않은 표정으로 조끼 호주머니를 뒤지는가 싶더니, 접이식 소형 면도칼 하나를 쓱 꺼내는 것이었다! 그것을 열어 반짝이는 칼날을 코앞에 가만히 들이대자, 대공비는 눈이 휘둥그레지면서 사시나무 떨듯 온몸을 떨기 시작했다.

“솜씨가 괜찮은 사람이라면, 그 정도 폼 나는 보석 반지를 낀 손가락을 이런 예리한 칼날로 잘라내는 데는 한순간이면 족하지요……”

이제는 거의 경기를 일으키는 대공비를 내려다보며 사내는 다소 부드러워진 음성으로 말을 이었다.

"그렇게 기겁할 것까진 없습니다. 설마 나를 미천한 호텔 좀도둑이나 떼강도 두목쯤으로 생각하는 건 아니겠죠? 오, 그 따위 진부한 생각이 부인 같은 귀한 여인의 머릿속을 차지할 수 있다니! 당신의 눈부신 미모라면 세상 그 무엇보다 격렬한 열정에 불을 붙이고 더없이 비범한 행동에 뛰어들도록 만들기에 전혀 부족하지 않다는 사실을 당신은 그렇게도 모른단 말입니까?"

사내의 말투가 의외로 진지하고 눈빛마저 깊은 경의를 담은 듯 느껴지자, 대공비도 조금은 안정을 되찾기 시작했다.

"하지만…… 나는 당신을 몰라요……"

대공비가 조심스레 말하자, 사내는 옆에 있던 낮은 의자를 끌어다 앉더니 욕조 가장자리에 팔꿈치까지 괴고는 보다 친근한 태도로 대답했다.

"음, 훨씬 낫군요. 이제부터 서로 알아갈 시간은 충분할 겁니다. 나는 당신이 누구인지 잘 압니다. 사실 그게 가장 중요하고요!"

"이것 보세요, 선생. 당신이 농담을 하는 건지 진지하게 얘기하는 건지는 모르겠지만, 지금 이런 건 아주 고약한 태도예요!"

소냐 다니도프는 조금씩 마음이 진정되면서 그동안 참았던 반발심이 은근히 고개를 드는 것을 느꼈다.

"고약하다기보다는 독창적인 태도일 뿐이지요, 대공비. 만약 내가 평소 자주 드나드는 살롱 같은 데서 당신 앞에 나서는 것에 만족했다면, 오늘밤만큼 당신이 나에게 주목하는 일은 없을 거라는 생각이 드는군요. 지금 당신의 그 강렬한 눈빛만 봐도 알 수 있어요, 이제부터는 내 얼굴의 아주 사소한 부분까지도 당신의 의식 속에 깊이 각인되어 남으리라는 확신이…… 어떠한 일이 일어나도 당신이 나에 대한 기억을 오래도록 간직할 거라는 확신이 듭니다."

소냐 대공비는 희미하게나마 미소를 짓기 위해 애썼다. 그리고 차츰 안정을 되찾자 지금 자신이 상대하고 있는 자가 도대체 어떤 사람인지 정말로 궁금해지기 시작했다.

사내는 그러한 여자의 생각을 훤히 읽고 있는 것처럼 보였다. 그가 씨익 웃으며 말했다.

"대공비, 보아하니 이제 좀 저를 믿게 되신 모양이군요. 세상 일이란 다 그런 식으로 돌아가기 마련이지요……"

게다가 대공비가 부인하는 몸짓을 하려고 하자 곧장 이렇게 덧붙이는 것이었다.

"암, 그렇고말고! 보세요, 벌써 오 분이 지나도록 당신은 호출 벨을 울리려고 시도조차 하지 않았습니다. 그것만 해도 대단한 발전이지요. 사실 왕실 시종장의 부인이면서 러시아 황제의 사촌이기도 한 천하의 소냐 다니도프 대공비께서 생면부지의 남정네 앞에 발가벗은 몸으로 있는 꼴을 하인들까지 죄다 불러 구경

시키리라고는 생각지 않습니다!"

사내는 뭔가 항변하려고 하는 대공비는 아랑곳하지 않고 한술 더 떴다.

"만에 하나 그렇게 될 경우, 이 보기 드문 광경에 대한 소문이 다니도프 대공의 귀에까지 흘러드는 것은 시간 문제일 테고 말입니다."

"도대체 여긴 어떻게 들어왔는지…… 그거나 좀 말해주세요!"

대공비의 애원을 낯선 사내는 오히려 깔끔한 말투로 받아넘겼다.

"그건 별로 중요한 문제가 아닙니다. 현재로선 여기서 어떻게 나가느냐가 중요한 문제지요. 아시다시피, 나는 무턱대고 남의 시간을 오래 잡아먹는 무례한 인간이 아니기에, 앞으로도 이와 같은 만남을 허락만 해주신다면 그걸 기쁨으로 알고 지금 당장 물러나드릴 용의가 있답니다."

"그게…… 무슨 말씀인지……"

사내는 애초 여자의 반응은 안중에도 없었던 듯 서슴없이 손을 뻗어 수온을 재기 위해 물에 띄워두었던 온도계를 집어들었다.

"30도로군. 물이 많이 식었습니다. 그만 나오셔야겠네요, 대공비……"

할 말을 잃은 대공비는 이 상황에서 웃어야 할지 울어야 할지 알 수가 없었다.

혹시 머리가 어떻게 된 사람 아닌가?

여자 하나 유혹하려고 무모하게 뛰어든 카사노바? 조금은 색다른 방법을 사용한다는 자부심에 누구든 제 것으로 만들 수 있다고 자신하는, 나에게 홀딱 반한 남자?

"제발 나가주세요!"

하지만 사내는 말없이 고개만 저을 뿐이었다.

"제발…… 정숙한 여자 생각도 좀 해주세요. 부탁입니다……"

대공비가 다시 한번 간청하자 사내는 잠시 생각하는 듯하더니 이렇게 중얼거렸다.

"이것 참 난감하게 됐군…… 어떻게든 당신이 감기 걸리는 건 막아야 하니, 되도록 빨리 결정을 내려야 할 텐데 말입니다. 옳거니! 간단한 방법이 있군. 당신은 이 욕실의 구조를 훤히 알고 있을 겁니다. 눈을 감고 더듬는 것만으로도 당신의 화장 가운 정도는 손쉽게 찾아낼 수 있겠죠. 자, 그렇다면 우리 불을 끕시다. 그러면 내가 굳이 자리를 피하지 않아도 당신의 정숙함이 훼손되지 않는 가운데 얼마든지 물 밖으로 나갈 수 있지 않겠습니까?"

한데 전등 스위치로 다가가던 사내가 다시 잽싸게 돌아와 이렇게 말하는 것이었다.

"하나 잊었네요, 그놈의 빌어먹을 호출 벨! 사람의 동작이란 눈 깜짝할 사이에 일어나곤 하죠. 혹시 실수로 당신이 벨을 건드렸다가는 무척 후회되는 일이 벌어질 겁니다, 안 그래요?"

그러고는 아까 선보였던 매서운 면도칼로 벽면을 따라 높이 가로지르는 전선 두 가닥을 싹둑 잘라버렸다.

"자, 이제 완벽해졌군요! 아, 물론 나는 방금 자른 전선 두 가닥이 어디로 연결되는지는 잘 모릅니다. 하지만 조심해서 손해 볼 건 없죠…… 만에 하나 또다른 호출장치라도 있으면 곤란하니까……"

사내는 면도칼을 고쳐쥐더니 이번에는 그보다 아래쪽에 설치된 다른 전선 두 가닥을 마저 자르려고 했다. 한데 금속으로 된 면도날이 전선에 닿는 순간 엄청난 불꽃이 튀는 것이었다. 사내는 뒤로 훌쩍 물러나며 면도칼을 떨어뜨렸다.

"제기랄! 어때요, 내 꼬락서니가 재미있지 않나요…… 그나저나 손을 된통 데었습니다그려. 아마 전등에 연결된 선들인 모양이에요."

소냐 다니도프가 여전히 불안 속에서 지켜보는 가운데 낯선 사내는 계속 입을 놀리고 있었다.

"까짓 것 상관없습니다. 아직 쓸 만한 손이 하나 남아 있으니까…… 당신한테 절실한 어둠을 제공하기에 전혀 손색이 없는 손이지!"

사내는 아까 손대려 했던 전등 스위치로 다가가 불을 껐다.

급기야 소냐 다니도프는 욕조 안에 선 채 장애물이 있는지 알아보기 위해 팔을 뻗어 이리저리 휘저어보았다. 걸리는 것은 아무것도 없었다. 대공비는 한 발 한 발 욕조 밖으로 나오자마자, 곧장 화장 가운을 걸쳐놓았던 의자 쪽으로 달려갔다. 부랴부랴 옷을 입고 슬리퍼까지 신은 뒤 잠시 꼼짝 않고 다음 행동을 생각하는 소냐 다니도프. 결정을 했는지 후닥닥 전등 스위치 쪽으로 다가가 냉큼 불을 켰다.

환하게 밝혀진 욕실 안에 낯선 사내의 모습은 보이지 않았다.

대신 침실 쪽으로 발길을 돌려 한두 걸음 떼자 저만치 맞은편에서 지그시 웃고 있는 사내의 모습이 눈에 들어왔다.

"이만하면 매너가 충분한 것 아닐까요, 대공비? 욕조에서 이렇게 무사히 나오게 해드렸으니까……"

"이것 보세요, 선생. 분명히 말하지만 장난은 그 정도로 충분해요. 이젠 좀 가주셔야겠어요. 나는 당신이 나가주길 원해요!"

"원한다?…… 저런, 그런 말은 나를 상대로 이야기할 땐 잘 쓰지 않는 표현인데…… 하긴 당신이 그런 사실을 알 리 없으니 용서해주지. 그리고 보니 나도 내 소개를 제대로 하지 않았군. 미안합니다, 내가 워낙 정신이 없어서…… 그런데 무슨 생각을 그리 골똘히 하는 거요?"

사실 소냐 다니도프는 이 낯선 사내의 소름 끼치는 요설이 귀에 거의 들어오지 않았다. 그 대신 어떤 새로운 감정이 그녀의 가슴을 조이고 있었고, 은밀한 불안감에 온몸이 저려오고 있었다!

그 순간, 대공비와 낯선 사내 사이에 위치한 책상 위에는 부인이 저녁 외출 시 늘 가지고 다니는 나전 장식의 앙증맞은 권총이 놓여 있었다. 그녀가 거의 전문가 수준으로 다룰 줄 아는 유일한 무기였다. 소냐 다니도프의 머릿속에는, 만약 저것을 손에 넣을 수만 있다면 저 무례한 존재를 당장 굴복시킬 수 있을 거라는 생각이 어지러이 맴돌고 있었다.

아울러 바로 그 책상의 반쯤 열린 서랍 속에는 지갑이 들어 있고, 그 지갑 속에는 다음 날 처리할 여러 지불 건을 염두에 두고 아침에 미리 호텔 금고에서 빼둔 12만 프랑 상당의 은행권 지폐가 가지런히 들어 있다는 사실에도 생각이 가 닿았다. 반쯤 열린 그 서랍 속의 지갑이 과연 지금도 무사한지, 혹시 저 잘난 척하는 남자가 한낱 파렴치한 좀도둑은 아닐지 머리를 굴리지 않을 수 없었다.

그런 대공비의 머릿속을 또다시 훤히 읽은 듯, 사내가 말했다.

"아 참, 그리고 보니 당신은 여자가 사는 곳에선 쉽게 보기 힘든 별난 물건도 가지고 계시더군요!"

아니나 다를까, 소냐 다니도프가 책상 쪽으로 걸음을 떼기 무섭게 낯선 사내가 한 걸음 먼저 책상 앞까지 다가가 순식간에 권총을 낚아챘다.

기겁을 하는 대공비를 안심시키며 사내가 말했다.

"오, 겁낼 것 없어요. 당신 목숨에 흠집 낼 생각은 추호도 없으니까. 이 흉물스러운 녀석은 조금 있다가 기꺼이 당신 손에 돌려드리리다. 물론 해가 되지 않게끔 약간 손을 보고 나서요……"

그러고는 탄창 속의 총알 여섯 발을 재빨리 비워내는 능숙한 솜씨. 그렇게 이제는 무용지물이 되어버린 물건을 대공비에게 내밀면서 낯선 사내는 빈정대는 투로 이렇게 말하는 것이었다.

"내가 지나치게 조심한다고 비웃진 마시구려. 원래 사고란 눈 깜짝할 사이에 일어나는 법이라오!"

대공비는 (최소한 서랍 속의 상태를 직접 눈으로 확인해야겠다는 생각에) 어떻게든 책상으로 다가가려 했으나, 낯선 사내가 얼른 또 앞을 가로막았다. 그는 결코 미소를 잃지 않는 얼굴과 지극히 정중한 척하는 태도를 유지하면서도 소냐 다니도프의 일거수일투족을 단 한순간도 놓치지 않고 감시하고 있었다.

갑자기 그가 시계를 꺼내 보더니 말했다.

"이런, 벌써 새벽 두시로군! 지금쯤 당신과 함께하는 이 사랑스러운 시간을 너무 남용하고 있다고 날 원망하시겠구려…… 이제 슬슬 가봐야겠습니다!"

순간 대공비의 가슴에서 안도의 한숨 소리가 새어나왔지만, 낯선 사내는 전혀 아랑곳하지 않고 여전히 과장된 말투로 덧붙였다.

"자, 내가 어디로 나갈 것 같습니까? 연인처럼 창문으로? 도둑처럼 굴뚝으로? 아니면 전설의 강도처럼 벽 속의 비밀 통로로?…… 오, 아니올시다! 이 몸은 이 세상에서 최고로 매력적인 여성께 기꺼이 찬사를 바치고자 나타난 멋쟁이 신사로서 당연히 문을 열고 정정당당하게 걸어나갈 겁니다!"

아직 할 말이 남았는지, 사내는 언뜻 떠나려는 제스처를 취하다 말고 다시 돌아보며 이번에는 난데없는 질문을 쏟아내기 시작했다.

"자, 이젠 어떡하실 생각이오, 대공비? 어쩌면 뜬금없는 질문일지 모르나, 내가 꼭 알아야 해서 그렇소. 혹시 나를 미워할 생각이오? 내가 사라진 뒤 뭔가 기분 나쁜 일을 발견하고는 나에 대해 분노라도 폭발시키는 것 아니오? 그것도 아니면 소란이야 일어나든 말든 내가 등을 돌리자마자 무작정 사람부터 부를 생각이오?"

대공비는 본능적으로 다시 서랍 쪽에 시선이 가지 않을 수 없었다. 필경 그 속의 지갑은 이미 온데간데없을 터!

하지만 어이하랴!

소냐 다니도프가 고민에 빠져 있는 동안 사내가 침묵을 요란하게 깨뜨리며 외쳤다.

"맙소사! 내 정신 좀 보라지…… 정식으로 소개도 안 하고 그냥 갈 뻔했네!"

낯선 사내는 호주머니 속에서 명함을 한 장 꺼내더니 문제의 책상 쪽으로 다가서며 이렇게 덧붙였다.

"대공비시여, 여기 이 반쯤 열린 서랍 속에 내 명함 한 장을 두고 가는 걸 허락하소서!"

순간, 여자의 입에선 무의식적으로 비명 소리가 튀어나올 뻔했는데, 사내의 매서운 눈빛에 부딪히자 곧바로 잦아들었다. 방금 자신이 한 말을 기어이 실행에 옮긴 낯선 사내가 천천히 다가서자 대공비는 호텔 복도로 통하는 현관까지 주춤주춤 뒷걸음쳤다.

"이처럼 손님을 입구까지 배웅하는 걸 보니 당신은 역시 교양 덩어리, 사교계의 여왕이오!"

그러나 곧바로 태도가 돌변하면서 무시무시한 목소리로 속삭이는 사내.

"지금 이 순간부터 내가 밖으로 자취를 감출 때까지 말 한 마디, 동작 하나, 비명 소리 하나라도 내게 감지되면 당신은 죽어……"

소냐 다니도프 대공비는 금방이라도 실신할 것 같은 심정을 혼신의 힘으로 참아내며 낯선 사내의 위압적인 눈빛이 지시하는 대로 현관문 앞까지 조용히 다가가 빠끔히 문을 열었고, 사내는 그 문을 통해 바람처럼 빠져나갔다!

비로소 자유의 몸이 된 소냐 다니도프는 곧장 침실로 달려가 손에 닿는 모든 호출 벨을 마구 울려대는가 하면, 잔뜩 흥분해서 호텔 도어맨에게 전화를 걸었다.

"도둑이 들었어요! 아무도 못 나가게 해주세요!"

뿐만 아니라, 흥분한 손가락은 아주 긴급한 상황에만 울리도록
되어 있는 각 층의 비상벨까지 무작정 눌러대 호텔 야간 경비원
대기실을 발칵 뒤집어놓았다.

이미 복도는 사람들의 아우성으로 들썩이기 시작했다. 사람들
이 도우러 몰려온 것을 직감한 대공비는 허겁지겁 현관문을 열
고 소리쳤다.

"잡아요! 어서 잡아주세요! 방금 나갔어요!…… 검은 수염에
턱시도를 입은 남자예요!"

"어디 가는 겁니까? 무슨 일이에요?"

호텔 로비 저만치에서 도어맨이 달려오며 묻자, 승강기에서
막 뛰쳐나온 벨보이가 대답했다.

"나도 모르겠어요. 호텔에 도둑이 든 모양입니다! 저기 반대
편인 것 같아요!"

그 말에 이번엔 호텔 경비원이 물었다.

"그쪽에서 벌어진 일이 아니란 말이야? 당신 몇 층 담당이
지?"

"3층인데요……"

"그럼 4층에서 소리를 지르는 거로군! 어서 올라가 무슨 일인
지 좀 알아봐요!"

수염 하나 없이 말끔한 얼굴에 빨간 머리를 한 젊은 벨보이는

즉시 뒤로 돌아, 방금 내린 승강기에 냉큼 올라탔다.

승강기는 4층, 소냐 다니도프 대공비의 숙소가 정면으로 마주 보이는 곳에서 멈췄다. 마침 문 앞에 대공비가 황망한 표정으로 서 있고, 그 옆에서 야간 경비원 뮐레가 그녀를 진정시키려 애쓰고 있었다. 대공비의 손에는 12만 프랑이 든 지갑 대신 덩그러니 남겨진 명함 한 장이 쥐어져 있었다. 한데 아무것도 새겨지지 않은 백지 명함이었다!

두 명의 다른 벨보이가 이리저리 뛰어다니며 문을 두드리고 다른 종업원들을 부르고 있었다.

승강기에서 내린 빨간 머리 벨보이를 보자, 뮐레가 낯이 설다는 표정으로 물었다.

"자넨 어디 담당인가?"

"3층에서 새로 일하게 된 신입입니다. 도어맨이 무슨 일인지 알아보라고 해서 왔습니다."

"누가 대공비의 숙소를 턴 모양이네! 어서 경찰부터 불러야겠어!"

"제가 가겠습니다!"

눈 깜짝할 사이에 호텔 로비에 도착한 3층 벨보이는 전화를 받고 있던 도어맨의 소매를 잡아끌며 다급히 말했다.

"문 좀 열어주세요! 빨리 경찰을 부르러 가야 해요!"

도어맨은 잠갔던 문을 부랴부랴 열어 벨보이를 내보내주었다.

6층에서 날카로운 비명 소리가 들린 건 그로부터 얼마 지나지 않아서였다. 깜짝 놀란 호텔 종업원들이 멈춰 선 승강기에서 아무도 내리지 않는 것을 보고 달려가 확인한 결과, 승강기 안에 찢어진 옷가지와 가짜 수염 그리고 가발이 팽개쳐져 있었다.

두 명의 룸메이드와 하우스맨은 기겁을 한 채 그 괴이한 물건들을 살펴보면서도 아직 지배인에게 알릴 생각은 못 하고 있었다.

그러나 실은 누군가 지배인 루이 씨를 이미 깨우러 간 뒤였다.

혼비백산한 부하 직원의 부실한 설명만으로는 뭐가 뭔지 파악될 리 없었던 루이 씨는 득달같이 옷을 챙겨입고 호텔로 달려와 곧장 4층에 나타났다. 그 와중에 맞닥뜨린 반 덴 로젠 남작부인은 노년에 이른 과부로서 이 호텔의 오랜 단골이었다.

그녀는 바닥에 거의 주저앉다시피 한 채 대책 없이 흐느끼고 있었다.

"루이 씨! 누가 내 다이아몬드 목걸이를 훔쳐갔다오! 저녁을 먹으러 내려가기 전에 보석함에 넣고 탁자 위에 놓아뒀는데……"

가뜩이나 정신이 없는 루이 씨로서는 뭐라 해줄 말이 없었다. 게다가 저만치에서 밀레가 허겁지겁 달려오고 있었다.

"소냐 다니도프 대공비께서 지갑을 도난당하셨습니다. 하지만 제가 즉시 호텔 출입문을 봉쇄토록 했으니, 범인은 곧 잡힐 겁니다."

마침 소냐 다니도프 대공비도 자세한 설명을 하기 위해 루이 씨에게 다가왔다.

바로 그때, 두 명의 룸메이드가 6층에서 부리나케 달려 내려왔다. 그들은 승강기에서 발견한 괴이한 물건들을 들고 와 무턱대고 바닥에 내려놓았고, 루이 씨는 지금 벌어지고 있는 모든 일이 도대체 어찌 된 것인지 더더욱 알 수 없다는 생각에 이제는 머리가 다 지끈거릴 정도였다. 엎친 데 덮친 격으로 뮐레가 갑작스레 뭔가 생각난 듯 지배인의 팔을 덥석 붙들며 다짜고짜 이렇게 묻는 것이었다.

"지배인님, 3층에서 새로 근무한다는 벨보이를 혹시 아십니까?"

루이 씨는 하필 그때 저만치 복도 끝에서 느린 걸음으로 다가오는, 백발의 구레나룻에 머리까지 벗어진 하우스맨에게 정신이 팔려 있었다. 야간 경비원 뮐레가 방금 한 질문을 건성으로 들은 지배인은 하우스맨에게로 시선을 향한 채 더듬더듬 대답했다.

"아, 그게 그러니까…… 저 양반 이름이 아놀드지 아마……"

뮐레는 기가 막힌 듯 버럭 소리를 질렀다.

"아이고, 그게 아니라 머리가 빨간 벨보이 말입니다!"

"머리가 빨갛다고?"

그제야 다시 반문하는 루이 씨. 직원들의 인적 사항을 총괄하는 그지만, 뮐레가 묻고 있는 인물에 대해 아는 것이 전혀 없는 게 분명했다.

뮐레는 그 즉시 만사를 제쳐두고 호텔 출입구를 향해 전속력으로 내달렸다.

"누구 여기로 나간 사람 있소?"

헐떡거리며 묻는 그의 질문에 대한 도어맨의 대답은 이랬다.

"없는데요…… 아, 뮐레 씨가 경찰을 부르러 보낸 3층 담당 벨보이만 빼고요."

"빨간 머리를 한 벨보이 말인가요?"

"네, 머리가 빨갛더군요……"

도어맨은 아무렇지도 않게 대답했다.

같은 시각, 소냐 다니도프 대공비는 안락의자에 축 늘어진 채 시르카시아가 고향인 나딘의 간호를 받고 있었다. 대공비의 손에는 엄청난 돈을 그토록 능숙하게 빼앗아간 사내의 수수께끼 같은 명함이 여전히 들려 있었다.

점차 기력을 회복하면서 대공비는 조금씩 정신을 추스를 수 있었는데, 무심코 명함을 내려다본 그녀의 두 눈이 금방이라도 튀어나올 것처럼 휘둥그레지는 것이었다. 그때까지만 해도 티 하나 없는 백지 상태였던 명함 속에 글씨들이 아주 천천히 하나 둘 모습을 드러냈다! 대공비는 부들부들 떨리는 입술 사이로 이렇게 더듬거렸다……

"팡…… 토…… 마…… 스……"

11
법관과 형사

퓌즐리에 수사판사는 팔레 루아얄의 집무실 한복판에 우두커니 서서 자신의 수사판사 모자에 세심하기 짝이 없는 솔질을 가하고 있었다.

그가 혼잣말을 중얼거리는 버릇이 생긴 지는 꽤 오래되었다.

"그래도 오늘 시간낭비 한 건 아니야. 예심에서 특별히 진전된 건 없지만, 더없이 정상적으로 진행했으니 딱히 내 잘못이라 볼 수도 없어. 지금 가장 어려운 문제는 앞으로 내가 어떻게 해야 실속을 거둘지를 알아내는 일, 바로 그거야. 다시 신문을 진행해야 하나? 쳇! 그래봤자 이미 다 아는 내용만 나올걸…… 자, 그럼 어쩐다지?……"

문득 그의 독백이 중단되었다. 누군가 똑, 똑, 똑, 조심스레 노크를 한 것이다.

"들어오세요!"

빠끔 열린 문을 통해 누구인지를 알아본 퓌즐리에는 금세 환한 얼굴로 손님을 맞이했다.

"아니, 이게 누구시오! 쥐브 아니신가! 무슨 일로 내 집무실에까지 찾아오셨소?"

"저야 늘 판사님을 만나뵙고 흥미로운 사건들에 대해 의견을 나누는 것 이상의 기쁨이 없는 사람이죠. 그간 찾아뵙지 못한 것에 대해 변명해봐야 무슨 소용이 있겠습니까! 제가 오랫동안 나타나지 않았다면, 그 이유야 굳이 판사님의 추리력을 동원하지 않아도 뻔한 것 아니겠습니까!"

"일이 많았던 거요?"

"어마어마하게요……"

"하긴 요즘 끔찍하고 충격적인 사건들이 여간 많이 발생하는 게 아니지!"

"누가 아니랍니까! 올해도 경찰 입장에서는 그리 밝은 전망을 품어볼 수 없다는 점이 큰 문제입니다. 사건만 많이 터졌지 무엇 하나 그럴듯하게 해결된 게 없단 말이죠."

쥐브의 푸념 섞인 말에 퓌즐리에는 지그시 웃으며 대꾸했다.

"쥐브, 당신은 정말 영락없는 이상주의자요! 여전히 기발한 수사와 기대 이상의 검거율, 괄목할 만한 성공 같은 것에 연연하는 걸 보면 말입니다. 그러니 당신 명성이 시들해질 날이 없는 거겠죠."

쥐브가 손사래를 치며 대꾸했다.

"무얼 두고 그런 말씀을 하시는지 모르겠지만…… 혹시 벨담 사건이나 랑그륀 사건 얘기라면 가당치 않은 칭찬이십니다. 그 사건들과 관련해서는 제가 맥을 못 추고 있어요."

퓌즐리에 씨는 쥐브에게 의자를 권하고 자기도 털썩 주저앉으며 물었다.

"그나저나 벨담 경 살해사건은 정말 아무 진전이 없는 거요?"

"전혀요! 완전히 꽝입니다!…… 아주 죽을 쑤고 있어요!"

하지만 수사판사는 쥐브의 넋두리를 만류하고는 팔짱을 끼면서 장난스레 나무라는 척했다.

"허어, 이보시오, 형사 양반. 엄살이 너무 심한 것 아니오? 솔직히 그럴 정도는 아닐 텐데…… 당신이 아무리 그렇게 얘기해도, 현재 벨담 사건은 그 정체가 드러났고 랑그륀 사건도 해결된 것으로 보아야 하지 않겠소?"

"말씀이야 고맙습니다만, 이번에는 영 잘못 짚으셨습니다, 판사님. 유감스럽게도 저는 벨담 사건에 관해 아무것도 밝혀낸 것이 없습니다."

"실종된 사람을 발견하지 않았습니까?"

"그야 그렇지만……"

“그것만 해도 대단한 겁니다! 그나저나 어떻게 르베르 가로 찾아가서 거언의 짐들을 뒤질 생각을 한 겁니까?”

“별로 어렵진 않았습니다. 벨담 경이 실종되었을 때 세상이 얼마나 들썩거렸는지는 기억나시죠?”

“그랬죠……”

“바로 그때 치안국에서 저를 호출했고…… 전 즉각적으로 이번 사건이 자살이나 우연한 사고일 거라는 가설들을 모조리 배제해야 한다는 걸 직감했습니다. 결국 범죄사건으로 결론을 내린 거죠.”

“그런데도 진전이 없었단 말이오?”

“일단 범죄 냄새가 난다는 확신은 있었지만, 당장 혐의를 둘 만한 사람이 있는 건 아니었습니다. 그래서 자연스럽게 모두를 의심하게 되었고요. 즉 벨담 경과 관계가 있는 모든 사람들을 용의선상에 올리기로 했지요…… 그런데 그 전직 대사께서 최근까지 거언이라는 사람과 교류하고 있었다는 사실이 걸리더라, 이겁니다. 거언 씨는 벨담 경이 전쟁중 트란스발에서 알게 된 영국인인데, 유독 그 정체에 아리송한 점이 많았거든요. 그래서 제가 거언 씨의 집까지 무작정 찾아간 겁니다. 최소한 벨담 경에 관한 정보라도 얻겠다는 계산이었어요…… 그게 전부입니다, 판사님!”

퓌즐리에 수사판사는 쥐브의 얘기를 고개를 끄덕이며 경청하고 있었다.

"어쨌든 당신의 겸손도 알아줘야겠어요, 쥐브 경감! 알고 보면 기가 막힌 실력으로 해냈으면서도 모든 걸 자연스레 진행된 일인 양 말하는 걸 보면……"

쥐브는 법관의 칭찬을 한사코 마다했다.

"운이 좋아 그렇게 되었을 뿐…… 그 이상은 아닙니다!"

"그렇다면 당신의 그 놀라운 관찰력도 운이 좋은 탓으로 돌릴 셈인가요? 예컨대, 시체에서 악취가 나는 것을 방지하기 위해 누군가 죽은 자의 혈관에 황산아연 용액을 주입해서 일종의 방부 처리를 했다는 걸 밝혀내지 않았습니까!"

퓌즐리에 수사판사가 싱글벙글 웃으며 따지는데도 쥐브는 여전히 칭찬만큼은 사양하는 입장이었다.

"그거야 누구든 보면 알 수 있는 거고요……"

"뭐, 그렇게 생각해야 당신 마음이 편하다면 일단 벨담 사건 수사에서 당신 솜씨가 그리 특별하지는 않았다고 칩시다. 그럼에도 불구하고 다시 말하지만, 당신이 랑그륀 사건의 진상을 규명해낸 건 사실 아닙니까?"

"오, '규명'이라뇨!"

"카오르 중죄 재판소에서 열린 재판에 당신이 참석한 걸 내가 모르리라고 생각하는 건 아니죠?"

"그건 아닙니다만…… 그래서요?"

"그때 당신 소감이 어땠는지 궁금하오."

"무엇에 대한 소감 말입니까?"

"사건 전체에 대한 소감 말이오. 판결에 대해 또는 에티엔 랑베르의 유죄 여부에 대해……"

마침내 쥐브 경감은 차분한 어조로 이렇게 말했다.

"판사님, 만약 제가 판사님을 상대로 이야기하는 게 아니라면, 그런 질문엔 결코 대답하지 않거나 아예 엉뚱한 대답을 했을 겁니다. 하지만 판사님과는 워낙 오래 알고 지낸 사이이고 제게 늘 호의를 베풀어주셨으니, 모처럼 저의 모든 생각을 솔직히 말씀드리도록 하겠습니다. 제가 보기에 랑그륀 사건은 이제 막 시작되었을 뿐입니다. 아직 확정된 것은 아무것도 없어요……"

"하지만 샤를 랑베르가 범인이 아닐 거라는 게 당신 생각 아닙니까?"

"오, 단정하는 것은 아니지요."

"그럼 대체 당신 입장은 뭡니까? 샤를 랑베르를 죽인 건 그의 아버지 아니었나요?"

"가설이야 얼마든지 세울 수 있는 거죠."

"그럼 도대체 어떻게 된 겁니까?"

쥐브는 의자에서 일어나 이리저리 한동안 서성이더니 말했다.

"이 사건의 정확한 진실은 무엇인가…… 제가 끊임없이 몰두하고 있는 문제가 바로 그것입니다. 그날의 범행이 제 생각을 온통 사로잡아서 도무지 잊을 수가 없어요. 갈수록 빠져들고 있습니다……"

퓌즐리에가 얘기를 끊지 않으려고 조심하는 가운데, 쥐브가 이렇게 덧붙였다.

"아, 지금 제 머릿속에 맴도는 생각이 얼마나 황당무계한지 모르실 겁니다!"

퓌즐리에는 잠시 침묵을 지키면서 또다른 실토가 이어지기를 기다렸다. 하지만 쥐브가 굳게 입을 다물고 있자, 수사판사는 집게손가락을 마치 총을 겨누듯 하고서 이렇게 말했다.

"쥐브! 이제 보니 랑그륀 후작부인 살인사건을 팡토마스와 연결시키고 싶은 게로군요!"

그제야 형사도 장난기 섞인 어조로 대답했다.

"어이쿠, 결국 들켜버렸습니다……"

"맙소사, 당신은 툭하면 그놈의 팡토마스 생각만 하는군요! 팡토마스가 밥이에요! 못 잡아먹어서 안달이라고!"

"맞습니다."

잠시 농처럼 주거니 받거니 얘기가 오간 뒤, 퓌즐리에가 다시 진지해지면서 말했다.

"이봐요, 쥐브 경감. 내가 뭐 하나 얘기해드릴까? 내가 당신에게 털어놔도 되겠소?"

"여부가 있습니까. 어서 말씀하십시오."

"당신 같은 사람이 어떻게 로열 팰리스 호텔 도난사건에 대해서는 내게 의논하러 오지 않은 거요?"

"소냐 다니도프 대공비……의 도난사건 말입니까?"

"그래요…… 팡토마스 절도사건 말이오!"

"오, 팡토마스라니…… 그건 두고 봐야죠!"

쥐브가 은근히 얼버무리자 퓌즐리에는 곧바로 응수했다.

"이거 왜 이러시오, 경감. 그 유명한 백지 명함에 대해 모르진 않을 텐데…… 처음엔 아무것도 없다가 차츰 팡토마스의 서명이 나타난다는 명함 말이오!"

쥐브는 이번에는 의자를 거꾸로 돌려 앉아 의자 등받이에 양팔을 얹어 턱을 괴고는 이렇게 말했다.

"제가 보기에 그 사건은 팡토마스와 전혀 상관이 없습니다."

"아니, 왜요?"

"자고로 팡토마스가 자신이 다녀갔다는 흔적을 그렇게 확실히 남긴다는 것은 상상하기 어려운 일입니다. 팡토마스의 평소 행동에선 찾아볼 수 없는 것이에요. 그럴 바엔 살인을 저지르든 도둑질을 하든, 아예 '팡토마스 주식회사'라고 새겨진 모자라도 쓰고 나댄다고 상상하는 게 낫지요!"

퓌즐리에는 한동안 너털웃음을 웃더니 말했다.

"혹시 팡토마스가 자기의 흔적을 확실히 남김으로써 경찰을 조롱하고 도발했을 수도 있다는 생각은 안 듭니까?"

"판사님, 저는 최대한의 진실 가능성을 염두에 두고 추론을 합니다. 이번 로열 팰리스 호텔 사건을 검토해본 결과, 평범한 호텔 좀도둑이 발칙하게도 팡토마스에게 혐의를 뒤집어씌울 생각을 한 것으로 보입니다. 일종의 속임수인 셈이죠!"

"오, 그건 아니오, 쥐브! 당신이 잘못 생각한 거예요! 반 덴 로젠 부인의 다이아몬드 목걸이와 다니도프 대공비의 12만 프랑을 훔친 건 단순한 좀도둑의 소행이라고 볼 수 없습니다. 도난품의 값어치로 볼 때 충분히 팡토마스가 나설 만한 일이오. 더군다나 그 대담한 범행 수법은 도저히 예사롭게 보아 넘길 수 없고 말이오."

"어디, 사건에 대해 자세히 좀 얘기해주십시오, 판사님."

수사판사는 책상 앞으로 가서 앉은 다음 어지럽게 흩어져 있는 서류들을 가지런히 추리고서, 그날 조사를 통해 알아낸 세부 사실들을 털어놓기 시작했다.

"일단 범인이 소냐 다니도프 대공비의 처소를 빠져나온 뒤 곧장 승강기 속으로 들어가서 눈 깜짝할 사이에 벨보이 제복으로 완벽히 갈아입은 다음, 첫 도주를 시도한 방식 자체가 기발하기 이를 데 없어요. 그 시도는 도어맨의 간섭으로 실패하지만, 그는 결코 냉정을 잃지 않고 방금 전 자신이 내린 승강기에 다시 오르는데, 이번에는 범행 증거가 될 옷가지를 그대로 둔 채 승강기를 6층까지 올려보냅니다. 그리고 자신은 4층에서 내려 태연하게 야간 경비원 밀레 앞에 나타나지요. 거기서 즉시 경찰을 부르러

가는 임무를 맡게 되고, 이번에는 곧장 계단으로 달려 내려가, 그러지 않아도 밀레의 당부 전화를 받고 있던 도어맨의 도움을 받아 너무나도 손쉽게 줄행랑을 쳐버립니다. 그런 악조건 속에서도 침착함을 유지할뿐더러, 모든 상황을 기막히게 활용할 줄 아는 그런 인물이야말로 팡토마스가 아니고 누구겠소!"

쥐브는 한동안 묵묵히 생각에 잠겨 있더니, 마침내 입을 열었다.

"아닙니다. 호텔을 빠져나가 달아난 건 평범한 도둑의 수완이라고 볼 수 있어요…… 오히려 특별한 건 그자가 소냐 다니도프로 하여금 비명 한 번 못 지르게 만든 것이라고 봅니다. 보통 강심장이 아니고는…… 어쨌든 그런 점에서 어떤 강력한 힘이 느껴져요. 공작부인을 멀리 떼어놓거나 아예 침실에 가두고 도망친 게 아니고, 조금만 소리를 질러도 호텔 전체가 들썩일 수 있는 복도 앞 현관까지 그녀와 동행했다는 것은, 상대가 옴짝달싹 못할 거라는 확신이 그만큼 있었다는 얘기거든요. 피해자한테 심어놓은 공포심을 최대한 활용할 줄 안다는 뜻이죠…… 사람의 심리에 웬만큼 능통해서는 감히 생각할 수 없는 행동이에요!"

그제야 수사판사도 반색을 하며 대꾸했다.

"그것 보라고요! 이 사건을 차근차근 들여다보면 놀라운 점이 정말 한두 가지가 아닙니다. 예를 들어, 그 도둑은 왜 그토록 오랜 시간 다니도프 대공비와 함께 있었을까요? 욕실에서 일어난 그 모든 일들…… 도대체 이유가 무엇이겠습니까? 왜 일부러 연인 행세를 했겠느냔 말입니다.”

잠시 아무 대답 없이 잠자코 있던 쥐브는 이렇게 말했다.

“저는 그 모든 문제의 해답은 단 하나일 수밖에 없다고 봅니다만…… 사건 현장을 직접 둘러보신 판사님의 의견부터 듣고 싶군요. 도대체 그 도둑이 어디에 숨어 있었다고 생각하시나요?”

그 질문에 대한 퓌즐리에 씨의 반응은 무척이나 자신 있었다.

“그 문제라면, 확인을 하고 나서 나도 얼마나 기뻤는지 모릅니다. 사건이 일어난 욕실이 다니도프 부인의 숙소 중 제일 바깥쪽에 위치한다는 사실은 아마 알고 있을 겁니다. 그곳에 중요한 설비라면 벽장과 욕조, 그리고 샤워 시설 정도라고 할 수 있지요. 샤워 시설은 노르셰 사社 제품으로, 수평과 수직으로 물을 뿜는 고급형입니다. 보통 물이 닿는 맨 위에서 아래로, 즉 설비 가장자리 발치까지 방수 처리가 된 샤워 커튼이 드리워 있지요. 한데 바로 그 가장자리의 광택 처리된 곳에 신발 자국이 있는 겁니다! 도둑은 소냐 다니도프 대공비가 욕실로 들어설 때, 방수천에 의해 일종의 샤워부스처럼 형성된 공간 안으로 숨어든 게 분명해요……”

수사판사의 설명을 들은 쥐브는 곧바로 이어서 말했다.

“그 샤워 시설의 위치가 한쪽 구석으로 치우쳐 있지 않은가요? 창가 쪽 말입니다…… 그 창문은 범행 내내, 아니면 적어도 나딘이 목욕 준비를 하러 들어왔을 때까지만이라도 살짝 열려 있었고요."

"내 말이 바로 그겁니다! 자, 그렇다면 어떤 결론이 나오지요?"

"오, 재미있습니다! 아주 재미있어요! 제가 보기에 가능한 설명은 단 하나. 판사님 말대로 그 도둑이 애써 소심한 연인 역할을 감수했다고밖에 볼 수 없습니다. 그 전에 소냐 다니도프 대공비의 처소에 인접한 반 덴 로젠 남작부인 처소에서도 다이아몬드 목걸이를 훔쳤다고 하지 않았나요? 아마 그때 어떤 이유에서건 복도를 통해 빠져나갈 수가 없었을 겁니다. 하지만 그는 옆에 붙은 소냐 다니도프 대공비의 처소로 건너올 생각을 한 뒤 자연스레 테라스 난간부터 넘었을 것이고, 틀림없이 창문을 통해 샤워부스처럼 된 공간으로 잠입했겠지요."

"그랬는데 마침 나딘이 불쑥 들어오는 바람에 어쩔 수 없이 숨어 있을 수밖에 없었다는 말이군요?"

퓌즐리에 씨의 추론에 쥐브가 얼른 대답했다.

"오, 아닙니다! 꼭 그런 건 아니죠! 너무 앞서가고 계십니다, 판사님! 저는 그의 절도 행위가 단순한 우연의 결과만은 아니라고 생각합니다. 절도 행각은 의도된 것이었고, 범인이 그 공간에 숨어 있었다면 대공비를 기다리느라 일부러 그랬을 거라고 봅니다."

퓌즐리에의 반박이 곧바로 이어졌다.

"하지만 굳이 대공비를 기다릴 필요가 있었겠습니까? 어떻게든 처소 안에 들어와 있었다면 그냥 지갑을 챙겨 달아나면 되지 않았겠어요?”

쥐브는 고개를 절레절레 흔들며 말했다.

“천만의 말씀입니다! 잘못 짚으셨어요, 퓌즐리에 판사님……
오, 물론 제 생각 역시 착각일 수 있습니다. 아무튼 다음과 같은
설명이 왠지 합리적으로 보이는군요. 일단 절도사건이 월말에
발생했다는 점을 고려해야 합니다. 소냐 다니도프 대공비는 다
음 날 처리해야 할 중요한 지불 건이 많았고, 이를 도둑이 사전
에 파악하고 있었을 가능성이 크죠. 그는 호텔 금고에 엄청난 액
수의 돈을 미리 챙겨두는 대공비의 습관을 익히 알고 있었을 거
예요. 다만 지갑을 어디에 두는지는 모르고 있었을 겁니다. 그걸
알아내기 위해 기다렸고, 대공비가 그걸 털어놓았던 거죠……”

퓌즐리에 씨가 이번에도 딴죽을 걸었다.

“맙소사! 이봐요, 경감. 그건 좀 비약 같소이다! 대공비는 책
상 서랍에 대해 전혀 얘기하지 않았다던데.”

쥐브는 의자에서 일어나 제법 친근한 태도로 퓌즐리에 판사의
책상에 기대며 말했다.

“아닐걸요…… 어떤 식으로든 알게 했을 겁니다. 도둑이 지갑
을 노리긴 했지만 그게 어디에 있는지는 몰랐을 수 있다는 건 아
까 말씀드린 그대로입니다. 그래서 샤워부스 속에 숨어서 기다
렸던 거지요. 소냐 다니도프 대공비로선 그냥 잠자리에 들면 그
자체로 불리한 처지가 되고, 목욕을 하면 그 또한 어느 정도는

도둑의 수중에 떨어지는 셈이었던 겁니다. 결국 후자 쪽으로 결론이 났고요. 여자는 이제 욕조에 있고, 도둑은 즉각적으로 자신이 취해야 할 행동을 파악합니다. 우선 모습을 드러내지요. 그러고는 위협합니다. 잔뜩 공포심을 불어넣은 다음, 갑자기 안심시킵니다. 그러면서 괜히 여자를 호리려는 척하지요. 불을 끄는 속임수도 동원합니다. 일단 대공비의 수치심을 진정시켜줄 뿐 아니라, 어둠 속에서 여자의 옷가지와 손가방을 뒤져 원하는 지갑이 있는지 확인하기 위한 방편으로 말입니다. 확신하건대, 만약 그 단계에서 지갑을 찾아냈다면 그는 조금도 지체하지 않고 바로 줄행랑을 쳤을 겁니다. 하지만 지갑을 찾아내지 못했죠……그래서 일단 자리를 옮겨 대공비가 자연스레 욕실에서 나오기를 기다립니다. 결국 그렇게 되었고요. 돈이 어디에 있는지 전혀 모르는 그로서는 여자의 일거수일투족을 빠짐없이 좇고 있어야 했는데, 마침 반쯤 열린 서랍에 자꾸 가서 꽂히는 대공비의 초조한 시선을 어김없이 포착하기에 이릅니다. 그는 즉시 눈치채지요. 그가 대공비를 등진 채 서랍 속에 명함을 집어넣고 지갑을 빼내는 데에는 채 일 초도 걸리지 않았습니다. 이제는 그야말로 현장을 벗어나는 일만 남은 셈이죠. 한데 그 일 역시 호텔 복도 바로 직전까지 여자와 함께 나옴으로써 자신의 수완과 담력을 있는 대로 펼쳐 보여줍니다!”

쥐브 경감의 조리 있는 추론을 잠자코 듣고 있던 퓌즐리에 씨는 감탄을 표하지 않을 수 없었다.

"정말이지 사람 참 놀라게 하는군요, 형사 양반! 하루 종일 로열 팰리스 호텔 직원들을 상대로 조사를 벌이고, 반 덴 로젠 남작부인과 소냐 다니도프 대공비의 진술을 이리 맞추고 저리 맞춰봤건만 내 머릿속엔 영 마땅한 그림이 떠오르지 않았는데…… 사실 정말로 혐의를 둘 만한 인물이 조만간 수면 위로 떠오르지 않으면, 필요할 경우 야간 경비원 밀레나 지배인 루이 같은 이를 잡아들이지 말라는 보장도 없는 상태였소. 아직까지는 그래야 한다고 구체적으로 생각해보지 않았지만 말이오."

"잘하셨습니다. 사실 소냐 다니도프 대공비가 우리에게 말해준 아주 중요한 단서가 있지 않습니까. 도둑이 전선을 절단하다가 손바닥에 상당한 화상을 입었다는 얘기 말입니다. 그것은 틀림없는 사실이죠, 퓌즐리에 씨?"

"사실입니다. 하지만……"

수사판사가 말꼬리를 흐리자 쥐브는 얼른 이렇게 덧붙였다.

"오, 무슨 생각이신지 다 압니다…… 그래도 밀레나 루이는 공범 수준 이상은 아닙니다."

"그래요, 그래…… 어쨌든 쥐브 당신은 무엇 하나 직접 본 것도 없으면서 여기 이 안락의자에 겨우 오 분 앉아 있는 것만으로 내 앞에 불을 환히 밝혀주었어요! 브라보! 정말 대단합니다!…… 다만 이번만큼은 그놈의 팡토마스를 개입시킬 생각을 하지 않고 있으니, 그거 하나는 유감이올시다그려!"

쥐브는 수사판사의 수다스러운 찬사엔 아무런 반응도 하지 않은 채 시계를 꺼내 보았다.

"이만하면 우리 모두 시간을 낭비한 것 같지는 않군요, 판사님. 솔직히 로열 팰리스 호텔 사건에 대해서는 그다지 주목하지 않고 있었습니다. 한데 이처럼 자세한 사항까지 꼼꼼히 생각해볼 기회를 갖다보니 이 사건에도 점점 흥미가 당기는군요. 다 판사님 덕분입니다……"

12
주먹질

로열 팰리스 호텔 직원들의 저녁식사 시간이 거의 끝나가고 있었다.

직원들만을 위한 널찍한 식당 안은 떠들썩한 분위기로 한껏 달아올라 있었다.

호텔 급사장 중 한 명이 급사장 전용 식탁에 자리를 잡고 앉아 희희낙락 떠들어댔다.

"하여튼 좀 그럴듯하다는 사람들은 자기들끼리도 어찌 그리 심사가 고약한지 말이야! 아까 근무할 때 말인데, 뱅줄레 공작 부부가 커피 마시면서 나누는 얘기를 가만히 들어봤거든……이번 도난사건에 대해 뭐라고 쑥덕댔는지 알아?"

"뭐라고 했는데?"

호기심 어린 반응들이 여기저기서 얘기를 재촉했다.

"말도 말라니까. 반 덴 로젠 부인이 다이아몬드 목걸이를 도둑맞은 게 아주 쌤통이라는 거야! 다니도프 대공비가 지갑을 도둑맞은 일에 대해서는 또 뭐랬는지 알아?"

급사장은 무척 신이 나는지, 꼬치꼬치 얘기를 옮기는 것이 전혀 귀찮지 않은 모양이었다.

"아, 글쎄 공작이 자기 부인한테 이러는 거야. '좌우간 러시아 귀족 부인네들이란 도무지 신뢰가 안 간단 말이야…… 그 목욕 얘기도 그래. 내 생각엔 그 여자가 숨겨둔 정부들을 조사해보면 도난사건의 답이 단박에 나올 것 같거든……'"

그런가 하면 좀더 급이 높은 또다른 전용 식탁에서도 수수께끼 같은 도난사건이 화제였다.

거기서는 밀레 씨가 사십대쯤 되어 보이는 한 직원을 상대로 이야기하고 있었다.

"앙리 베르비에 씨는 자칫 이곳 본점에 대해 나쁜 인상만 갖게 되었어요! 하필 이런 불미스러운 일이 벌어질 때 카이로 지점에서 이곳으로 전근 오다니 정말 안타깝습니다."

그러자 베르비에가 곧장 대꾸했다.

"뭘요. 저는 이런 일에는 크게 신경 쓰지 않습니다. 비슷한 일들을 워낙 많이 보아와서 그다지 놀랄 것도 없어요. 다만 이해가 조금 안 되는 부분이 있긴 합니다. 아직까지 변변한 단서 하나 찾아내지 못했다는 점 말이에요!"

듣고 있던 루이 씨가 어깨를 으쓱하고는 맥없는 목소리로 끼어들었다.

"그게 참…… 하노라고 하는데도 이 모양이니……"

"그래도 워낙 모두가 불안해하는 마당이라……"

"도대체 범인에게 허점이라곤 눈곱만큼도 없었다는 거 아닙니까…… 수사판사도 일주일 전 법원에서 그렇게 인정했다는군요."

"혐의를 둘 만한 사람이 아무도 없다는 얘긴가요?"

"네, 전혀요!"

한데 루이 씨가 입가에 장난기 어린 미소를 띠면서 불쑥 이렇게 말하는 것이었다.

"실은 아주 없는 건 아닌 모양입디다! 한 사람 의심스러운 인물이 있긴 한데, 다름 아닌 그쪽 바로 옆에 있는 아리따운 잔느 양이라나 누구라나……"

앙리 베르비에가 옆에 앉은 프런트 담당 여직원을 얼른 돌아보며 물었다.

"아니, 정말 수사판사가 당신이 이 사건과 관계있다고 본단 말이오?"

"아이, 루이 씨가 절 놀리느라 하시는 말씀이에요!"

"그래요? 한데 왜 수사판사가 유독 당신한테만 그렇게 질문이 많았던 거지?"

"그게, 벌써 우리끼리는 수없이 얘기했는데요, 베르비에 씨……
우선 수사판사는 두 가지 일이 우연의 일치로 함께 일어난 것 때
문에 좀 놀라고 있는 모양이에요. 도난사건이 발생한 날 아침,
제가 12만 프랑이 든 지갑을 소냐 다니도프 대공비한테 내드렸
거든요. 며칠 전에 늘 하시던 습관대로 부인이 제게 맡겨둔 지갑
말이에요."

"수사판사가 단지 그것만으로 의아하게 여길 리는 없을 것 같
은데……"

앙리 베르비에가 곧장 의문을 제기하자, 뮐레 씨가 얼른 끼어
들었다.

"그야 그렇죠. 사실 잔느 양이 방금 해준 얘기가 다는 아니
랍니다. 한번 생각해보십시오. 반 덴 로젠 남작부인이라고 있
지 않습니까, 다이아몬드 목걸이를 도둑맞았다는 그 유대인 과
부…… 그 양반 역시 도난사건이 일어나기 불과 몇 분 전에 잔
느 양에게 문제의 보석 목걸이를 보관해달라고 했다지 뭡니까!
그걸 잔느 양이 거절했다는 거예요."

그제야 베르비에 씨는 프런트 담당 여직원을 돌아보며 말했다.

"그것 참 운이 나빴구려! 그렇다면 수사판사로서는 괴이한 일
이라는 생각이 들 만도 하겠습니다!"

그러자 프런트 담당 여직원은 따지듯이 베르비에 씨의 소매를

잡아당기며 대꾸했다.

"참 말씀도 심술궂게들 하시네요! 베르비에 씨, 지금 얘기가 돌아가는 걸로 봐서는, 제가 반 덴 로젠 부인의 보석을 일부러 맡아주지 않아서 도둑질이 쉬워진 것처럼 몰아들 가시는데요……마치 제가 공범이라도 되는 듯이 말이에요……"

그러자 루이 씨가 냉큼 말을 가로챘다.

"잔느 양, 어찌 됐든 수사판사의 생각은 그런 쪽으로 기우는 것 같더라고!"

하지만 젊은 아가씨는 전혀 개의치 않고 베르비에 씨를 상대로 자초지종을 설명해나갔다.

"사실 일이 어떻게 된 거냐면 말이죠…… 이곳 규칙에 따르면 저는 밤 아홉시까지만 손님의 위탁물을 맡거나 돌려주게 되어 있어요. 오로지 그때까지만 일을 하게끔 되어 있다고요. 그 이후는 근무 시간이 아니란 말이죠. 제가 맡은 직무의 성격상 그런 일로 허튼소리 같은 건 하지 말아야 한다는 것쯤은 다들 아시겠죠? 요컨대 반 덴 로젠 부인은 도난사건이 일어난 그날 밤 아홉시 반에 다이아몬드 목걸이를 가지고 저를 찾아왔고, 그 시간은 근무 시간이 아니었기 때문에 저는 물품 보관을 거부할 권리가 있었던 거예요."

"오, 그래요…… 그야 당연히 그렇지…… 하지만 손님을 위해 좀더 세심하게 배려하는 자세가 부족했던 것만은 사실이에요."

뮐레 씨가 또 장난스레 꼬집자 프런트 담당 여직원도 지지 않고 응수했다.

"그건 그렇지만, 규칙은 어디까지나 규칙이니까요. 다들 지키라고 규칙이 있는 것 아니겠어요!"

저녁식사가 끝난 뒤, 잔느는 호텔 6층 지붕 밑에 위치한 숙소로 돌아와 창문을 연 다음, 난간에 팔을 기댄 채 모처럼 시원한 밤공기를 한껏 들이마셨다.

순간 누군가 문을 두드렸고, 그녀는 몸을 돌리며 들어오라고 말했다.

앙리 베르비에 씨였다.

"내 방이 바로 옆인데, 당신이 창가에 나와 생각에 잠겨 있는 모습이 눈에 띄더라고요. 그래서 혹시 이집트산 담배 한 대 태울 생각 없나 해서 와봤습니다. 카이로에서 몇 갑 가져왔거든요. 맛이 정말 순하죠. 여성들이 좋아할 만한 담배입니다."

"어머나, 제 생각을 다 해주고, 정말 친절하시네요. 사실 상습적인 흡연자는 아니지만 가끔은 피우고 싶을 때가 있긴 해요……"

그 말에 베르비에 씨는 반색을 하며 말했다.

"오, 내 호의가 반갑다면 그에 보답하는 방법이야 아주 간단한데요……"

"그게 뭐죠?"

"나도 당신 옆에서 담배나 한 대 피우게 해주면 됩니다."

"저야 나쁠 것 없죠. 그러지 않아도 잠자리에 들기 전 창가에 나와 맑은 공기를 쏘이면서 저녁 시간을 보내는 걸 좋아하거든요. 심심하지도 않을 거고, 카이로 얘기도 들을 수 있고…… 좋아요, 그렇게 하세요."

앙리 베르비에는 살짝 미소를 짓더니, 의미심장한 눈빛으로 여자를 빤히 바라보며 말했다.

"잔느 양, 지금 같은 여름 저녁에 이렇게 멋진 경치를 바라보고 있노라면 기분이 묘해지는 것 같지 않습니까?"

"전 별로 안 그런데…… 무슨 말씀을 하고 싶으신 거죠?"

"글쎄요, 모르겠습니다…… 보다시피 나는 불행히도 좀 감상적인 타입이랍니다. 여태껏 따스한 애정 없이 혼자 살아가는 것을 무척이나 힘들어하고 있지요. 가슴속에 간직할 진정한 사랑이 절실하다고 느낄 때가 한두 번이 아니에요……"

베르비에 씨를 보는 프런트 담당 여직원의 눈빛에 살짝 빈정대는 기색이 어렸다.

"그런 것 모두 부질없어요. 사랑처럼 어리석은 게 또 어디 있다고…… 몹쓸 병처럼 조심해야 하죠!"

하지만 앙리 베르비에는 부드럽게 반박했다.

"그럴까요? 사랑은 결코 어리석은 것 같지 않은데요. 오히려 서로 사랑하는 것이 절대적이고 완전한 행복을 얻을 수 있는 유일한 길이 아닐까요?…… 사랑하는 사람은 마음이 부자라고들

하지 않습니까!"

"그런 부자가 되어봐야 배만 곯기 십상이죠."

"오, 천만에요! 예를 들어 우리가 서로 사랑하는 연인이라고 칩시다……"

앙리 베르비에는 프런트 담당 여직원이 뭐라 반응하기도 전에 그녀의 손을 덥석 잡았다.

"보세요, 좋지 않습니까? 당신의 앙증맞은 손을 이렇게 내 손에 쥐고서 그윽한 눈길로 바라보고 그 손에 입을 맞춘다면……"

하지만 젊은 아가씨는 얼른 손을 빼며 소리쳤다.

"이거 놓으세요! 이래봬도 저는 정숙한 여자랍니다, 베르비에 씨!"

"아니, 내가 그렇게 생각하지 않는다고 보십니까? 설마 이런 아름다운 밤에 감미로운 키스조차 해선 안 된다고 보시는 건가요?"

앙리 베르비에는 그렇게 말하면서 여자 쪽으로 성큼 다가갔다. 금방이라도 허리를 끌어당겨 목에 입이라도 맞출 기세였다.

젊은 프런트 담당 여직원은 더욱 몸을 빼고는 잘라 말했다.

"안 돼요! 제가 마음이 없다는 거 정말 모르시겠어요!"

아주 단호하고 명쾌한 목소리였다. 그러면서도 상대의 심기를 너무 상하게 하지 않기 위해 얼른 화제를 돌리는 것이었다.

"공기가 조금 서늘해진 것 같지 않나요?…… 어깨에 걸칠 것 좀 가져와야겠어요."

잔느가 곧장 창가를 떠나 외투걸이가 있는 방으로 건너갔다.

아니나 다를까, 그쪽을 향해 또다시 투정을 부리는 앙리 베르비에.

"저런, 당신 정말 얄밉군요! 한기가 느껴져 몸을 데우고 싶다면 어깨에 뭘 걸치는 것보다 훨씬 나은 방법이 있는데요!"

"그게 뭐죠?"

기회다 싶었는지, 앙리 베르비에는 당장이라도 프런트 담당 여직원을 끌어안기라도 할 듯 두 팔을 뻗으며 외쳤다.

"간단합니다. 서로 부둥켜안는 거죠!"

장난만은 아닌 것 같았다. 남자의 손이 이미 잔느의 팔을 붙들고 있었다. 바로 그때였다. 프런트 담당 여직원이 번개처럼 잽싸게 몸을 빼는가 싶더니, 야무진 주먹으로 앙리 베르비에의 관자놀이를 정확히 때려 극심한 충격을 안겨주었다.

아!…… 하는 희미한 신음과 함께 앙리 베르비에는 그대로 정신을 잃고 바닥에 쓰러졌다!

잔느는 어쩔 줄 몰라하면서 앙리 베르비에의 몸뚱어리를 황망히 바라보다가, 이내 창가로 달려가 서둘러 창문을 닫았다.

잠시 후, 로열 팰리스 호텔의 젊은 프런트 담당 여직원은 화사한 미소를 머금은 얼굴로 도어맨 앞을 지나치며 이렇게 말했다.

"별일 없으시죠? 저 잠깐 바람 좀 쐬고 돌아올게요!"

지끈거리는 두통. 잠깐 정신을 잃었던 앙리 베르비에는 무슨 일이 벌어졌는지 전혀 모른 채, 마치 괴이한 꿈에서 깨어나듯 서서히 의식을 회복하고 있었다.

몸을 일으킨 그는 창문이 닫혀 있는 방 안을 천천히 둘러보았다.

"아무도 없군!"

그 순간, 앙리 베르비에는 흔들리는 자신의 목소리에 정신이 퍼뜩 돌아온 듯 부랴부랴 몸을 추스르더니 문 쪽으로 후닥닥 내달렸다. 문손잡이를 거칠게 돌리는 그의 잇새로 날카로운 탄식이 새어나왔다.

"잠겼어!…… 젠장, 오도 가도 못하게 생겼구먼!"

도움을 요청하기 위해 창가로 다가가 벽에 걸린 거울 앞을 스쳐 지나는 순간, 그는 관자놀이에 빨간 피를 흘리고 있는 자신의 모습을 언뜻 본 듯했다.

그는 천천히 거울 앞으로 다가가 자세히 살펴보았다.

"천하의 쥐브가 한낱 아녀자에게 당한 건가!"

앙리 베르비에, 아니, 그 유명한 쥐브 형사는 갑자기 두 주먹을 불끈 쥔 채 발을 구르고 이를 갈면서 거칠게 으르렁대기 시작했다.

"제기랄! 빌어먹을! 역시 사내놈 주먹이었어……"

13
테레즈의 장래

에티엔 랑베르 씨와 그의 손님인 은행가 바르베는, 몇 달 전이 부유한 고무 사업가가 사들인 외젠 플라샤 가의 저택 끽연실에서 이제 막 시가를 다 피운 상태였다.

밤 열시.

에티엔 랑베르는 이리저리 서성이면서 두 눈에 불을 켜고 투자 문제를 논의하고 있었다.

"농업연합의 주가는 상승할 것이 분명하지만, 우리 프랑스 증권에 붙는 세율이 워낙 높아서……"

랑베르 씨의 말에 바르베 씨가 대꾸했다.

"그야 물론 그렇지요. 하지만 모든 주가가 다 마찬가지입니다."

"이봐요, 바르베. 우랄의 구리 광산에 대해선 어떻게 생각하시오?"

"글쎄요, 뭐 그리 나쁜 편은 아니죠. 왜요, 그쪽으로도 생각이 있으신가요?"

랑베르는 문득 서성대기를 멈추고 잔에 담긴 샴페인을 쭉 들이켜더니, 은행가를 바라보며 말했다.

"솔직히 내가 직접 경영자로 관여하지 않는 사업들에는 절반 정도밖엔 관심이 없어요."

"하여튼 그 투지는 알아드려야겠습니다! 정말 대단하세요! 얘기가 나왔으니 말인데, 선생께서 저희의 주요 고객이 아니고 제가 유달리 조심할 필요가 없다면, 요즘 제 머릿속을 맴도는 계획에 대해 말씀드리는 것을 이처럼 주저하진 않았을 겁니다⋯⋯"

"아, 무슨 계획을 가지고 있소, 바르베?"

"네, 아주 예민한 사안입니다. 한마디로 배수진을 치고 임해야 하는 사업이죠. 일반적으로 고객에게 투자를 권유하는 정도의 차원을 벗어나는 일임을 아신다면, 지금 저의 유난스러운 태도도 충분히 이해하실 수 있을 겁니다. 실은 저 개인적으로 무척 관심이 가는 투자이기도 하지요. 가능하면 이번 기회에 저의 은행 자본금을 획기적으로 증자할 생각입니다. 그렇게 해서 엄청난 일을 한번 벌여볼까 해요."

"오! 잘 생각하셨소, 바르베! 그런데 혹시 지금 내게 합자 요청을 하는 거라면, 사안을 조금 더 분명하게 제시하고 당신이 처한 상황을 보다 명쾌하게 설명하는 게 좋을 거예요…… 서로 좋자고 하는 일이니, 어디까지나 굳은 신뢰를 바탕으로 말이오. 만에 하나 둘 사이에 합의가 이루어지지 못한다 해도, 당신이 제공하는 정보를 내가 무덤까지 가지고 가는 거야 두말할 필요도 없을 테고…… 이봐요, 바르베. 나는 아메리카 대륙에서 잘나가는 사업만 부지기수로 이끌어온 사람이외다. 기본적으로는 당신의 투자 제안이 반갑소. 하지만 나는 당신의 여러 공동 출자자 중 '한 명'이고 싶은 마음은 없소. 그보다는, 실패하더라도 혼자 책임을 질 만한……"

그 순간 당혹해하는 바르베 씨의 표정을 간파하고 에티엔 랑베르가 말을 돌렸다.

"당신이 지금 무슨 생각을 하는지 압니다. 당신은 내 재산 규모를 어느 정도 알고 있든지, 적어도 알고 있다고 굳게 믿고 있겠지요. 그리고 필요한 2천만 프랑 규모의 증자액을 내가 과연 어디서 조달할지 궁금해하고 있을 겁니다. 하지만 안심하십시오. 그 정도는 문제도 아니니까……"

랑베르 씨는 잠시 뜸을 들인 뒤 다시 말을 이었다.

"그래요, 지난 이 년간 콜롬비아라는 나라는 내게 아주 호의적이었소. 당신은 내게서 단순한 공동 투자자, 동업자, 아니, 함께 일하는 사원 이상이나 이하를 보게 될 겁니다. 어중간하게는 하지 않아요. 회사의 모든 사업을 직접 꼼꼼히 챙길 거라는 점을 굳이 숨기지 않겠소."

"당연히 모든 걸 투명하게 진행해야죠…… (바르베 씨는 자리에서 벌떡 일어나며 덧붙였다) 오히려 미주알고주알 고해바친다고 성가셔하진 않으실까 걱정됩니다."

은행가의 시선이 벽난로 위 선반 쪽으로 향하면서 무의식적으로 추시계를 찾았다. 랑베르 씨는 곧 그의 의도를 알아채고는 얼른 회중시계를 꺼내며 말했다.

"열한시 이십 분 전이네요. 내가 일찍 잠자리에 드는 당신의 습관에 누를 끼치고 있군요. 자, 이제 그만 가보시죠."

은행가는 대화를 더 진척시키지 못하고 자리를 뜨는 것에 대해 사과했다. 랑베르 씨가 얼른 그의 말을 막으며 이렇게 말했다.

"이봐요, 바르베. 허심탄회하게 말하는데, 정말 당신 좋을 대로 하십시오."

저택의 육중한 대문이 다시 닫혔다.

문 앞까지 손님을 배웅하러 나간 에티엔 랑베르 씨는 현관을 거쳐 다시 끽연실로 갈까 하다가 거실로 들어섰다.

전등갓 때문에 부옇게 느껴지는 조명 아래에서 독서에 한창 몰두해 있는 테레즈 오베르누아의 금발 머리가 보였다.

에티엔 랑베르의 기척에 테레즈는 얼른 그쪽 방향으로 고개를 돌렸고, 읽고 있던 책을 내려놓고는 사뿐한 걸음걸이로 다가와 말했다.

"아무래도 저 때문에 늦게까지 못 주무시는 것 같네요. 하지만 제가 의지하고 있는 비브레 남작부인께서 종종 이리 늦으시니……"

끔찍한 비극이 보리외 성을 하루아침에 황폐화한 이후에도 랑그륀 후작부인의 절친한 친구들은 오히려 더욱 돈독한 우애를 발휘하고 있었다. 특히 워낙 성격이 충동적인 비브레 남작부인은 테레즈 오베르누아의 종친회로부터 실질적인 후견인 자격을 얻어낼 때까지 결코 포기하지 않겠다며 고집을 부렸다.

사건이 일어난 직후, 비브레 남작부인은 가엾은 소녀를 끔찍한 기억과 함께 보리외 성에 처박아둘 수는 없다며 테레즈를 케렐 성에 데려다놓았다. 뿐만 아니라 굳이 그럴 필요가 없는데도 돌롱 집사와 그 가족들까지 떠맡기를 마다하지 않았다.

그렇게 몇 주가 흘러갔고, 모든 상처를 지우는 시간의 힘은 이번에도 어김없이 그 위력을 발휘하고 있었다. 그래서인지 비브레 남작부인도 축제가 난무하는 파리의 친구들로부터 오는 끊임없는 초대 편지에 한동안 시달리더니, 이내 못 이기는 척하며 테레즈와 함께 일주일 정도 파리 나들이를 하기로 결정했는데…… 머무는 기간이 이미 한 달을 넘어서고 있었다.

사실 처음 파리에 도착했을 때 비브레 남작부인은 혼자서는 절대로 외출하지 않겠다고 공언했다. 혹시 외출한다 해도 몇몇 불가피한 방문만 처리할 거라고 했다. 그런데 아니나 다를까, 시간이 지날수록 화려한 파리 사교계의 흐름에 맥없이 휩쓸리고 말았다.

테레즈는 소박한 분위기가 왠지 가슴 훈훈하고 친근하게 느껴지는 거실을 애정 어린 시선으로 둘러보며 한숨부터 내쉬었다.

"에휴…… 그렇다고 저의 대모님을 나쁘게 얘기할 생각은 추호도 없어요. 오히려 그 반대죠. 하지만 정말이지 너무 쾌활하고, 활동적이고, 사교적인 분 같아요……"

테레즈 오베르누아는 갑자기 마음에서 뭉클 우러나는 애정을 느끼며 에티엔 랑베르 씨의 목에 와락 매달렸다. 소녀는 고운 금발 머리를 랑베르 씨의 어깨에 기대면서 이렇게 중얼거렸다.

"저는 정말로 아저씨와 함께 지내고 싶어요!"

에티엔 랑베르는 소녀의 팔을 부드럽게 풀고는, 거실 한쪽에 놓인 소파로 데려가 나란히 앉았다.

"나 역시 너를 이 집에 들이고 싶은 마음이 굴뚝같단다. 하지만 안타깝게도 그건 불가능한 일이야. 우선 세상 사람들의 시선도 고려해야만 해. 너처럼 어린 처녀애가 나 같은 늙수그레한 남자와 함께 사는 것을 곱게 볼 사람은 아무도 없단다."

랑베르 씨의 설명에 테레즈는 의아해하는 표정으로 물었다.

"하지만 사람들이 아저씨를 제 아빠로 여길 수도 있잖아요?"

'아빠'라는 말에 에티엔 랑베르 씨의 표정이 심하게 일그러졌다. 테레즈는 곧 발개진 얼굴로 더듬거렸다.

"죄, 죄송합니다……"

랑베르 씨는 이내 낮은 목소리로 얘기를 계속했다.

"테레즈…… 절대 잊으면 안 된다. 나는 네 아빠가 될 수 없다는 것 말이다. 내가 아빠일 수 있는 유일한 사람은 이미……"

테레즈는 얼른 화제를 돌리려고 자신의 장래 문제를 불쑥 꺼냈다.

"그런데 말이죠, 랑베르 씨, 저희가 케렐을 떠날 때 보네 판사님이 아저씨께 꼭 여쭤보라고 하신 것이 있어요. 다름 아니라 저의 재산 상태요…… 별로 대단한 건 없는 것 같죠?"

소녀의 겸연쩍은 미소에 랑베르 씨가 뭔가 의미 있는 듯하면서도 애매한 몸짓을 하자, 테레즈는 곧장 젊은이답게 털털한 표정을 지으며 외쳤다.

"아! 그래도 저는 씩씩하게 버텨낼 거예요! 제 주변에는 랑베르 씨처럼 애써주시는 분들도 많고…… 전 용기를 낼 거예요. 일할 거예요! 어디 가정교사로 들어가면 어떨까요?"

랑베르 씨는 한동안 깊은 생각에 잠긴 채 소녀를 물끄러미 바라보다가 이렇게 대답했다.

"얘야, 네가 아주 고귀한 마음을 가졌고 신중한 사람이라는 걸 잘 안다. 그래서 마음이 놓여. 사실 지금껏 여러 차례 네 장래 문제를 고민해보았지…… 앞으로 몇 년 이내에 아주 의젓하고 정직

하면서 돈도 많은 신랑감이 틀림없이 나타날 거라고 확신한다.”

그 말에 테레즈는 얼굴이 빨개지면서 고개부터 저으려고 했다.

“아니, 난 진심으로 하는 얘기란다! 정말 그렇게 될 거야! 우리가 모두 나서서라도 그런 청년을 찾아줄 거야. 하지만 그때까지는 누군가 정식 후견인을 두어야 해. 더구나 비브레 남작부인 댁에서 언제까지나 지낼 수는 없는 노릇 아니냐.”

랑베르 씨의 말에 테레즈는 결국 고개를 끄덕였다.

“네…… 저도 그렇게 생각해요……”

랑베르 씨가 미소 띤 얼굴로 말했다.

“실은 나한테 좋은 생각이 하나 있단다. 내가 오래전부터 돈독한 친분관계를 유지해온 사람이 있는데, 영국 상류층에 속한 귀부인으로 아주 훌륭한 분이지. 벨담 부인이라고, 너도 아마 들어본 적이 있을걸?”

테레즈는 놀란 듯 두 눈이 휘둥그레졌다.

“벨담 부인은 몇 달 전 부군 되시는 양반이 불의의 사고로 사망한 뒤, 지금은 어마어마한 재력을 바탕으로 자선사업에 전념하며 혼자 살고 있지. 그분이 나를 특별히 신뢰해서 자신의 재정관리를 여러 차례 위임했단다. 한데 내가 확인한 바로는 그분 댁에 함께 머물면서 때로는 친구처럼, 때로는 친척처럼 지내는 젊은 영국 여성이 여럿 있는데, 단순히 말동무라기보다는, 뭐랄까, 일종의 비서 같은 역할을 하더라, 이거야. 내 말 알아듣겠니?”

“네, 무슨 말씀인지 알겠어요.”

테레즈가 관심을 갖는 기색을 보이자 랑베르 씨는 계속 말했다.

“그 젊은 여성들도 상류층에 속해. 대부분 영국 출신 대귀족의 여식들이지. 내가 부탁해서 벨담 부인이 너를 그런 역할을 해줄 사람으로 받아만 준다면, 너에게 아주 좋은 기회가 될 것 같다. 벨담 부인은 분명히 너를 마음에 들어할 거고, 그러다보면 네 장래에 대해서도 깊은 관심을 보이지 않겠니?”

“네, 그렇게 해주세요, 랑베르 씨…… 벨담 부인을 만나서 제 애길 해주신다면 저야 감사할 뿐이죠!”

장래에 대한 생각에 벌써부터 가슴이 벅찬 듯, 테레즈의 목소리는 떨리고 있었다.

14

잔느의 정체

로열 팰리스 호텔이 더는 보이지 않는 지점에 이르자마자, 잔느는 곧바로 틸지트 가로 접어든 뒤 개선문을 향해 가로수 길을 걸어갔다. 방금 벌어진 일, 누가 보면 별다른 이유 없이 한 것처럼 여겨질 괴이한 행동을 돌이키는 순간, 그녀는 다리가 후들거려 더이상 걸을 수가 없었다. 마침 벤치가 눈에 들어왔고, 잔느는 그 위에 쓰러지듯 주저앉았다.

하지만 그런 상태도 잠시, 다시 몸을 추스른 그녀는 포르트 마요 역을 향해 걸음을 재촉했다.

"생 라자르 행 열차가 언제 출발하죠?"

"이제 곧 출발합니다, 아가씨. 서두르세요!"

역무원의 말에 잔느는 부랴부랴 이등칸 표를 끊었다. 열차가

쿠르셀에 이르자, 그녀는 갑자기 결심한 듯 열차에서 내렸다.

때는 이미 자정. 잔느는 페레르 대로와 남북을 가로지르는 길들이 한데 모이는 한적한 광장에 잠시 서 있었다. 이제 그녀는 단호한 걸음걸이로 외젠 플라샤 가를 걷기 시작했고, 어느 저택 대문 앞에 다다르자 서슴없이 초인종을 눌렀다.

"여자 분이 오셨는데요."

하인의 말에 랑베르 씨는 혹시라도 비브레 남작부인을 문간에서 기다리게 할까봐 다급히 외쳤다.

"어서 안으로 모시지 않고!"

테레즈는 반쯤 열려 있는 거실 문을 통해 누군가 집 안으로 들어오는 것을 보고 즉시 반기는 태도로 나섰지만, 기다리던 대모가 아님을 알고는 그 자리에 우뚝 멈춰 섰다.

그 바람에 덩달아 문 쪽을 돌아본 에티엔 랑베르 씨의 시선 역시 방금 거실로 들어선 사람에게 가서 꽂혔다.

모르는 여자였다.

랑베르 씨는 시선은 그대로 고정한 채 살짝 고개를 숙이며 물었다.

"실례지만 누구신지?……"

곧이어 두 사람 사이의 거리가 좁혀지자 랑베르 씨의 입에서 갑작스러운 신음이 새어나왔다.

"아니, 이런!……"

그때 초인종이 또 울렸다.

이번에는 얼굴에 희색이 가득한 비브레 남작부인이 불쑥 거실로 들어섰다.

"제가 많이 늦었죠?"

비브레 남작부인은 두 손을 내밀며 랑베르 씨 쪽으로 다가오다 말고 애정 어린 눈빛으로 테레즈를 건너다보았다. 금방이라도 뭔가 재미난 경험담을 들려줄 태세였다. 그런가 하면 두 눈을 내리깐 채 한쪽 구석에 뻣뻣이 서 있는 웬 낯선 여자가 아까부터 남작부인을 신경 쓰이게 하고 있었다.

한편 조금 전의 당혹감에서 간신히 조금 벗어난 에티엔 랑베르는 일단 남작부인의 호들갑에 가벼운 미소로 답한 뒤, 경련이이는 얼굴 근육을 겨우 달래며 낯선 여자 손님 쪽으로 다가가 말했다.

"제 서재로 건너가실까요?"

랑베르 씨가 다시 거실에 나타나자 테레즈가 얼른 물었다.

"랑베르 씨, 아까 그 여자 분은 누구예요? 왜 그렇게 안색이 창백해지신 거죠?"

랑베르 씨의 얼굴에는 억지웃음이 어른거리고 있었다.

"내가 조금 피곤하구나. 요즘 들어 일을 너무 열심히 했나보다."

그런데 비브레 남작부인이 불쑥 말을 끊으며 변명을 늘어놓기 시작했다.

"다 제 잘못인 것 같아요. 제가 잘못해서 그래요. 저 때문에 이렇게 늦게 주무셔야 하고…… 테레즈, 시간을 더 뺏지 않도록 우린 이제라도 어서……"

랑베르 씨는 남작부인의 말을 다 듣지도 않고 후닥닥 서재로 들어가 문을 이중으로 걸어잠그더니, 곧장 주먹을 불끈 쥐고 두 눈을 부라리며 잡아먹을 듯 낯선 여자 쪽으로 다가갔다.

"샤를, 너……"

"아버지……"

젊은 여자는 소파 위에 쓰러지면서 맥없이 중얼거렸다.

"더이상은 못 하겠습니다…… 더는 이렇게 여장을 하고 다니지 못하겠다고요…… 너무 힘듭니다. 그만둘래요!"

그러나 랑베르 씨는 우격다짐이라도 하듯 거칠게 내뱉었다.

"안 돼! 계속 그러고 있어야 한다! 내 말 들어!"

가짜 잔느가 거추장스러운 가발을 천천히 벗고 가슴을 죄고 있던 블라우스마저 벗어던지자, 어엿한 청년의 야무진 몸집이 고스란히 드러났다.

"싫습니다! 더이상은 못 하겠어요, 아버지. 대신 다른 거라면 뭐든 하겠습니다!"

"너는 그렇게라도 속죄해야만 하는 거야. 내 말 알겠니?"

"너무 가혹한 속죄예요! 정말이지 견딜 수 없는 고문과도 같습니다."

젊은이의 불평에 랑베르 씨는 엄숙한 어조로 반문했다.

"샤를, 넌 법적으로 사망한 상태라는 거 잊었니?"

"아! 이럴 바엔 법적으로만이 아니라 진짜로 죽었으면 좋겠어요!"

에티엔 랑베르는 아들이 쓰러져 있는 소파 앞까지 바짝 다가와 걷잡을 수 없이 치닫는 생각을 중얼중얼 빠르게 내뱉었다.

"아, 난 네가 지금보다 훨씬 더 정신이 오락가락하는 줄 알았다. 온갖 위험을 무릅쓰고 너를 구한 것도 네가 정신병을 앓는다고 생각했기 때문이야……"

순간 샤를 랑베르가 에티엔 랑베르의 말을 단호하게 끊었는데, 그 격렬한 눈빛에 어찌나 단단한 의지가 담겨 있는지 에티엔 랑베르는 잠시나마 움찔하지 않을 수 없었다.

"아버지! 제가 무엇보다 궁금한 건 아버지가 어떻게 저를 구해냈는가, 도대체 어떤 식으로 제가 죽은 것처럼 만들어놓으셨는가, 하는 겁니다! 그 모든 것을 의도적으로 계획했나요?"

에티엔 랑베르는 어이가 없다는 듯 두 팔을 치켜들더니 털어놓았다.

"맙소사! 얘야, 어떻게 그런 일을 사전에 상상할 수 있겠니. 우리가 헤어진 뒤 내가 그 익사체를 발견한 건 순전히 우연이었다. 난 그 익사체를 너로 둔갑시킬 생각을 했고, 그래서 너한테 여자 옷을 구해준 거다."

"그런 다음에는요? 그다음엔 어떻게 하셨죠, 아버지?"

"우선 죽은 자가 걸치고 있던 옷을 땅속에 묻어버리고 대신 네 옷을 입혔지. 이따금 신의 섭리라는 것은 말이다…… 그만두자 꾸나…… 아무튼 샤를 너도 내가 그동안 얼마나 괴로웠는지 모르진 않을 거다. 내가 중죄 재판소에 출두했다는 기사를 너도 읽었을 거야. 배심원들 앞에서 얼마나 모멸감을 느꼈는지……"

"그러셨군요…… 아, 정말 괴이한 우연이네요……"

기가 한풀 꺾인 채 들릴 듯 말 듯 중얼거리던 샤를 랑베르는 중간중간 새어나오는 흐느낌 속에서 간신히 말을 이었다.

"아버지…… 가엾은 아버지…… 세상에…… 세상에 이런 운명도 있나요?……"

"그러게 말이다……"

급기야 샤를 랑베르는 벌떡 일어나더니 이렇게 울부짖었다.

"아버지! 전 결코 랑그뤼 후작부인을 죽이지 않았습니다. 믿어주세요!"

"그만! 그 일은 이제 그만 얘기하자고 내가 분명히 이르지 않았니!"

에티엔 랑베르는 서재 깊숙이 위치한 책상으로 물러나 의자에 걸터앉은 다음 팔짱을 끼고는, 지금까지와는 다르게 냉정한 말투로 묻기 시작했다.

"그래, 그 얘기를 하려고 여기까지 온 거냐?"

"더는 여자 행세를 할 수가 없습니다."

"이유가 뭐냐?"

"그냥…… 더는 할 수가 없어요……"

에티엔 랑베르는 방금 아들 입에서 나온 대답의 진의를 간파한 듯 갑자기 목소리가 높아졌다. 그의 목소리에는 장난기마저 묻어났다.

"아하, 알겠다! 이제야 알겠구나! 잔느 양이 신임받는 직원으로 일하는 로열 팰리스 호텔이 그만 파렴치한 도둑질의 무대로 돌변했다 이거로구나! 이 알쏭달쏭한 프런트 담당 여직원이 다름 아닌 샤를 랑베르라는 사실을 혹시라도 알아보는 사람이 생긴다면 정말 큰일이겠지……"

"제가 도둑질을 한 게 아닙니다!"

"아니, 네가 저지른 짓이 분명해!"

에틴엔 랑베르의 단정적인 말투에 샤를은 목이 메어 말은 못하고 고개만 절레절레 흔들었다.

에티엔 랑베르가 다시 힘주어 말했다.

"네가 도둑질을 했다."

그러고는 아들을 향해 자신의 생각을 거침없이 쏟아붓기 시작했다.

"그러지 않아도 절도사건에 관한 기사를 신문에서 읽었지. 너

같은 자식을 둔 나 같은 아비라면 충분히 느낌직한 고통을 속으로 삭이면서 그 기사를 두 눈 부릅뜨고 죄다 읽었다. 그리고 이해했다. 네가 정상이 아니라는 걸 이미 알고 있는 이 아비로서는……"

"아버지! 전 훔치지 않았다고요! 저는 결코……"

또다시 거칠게 울부짖는 샤를. 이제는 거의 험상궂은 표정으로 답답한 마음을 털어놓기 시작했다.

"아, 또 시작이세요? 보리외 성에서 하신 그 지긋지긋하고 끔찍한 암시를 또 늘어놓을 생각이세요? 아버지의 머릿속엔 악마라도 들어 있나요? 도대체 왜 가엾은 자식을 범죄자로 만들지 못해 그렇게 안달입니까?"

랑베르 씨는 길길이 뛰는 아들 앞에서 그저 어깨만 으쓱한 뒤 이렇게 말했다.

"네 변명은 단순하고 유치할 뿐이다. 명백한 증거도 없이 무조건 부정한다고 무슨 의미가 있겠니? 말만으로는 아무것도 증명할 수 없는 거야. 확신을 얻어내려면 그만큼 명확한 사실을 제시할 수 있어야지."

더 말싸움하기도 지친 데다, 자식의 혐의를 그토록 확신하는 아버지를 도저히 설득할 수 없어서 젊은이는 그만 입을 다물어 버렸다.

반면 한 치의 흔들림도 없는 에티엔 랑베르는 불쑥 이렇게 물었다.

"그나저나 이렇게 혼비백산해서 아비의 집을 찾아온 걸 보면 내가 모르는 무슨 일이 분명 있긴 있었던 모양인데…… 그래, 무슨 일이 있었던 게냐? 어서 말해보거라!"

샤를 랑베르는 뭔가에 홀린 사람처럼 자초지종을 늘어놓았다.

"며칠 전부터 호텔 안에 경찰이 상주하고 있습니다. 이름이 앙리 베르비에라고 하는데요. 변장을 했지만 저는 단번에 알아봤죠. 전에 보고 얼마 되지 않아서 아직 기억이 생생하거든요……"

"지금 무슨 얘길 하는 거냐?"

에티엔 랑베르의 목소리가 가늘게 떨리고 있었다.

"쥐브 경감이 로열 팰리스 호텔에 있더라, 이겁니다!"

"쥐브 경감이! 어서 계속 말해봐!"

"앙리 베르비에로 변장한 쥐브 경감이 저를 상대로 일종의 신문을 시도했습니다. 그가 무슨 결론에 도달했는지는 모르겠고요. 어젯밤, 그러니까 지금으로부터 두 시간도 채 안 되었을 거예요. 난데없이 제 숙소에 찾아오더니, 한참 동안 쓸데없는 말을 주절대고는 갑자기 저한테 다가와 몸을 만지고 허리를 부둥켜안으려고 하는 겁니다. 그래서 제가 관자놀이에 주먹을 한 방 날렸더니 그대로 바닥에 뻗더라고요. 저는 그 길로 호텔에서 뛰쳐나왔고요."

"죽은 거냐?"

“그건 모르겠어요……”

샤를 랑베르는 아버지가 나가고 텅 빈 서재에 홀로 남아 깊은 생각에 잠겼다. 얼마나 지났을까. 문이 열리면서 에티엔 랑베르가 들어섰다. 그의 손에는 옷 꾸러미가 들려 있었다.

에티엔 랑베르는 낮은 목소리로 중얼거렸다.

“자, 남자 옷이다. 어서 입고 당장 여기를 떠나……”

15
미친 여자의 술책

조르주 상바델은 벽난로 위의 대리석 판에 하얀 해포석으로 만든 파이프의 재를 탁탁 털고는 이렇게 결론 내렸다.

"여보게, 페레. 아무튼 이만하면 괜찮은 편이네. 단지 내가 파리 의과대학 병원에서 실습할 때라든가 보종에서 근무할 때는 일반 급식이 양만 좀 적었지 여기보단 나았던 것 같아. 원장이 신경을 많이 썼거든."

하지만 페레는 생각이 조금 다른 듯했다.

"그야 당연한 거고! 원래 병원들은 자네가 방금 말한 그런 이유로 진수성찬이 이만저만이 아니지. 환자들이 언제든 샴페인을 마실 수 있다니까!"

비롱 박사가 (광고 전단지에 명시되어 있듯) 만성피로에 허덕

이는 사람이나 과민성 신경증 환자들을 위한 쉼터이자 모든 정
신병자들을 돌보기 위한 요양원을 파시에 만들었을 당시, 그는
주도면밀하게도 '만인을 위한' 병원을 외치며 요양원을 제법 공
익적인 모습으로 포장하는가 하면 인턴 이상만을 채용하겠다는
사실을 공공연히 홍보했었다.

이러한 전략은 결국 적중했고, 비롱 박사의 요양원은 날로 번
창하게 되었던 것이다……

페레는 조르주 상바델 쪽으로 돌아앉으며 얘기를 계속했다.

"난 지금처럼 별의별 일을 다 떠맡지 않을 수만 있다면 차라리
엄격한 나병 전문병원이 더 편할 거라는 생각이네. 내 소원은 지
금처럼 도급계약이 아니라 성과급을 받으며 일을 하는 것이지.
제기랄, 솔직히 말해 어엿한 의사인 우리가 이곳에서 일하기로
한 이유는 개인 공부를 지속할 수 있어서가 아니었느냔 말이야."

"누가 말리기라도 하나?"

"자네나 나나 정해진 근무 시간 외에도 허구한 날 환자들 돌보
랴, 감시하랴, 일일이 상대해야 하는데 자기 공부 할 시간이 어
디 있나? 채워넣어야 할 서류가 보통 많아야지!"

"아 참, 안 그래도 섬망증 환자에 대한 자네의 논문과 관련해
서 25호실 환자 얘기를 짚고 넘어가야겠다고 생각하고 있었어.
성은 랑베르, 나이는 사십 세…… 공포의 대상이 불분명한 피해
망상증……"

"맞았어."

"처방은 충분한 휴식과 영양보충!"

"그만하면 랑베르라는 여성에 대해 아주 정확히 기억하고 있다는 것쯤은 잘 알겠네."

"사실 난 그 여자 케이스에 흥미가 많네. 지금 상태는 어떤가?"

"병동을 바꾸었을 때는, 그러니까 자네 담당에서 내 담당으로 넘어왔을 당시에는 진단 결과도 심각하고, 예후도 끔찍했지. 한마디로 치료 불가였어…… 그런데 이젠 아주 건강하다네."

"구체적으로 상태가 어떤데?"

"응, 아주 좋아. 아직은 피해망상이 어렴풋이 남아 있지만, 구체적인 상상으로 발전하고 있지는 않다네. 발작 증세 역시 기억 속에만 흔적이 있을 뿐, 실제로는 나타나지 않고 있지. 뇌도 차츰 회복하고 있고, 새로 태어나는 과정이라고나 할까!"

페레는 탁자 앞으로 다가와 요양원의 로고가 새겨진 편지지를 하나 집더니 이렇게 덧붙였다.

"어때, 참 기묘한 일 아닌가? 피해망상 환자였다가 정상으로 돌아오는 경우가 그리 많은 건 아니니까. 말이 나온 김에 오늘 아침에 당장 그녀의 가족에게 편지를 써야겠네. 지난번에 랑베르 씨에게 편지를 보냈는데 답장이 없는 걸 보면 편지가 도착하지 않은 모양이야. 부인 상태에 대해 어서 귀띔을 해줘야지. 이제 완치가 임박했으니 대비도 해야 할 테고. 다른 회복 시설로 옮기는 방안도 논의를 좀 해봐야겠어. 어쨌든 환자는 다 나은 셈이로군! 이제 문제는 그 에티엔 랑베르라는 사람이 부인을 데려갈 생각이 진심으로 있느냐 하는 거겠지. 만약 그렇다면 요양원으로서는 원생이 하나 줄어드는 거고, 그러면 원장은 또 일주일 정도 저기압이 될 테지만 말이야……”

동료의 말에 상바넬도 한 수 거들었다.

“하여튼 그 양반은 애써 환자를 돌봐 낫게 해주고는 그것 때문에 늘 울상이 된다니까!”

실컷 잡담을 즐긴 인턴 페레는 곧장 편지 작성에 몰두했다. 종이를 긁는 펜촉 소리만 직원 휴게실의 적막한 귀퉁이를 간질이고 있었다.

얼마나 지났을까, 남자 간호사 한 명이 요란스레 문을 열고 들어와 탁자 위에 엄청난 양의 편지 꾸러미를 내려놓으며 말했다.

“오늘 오전에 온 우편물입니다!”

페레는 환자에 대한 소견을 써내려가던 편지지를 일단 한쪽으로 밀어놓고는, 방금 도착한 우편물을 분류하기 시작했다.

잠시 후, 그는 친구의 궁금증을 알아서 풀어주기라도 하듯 상바넬을 돌아보며 말했다.

“개인에게서 온 편지는 하나도 없구먼! 자네 이번에도 단념해야겠어. 매일같이 기다리지만 자네 성질만 돋우고 마는 그놈의 보랏빛 편지봉투가 오늘도 안 보인다고!”

"에휴, 오늘은 기분 나빠할 여유도 없을 것 같네. 스벨딩이 오기로 하지 않았나!"

"그 덴마크인 교수가? 그 양반이 오늘 오전에 온대?"

"그런 것 같네."

"그 사람 도대체 어떤 타입이지?"

"쳇, 그야 자기 나라에서는 별로 먹히지 않는 외국인 학자 중 한 명이겠지 뭐."

"그래도 작년이었나, 뭔가 괜찮은 걸 하나 써냈다고 들었는데."

"편지에다 자기 저서 중 한 권을 언급하긴 했지. 『과민성 신경증 환자들의 상상력에 나타나는 관념존재론에 대한 임상학적 탐구』라는 책인데, 겨우 25쪽 정도에 불과한 소책자라네."

"뤼시 양, 여기 이 빨랫감들 좀 치워주세요. 오늘 공적인 손님이 오십니다!"

페레가 버럭 외치자 간호사가 대답했다.

"네, 말끔히 치워놓겠습니다."

페레는 이번에는 다른 남자 간호사를 붙잡고 들볶기 시작했다.

"장, 지금 뭐 하는 건가? 그놈의 담배 좀 빨리 끄지 못해! 게을러터져서는……"

성격 괄괄한 의사가 그렇게 동분서주하는 가운데, 비롱 박사가 스벨딩 교수를 안으로 들이면서 호들갑스러운 인사를 건네고 있었다.

"선생님, 이렇게 저희 요양원을 찾아주시니 뭐라 감사의 말씀을 드려야 좋을지 모르겠습니다."

사십대 나이에 불그스레한 얼굴을 하고, 우악스러운 체구에 다혈질인 비롱 박사는 속이 빤히 들여다보이는 아부성 발언을 과장된 몸짓에 실어 스벨딩 교수를 향해 쉴새없이 쏟아내고 있었다.

스벨딩 교수는 어딘지 묘한 분위기를 풍기는 노학자였다.

나이는 대략 육십대쯤 되어 보이지만, 백발의 치렁한 곱슬머리에 눈처럼 내려앉은 세월의 무게쯤은 씩씩하게 감당할 줄 아는 모습이었다.

"원 별 말씀을. 원장님같이 훌륭하신 분의 경험을 공유할 수 있다는 것만 해도 저로서는 대단한 영광이지요."

"괜찮으시다면 저희의 각종 업무 현황을 한번 둘러보시겠습니까?"

스벨딩 교수가 쾌히 수락하자, 비롱 박사는 그를 데리고 나가 요양원의 정원 쪽으로 안내했다.

먼저 부지의 구조에 대한 설명이 펼쳐졌다.

"교수님, 사실 저는 '격리주의'를 철저히 신봉하는 사람입니다. 그래서 건물 한 채를 크게 짓는 것보다는 작은 병동을 여러 채 지어서 원생들이 서로 떨어져 지내도록 하고 있죠. 요컨대 단순히 얼빠진 듯 구는 사람을 심한 광증에 시달리는 사람으로부터 떼어놓는다든지, 단일관념 편집증 환자를 섬망증 환자로부터 격리한다든지, 조용한 사람을 소란스러운 사람으로부터 거리를 두게 한다든지 말입니다……"

이번에도 스벨딩 교수는 동의를 표했다.

"덴마크에서도 격리법을 활용하고 있기는 합니다만, 그 정도까지 철저하지는 않습니다. 보아하니 개별 병동마다 전용 마당이 딸려 있는 것 같네요?"

"그야 필수사항이죠!"

비롱 박사가 우쭐대는 투로 대답했다.

그러면서 남자 간호사 두 명의 호위하에 오십대가량의 사내가 산책을 하고 있는 마당 쪽으로 교수를 안내했다.

"보십시오, 교수님. 이쪽은 과대망상증에 시달리는 환자입니다."

환자가 다가오자 비롱 박사는 그를 향해 이렇게 물었다.

"그래, 오늘은 좀 어떠시오? 사도 베드로와는 더이상 논쟁을 하지 않는 거요?"

미친 남자는 눈을 끔벅거리며 원장을 멍하니 바라보더니 불쑥 반문했다.

"우리 문지기와 내가 무슨 논쟁을 하길 바라쇼?"

옆에서 가만히 지켜보던 스벨딩 교수가 원장에게 물었다.

"이런 경우엔 어떤 요법을 사용하시는지요? 격리만으로는 충분치 못할 듯한데요."

"또다른 방법이 있지요. 저는 사람의 몸을 돌봄으로써 결국 그의 뇌를 돌본다는 신념을 갖고 있습니다. 일단 환자에게 위생적인 환경을 제공하고 영양을 충분히 공급하며 휴식과 안정을 취하도록 하는 가운데, 그의 정신질환 증세를 부정하지도 북돋지도 않고 철저히 무시해버립니다. 전혀 개의치 않고 대하는 것이죠. 지금 이 남자는 자신을 하느님으로 믿고 있는데, 저는 그것이 맞다고도 틀리다고도 하지 않습니다. 자고로 환자의 뇌 속에는 항상 상식의 씨앗이 내재하는 법이지요. 예컨대 자신이 하느님이라 굳게 믿고 있지만 배가 고프면 결국 먹을 것을 요구하게 되어 있습니다. 그때 은근히 이렇게 묻는 것이죠. '당신은 하느님인데 왜 먹을 것을 아쉬워하느냐'고 말입니다. 그렇게 해서 자신을 합리화할 거짓말을 어쩔 수 없이 만들어내게끔 환자의 심리를 몰아가는 겁니다. 그러다보면 환자에게 남아 있는 이지적 능력이 차츰 회복되는 것이죠……"

"실제로 환자들이 많이 치유되었습니까?"

"그건 대답하기 곤란한 질문이군요. 정신질환의 다양한 범주에 따라 통계수치도 천차만별이거든요."

"그렇겠군요. 예컨대 피해망상의 경우를 예로 들어본다면 어떻겠습니까? 성공률이 어느 정도 되나요?"

"완전 치유로 따지자면 20퍼센트이고, 상당히 개선된 정도만을 논하자면 40퍼센트라고 말할 수 있습니다.”

스벨딩 교수는 그 같은 성과에 적잖이 놀란 듯했다. 원장은 교수를 다른 곳으로 안내하며 말했다.

“가급적 울부짖는 소리가 들리는 구역으로는 가지 않는 것이 좋겠습니다. 그 대신 이제 며칠 있으면 가족의 품으로 돌아갈 여자 환자를 보여드리도록 하지요. 그 환자는 현재 완전히 치유되었거나 거의 그렇게 된 시점에 와 있답니다.”

아닌 게 아니라, 어느 마당 안에서 나이가 사십대쯤 되어 보이는 한 여인이 헝겊에 수를 놓고 있었다.

“바로 저 여인입니다. 알리스 랑베르 부인이지요. 우리 시설에서 지낸 지 열 달이 되어간답니다. 그녀는 도처에서 살인자의 모습을 보는 증상에 시달리고 있지요. 그동안 저 여인을 집중적으로 돌보고 영양을 충분히 공급해주면서, 물리적으로 완벽한 보호 환경을 갖추어주었습니다. 그랬더니 정신이 차츰 안정되더군요. 현재 저 여인은 더이상 정신질환자라고 볼 수 없어요.”

“이전의 병적 상태로 돌아가는 일이 전혀 없다는 말인가요?”

“전혀요.”

“심리적으로 흥분한 상태에서도 그런가요?”

“그럴 거라고 믿습니다.”

“제가 직접 이야기를 나눠봐도 될까요?”

비롱 박사는 여인이 앉아 있는 벤치 옆으로 손님을 안내했다.

"랑베르 부인, 여기 스벨딩 교수께서 당신에게 인사를 하고 싶
다고 하는군요."

박사의 말에 랑베르 부인은 살며시 고개를 들었다.

"만나뵙게 되어 반갑습니다. 그런데 원장님, 이분이 저를 어디
에서 알게 되었는지 궁금하네요……"

순간, 스벨딩 교수는 직접 나서며 말했다.

"오, 부인. 실은 저는 부인을 알지는 못합니다…… 다만 부인
은 여기 있는 사람들 중에서 비롱 박사의 훌륭한 점을 가장 확실
히 증명해줄 분인 것만은 틀림없어 보이는군요."

"네, 종종 예기치 않은 손님들을 데리고 오셔서 우리 환자들이
심심해할 틈을 전혀 주지 않을 정도로 원장님의 친절은 보통이
아니죠."

여인의 대꾸에 스벨딩 교수는 지극히 세련된 말투로 대답했다.

"지금 그 말씀은 왠지 나무라는 것으로 들리는군요. 이런 방문
이 성가시고 불편하신가요?"

하지만 랑베르 부인의 정신은 이미 온통 자수로 쏠려 있었다.
아니, 그런가 싶었다…… 한데 갑자기 벌떡 일어서더니, 깜짝
놀라 뒷걸음치는 스벨딩 교수는 아랑곳하지 않고 난데없이 버럭
소리를 지르는 게 아닌가!

"누가 나를 불렀지? 누구야?…… 누가 날 불렀냐고!"

"아니……"

더듬거리는 교수의 목소리는 여자의 격렬한 절규에 금세 묻혀버렸다.

"아! 누가 '알리스! 알리스!' 하고 날 불러요! 그 목소리…… 목소리가…… 아!…… 당장 꺼져! 당장 꺼지란 말이야! 무서워 죽겠어!…… 살려줘요! 제발 살려줘요!"

랑베르 부인은 계속 그렇게 울부짖으면서 마당 끝으로 내달렸고, 그 뒤를 간호사와 비롱 박사가 허겁지겁 쫓아갔다.

광증에 사로잡힌 환자 특유의 빠른 몸놀림으로 두 사람을 따돌리는 건 식은 죽 먹기였다. 여자는 계속해서 울부짖었다.

"오! 나는 저 사람을 알아요! 당장 꺼져!…… 살인자를 붙잡아!……"

그 와중에도 간호사는 원장을 안심시키려고 애썼다.

"크게 걱정할 건 없습니다. 아마 저 손님 때문에 약간 자극을 받은 모양이에요."

실제로 미친 여자는 참빗살나무들이 무리를 지은 곳 뒤로 숨더니, 손가락으로 스벨딩 교수를 가리키고 휘둥그레진 두 눈으로 집요하게 쏘아보면서 계속 이렇게 소리쳤다.

"팡토마스! 팡토마스!…… 그가 저기에 있어! 나는 알아! 아! 여전히 나를 노리고 있다니…… 괴물 같으니라고! 이 나쁜 놈!"

마침내 비롱 박사의 단호한 지시가 떨어졌다.

"베르트! 랑베르 부인을 즉시 방으로 데려가 가두도록! 일단 편히 쉬며 안정을 취하게끔 조처하고, 당장 페레 씨를 오라고 하세요!"

그는 스벨딩 교수를 돌아보며 이렇게 덧붙였다.

"교수님, 이거 죄송하게 됐습니다. 아무래도 환자의 상태가 제가 예상한 것에 훨씬 못 미치는 불안정한 수준인 것 같습니다."

잠시 어안이 벙벙했던 교수는 오히려 넉살 좋게 원장을 위로했다.

"사람의 뇌라는 것이 원래 그토록 연약한 것인데 어쩌겠습니까! 지금 벌어진 일이야말로 그 뚜렷한 본보기라 할 수 있겠죠. 완쾌된 것으로 믿었던 한 가엾은 여인이 지극히 사소한 자극 하나로도 극도의 피해망상 발작을 일으키니 말입니다. 원장님이든 저든 최소한 살인자처럼 생기진 않았잖아요? 허허……"

"어때요, 좀 괜찮아요? 이제 좀 얌전해질 수 있겠어요?"

간호사 베르트의 질문에 랑베르 부인은 어깨를 으쓱하더니, 의기소침해진 표정으로 대답했다.

"베르트, 나처럼 딱한 여자는 세상에 또 없을 거예요. 방금 전에 정신 못 차리고 헤맨 내 꼬락서니를 좀 보라고요."

"괜찮을 거예요. 원장님이 크게 신경 쓰시지 않을 거예요."

하지만 환자는 맥없는 웃음을 지으며 말했다.

"아니에요, 그렇지 않을 거예요……"

“천만에요! 부인께서 완치됐다는 편지를 이미 댁에 보낸걸요.”

“베르트, 말해봐요. 내가 완치됐다는 말이 대체 무슨 뜻이죠?”

간호사는 어리둥절한 표정으로 더듬대며 대답했다.

“무슨 뜻이긴요…… 이제 건강해졌다는……”

여자의 얼굴에 또다시 씁쓸한 미소가 번졌다.

“그래요! 몸 상태야 전보다 훨씬 좋아진 게 사실이죠. 하지만 지금 그 얘기가 아니잖아요. 방금 내가 드러낸 광증에 대해 어떻게 생각하느냔 말이에요!”

간호사는 살짝 나무라는 어조로 대답했다.

“그런 건 크게 걱정할 필요 없다고 했잖아요…… 지금 부인은 저만큼이나 정상이란 말이에요!”

랑베르 부인의 표정이 점점 더 어두워지더니 이렇게 말했다.

“아, 그거야말로 정상이 아니라는 가장 뚜렷한 표시라고 생각해요. 자신이 지극히 정상이라고 생각하는 바로 그 점 말이에요…… 하나 물을게요. 그동안 나를 보살피면서 내가 이치에 맞지 않는 말이나 행동을 하는 걸 본 적이 있나요?”

“아뇨! 다만……”

“다만 이따금 내가 어떤 끔찍한 일을 당할 거라고 주장한 것이 문제였다는 얘기죠? 하지만 만약 그게 사실이라면 어쩌겠어요?”

“자, 자, 이제 그만 좀 하세요! 더이상 자신을 괴롭히지 말라고요. 부인이 완쾌했다는 건 비롱 박사님께서 이미 인정했어요. 부인은 이제 곧 요양원을 떠나 일상생활로 복귀할 거란 말이에요.”

하지만 랑베르 부인은 괴로운 듯 두 손을 쥐어짜며 중얼거렸다.

“아, 이런 딱한 아가씨 같으니…… 만약 실상을 안다면……”

“그게 무슨 말씀이세요?”

“내가 이 요양원을 떠난다 해도, 그러니까 원장님이 나를 집으로 돌려보낸다 해도, 이틀만 지나면 나는 또다시 다른 요양 시설로 보내져 있을 거란 말이에요!”

간호사는 정색을 하며 랑베르 부인을 타일렀다.

“제발 엉뚱한 상상 좀 그만 하세요!”

“그런 게 아니에요!”

랑베르 부인은 간호사의 손을 덥석 잡으며 이렇게 말했다.

“내 말 잘 들어요, 베르트. 내가 이곳에 온 지 열 달이 되어가지만, 그 열 달 동안 단 한 번도 내가 미치지 않았다고 항변한 적이 없어요. 사실 나는 이곳에 있는 것이 아주 행복했어요. 이곳에 있어야 내가 안전하다고 생각했어요. 그러나 이젠 그것마저 확실하지 않게 되었어요. 아무튼 설사 여길 떠난다고 해도 집으로 돌아가는 건 안 돼요. 남편 곁으로 가는 것만은 안 돼요!”

“그럼 어떻게 하시려고요?”

간호사의 추궁에 랑베르 부인은 다소 침착해진 목소리로 대답했다.

“내가 부자라는 걸 모르진 않겠죠, 베르트? 어때요, 앞으로 평생 걱정 없는 삶을 살고 싶지 않나요? 전에 다른 간호사들과 얘기 나누는 걸 들었는데, 결혼을 하고 싶지요? 내가 지참금을 줄까요? 혹시라도 당신이 나 때문에 이곳의 일자리를 잃게 되더라도 걱정할 필요는 없어요. 내가 백 배로 갚아줄 테니까. 다만 내가 여길 벗어나게 해줘요! 이 요양원에서 몰래 도망쳐 나갈 수 있게 해달라고요!"

간호사는 손을 뿌리치고 물러나려고 했지만, 랑베르 부인은 억세게 붙든 손을 놓아주지 않았다.

"자, 액수를 말해봐요! 얼마면 될까요? 3만 프랑?…… 아니, 4만 프랑이면 되겠어요?"

그 정도의 액수만으로도 눈이 휘둥그레진 간호사가 아무 말 못 하고 있자, 랑베르 부인은 손가락에 끼고 있던 다이아몬드 반지를 빼 서슴없이 건네며 말했다.

"이거 가져요. 내 마음의 표시라고 생각해요. 누가 내게 반지는 어디 갔느냐고 물으면 잃어버렸다고 할게요. 그러니 베르트…… 내가 지금 당장 여길 탈출할 수 있도록 도와주세요!"

베르트는 현기증이 이는 듯 비틀거리면서도 애써 몸을 추스르려 했다. 꿈을 꾸고 있는 건지 깨어 있는 건지 당최 알 수가 없는 가운데, 그녀는 계속해서 이렇게 중얼거리고 있었다.

"부자…… 부자가 된다 이거지……"

16
파리 중앙시장의 노동자들

"얼마쯤 가서 알려드릴까요, 아가씨?"

요란한 기계음을 내며 바그람 로를 출발하는 에투알-라 비예트 노선 전차 운전사가 물었다.

요양원 소속의 젊은 여자 간호사 베르트는 간략하게 대답했다.

"로슈슈아르 대로에서 내려요."

"그럼 두 구간 남았습니다!"

앙베르 광장을 300미터 지난 지점. 베르트는 전차에서 훌쩍 뛰어내렸다.

잘 알지 못하는 구역임에도 신속하게 방향을 잡은 그녀는 클리냥쿠르 가로 접어든 뒤, 늘어선 상점들을 구경하면서 좌측 보도 위를 걸어갔다. 그중 셋째 상점은 포도주를 파는 곳이었다.

문을 빠끔 열고 들어서자 카운터 주위에서 술 취한 사내들이 시끌벅적 떠들어대고 있었다.

여자는 문가에 그대로 선 채 소심하면서도 분명한 목소리로 물었다.

"조프루아 씨 계신가요?"

그러고는 썰렁해진 분위기는 아랑곳하지 않고 좀더 잘 알아듣게 하려는 듯 다시 이렇게 말했다.

"조프루아 씨 계세요? 별명이 '술통'인데요……"

"'술통' 조프루아 여기 있소이다!"

그제야 베르트는 안도의 한숨을 내쉬었다.

일명 '술통'이라 불리는 조프루아 씨는 베르트 양을 보자마자 얼른 다가와 서슴없이 양 볼에 입을 맞추고는 외쳤다.

"아, 세상에! 이게 누구야. 동생 아니야! 그러지 않아도 요즘 줄곧 네 생각을 하던 중인데 말이야!"

베르트도 오빠와 포옹을 나누며 인사했다. 조프루아는 베르트를 가게 안쪽으로 데리고 가, 유쾌하게 떠들고 있는 우람한 체구의 술꾼들에게 소개했다.

"이보게, 친구들. 다들 주목하라고! 상냥한 아가씨 한 명을 소개할 테니까. 내 여동생 베르트라네! 예전에 어르신들은 '말라깽이' 베르트라고 부르곤 하셨지……"

술꾼들이 부랴부랴 자리를 만들어주자, 베르트 양은 일단 앉은 다음, 그들이 강권하는 백포도주 한 잔을 마지못해 받았다. 조프루아가 동생 쪽으로 몸을 기울이며 나지막한 목소리로 물었다.

"그래, 무슨 일로 날 찾아온 거니?"

"의논할 게 좀 있어. 분명 오빠도 흥미로워할 얘기야."

"뭔데 그래? 돈푼이라도 좀 챙길 일이냐?"

"어쩌면…… 그 문제가 아니면 내가 오빠를 보자고 했겠어?"

베르트가 씽긋 웃자 조프루아는 무릎을 치며 대꾸했다.

"옳거니! 돈 긁어모을 일이 있으면 당연히 천하의 이 '술통'을 찾아오셔야지. 암, 그렇고말고!"

"그런데 일자리는 찾고 있는 거야?"

베르트의 질문에 '술통' 조프루아는 갑자기 손가락을 입에 대며 속삭였다.

"그건 아직 비밀이다. 하긴 이곳은 소문이 워낙 빠른 편이라 숨겨봤자 소용없겠다마는……"

그러고는 실은 파리 중앙시장에 자리 하나를 물색중이라며 구구절절 설명을 늘어놓는 것이었다. 자격시험에 통과하기 위해 보름 전부터 열심히 준비해왔다고……

"우리도 말이다, 정식으로 자리 하나를 얻으려면 학교에서처럼 시험을 치르거든. 그런데 오늘 아침에 떡하니 나온 문제가 말이야……"

"뭔데?"

"아주 골치 아픈 문제더라고……"

'술통' 조프루아는 여동생의 반응에 한껏 고무된 표정이었다. 그는 퉁퉁한 덩치를 제법 야무지게 추스르면서 아침에 골치를 썩였다는 그 문제를 단도직입적으로 털어놓았다.

"두 개의 수도꼭지로 탱크에 물을 채우는데, 수도꼭지 하나가 분당 20리터의 물을 쏟아내. 그리고 탱크 아래에 달린 또다른 수도꼭지에서는 시간당 1500리터의 물이 빠져나가고. 그렇다면 몇 시간 후에 이 탱크에 물이 가득 차게 될까?"

순간 조프루아의 가장 유력한 라이벌이자 친구이기도 한 밀가루 장수 브누아가 불쑥 끼어들었다.

"자넨 어때? 자네의 그 배때기는 몇 시간이 돼야 가득 차느냔 말일세!"

'술통' 조프루아가 탁자를 쾅 내리치며 말했다.

"젠장, 심각한 얘기 하는데 왜 끼어들고 그래?"

조프루아는 잔뜩 호기심을 보이며 문제는 풀었느냐고 묻는 여동생에게 이렇게 대답했다.

"글쎄다…… 대충 풀기는 했는데…… 너도 알다시피 산술이라든가 뭐 그딴 좀스러운 것들은 내 스타일이 전혀 아니잖아. 하여튼 200킬로그램짜리 짐 한 번 드는 것보다 훨씬 진땀을 뺐지 뭐냐!"

사람들이 주춤주춤 일어날 채비를 하기 시작했다. 이번에는 체력시험이 오후 여섯시에 파리 중앙 어시장에서 있을 예정이었던 것이다.

밀가루 장수 브누아가 제일 먼저 자기 몫의 계산을 끝내고 시험 장소로 출발했다.

중앙시장의 일자리를 얻기 위한 경쟁은 매년 9월 말에 열렸다.

2차 시험은 150킬로그램짜리 밀가루 부대를 짊어지고 200미터를 빨리 완주하는 것이었다. 말하자면 필기시험에서 동점일 경우, 이번의 체력시험으로 우열이 판가름 나는 셈이었다. 정해진 코스를 아무런 하자 없이 최대한 빨리 완주하는 자가 최종적으로 자격을 획득하는 것이다.

200미터 경주로는 티끌 하나 없이 깨끗했다. 몇몇 진행요원이 경주 감독의 책임을 맡았고, 아스팔트 상의 장애물은 이미 모두 꼼꼼하게 치워져 있었다. 청소부들이 동원되어 오렌지 껍질이라든지 채소 잎사귀 등 응시자들을 미끄러지게 할 만한 모든 것을 깨끗이 없앴기 때문에, 일단 짐을 짊어진 순간부터 응시자는 신기록 수립을 위해 매진하기만 하면 되었다.

결승선에서는 시청에서 파견 나온 고위 공무원 한 명과 기존 파리 중앙시장 소속 노동자 대표 세 명이 일종의 심사위원단을 구성하고 있었다.

베르트는 처음의 의도와는 달리 오빠를 따라 어시장에까지 와서 시험을 참관하게 되었다. 그러나 눈앞에 닥친 시험에 잔뜩 정신이 팔려 있는 '술통' 조프루아의 귀에 여동생이 옆에서 하는 얘기가 제대로 들릴 리 없었다.

"이따가 시험 끝나면 같이 요기라도 하러 가요. 거기서 남은 얘기를 마저 하자고."

경주를 구경하러 모인 사람들은 그야말로 가지각색. 구경을 하러 나온 건지 그 자신들이 구경거리인지 모를 정도였다.

그중에서도 유독 우스꽝스러운 모습의 한 사람에게 베르트의 눈길이 자꾸 가 닿았다. 그는 괴상하게 생긴 삼륜 자전거 위에 걸터앉아 있었다.

장안의 유명 인사였는지, 몇몇 사람들이 그의 이름을 부르며 농을 던졌다.

"어이, 부지유! 자네가 지금 타고 있는 게 그 유명한 므두셀라* 님이 타시던 자전거인가?"

그때였다. 베르트의 귓가에 웬 기름진 목소리 하나가 이렇게 중얼거렸다.

"어떻소, 승산이 있다고 보시오?"

획 돌아보니, 뱃사람들이 입는 푸른색 작업복 차림에 목에는 붉은 스카프를 두른 제법 단단한 체구의 사내였다. 소몰이꾼의

---

* 노아의 할아버지로, 구약성서에서 가장 오래 산 인물.

챙모자를 썼고 나이는 서른다섯 정도 되어 보였는데, 의외로 지적인 인상이었다.

베르트가 웃으며 반응을 보이자, 사내는 또 이렇게 말했다.

"혹시 내가 누구인지 알고 싶을 수도 있겠다 해서 하는 얘긴데, 나는 쥘로라고 하오."

베르트는 그다지 유난 떨지 않는 선에서 스스럼없이 대꾸했다.

"네, 저는 '술통' 조프루아의 여동생이에요. 보통 '말라깽이'라고들 부르죠."

순간 주위에 웅성웅성 동요가 일기 시작했다. 밀가루 장수 브누아가 시험을 치르고 있었다.

유연한 무릎과 절도 있는 걸음걸이를 자랑하는 거한 브누아. 그는 균형감 있는 양 어깨와 통통한 목덜미에 정확히 150킬로그램으로 맞춘 거대한 밀가루 부대를 얹고서, 한 치의 흔들림이나 주춤거림도 없이 200미터 코스를 완주해냈다.

한 차례 우레와 같은 함성이 터지는가 싶더니 곧장 잦아들면서, 사람들의 시선이 결승선에서 다시금 출발선으로 옮겨갔다.

이젠 '술통' 조프루아의 차례였다.

한데 정말이지 장관이었다!

다른 경쟁자들처럼 걷는 정도가 아니라, 마지막 20여 미터를 남겨놓고는 그 엄청난 체구로 마치 체조를 하듯 경중경중 도약까지 하는 것이었다. 그가 눈앞을 지나칠 때 베르트가 속한 구경꾼들 모두가 열광의 함성을 질러댔다.

이미 아가씨의 기사 노릇을 하기로 작정한 쥘로는 다른 사람보다 더 유난스레 환호성을 질러댔고, 해괴망측한 몰골의 부지유는 앞사람의 어깨를 아무렇지도 않게 짚어가며 삼륜 자전거 위에서 펄쩍펄쩍 뛰고 난리였다.

시험이 종료된 지 두 시간 만에 결과 발표가 있었는데, 밀가루 장수 브누아와 '술통' 조프루아가 공동 1위였다. 둘 다 200미터 코스를 똑같은 시간에 완주했던 것이다. 결국 필기시험으로 두 후보의 우위를 가려 최종 순위를 결정하게 된 셈이다. 올해에는 일자리가 딱 하나라, 최종 결과는 그만큼 중요했다.

한편 '말라깽이' 베르트는 누군가를 상대로 열심히 떠들어대고 있었다. 기름에 절어 찰싹 달라붙은 머리에 경마 기수용 챙모자를 쓰고 헐어빠진 외투 단추를 목까지 채운 어떤 남자였는데, 속으로 뭔가 다른 생각을 하는 것처럼 덤덤한 태도이면서도 수다에 일일이 동조해주며 여자를 요모조모 뜯어보고 있었다.

보다 못한 쥘로가 옷소매를 잡아당기며 말했다.

"자, 이제 그만 갑시다! 오빠가 기다리잖아요!"

여자가 어리둥절해하자 쥘로는 재빨리 속삭였다.

"저 친구 왠지 인상이 꼴불견이에요. 어딘지 믿음이 안 갑니다……"

"맞아요! 인상이 더럽죠?"

258

잠시 후, 베르트는 간호사로서의 직업의식이 다분히 느껴지는
어조로 덧붙였다.

"그 사람 얼굴색 봤어요? 분명 환자일 거예요. 안색이 푸르죽
죽하잖아요!"

17
‘성 안토니우스의 돼지’

사실 ‘술통’ 조프루아는 다소 불안한 마음이었지만, 어차피 다음 날에야 결과가 나올 것이므로 일단 마음을 비우기로 하고 여동생에게 툭 내뱉었다.

"한턱 쏴라! 난 너만 믿고 따를 테니까."

중앙시장 터를 중심으로 몇 군데를 순례한 뒤, 일행은 ‘성 안토니우스의 돼지’라는 곳에서 밤참을 들기로 했다.

한데 막상 그곳에 당도하니 보기에도 민망하리만치 해괴한 물건, 즉 부지유가 고안해낸 천하에 둘도 없는 자가용이 떡하니 주차돼 있는 것이 아닌가!

지난 겨울, 부지유는 샤를 랑베르일 거라 추정되는 시신을 발견한 탓에 어쩔 수 없이 치러야 했던 귀찮은 숙제를 해치운 뒤 자신의 계획을 즉각 실행에 옮겼고, 결국 이곳 파리에 입성하기에 이르렀다.

예상했던 일정보다 딱 일주일, 아주 사소한 일로 오를레앙에서 철창신세를 진 일주일만 지체된, 그럭저럭 준수한 여행이었다.

부지유는 대도시의 교통체계를 마구 무시하면서 가장 복잡한 거리들 한복판으로 자신의 탈것을 몰고 다녔다. 그렇게 오데옹 근처를 돌아다니다가 가장 가까운 경찰서로 연행되었고, 결국 모든 장비를 48시간 동안 몰수당하는 고초까지 겪어야 했다. 하지만 그가 별로 심각한 문젯거리도 못 되는 일개 시골뜨기 부랑자임이 드러나자, 도심 밖으로 벗어나기로 약속하는 차원에서 일이 매듭지어졌다.

그러는 와중에 이 속없는 부랑자는 덜컹거리는 탈것을 몰고 늘 염원해 마지않던 에펠탑을 바라볼 수 있는 곳, 즉 샹 드 마르스 근처까지 왔고, 그곳에서 우연히 〈오토〉라는 잡지의 발행인을 만나, 근처 선술집에서 포도주 한 병 대접받는 조건으로 자신의 사연을 적나라하게 털어놓게 되었다.

아니나 다를까, 세계를 떠돌아다니는 기인에 관한 기사가 그 대형 스포츠 잡지에 보란 듯이 실렸고, 그다음 날부터 부지유는 졸지에 장안의 유명 인사가 되고 말았다.

뜻하지 않은 행운은 거기서 끝난 게 아니었다!

'성 안토니우스의 돼지'의 주인 프랑수아 봉본 영감이 그 재미있는 기인과 황당무계한 탈것이 대단한 눈요깃감이 되리라는 사실을 즉시 간파했고, 향후 두 달 동안 먹을 것과 잘 곳은 물론 일당 5프랑을 제공하는 대신 매일 밤 자신의 가게 앞에 탈것과 함께 와 있도록 부지유와 약속했다.

한데 문 앞에서 우두커니 대기하는 것에 점점 싫증을 느낀 부지유는 급기야 모든 것을 보도에 그대로 팽개쳐두고는 담배연기 자욱한 술집 안으로 파고들기로 작정했다. 물론 봉본 영감에게서 받은 5프랑은 고스란히 술값으로 도로 게워놓는 게 당연지사!

지하에 자리 잡은 '성 안토니우스의 돼지' 안은 담배연기가 점점 짙어감에 따라 떠들썩함도 더욱 심해졌다. 그러다 새벽 한시 사십오분쯤부터 웬만한 손님들은 하나둘 자리를 뜨는 분위기였다.

프랑수아 봉본은 지하와 1층을 잇는 나선형 계단을 오가며 마지막 부유층 손님들을 배웅하고 있었다. 그냥 서 있어도 하나뿐인 출입구가 꽉 막힐 만큼 몸집이 우람한 봉본 영감은 다시 술집 안으로 내려오면서 쉰 목소리로 외쳤다.

"뱅쇼* 한 사발 할 생각 있는 분?"

---

* 따뜻하게 데운 포도주에 향료를 섞은 것.

한편 오빠 옆에 앉아 있던 베르트는 지금이야말로 자신의 계획을 털어놓을 좋은 기회라고 판단했다.

"별로 어려운 일은 아니야. 단지 오빠처럼 단단하고 힘센 남자가 좀 필요해……"

"뭐야, 술통 굴릴 사람이라도 필요한 거냐?"

고개를 젓는 베르트의 눈길이 방금 맞은편 자리에 앉은, 이제 막 수염이 나기 시작하는 젊은이의 창백한 얼굴에 우연히 가서 멈췄다. 젊은이는 양배추 절임 한 접시를 조심스레 주문하고 있었다.

"그건 아니고…… 창살을 뜯어내야 하거든. 녹이 슨 데다 석재도 많이 닳았으니, 힘 좀 쓰는 사람이 조금만 잡아당기면 어렵지 않게 뜯어낼 수 있을 거야."

"그게 다야?"

'술통' 조프루아가 시큰둥하게 물었다.

"응, 그게 다야."

"그 정도면 10프랑은 되는 일감인데, 안 그래?"

조프루아는 말하다 말고 문득 옆에 앉은 사람을 쏘아보았다. 그 낯선 자가 지금 여동생과 얘기를 나누고 있는 자신만큼이나 이쪽 대화에 귀를 기울이고 있다는 느낌이 들었던 것이다.

누가 남의 대화를 엿듣나 싶어 역시 힐끗 건너다본 베르트. 난데없이 히죽 웃더니 오빠에게 말했다.

"아무것도 아니야. 신경 쓰지 마. 아는 사람이야."

그러고는 자신의 말을 증명이라도 하듯, 염탐꾼처럼 보이던 그 사람 쪽으로 반갑게 손을 내밀었다.

"안녕하세요, 쥘로 씨. 그새 별일 없었죠? 세상에, 여기 와 있는 걸 내가 미처 보지 못했네요."

쥘로는 '말라깽이'의 손을 잡고 가볍게 악수를 한 다음, 이젠 별로 엿들을 일이 없다는 듯 깔끔히 면도한 옆 사람을 돌아보며 하던 이야기를 계속했다.

"그래, 어디 얘기 좀 해봐, 빌리 톰. 대체 무슨 일이 있었던 거야?"

나지막한 목소리로 그가 묻자 면도를 깔끔히 한 남자가 대답했다.

"그게 말이지. 로열 팰리스에 웬 나쁜 놈이 쑤시고 들어오지 않았겠어…… 여자 손님들이 된통 당했지…… 그 일이 있은 지 이제 겨우 삼 주도 안 됐는데, 뮐레가 그만 덜컥 쇠고랑을 찼지 뭐야. 수작 부린 녀석한테 문을 열어줬다나 뭐라나……"

"뮐레? 그 사람이 누구더라?"

"왜 있잖아, 3층 야간 경비원."

"아…… 그런데 누구한테 잡혔는데?"

"그야 당연히 짭새지…… 혼자 잠복하고 다녔나본데, 이름이 쥐브라고 했던가……"

순간 쥘로는 혼잣말을 하듯 중얼거렸다.

"옳거니! 내 그럴 줄 알았지……"

한편 술집 입구 쪽이 갑자기 소란스러워졌다.

나선형의 계단으로 단골인 듯한 손님 두 명이 우당탕 내려오고 있었다.

'르 세바스토'에서 제법 잘나간다는 꺽다리 창녀 에르네스틴이 고래고래 소리를 지르며 비틀거리는 밀가루 장수 브누아를 대동한 채 나타난 것이다.

브누아는 이 탁자에서 저 탁자로, 이 사람 저 사람의 어깨나 머리를 제멋대로 짚어가며 비틀비틀 걸어와 긴 의자의 빈자리에 털썩 주저앉았는데, 그 바람에 조금 전 베르트가 우연히 바라보았던, 막 수염이 나기 시작한 창백한 안색의 젊은이가 움찔했다.

옆에 앉은 사내의 덩치에 깜짝 놀란 젊은이는 한 마디도 못 한 채 아까보다 더욱 웅크린 자세가 되었다. 에르네스틴이 젊은이의 어깨를 토닥이며 안심시켰다.

"겁먹을 필요 없어요, 애송이 청년. 이 밀가루 장수가 당신을 깔아뭉개는 일은 없을 테니까. 혹시라도 이 인간이 당신을 해치려 든다면, 이 에르네스틴이 가만있지 않을 거야."

에르네스틴은 특히 마지막 말을 주변 모두를 향해 외치듯 큰 소리로 내뱉은 뒤, 두 손으로 젊은이의 얼굴을 받쳐들고 친근하게 입을 맞추고는 또 이렇게 소리쳤다.

“아하, 이 애송이 청년하고는 뭔가 통하는걸! 이름이 뭐야?”

젊은이는 들릴 듯 말 듯하게 우물거렸다.

“폴……”

벌써 귓불까지 새빨갛게 물들어 있었다.

한편 프랑수아 봉본 영감이 와서 밀가루 장수 브누아 앞에 그 유명한 뱅쇼 한 사발을 내려놓았다.

봉본 영감의 어깨 너머로 이제 막 지하 술집으로 들어오는 부랑자 부지유의 모습이 보였다. 보도 위에 자신의 모든 것을 방치한 채, 5프랑으로 배를 채우겠다는 확고한 결의를 다진 표정이었다.

‘술통’ 조프루아를 발견한 브누아는 다짜고짜 건배부터 제안했다. 하지만 이미 만취한 조프루아는 무안하게도 그의 제안을 쌀쌀맞게 뿌리쳤다.

부지유가 갑자기 펄쩍 뛰며 소리쳤다.

“아니, 이게 누구야!”

어찌나 놀라고 반가워하는지, 대부분의 사람들이 그쪽으로 고개를 돌렸다. 쥘로와 베르트도 예외는 아니었다.

“어머, 아까 봤던 얼굴 푸르죽죽한 남자네!”

베르트의 말에 쥘로도 화답했다.

“음, 정말 그러네요.”

부지유는 계속해서 호들갑스럽게 떠들어댔다.

"우리 전에 본 적이 있지? 그게 어디였더라?……"

안색이 좋지 않은 남자는 아무 반응이 없었다. 부지유는 주위 사람들이 듣건 말건 더욱 요란스레 떠들어댔다.

"맞아, 확실해! 전에 로 도道에서 나랑 같이 체포됐던 그 부랑자 아니오! 살인사건이 벌어졌던 그날……"

그러고는 상대의 옷소매를 잡아당기며 덧붙였다.

"왜 있잖소. 랑그륀 후작부인 살인사건!"

얼굴이 푸르죽죽한 남자는 마침내 짜증스럽다는 듯 으르렁 댔다.

"그래서 뭐가 어쨌는데, 털보 양반!"

한편 '술통' 조프루아와 밀가루 장수 브누아는 아까부터 서로를 질세라 노려보고 있었다. 술기운도 좀 돌겠다, 자칫하면 드잡이라도 벌일 태세였다.

베르트는 오빠 걱정도 되고, 왠지 수상쩍은 이 장소도 마음에 걸린 나머지, 슬슬 조르기 시작했다.

"이제 그만 나가자!"

그러나 조프루아는 술집 한구석 긴 의자에 고집스레 웅크리고 앉아 고개를 절레절레 흔들 뿐이었다.

귀찮게 자꾸 알은체하는 부지유의 호들갑에서 겨우 벗어난 얼굴 푸르죽죽한 남자는 동석해 있던 기타 연주자와 잠시 끊겼던 대화를 재개했다.

"제가 정말 놀란 건 그 사람의 말투에 독특한 악센트가 전혀 없다는 것이었습니다."

기타 연주자의 말에 얼굴 푸르죽죽한 남자는 고개를 끄덕이며 아주 낮은 목소리로 말했다.

"음, 프랑스 사람처럼 프랑스 말을 하는 것쯤은 거언 같은 치밀한 인간에겐 일도 아니겠지……"

순간 그는 움찔하며 입을 다물었다. 아까부터 사람들 사이를 공연히 이리저리 누비고 다니던 에르네스틴이 어느새 바로 뒤에 붙어 서서 얘기를 엿듣고 있었던 것이다!

한데, 저만치서 귀추가 주목되는 또다른 대화가 시작되고 있었다.

"혹시라도 선생께서 힘자랑 좀 하고 싶다면, 한바탕 붙을 준비는 돼 있는데 말이외다!"

급기야 '술통' 조프루아가 브누아에게 정식으로 도전장을 날린 것이었다.

그와 더불어 술집 안이 일순 조용해졌다. 이제 밀가루 장수 브누아가 응답을 할 차례.

그런데 하필 그때 뱅쇼 사발을 벌컥벌컥 들이켜고 있던 브누아는 사발 하나를 다 비우고 나서야 옷소매로 입술을 쓱 한 번 닦은 뒤 말했다.

"지금 뭐라고 했는지 다시 한번 말해보실까?"

껑다리 창녀 에르네스틴은 슬그머니 자리를 옮겨 이번에는 쥘로 옆을 파고들었다. 이내 두 사람 사이에 신속한 대화가 오고 갔다.

"그래서, 계속해봐!……"

쥘로의 말에 에르네스틴은 조프루아와 밀가루 장수가 서로 옥신각신하는 꼴에 온통 정신이 팔린 척하면서 입으로만 중얼중얼 대답했다.

"얼굴 창백한 남자가 기타를 들고 있는 남자한테 이러더군요. '분명 그자야! 손바닥에 화상을 입은 걸 보면 확실해!'"

순간 쥘로는 잇새로 새어나오는 욕설을 간신히 참으며 본능적으로 주먹을 불끈 쥐었다.

그런가 하면 껑다리 창녀 에르네스틴은 또다시 자리를 옮겨 수염이 막 나기 시작한 젊은이에게 쉰 목소리로 말을 걸었다.

"아이고, 우리 예쁜 폴. 그런데 어쩐지 졸린 눈치야…… 진짜 이 몸이 무릎 위에 걸터앉아 위로라도 해드려야 할까봐……"

어두운 표정에 두 눈만 살아 번뜩이고 있던 쥘로가 옆을 지나가는 술집 종업원 마리를 와락 잡아끌었다.

"이봐요, 마리!"

그는 한층 더 목소리를 낮추고는 뒤쪽에 난 창문을 가리키며 물었다.

"저게 어디로 나 있지?"

마리는 잠시 생각하다가 대답했다.

"포도주 저장고로 나 있어요. 아시다시피 여기가 지하라서……"

"포도주 저장고에서는 어디를 통해 밖으로 나가게 되어 있나?"

계속되는 쥘로의 질문에 마리는 또다시 생각하는 표정으로 대답했다.

"밖으로 나가는 길은 따로 없죠. 여길 통해서만 밖으로 나갈 수 있어요!"

'술통' 조프루아가 밀가루 장수 브누아를 향해 던진 접시는 목표를 살짝 비껴가 맞은편 벽에 부딪혀 산산조각 났다. 그 요란한 소리는 일대 혼란을 알리는 신호탄이나 다름없었다.

다들 자리에서 벌떡 일어났다. 여자들은 저마다 날카로운 비명을, 남자들은 거친 욕지거리를 뱉어냈다. 그 와중에 우락부락한 두 노동자는 한 치의 양보도 없이 버티고 선 채 서로를 노려보고 있었다.

마침내 '술통' 조프루아가 의자 하나를 집어들었고, 브누아는 무기로 쓰기 위해 탁자에서 대리석 판을 뜯어내려고 애썼다.

소동은 삽시간에 술집 전체로 번져갔다. 접시들이 제멋대로 나뒹굴었고 그 밖의 식기들도 천장까지 튀어올랐다.

바로 그때였다. 어디선가 고막을 찢을 듯한 총성 한 발이 울렸다! 눈 깜짝할 사이에 벌어진 일이지만, 얼굴 푸르죽죽한 남자와 기타 연주자는 누구의 소행인지 벌써부터 예견하고 있었다.

사실 얼마 전부터 두 사람은 쥘로라는 사내를 한시도 시야에서 놓치지 않고 있었다.

바로 그 쥘로가 이 난데없는 총성의 장본인이 틀림없었다. 쥘로는 실내조명이 천장에 달린 등 하나에 의존하고 있으며 벽의 돌림띠를 따라 이어진 두 줄의 전선을 통해 전기가 공급되고 있음을 일찍이 간파하고는 그 전선을 겨냥해 총을 쐈고, 총알이 정확히 전선을 끊어버린 것이다!

술집 전체가 칠흑 같은 어둠 속으로 곤두박질쳤다.

아수라장을 방불케 하는 그 소란 가운데 불현듯 고통에 찬 비명이 솟구치는가 싶더니……

"사람 살려!"

동시에 들릴 듯 말 듯한 어떤 속삭임이 사람들 속에서 어쩔 줄 모르고 있는 말라깽이 베르트의 귓가를 간질이는 것이 아닌가!

"그럼 그렇지……"

누군가의 두 손이 베르트의 허리와 등, 가슴을 신속히 더듬어 오르며 탐색한 직후였다. 사실 베르트는 그 술집에서 모자를 쓴 유일한 여성이었다. 겁에 질려 반쯤 넋이 나간 베르트는 누군가가 자신의 몸을 들어 긴 의자 위에 눕히는 것을 느꼈다. 곧이어 포도주 냄새가 밴 숨결이 코언저리를 스치더니 어떤 목소리가 이렇게 속삭였다.

"25호 환자를 도망치게 해줘선 안 되지. 랑베르 부인 말이야…… 미친 여자……"

기겁을 한 베르트는 오싹하는 두려움에도 불구하고 더듬더듬 물었다.

"뭐, 뭐라고요? 누구……요?……"

그러자 더욱 낮게 깔리는 음성. 베르트는 분명 이런 말을 들었다고 느꼈다.

"팡토마스가 금하는 일이야!"

퍼뜩 정신이 든 베르트는 정체를 알 수 없는 섬뜩한 존재에게서 벗어나려고 애쓰면서 또다시 이런 목소리를 들었다.

"내 말을 듣지 않으면 곧 죽음이다!"

점점 북새통이 되어가는 술집 분위기는 아랑곳하지 않고, 베르트는 긴 의자 위에 그대로 늘어져 공포심에 반쯤 오그라든 가슴을 달래고 있었다. 노골적으로 치고받으며 싸우는 사람은 모두 셋이었다. 얼굴이 푸르죽죽한 남자와 다른 두 남자가 서로 맞서는 상황이었다. 범상치 않은 완력의 소유자인 듯한 얼굴 푸르죽죽한 남자는 자기에게 날아오는 타격 따위는 별로 개의치 않고 둘 중 한 명의 팔을 와락 붙들었다. 그러고는 두 손을 팔목 쪽으로 더듬어 내려가 잔뜩 그러쥔 상대의 주먹을 억지로 편 다음, 손바닥을 이리저리 만져보더니 자기도 모르게 "옳거니!" 하며 쾌재를 부르는 것이었다. 반면 손을 붙잡힌 남자는 그 순간 고통의 신음을 내질렀다. 얼굴이 푸르죽죽한 남자가 아직 다 아물지 않은 그의 상처 난 손바닥을 건드린 것이다.

하지만 바로 그때 얼굴 푸르죽죽한 남자의 다리가 상대의 두 무릎에 짓눌리는 상황이 되었고, 위험한 자세로 인해 조금만 더 압력이 가해지면 금방이라도 부러질 태세였다. 얼굴이 푸르죽죽한 남자는 결국 잡았던 손을 놓고 바닥에 나뒹굴 수밖에 없었다. 그러자 상대가 냉큼 그 위에 올라탔고, 곧 승부가 결정 날 것처럼 느껴졌다. 한데 이번에는 정체를 알 수 없는 또다른 남자가 싸움에 적극 가담해 위에 올라탄 남자에게 달려드는 것이었다. 덕분에 얼굴 푸르죽죽한 남자는 겨우 위기를 모면할 수 있었는데, 잽싸게 얼굴을 더듬어 이 난데없는 구세주의 정체를 간파하자마자 깜짝 놀라지 않을 수 없었다. 방금 그를 구해준 남자는 이제 막 수염이 나기 시작한 그 젊은이였던 것이다! 얼굴이 푸르죽죽한 남자는 얼른 젊은이의 목덜미를 낚아채 옴짝달싹 못하게 만들었다.

그때였다. 술집 안으로 뭔가 격렬하게 들이닥치는 기세 때문에 뒤엉켜 싸우던 사람들의 주의가 모조리 나선 계단 쪽으로 쏠렸다. 아울러 아까보다 더 처절한 고통의 비명 소리가 솟구치는 가운데, 징 박힌 구둣발에 사람들이 여기저기 짓밟히고 차이는 생지옥 같은 상황이 벌어졌다.

사실 술집 주인 프랑수아 봉본은 불이 꺼져 난장판이 되고 난 직후부터 단 한순간도 상황 속에 직접 뛰어들 생각을 하지 않고 있었다. 대신, 이런 경우 어떻게 대처해야 하는지 워낙 잘 알기 때문에 곧장 밖으로 나가 길모퉁이로 내달렸다. 그리고 얼마 안 있어 인근 경찰서에서 몰려온 경찰관들이 우르르 들이닥친 것이다.

프랑수아 봉본은 제일 먼저 들이닥친 경찰관들을 가게 계산대 뒤쪽으로 안내해 소방 호스의 위치를 가르쳐주었다. 경찰관들은 미리 정해진 수칙에 의거해 소방 호스를 있는 대로 뽑은 다음, 수도꼭지를 틀어 지하 술집 내부를 향해 무차별 물세례를 가하기 시작했다.

난데없는 물 폭탄을 맞게 되자 기세등등하던 난동이 일거에 주춤할 수밖에 없었다. 그렇게 얼마나 뿌려댔을까. '성 안토니우스의 돼지'의 손님들을 충분히 진정시켰다고 판단한 경찰관들은 그제야 등을 밝혀 들고서 손님들을 한 사람씩 차례차례 밖으로 나오게 했다.

미친 듯이 날뛰던 술꾼들도 이제 독 안에 든 쥐 꼴임을 직감하고는, 저항할 생각일랑 포기한 듯했다. 손님들이 하나둘 나선 계단 밖으로 얼굴을 내미는 족족 밖에서 기다리고 있던 경찰관들이 수갑을 채웠고, 둘씩 짝을 짓게 해 경찰서로 연행했다.

손님들이 모두 밖으로 나온 뒤, 혹시 안에 숨은 사람이 없는지 경찰관 한 명이 술집 안으로 들어가보았다. 한데 바닥 저만치에 피투성이가 된 채 쓰러져 있는 누군가가 눈에 띄었고, 확인 결과 가슴 한복판에 칼침을 맞고 신음중인 기타 연주자임이 밝혀졌다!

얼굴이 푸르죽죽한 남자는 지하 술집의 난투극에서 정체를 파악한 순간 목덜미를 꽉 움켜잡고는 지금껏 놔주지 않은 젊은이와 함께 경찰서에 연행되었다. 한데 사람들의 이름을 일일이 기록하던 경찰관이 얼굴이 푸르죽죽한 남자가 내민 명함을 보고는 깜짝 놀라는 것이었다. 곧이어 그가 귀엣말로 뭔가를 속삭이자 경찰관은 즉시 지시를 내렸다.

"여기 이분을 즉시 풀어드리고, 이 젊은이는……"

순간 얼굴이 푸르죽죽한 남자가 경찰관의 말을 자르고 말했다.

"이 친구도 풀어주길 바라오. 내가 책임질 테니……"

결국 두 사람 모두 수갑에서 벗어났다.

이제 막 수염이 나기 시작한 젊은이는 방금 전까지만 해도 자기와 똑같은 신세인 줄로만 알았던 남자를 어리둥절한 표정으로 바라보며 고맙다고 인사라도 할 태세였다. 하지만 얼굴이 푸르죽죽한 남자는 도망은 꿈도 꾸지 말라는 듯 다짜고짜 젊은이의 손목을 덥석 움켜잡고는 서둘러 경찰서 밖으로 끌고 나갔다.

둘은 거리에서 다른 경찰관들과 마주쳤다. 경찰관들은 숨을 가쁘게 몰아쉬는 기타 연주자를 들것으로 운반하고 있었다. 조회 결과 기타 연주자의 실제 신분은 치안국 경위였다. 얼굴이 푸르죽죽한 남자는 여전히 젊은이를 완력으로 제압한 채 경찰관과 잠시 얘기를 나누었다. 경찰관이 곧 깍듯한 자세로 이렇게 대답했다.

"네, 경감님. 다른 사람은 없었습니다!"

순간 안색이 푸르죽죽한 남자는 발을 구르며 탄식을 내뱉었다.

"아뿔싸! 거언이 빠져나갔구먼!"

얼굴이 푸르죽죽한 남자는 도무지 영문을 모른 채 불안에 벌벌 떠는 젊은이를 질질 끌다시피 하며 몽마르트르 방향으로 걷고 있었다.

마침내 생 외스타슈 성당 외벽에 다다른 남자는 부옇게 눈을 뜨는 가로등 아래 걸음을 멈추고 포로의 눈을 똑바로 쏘아보며 말했다.

"나는 쥐브 형사다!"

젊은이가 아무 말 못 하고 쳐다보기만 하자, 쥐브 경감은 뚝뚝 끊어지는 말투로 이렇게 덧붙였다.

"그리고 잔느 양 당신은…… 다름 아닌 샤를 랑베르지!"

18
죄인과 증인

쥐브의 말투에는 섣부른 대꾸 따위는 허용하지 않겠다는 의지가 배어 있었다.

새벽 어스름이 이제 막 어둠을 푸르스름하게 물들이기 시작하는 가운데, 가로등의 혼탁한 불빛이 누르스름하게 번져가고 있었다. 그와 더불어, 숨겼던 것들이 환하게 밝혀지는 이 현장을 어떻게든 벗어나고 싶다는 표정이 젊은이의 찡그린 얼굴에 노골적으로 드러났다. 쥐브 경감은 비틀비틀 물러나는 그의 팔을 우악스레 비틀어 잡고 다그쳐 물었다.

"어서 대답해봐! 자넨 샤를 랑베르지? 한동안은 잔느 양이었고."

"난…… 무슨 소린지 모르겠습니다!"

“과연 그럴까?”

쥐브는 마침 근처를 지나가던 야간마차를 불러 세웠다.

“타!”

마차 문을 열어 젊은이를 떠밀듯 태운 뒤, 쥐브 경감은 마차꾼에게 주소를 건네고 자기도 훌쩍 올라탔다.

한동안 아무 말 없이 앉아 있던 그가 갑자기 젊은이를 홱 돌아보며 말했다.

“지금 이 마당에 부정한다고 통할 것 같나? 자네가 샤를 랑베르이고, 한때는 잔느 양 행세를 했다는 것이 누가 봐도 명확한데?”

“잘못 생각하시는 겁니다! 샤를 랑베르는 죽었어요!”

“오호, 이것 봐라! 그걸 자네가 어떻게 알지? 내가 누구 이야기를 하는지 자네 역시 안다는 뜻이로군?”

순간 젊은이는 얼굴이 발갛게 달아오르면서 부들부들 떨기 시작했다.

쥐브는 일부러 보지 않는 척 차창 밖으로 고개를 돌린 채 슬그머니 미소를 지었다.

잠시 후, 그는 씨익 웃으면서 선량한 아저씨 같은 말투로 말을 이었다.

“이 사람아, 부정할 걸 부정해야지…… 자네가 샤를 랑베르라는 것은 물론, 그 밖의 다른 것들도 이미 내가 꿰뚫고 있다는 것쯤은 이젠 눈치채야 하는 것 아닌가?”

아니나 다를까, 그제야 젊은이는 털어놓기 시작했다.

"좋습니다…… 제가 바로 샤를 랑베르입니다. 한때는 잔느 양으로 변장도 했고요…… 그런데 그걸 어떻게 알았습니까? '성 안토니우스의 돼지'에는 어떻게 오게 된 거죠? 저를 체포하러 오신 겁니까?"

"글쎄……"

"오, 쥐브 형사님! 도대체 지금 절 어디로 데려가는 겁니까? 경찰서? 아니면 교도소입니까?"

그러자 쥐브는 어깨를 으쓱하며 대답했다.

"이 친구 참 궁금한 것도 많구먼! 자네도 파리를 알 만큼은 알 테니, 지금 이 마차가 가는 길을 지켜보면 우리가 어디를 향해 가는가 하는 것쯤은 짐작할 수 있을 것 아닌가……"

샤를 랑베르가 떨리는 목소리로 중얼거렸다.

"네…… 실은 그래서 두려운 겁니다…… 강변 쪽으로 가고 있군요……"

"그렇지, 바로 경찰청이네. 이제 발버둥쳐봐야 소용없다는 뜻이야. 얌전히 순리를 따르라고."

얼마 지나지 않아 마차는 오를로주 제방 쪽으로 선회하더니 그 유명한 시계탑 앞에서 멈췄다. 그것은 곧 파리 재판소 관할 내로 들어감과 동시에 지하 통로를 통해 파리 경찰청 유치장에 수감되는 것을 뜻하는 만큼, 범죄자들에게는 그야말로 악명 높은 장소라 할 만했다.

쥐브 경감은 먼저 마차에서 내리고 젊은이도 끌어낸 다음 마차꾼에게 돈을 지불하고는, 건물 2층으로 통하는 계단을 올라갔다. 긴 복도를 따라 계속 걷다가 또다른 복도로 접어들자마자 처음 나타난 문을 활짝 열며 그는 젊은이에게 툭 내뱉었다.

"들어가!"

샤를 랑베르는 시키는 대로 고분고분 따랐다. 안으로 들어서자, 그리 크지 않은 공간에 배치된 장비만으로도 누가 무엇을 하는 곳인지 감이 왔다. 베르티용 박사가 범죄자의 인체를 측정하는 곳이었다.

"엑토르!"

쥐브가 소리쳐 부르자 측정실 직원 한 명이 득달같이 달려왔다.

"아, 쥐브 경감님! 사냥감을 또 하나 물어오셨나요? 그런데 꽤 이른 시각이네요…… 저 친구 전과자인 모양이죠?"

"아니."

쥐브의 짤막한 대답에는 더이상 쓸데없는 질문은 하지 말라는 뜻이 배어 있었다.

"엑토르, 내가 자네한테 부탁하는 건 기존의 자료를 찾아달라는 것이 아니라, 지금부터 이 친구를 최대한 세밀하게 측정해서 새로 자료를 만들어달라는 것이네."

사실 그런 작업은 이처럼 이른 시간에 서둘러 하지 않는 것이 보통이기에, 엑토르는 다소 의아해했다.

아직은 느긋한 휴식을 즐길 시간. 은근히 골이 난 엑토르는 퉁명스레 샤를 랑베르의 이름을 부르고는 거칠게 일을 진행했다.

"자, 자, 신장 측정기 쪽으로!…… 어서, 어서!"

그러고는 젊은이가 엉거주춤 나서자 이렇게 쏘아댔다.

"지금 장난하나? 일부러 어벙한 척하는 거 아니야? 신발부터 벗어야지!"

샤를 랑베르는 아무 소리 없이 지시를 따랐다. 제일 먼저 신장 측정기에 올라섰다가, 그다음에는 지문을 찍기 위해 손가락에 잉크를 발랐고, 두상의 정면과 측면 사진을 찍었으며, 마지막으로는 특수하게 고안된 컴퍼스로 한쪽 귀에서 다른 쪽 귀까지 머리 둘레를 측정했다.

엑토르는 젊은이가 의외로 조용한 것에 놀란 모양이었다.

"쥐브 경감님, 이 친구 제법 얌전한걸요! 대체 무슨 짓을 저지른 겁니까?"

쥐브는 어깨만 으쓱하는 것으로 대답을 대신했다.

이제 영락없이 감옥살이를 해야 한다는 생각에 점점 더 의기소침해지는 샤를 랑베르. 쥐브는 앉아 있던 안락의자에서 일어나 다가오더니 그의 어깨에 손을 얹고 부드럽게 말했다.

"따라오게. 아직 조사할 일이 조금 더 남아 있으니까."

둘은 환하게 불이 밝혀진 인체 측정실을 나와 어둠침침한 복도를 따라 걸었다. 어느 방문 앞에 이르자 쥐브는 호주머니에서 열쇠를 꺼내 문을 열고는 샤를 랑베르를 앞장세우며 말했다.

"들어가게. 완력 측정실이네."

이런 일을 처음 겪는 문외한이 지금 쥐브가 안내한 방을 훑어본다면 자신이 목수의 작업장에 와 있는 게 아닌가 생각할 것이다.

방 안에는 다양한 재질과 형태, 크기의 나무판들이 벽이면 벽, 바닥이면 바닥에 차곡차곡 쌓여 있는가 하면, 유리장에는 5~6센티미터 길이의 다소 두툼한 금속판들이 가지런히 구비되어 있었다.

쥐브가 조용히 문을 닫으며 말했다.

"여긴 또 왜 데려왔는지 궁금하겠지?"

그러면서 모자를 벗더니, 작고 높다란 탁자 모양의 장비를 덮고 있는 회색 덮개를 후딱 벗겨냈다.

전체가 쇠붙이로 이루어진 장비인데, 단단한 삼발이가 지탱하는 윗부분에 앞뒤로 움직이는 철판이 자리 잡고, 양 측면에는 버팀목 형태의 지지대가 볼트로 강력하게 고정한 금속 가로장을 떠받치고 있는 형상이었다. 거기에는 정교한 메커니즘으로 작동하는 두 대의 완력 측정기가 설치되어 있었다.

쥐브 경감은 샤를 랑베르를 바라보며 말했다.

"이게 바로 인체 측정실장이신 베르티용 박사가 고안한 불법 침입 방지용 완력 측정 장치라네. 이제부터 나는 이 장치를 활용

해 자네가 과연 붙잡아둘 필요가 있는 존재인지 아닌지 조사할
생각이야."

우선 쥐브는 벽을 따라 정돈해놓은 자재들 가운데서 얇은 나
무판 하나를 세심하게 골라 특별히 조정해둔 홈 안에 끼워넣었
다. 그런 다음 궤짝에서 어떤 도구를 꺼냈는데, 언제부터인가 본
의 아니게 경찰의 눈을 피해 뒷골목 세계를 전전해온 샤를 랑베
르는 그것이 절도용으로 흔히 쓰는 소형 지렛대임을 금방 알 수
있었다.

"이걸 받게."

툭 말을 던지자마자 쥐브 형사는 곧장 덧붙였다.

"이걸 여기 이 홈 안에 끼우고 있는 힘을 다해 눌러보게. 그렇
게 해서 저 바늘이 내가 예상하고 있는 지점까지 움직일 수만 있
다면 자넨 운수 대통한 거나 마찬가지야. 솔직히 거기까지 닿는
게 그리 쉽지는 않겠지만, 불가능한 것도 아니네."

그 말에 다소 고무된 샤를 랑베르는 그야말로 안간힘을 다해
지렛대를 눌렀다.

"됐어, 그만!"

쥐브는 샤를 랑베르의 동작을 금세 중단시키더니, 나무판을
빼내고 이번에는 금속으로 된 판을 끼워넣은 뒤 연장도 교체해
쥐여주며 말했다.

"다시 해보게!"

잠시 후, 쥐브 경감은 돋보기를 통해 실험에 사용된 나무판과 금속판을 찬찬히 살펴보았다. 그러더니 상당히 흡족한 듯 중얼거렸다.

"샤를 랑베르, 우리가 오늘 아침에 아주 굉장한 일을 해치운 것 같구먼. 베르티용 박사의 이 새 발명품이야말로 보통 쓸모 있는 물건이 아니야……"

그때 사환이 방문을 열지 않았다면, 베르티용 박사에 대한 치안국 형사반장의 독백 비슷한 찬사는 계속해서 이어졌을 것이다.

"아, 여기 계셨군요, 쥐브 경감님! 내내 찾아다녔습니다. 누가 경감님을 찾는데, 뵙기로 되어 있다고 하네요. 미리 약속을 주셨다고요!"

쥐브는 사환이 내민 명함을 받아들고는 힐끗 보았다.

"알았다. 일단 대기실에서 기다리시게 해라. 곧 갈 테니……"

사환이 나가자, 쥐브는 샤를 랑베르에게 웃음을 지어 보이며 말했다.

"이제 보니 자네 꼴이 아주 말이 아니군. 다 떠나서 인간적으로 휴식 시간을 좀 줘야겠어. 자, 나를 따라오게. 일단 소파에 누워 눈이라도 좀 붙이는 게 좋겠어."

그렇게 샤를 랑베르는 어느 작은 방으로 안내되었고, 소파 위에 잠자코 드러누웠다. 여전히 아무 말도 못 한 채 안쓰러울 만큼 창백하게 질린 젊은이의 얼굴을 내려다보면서 쥐브는 목소리를 한층 부드럽게 가다듬어 말했다.

"푹 자게…… 자네 나이엔 그저 푹 자두는 게 약이지……"

쥐브는 사환을 다시 불러 낮은 목소리로 지시했다.

"이 사람을 잘 지키고 있어야 한다. 그냥 친구인데…… 밖으로 나가게 해선 안 되는 친구야. 내 말 알아듣겠지? 나는 손님을 만나고 난 다음에 다시 돌아오마."

그러고는 누군가 자신을 목을 빼고 기다리고 있다는 대기실로 한걸음에 내달렸다.

문이 열리는 소리와 동시에 다소 젊어 보이는 손님이 자리에서 벌떡 일어났고, 쥐브는 격식을 갖춰 꾸벅 인사를 했다.

"제르베 아방탱 씨 맞습니까?"

"네, 맞습니다. 당신이 쥐브 경감인가요?"

"그렇습니다."

쥐브는 상대에게 먼저 자리를 권한 뒤, 자신도 서류들이 잔뜩 쌓여 있는 작은 탁자 앞 안락의자에 앉았다.

"외람되게도 이렇게 급히 만나자는 편지를 드린 건, 선생에 대해 조사를 해본 결과 누구보다도 의무감이 투철하신 분이라고 판단했기 때문입니다. 정의와 진실을 위한 일이라면 지체 없이 나서주실 분이라고 확신했지요."

쥐브의 말에 손님은 자못 놀라는 기색이었다.

"아니, 저에 대해 조사를 하셨다고요? 무슨 일 때문이죠? 저를 아십니까?"

경감은 다짜고짜 씽긋 웃었다. 상대를 살짝 혼란스럽게 하는 가운데 대화하기를 좋아하는 형사 특유의 버릇 때문인지, 그는 똑부러진 대답 대신 다음과 같은 식으로 얘기를 풀어나갔다.

"선생 성함이 제르베 아방탱인 것은 사실이죠? 공공 토목공사 기술자이시고요. 이제 곧 결혼하실 계획이죠? 모아둔 재산도 좀 있으시고요. 최근에는 리모주로 짧은 여행을 다녀오셨더군요……"

그제야 상대 역시 고개를 끄덕이며 슬그머니 웃었다.

"모두 정확한 정보군요! 하지만 제가 무슨 혐의가 있어서 형사님의 조사 대상이 되었는지 전혀 모르겠습니다."

쥐브는 여전히 미소를 머금은 얼굴로 말했다.

"실은 12월 23일 밤 파리-뤼숑 간 완행열차 일등칸을 이용한 승객들을 경찰이 찾고 있다는 광고를 신문에 냈습니다만, 선생은 왜 아무런 반응이 없으실까 궁금해하고 있었습니다."

이번에는 젊은이도 마냥 여유 부리며 웃을 수만은 없는 모양이었다.

"혹시 제 장인어른 되실 분한테 특별히 부탁이라도 받은 겁니까?"

그 말에 쥐브 경감은 그만 너털웃음을 터뜨리고 말았다.

"아하하, 결혼식 장소로 예정되어 있는 비에르종에서 방금 제가 말한 기차를 탔다고 이제 고백하시죠. 리모주로 정부를 만나러 가기 위해 말입니다."

"경찰이 남의 사생활까지 염탐하는 줄은 미처 몰랐습니다!"

상대의 비아냥에 쥐브는 어조를 바꾸어 이렇게 말했다.

"자, 자, 이제 농담은 그만 하고…… 사실 당신의 결혼에 대해선 관심 없어요! 내가 당신에게서 원하는 정보는 그런 것과는 차원이 다릅니다."

그러자 제르베 아방탱은 불현듯 초조해지는 기색이었다.

"무슨 말씀인지 모르겠습니다…… 대체 무얼 알고 싶다는 겁니까?"

"바로 이겁니다. 당신의 여행이 정확히 어떤 상태에서 이루어졌는지…… 어떤 객차에 탑승했고, 거기서 누구와 마주쳤는지 등등 말입니다."

"그런 것들을 왜 제게 묻는 거죠?"

"그건 당신이 그날 밤 끔찍한 범행을 저지른 살인범과 함께 여행을 했다고 믿을 만한 확실한 근거가 있기 때문이지요."

이번에는 젊은이의 입에서 대찬 웃음이 터져나왔다.

"아하하, 시시한 연애사건에 대한 조사보다는 이런 것이 훨씬 마음에 드는군요! 네, 맞습니다. 비에르종에서 일등칸에 탑승한 거 맞아요."

"객차는 어땠습니까?"

"복도가 있는 차량이었고…… 낡은 모델이었고……"

"그래요, 객차들의 배치가 어떤지는 알고 있습니다. 화장실은 중앙에 있지요? 양쪽으로 배치된 객실들은 한마디로 일반 열차와 비슷한 7인실이고, 한쪽으로 문이 나 있습니다. 그렇죠?"

"말씀하신 그대로입니다. 그럼 이제 제가 비에르종에서 탄 제일 끝방이 흡연실이었다는 사실만 말씀드리면 모든 조사가 끝나는 셈이겠군요."

"그건 아니지요. 너무 앞서가십니다그려. 열차에서 본 사람들 얘기를 죄다 해주셔야 합니다. 아주 멀찍이서 본 것부터 차근차근 빠뜨리지 말고요. 자, 지금 당신은 열차가 도착하기를 기다리며 역에 서 있습니다…… 이제 막 열차가 도착하고 있어요…… 무슨 일이 벌어지지요?"

제르베 아방탱은 빙그레 웃고는 이렇게 대답했다.

"정말 철저하시군요…… 좋습니다! 열차가 도착하자 저는 일등칸의 위치부터 찾았습니다. 통로에 들어서자마자 객실을 고르려고 이리저리 기웃거렸죠. 지금 기억으로는 맨 먼저 열차 뒤쪽에 위치한 방으로 갔던 것 같습니다. 제일 끝에 있는 방이었죠. 하지만 문을 열 수가 없더군요. 문이 안에서 잠겨 있었습니다."

"좋습니다. 그 방은 사용하지 않는 걸로 알고 있습니다. 계속하십시오."

"아무튼 거기에 들어갈 수 없어서, 대신 둘째 방을 택하기로

했지요. 한데 재수 없게도 유리창이 깨져 있는 겁니다! 객실 전
체에 냉기가 장난이 아니더라고요. 하는 수 없이 열차 앞쪽 끄트
머리에 있는 방을 노크해보기로 마음을 바꿨죠. 흡연실 말입니
다."

"사람이 많던가요?"

"처음에는 길동무가 생기는 줄 알았습니다. 의자 위에 가방들
과 담요 한 장이 덩그러니 놓여 있었거든요. 주인이 화장실이라
도 갔나보다 했지요. 저는 반대편 의자에 눕자마자 그만 잠이 들
었어요. 한데 리모주에서 내릴 때도 가방 주인이 보이지 않는 거
예요. 그때도 단순히 또 화장실에 갔나보다 하고 말았습니다."

"혹시 잠에서 깼을 때, 맞은편 의자 위에 있던 가방들의 위치
가 조금 달라졌다는 느낌은 받지 못했습니까?"

제르베 아방탱은 잠시 기억을 더듬더니 말했다.

"확실히 그렇다고는 대답 못 하겠네요…… 별로 깊이 잠들지
않은 데다, 무슨 소리가 들린 것도 아니거든요."

"그러니까 정리하자면, 12월 23일 밤 당신은 파리-뤼송 간 완
행열차의 일등칸을 이용해 여행을 했는데, 객실 안에 함께 탑승
했던 것으로 보이는 여행객은 짐만 있고 전혀 모습을 보이지 않
았다…… 어쩌면 아예 그곳에 있지 않았을 수도 있다…… 이렇
게 되는군요!"

"그런 셈이죠. 왠지 알쏭달쏭한 얘기 같은데…… 별로 만족스

럽지 못한 정보인가요?"

"웬걸요, 아주 소중한 정보였습니다! 내가 알고 싶은 내용이 고스란히 담겨 있어요!"

"쥐브 경감님, 그렇다면 제가 궁금해하는 점에 대해서도 조금 설명을 해주시면 안 되겠습니까? 제가 그 열차로 여행했다는 건 도대체 어떻게 알았나요?"

쥐브는 지갑 안쪽 주머니에서 일등칸 기차표를 한 장 꺼내 건네면서 말했다.

"간단합니다. 이건 당신이 사용한 기차표입니다. 모든 역에서 승객들이 내리며 제출한 일등칸 기차표를 철저하게 조사했지요……"

19
제롬 팡도르

쥐브 경감은 기분이 아주 좋을 때 늘 하는 버릇대로 행진곡을
휘파람으로 불면서 샤를 랑베르를 가두어둔 방문을 활짝 열었
다. 곤히 자고 있는 젊은이의 모습이 눈에 들어왔다.

쥐브는 그동안 지키고 있던 사환에게 혼잣말하듯 중얼거렸다.

"하여튼 젊음이란 이래서 좋다니까! 당장 감옥살이할지도 모
르는 신세인데, 하룻밤 피로를 달래느라 레지옹 도뇌르 훈장 받
은 사람 저리 가라 할 정도로 편히 잠을 자니 말이야……"

그는 샤를 랑베르를 가볍게 흔들면서 말했다.

"어서 일어나게, 이 느긋한 친구야! 벌써 날이 훤하게 밝았어!
이제 자네를 데려갈 시간이야."

"어디로요?"

젊은이가 부스스한 몰골로 묻자, 쥐브는 아리송한 얼굴로 이렇게 대답했다.

"하여튼 그놈의 호기심 때문에 자네 고생깨나 하겠어! 감옥으로 가는 건 아니니 안심하게. 내 집으로 가는 거야……"

근사한 시가에 불을 붙여 물고는 의자에 느긋하게 기대앉아 목 뒤로 양손을 깍지 낀 쥐브 경감이 샤를 랑베르를 바라보며 말했다.

"자네한테 아주 기쁜 소식을 전해주지. 지금 이 순간부터 랑그륀 살인사건은 물론이고 잔느 행세를 했던 다니도프 대공비 도난사건과 관련해서도 자네는 완전히 무죄네!"

순간 샤를 랑베르는 깜짝 놀라 이렇게 되물었다.

"그게 대체 무슨 말이죠? 물론 저는 소냐 다니도프 대공비의 물건을 훔치지 않았습니다…… 한데 그날 저녁 어떻게 저를 알아보신 겁니까? 잔느가 저라는 걸 어떻게 아셨어요?"

쥐브는 씽긋 웃고는 이마 한 켠에 살짝 흘러내린 머리칼을 쓸어올리며 말했다.

"이것 보게나, 애송이 친구…… 그때 자네한테 집적거리던 앙리 베르비에에게 날린 그 무지막지한 주먹을 한번 생각해보라고. 그 정도면 잔느의 정체에 대해 본격적인 조사를 단행하고 싶은 욕심이 충분히 생기지 않겠나?"

"하지만 그렇다고 해도 지하 술집에서 폴이라는 사람을 보고 잔느를 떠올릴 수는 없는 것 아니겠어요?"

쥐브는 고개를 가로저으며 이렇게 대꾸했다.

"자네가 명심해야 할 것이 하나 있네. 나 쥐브라는 사람이 누군가를 정면에서 똑바로 응시하고 나면 제아무리 변장을 해도 내 눈을 속이고 달아나기란 결코 쉽지 않다는 사실 말이야."

샤를 랑베르는 한동안 말이 없다가 다시 입을 열었다.

"그럼 제가 소냐 다니도프 대공비의 돈을 훔치지 않았다는 건 어떻게 아셨죠? 모든 점에서 제가 불리한 줄로만 알았는데요……"

그러자 쥐브가 부드러운 목소리로 대답했다.

"아니, 전혀 그렇지가 않네! 자네가 모르는 일들이 있어…… 이를테면 소냐 다니도프 대공비의 돈을 훔친 자나 반 덴 로젠 남작부인의 보석을 훔친 자는 동일 인물인데 말이야…… 특히 물건을 도난당하는 과정에서 반 덴 로젠 남작부인 처소의 가구 일부가 심하게 훼손되었거든. 한데 오늘 아침 자네를 대상으로 경찰청 인체 측정실에서 검사를 진행하면서 자네가 가구를 그 정도로 훼손할 만한 완력의 소유자는 절대 아니라는 확신을 얻게 되었네. 암, 그렇고말고…… 완력 측정 장치가 가리킨 숫자로 볼 때, 자네는 반 덴 로젠 남작부인의 가구를 부수어가며 보석을 훔친 자는 절대 아니야. 소냐 다니도프 대공비 도난사건과도 당연히 무관하고 말이야."

샤를 랑베르는 잠시 생각하더니 이렇게 물었다.

"그렇다면 처음 로열 팰리스 호텔에 왔을 땐 제가 누군지 전혀 몰랐다는 것 아닙니까? 제가 샤를 랑베르일 거라는 생각은 못 했다는 얘기잖아요. 그런데 어떻게 알게 된 겁니까?"

쥐브는 빙그레 웃으며 대답했다.

"그야 어린애 장난이라고나 할까! 우선 나는 자네 대신 무덤에 묻힌 그 딱한 친구의 신장부터 측정해두었지. 또다른 한편으로는 잔느 양 역할에 몰두하고 있는 자네의 모습을 경찰청에서 하듯 정확히 대칭 구도로 사진을 찍어 확보해두었단 말이야…… 정말 머리 많이 굴렸다네. 이러다가 잔느 양을 다시는 못 보게 되는 것 아닌가 싶어 찾기도 많이 찾았지. 한데 예상했던 대로 뒷골목 우범자들의 세계에서 남자로 돌아간 그녀의 존재가 덜컥 포착되더란 말이네! 여기저기 엄청나게 쑤시고 다닌 결과, 어젯밤 '성 안토니우스의 돼지'에서 자네 대신 매장된 정체불명의 사내와 똑같은 몸집을 한 젊은이가 마침내 나타났고 말이야. 그렇게 해서 결국 폴이 잔느이고, 잔느는 샤를 랑베르라는 추정이 자연스레 맞아떨어진 거라네!"

젊은이는 그래도 궁금증이 풀리지 않는지 다그치듯 물었다.

"완력 측정 장치 얘기를 듣고 보니 로열 팰리스 호텔 절도사건에 대한 혐의가 풀린 것은 알겠습니다. 한데 랑그뢴 후작부인 사건에 대해서도 저를 무죄로 보시는 이유는 뭐지요?”

“맙소사! 정말로 범행을 저지르기라도 한 것처럼 물고 늘어지는구먼! 이보게, 친구. 그건 로열 팰리스 호텔 절도사건의 경우와 똑같은 이치라네. 랑그뢴 후작부인의 살해범 역시 그 집의 가구 일부를 망가뜨렸지. 베르티용 박사의 완력 측정 장치는 자네에게 그럴 만한 힘이 없다는 사실을 정확히 짚어주었고 말이야.”

샤를 랑베르는 잠시 머뭇거리더니, 극심한 불안감이 절로 내비치는 목소리로 말했다.

“만약…… 만약에 말입니다…… 제가 어떤 주체할 수 없는 광기에 휘둘려 그렇게 한 거라면 어떻게 하죠?”

하지만 쥐브 경감은 곧장 고개를 가로저었다.

“어머니 얘기를 하고 싶은 거겠지? 어머니에게서 물려받은 유전병 때문에 몽유병 증상을 일으키고, 그런 상태에서 무의식적으로 어떤 행동을 감행할지도 모른다는 생각에 사로잡혀 있는 거겠지? 이보게, 샤를 랑베르. 이제 그만 속 좀 차리고 그런 모호한 생각에 자신을 가두지 말게나! 무엇보다 지금 이 순간까지 자네가 미쳤다는 증거는 하나도 없네. 자네의 가엾은 어머니도 마찬가지이고……”

“그렇다면 쥐브 경감님……”

“그냥 쥐브라고 불러.”

“그렇다면…… 정말 저한테 죄가 없다는 걸 확신하신다면, 저 대신 아버지에게 말씀 좀 해주실 수 있겠습니까?"

쥐브는 입가에 알 수 없는 미소를 지은 채 젊은이를 빤히 바라보며 말했다.

"저런, 급하기도 하지! 자네에게 죄가 없는 것이 아무리 밝혀졌다 해도, 이것만큼은 명심해야 하네. 그 사실을 확신하는 사람은 세상에 나 하나뿐이라는 걸!"

"그럼…… 저는 이제 어떻게 되는 거죠?"

젊은이가 조심스레 묻자, 쥐브 경감은 잠시 생각을 정리하고는 이렇게 되물었다.

"자네 생각은 어떤가? 이제 어떻게 할 생각이지?"

"일단 아버지를 만나고……"

순간, 쥐브는 샤를 랑베르의 말을 단호하게 잘랐다.

"아니지! 충고하는데, 그럴 생각은 하지 말게. 이 손으로 팡토마스의 덜미를 낚아채는 그 순간, 누구보다 내가 먼저 자네를 아버지에게 데려다줄 것이네."

쥐브 경감의 말에 샤를 랑베르는 눈을 끔벅이며 물었다.

"왜 팡토마스를 체포할 때까지 기다려야 하는 거죠?"

"자네가 그동안 뒤집어쓴 혐의로부터 진정 자유로워졌다면, 이제 팡토마스야말로 모든 사건의 진범임이 확실해지는 셈이니까!"

"쥐브 씨, 그럼 제가 어떻게 해야 하는지 좀 가르쳐주십시오."

치안국 형사반장은 자리에서 일어나 방 안을 이리저리 서성이더니, 천천히 얘기를 시작했다.

"우선 분명한 사실이 하나 있네. 내가 자네한테 지대한 관심이 있다는 것! 또 하나 이론의 여지가 없는 사실을 얘기하자면, 그날 밤 술집에서 내가 어떤 놈과 난투극을 벌일 때 잠깐 동안이나마 이제 내 명줄이 다했다고 느꼈다는 것이네. 자네가 없었다면 그대로 모든 것이 끝났겠지…… 자네가 개입한 덕분에 내가 목숨을 부지한 거네! 그리고 이제 내가 자네의 무죄를 입증했으니 서로 비긴 셈이라고 할 수 있겠지. 하지만 상대를 먼저 배려해준 건 자네 쪽이고 나는 그것에 보답한 데 지나지 않으니, 우리의 관계를 새롭게 재개하려면 내 쪽에서 자네를 아무렇게나 방치하지 말아야 할 거야. 그래서 자네한테 내가 한 가지 제의를 하려고 하네. 지금부터 이름을 바꾸고, 어디 적당한 곳에 방을 하나 얻도록 하게. 그런 다음 옷을 그럴듯하게 차려입고 내게로 오게. 그러고서 내가 주는 소개장을 갖고 유력 석간신문의 편집장으로 있는 내 친구를 찾아가면 되는 거야. 내가 알기로 자네는 적극적인 성품인 데다 기본 소양도 훌륭하네. 경찰 업무와 관련된 모든 일에 흥미도 있고. 그러니 기자가 된다면 앞으로 신속하게 성공 가도를 밟을 수 있을 거야. 지금은 만신창이일지 모르나, 그렇게 해서 존경받을 만큼 떳떳하고 유명한 인물로 다시 태어나는 거지. 어떤가, 괜찮은 제안 아닌가?"

“정말로 자상하시군요! 기자라면 예전부터 한번 해보고 싶은 직업이었습니다!”

쥐브는 들뜬 젊은이의 입에서 나오는 말을 지그시 끊고는 지폐 한 다발을 건네며 이렇게 말했다.

“자, 이 돈을 받고 어서 나가보라고. 이젠 나도 눈 좀 붙여야 할 것 아닌가. 빨리 거처부터 제대로 구하고 완전히 자리를 잡아야지. 앞으로 보름 후면 자넨 〈라 카피탈〉의 기자가 되어 있을 걸세!”

샤를 랑베르는 잠시 주춤하다가 형사를 돌아보며 물었다.

“그런데 신문사 측에 저를 누구라고 소개하실 생각인가요?”

쥐브는 미소 띤 얼굴로 대답했다.

“그야 적당한 새 이름을 하나 만들어야지!”

젊은이는 수줍은 듯 중얼거렸다.

“필명이어야 할 테니, 기억에 남을 만한 이름이 좋을 것 같은데요……”

“그렇구먼! 이를테면 팡토마스처럼 인상 깊고 강렬한 이름 말이야!”

“좋은 생각이 없을까요?”

쥐브 경감은 자기도 모르게 신이 난 표정이었다.

“이보게, 친구. 우선 흔치 않은 이름을 골라야 할 걸세. 그래야 자네에 대한 인상을 단박에 각인시킬 테니까. 그런 다음 성姓은

간명하면서도 무성자음에 끝은 약간 공명 현상이 유발되는 음절로……"

쥐브는 열심히 머리를 굴리는 샤를 랑베르를 한참 바라보다가, 마침내 이렇게 말했다.

"아예 팡토마스의 첫 음절을 따오는 건 어떤가? '팡' 말이야…… 괜찮은 느낌의 어근 아닌가*…… 옳거니! 그러고 보니 멋진 이름이 저절로 떠오르는구먼! 어떤가, 자네 이름을 '제롬 팡도르'로 하는 것이?"

샤를 랑베르는 그 이름을 입안에서 이리저리 굴려보더니 얼굴 표정이 환해졌다.

"제롬 팡도르…… 제롬 팡도르라…… 아주 좋습니다! 소리가 멋지게 울리네요!"

쥐브 경감은 그러는 젊은이를 서둘러 문밖으로 내몰다시피 하며 말했다.

"자, 자, 제롬 팡도르. 됐으면 이만 나 좀 자게 해주게. 자네도 어서 가서 꽃단장을 해야지. 앞으로 활짝 피어날 새 인생에 대비를 좀 해야 하지 않겠나……"

---

* Fantômas의 'fan'은 fantastique(환상적인), fantaisie(참신함), fantasme(환상), fantoche(꼭두각시) 등에 포함된 어근이다.

20

차 한잔

"오늘밤 방문해도 괜찮겠느냐고요? 네, 네…… 몇 시요? 열시 반…… 네, 신부님. 그럴 것 같아요…… 아시다시피 벨담 부인 께선 보통 늦은 시간에 취침하시거든요. 네…… 스코틀랜드에 서 막 돌아오시는 길이라고요? 여보세요? 잠깐만 끊지 말고 기 다리세요!……"

테레즈 오베르누아는 일단 전화기를 내려놓고, 뇌이 대저택의 널찍한 응접실 소파에 느긋이 기대앉아 있는 벨담 부인 곁으로 다가갔다.

랑그뢴 후작부인의 손녀 테레즈가 에티엔 랑베르 씨의 추천 으로 영국 대귀족 부인의 여러 비서 중 한 명으로 발탁되어 함께 산 지도 어언 두 달이 되어가고 있었다.

테레즈는 상냥하게 웃는 얼굴로 벨담 부인에게 말했다.

"부인, 윌리엄 호프 신부님께서 취침 시간 전에 좀 뵈었으면 하십니다. 부인의 스코틀랜드 영지에서 이제 막 도착하는 길이라고 하시네요."

벨담 부인은 읽고 있던 책을 덮고는 활짝 웃는 낯으로 외쳤다.

"신부님께서? 어서 오시라고 말씀드려라."

테레즈가 잰걸음으로 다시 전화를 받으러 가자, 벨담 부인은 테레즈와 함께 필기 업무를 담당하고 있는 두 명의 참한 영국 아가씨 중 한 명을 바라보며 말했다.

"너는 뭐가 그렇게 우습니, 리즈베스?"

갑작스러운 질문에 영국 아가씨는 조금도 당황하지 않고 대답했다.

"점잖으신 신부님께서 급행열차를 타고 오시느라 배가 많이 고프신 차에, 전화기를 통해 이곳의 차 향기와 토스트 냄새를 맡으신 것 같아서요……"

벨담 부인 역시 다음과 같이 대꾸는 하면서도 웃음이 새어나오는 건 어쩔 수 없었다.

"나 원 참, 애도…… 신부님은 그런 물질적인 것에는 초연한 분이라는 걸 모르니?"

"죄송해요, 벨담 부인. 하지만 신부님이 전에 테레즈한테 말씀하셨잖아요…… '자고로 인간은 하늘이 내린 축복인 먹을거리에 늘 경건한 마음을 품어야 한다'‘잘못 구워진 로스트비프는 일종의 신성모독이다'라고 말이에요!"

그때 언제 다가왔는지 테레즈가 불쑥 끼어들었다.

"그게 아니라 꿩고기 얘기였던 것 같은데!"

벨담 부인은 더는 못 말리겠다는 듯 손사래를 쳤다.

"하여튼 참 짓궂기도 하지! 신부님이 식욕이 좋으신 게 무슨 흠이라고…… 식욕 하면 뭐니뭐니 해도 우리 수잔나가 일가견이 있으니 차라리 그애 얘기를 들어봐야겠구나!"

귀여운 갈색 머리 아가씨 수잔나는 마침 편지 읽기에 한창 몰두해 있었다.

"어머, 벨담 부인. 전 해리가 탄 순양함이 유럽에 귀항한 다음부터는 배고픔이라는 걸 별로 느껴본 적이 없는걸요!"

벨담 부인이 의자에서 일어나 방 안을 몇 걸음 서성이더니 수잔나에게 다가가 말했다.

"난 그게 무슨 상관이 있는지 도무지 모르겠구나. 애인의 사랑이란 육체가 아니라 영혼을 살찌우는 것 아니니? 그렇다고 널 딱히 나무라는 건 아니다만, 수잔나, 미래의 남편을 위해서라도 너의 그 발그레한 장밋빛 혈색과 튼튼한 건강은 유지하는 게 좋지 않겠어? 그래야 모든 면에서 나무랄 데 없는 한 가정의 주부가 되는 거고……"

"네, 그야 그렇죠. 그래야 애도 쑥쑥 낳고, 그 애들한테 씩씩

한 짝을 지어주면 그 애들이 또 탐스러운 아이들을 낳아야 할 거
고……”

늘 장난기 넘치는 리즈베스는 벨담 부인의 잔소리를 제멋대로
해석하면서 얼른 말문을 막아버렸다. 그때 하인이 문을 빠끔 열
고 다음과 같이 고하자 아가씨들의 수다는 순식간에 잦아들었다.

“윌리엄 호프 신부님께서 오셨습니다!”

곧이어 말끔히 면도한 얼굴에 배가 볼록 튀어나온 검은 복장
의 노인이 쾌활한 표정으로 씩씩하게 걸어 들어왔다.

“부인, 그간 별고 없으셨는지요? 이렇게 다시 만나뵙게 되어
얼마나 반가운지 모르겠습니다.”

벨담 부인은 노성직자의 정중한 인사를 하얀 손등을 내어주는
예를 갖춰 받아들였다.

“다시 만나니 저도 반가워요. 우선 차나 한잔 하시지요.”

신부는 주위를 한번 쓱 둘러보며 젊은 아가씨들에게도 눈인사
를 건넨 뒤, 염치없는 태도에 대해 변명이라도 하듯 벨담 부인에
게 말했다.

“하긴 급행열차를 타고 오면서 식사를 워낙 부실하게 했더
니……”

아니나 다를까, 리즈베스가 얼른 한마디 했다.

“이 차에서 정말 기막힌 향기가 난다고 생각하진 않으시고요?”

신부는 아가씨가 내민 찻잔을 받아 쥐려고 팔을 길게 뻗으며

대답했다.

"실은 그 애길 하려고 했지, 리즈베스 양."

그 말에 테레즈와 수잔나는 누가 먼저랄 것도 없이 터져나오는 웃음을 참느라 벽 쪽으로 고개를 돌렸다. 하지만 벨담 부인의 목소리가 금세 진지한 어조로 변하자, 아가씨들 특유의 장난기는 온데간데없이 흩어지고 마는 것이었다.

책상 앞에 앉은 벨담 부인이 말했다.

"자, 아가씨들. 지금부터 우리는 스코틀랜드에서 돌아오신 신부님과 함께 일을 해야 해요. 다들 서류를 준비하도록!"

상황에 따라 자상한 귀부인에서 근엄한 '여주인'으로 언제든 돌변하는 벨담 부인. 젊은 여비서들은 필요한 서류들을 챙기느라 조용하면서도 신속하게 이리저리 움직이기 시작했다. 부인이 신부를 돌아보며 물었다.

"여행은 잘 다녀오신 거죠?"

"네, 부인. 평소와 다름없이요. 스콧웰 힐의 우리 농부들은 사기도 충천하고 의지가 충만해 있지요. 다만 이번 겨울은 꽤나 혹독할 거라네요. 벌써 산정에는 눈발이 조금씩 내린다고 합니다."

"아녀자들에게 모직 옷은 충분히 나눠줬겠지요?"

신부가 미리 작성해둔 목록 한 장을 내밀며 대답했다.

"모두 1200벌 나누어주었습니다."

"확인해보도록!"

벨담 부인은 수잔나에게 별도의 지시를 내린 뒤, 다시 신부를 돌아보며 말했다.

"부집사는 사람은 좋은데 성격이 조금 괄괄하답니다. 아마 공공연하게 자유주의적 태도를 보이는 몇몇 가정을 이번 배급에서 제외시켰을 거예요. 하지만 나는 자선이 모두에게 공평하게 돌아가길 원합니다. 정치적 반대자들도 우리 보수주의자들처럼 가난으로 고통받는 건 마찬가지예요."

신부는 고개를 끄덕이며 중얼거렸다.

"그것이 바로 고귀한 기독교 정신이지요……"

그러나 벨담 부인은 얼른 손짓으로 신부의 말을 끊고는 화제를 돌렸다.

"그 얘긴 이 정도로 하고요…… 그나저나 글래스고 요양원은 어찌 돼가나요?"

"거의 공사가 끝나가는 단계입니다. 사무 변호사를 통해 건설 청부업자가 제출한 견적 규모를 대략 15퍼센트 줄이도록 했고요. 그것만으로도 300리브르가량 비용 절감이 되는 셈이지요."

"그 300리브르를 스콧웰 힐에 무료로 공급할 석탄 관련 예산에 포함시키도록 하세요. 겨울이 혹독할 거라니, 그만큼 난방을 철저히 준비해야 할 테니까……"

한데 웬일인지 신부가 좌불안석 뭔가를 한참 망설이는 눈치였다.

벨담 부인이 무얼 적느라 잠시 그 크고 깊고 맑은 눈을 내리뜬 틈을 타, 마침내 신부가 나지막한 목소리로 속삭였다.

"저…… 오늘밤 이 말씀을 드리는 게 어떨지 모르겠습니다만, 돌아가신 에드워드 벨담 경에 관한 이야기인데요……"

순간, 벨담 부인은 흠칫하는 기색이 역력했다. 얼굴에 격한 감정이 고스란히 드러났지만, 이내 애써 가라앉히는 모습이었다.

"어서 해보세요."

조용히 속삭였음에도 비서들은 죽은 벨담 경의 이름을 들을 수 있었고, 알아서 조심성 있게 모른 척 외면하고 있었다.

신부가 작심한 듯 입을 열었다.

"아시다시피, 최근 제가 스코틀랜드를 둘러본 것은 벨담 경이 돌아가신 이후 처음이지요. 아직도 그 일의 충격에서 헤어나지 못한 영지민이 무척 많더군요."

"고故 벨담 경에 대한 기억이 혹시 뭇 사람들의 모함으로 더럽혀지진 않았던가요?"

갑작스러운 질문이었다.

"그런 걱정은 마십시오. 스콧웰 힐에서는 살인범이 밝혀지지 않았다는 걸 다들 잘 압니다. 놈의 목에 현상금이 붙은 것까지도요. 모두 너 나 할 것 없이 경찰이 어서 해결해주기만을…… 오! 죄송합니다. 공연히 아픈 기억을……"

아니나 다를까, 벨담 부인의 얼굴은 이미 신부의 얘기로 인해 고통스럽게 일그러져 있었다.

"그래도 할 얘기는 해야죠, 신부님……"

신부는 빠르게 얘기를 이어나갔다.

"제가 깜빡했습니다만…… 부집사가 자기 재량으로 틸리 형제를 내쫓아버렸답니다. 아시죠. 술고래인 데다 세는 별로 내지 않는 대장장이 형제 말입니다."

"아니, 그런 문제를 미리 알리지도 않고 덜컥 결정해버리다니, 부집사 그 사람 정말 마음에 안 드는군요! 자고로 선의를 베풀어야 선의로 보답 받는 겁니다. 사람을 긍휼히 여길 줄 알아야 뭐가 고쳐져도 고쳐지는 거예요! 인간의 행위를 단죄할 자격은 이 세상 누구에게도 없다고요. 도대체 나도 삼가는 일을 일개 고용인 주제에 감히……"

그때 또다시 문이 열리면서 하인이 나타났다.

"실버타운 집사님입니다."

때마침 젊은 여비서들은 쟁반 위에 잔뜩 쌓여 있던 편지들을 하나하나 개봉하여 큰 소리로 읽기 시작하고 있었다.

먼저 테레즈가 편지의 내용을 빠르게 정리, 보고했다.

"구호물자 요청, 피복 요청…… 이상은 스코틀랜드 영지로부터 답지한 것이고요. 다음은 이브리 포르 이재민들의 탄원입니다. 베르사유 양로원에서 온 것도 있고요……"

다음은 수잔나 차례였다.

"소설가 미리알 씨께서 다음 모임 때 여동생을 부인께 소개할
수 있기를 바란다는 내용이에요……"

"음…… 그건 나중에 다시 얘기하지."

벨담 부인은 피곤한 듯 팔을 내저으며 중얼거렸다.

그리고 부인에게 다가와 작별인사를 건네는 신부에게는 툭 던
지듯 말했다.

"네, 그러세요, 신부님……"

한데 이번에는 리즈베스가 꽤 긴 편지 한 통을 들고 와서 보여
주는 것이었다. 편지를 읽기 전 서명을 확인한 벨담 부인은 자기
도 모르게 외쳤다.

"어머, 에티엔 랑베르 씨로부터 온 소식이네!"

누구보다 테레즈가 본능적으로 하던 일을 멈추었다. 그 편지
에 담긴 내용만큼은 자기도 알 권리가 있다는 생각에 테레즈는
벨담 부인 곁으로 서슴없이 바짝 다가앉았다.

역시 벨담 부인은 자상하기 그지없었다.

"그래, 이 편지는 네가 읽어보는 편이 낫겠구나. 우리 친구가
무슨 소식을 전해왔는지는 이따 자세히 들려다오."

사실 에티엔 랑베르 씨는 지금으로부터 일주일 전에 긴 여행
길에 오른다면서 파리를 떠났다.

테레즈가 편지를 읽는 동안, 나머지 두 영국 아가씨는 각자 자
기가 처리해야 할 우편물 정리를 끝냈다. 남은 일과를 이리저리

넘겨짚던 리즈베스는 벨담 부인을 향해 조급히 물었다.

"오늘밤엔 독서 안 하실 거죠?"

한데 젊은 미망인은 아무런 반응이 없었다. 보아하니 아까 들어온 집사와의 대화에 열중해 있었다. 여주인이 뭐라고 묻자 집사는 크게 손짓을 섞어가며 대답했다. 벨담 부인에게 다가간 리즈베스의 귀에 흘러든 대화 내용은 다음과 같았다.

"그래, 분명 오늘 오후에 정원 철책 수리를 확실히 해놓았단 말이죠? 그것 때문에 내가 요즘 얼마나 신경이 쓰이는지!"

"마님, 조금도 걱정하실 필요가 없습니다. 저택은 안전합니다. 세심하게 경비가 이루어지고 있고요…… 문지기 월터도 바짝 경계를 하고 있습니다. 저 역시 마찬가지고요!"

"알아요, 실버타운. 고마워요. 이젠 돌아가도 좋아요."

그러고 나서야 벨담 부인은 다시 아가씨들을 돌아보며 말했다.

"아, 좀 피곤하네……"

리즈베스와 수잔나는 얼른 부인와 포옹을 나눈 뒤 물러났다.

한데 테레즈가 두꺼운 책을 한 권 들고 천천히 다가와 새삼 정중한 말투로 이렇게 말하는 것이었다.

"벨담 부인, 여기 성경책을 가져왔습니다."

지극히 경건한 동작으로 바로 옆 원탁에 책을 내려놓는 테레즈를 가만히 바라보던 벨담 부인이 어깨를 쓰다듬으며 중얼거렸다.

"하느님께서 너와 함께하시기를 바란다, 애야……"

21
벨담 경 살해범

반시간은 족히 흘러갔다. 때는 자정 무렵. 극장에서 사람들이 돌아올 때만 살짝 소란스러워지는 뇌이 구역의 평온함 속, 마차 바퀴 구르는 소리가 가늘게 멀어져갔다.

저택의 소음도 잠잠해진 지 오래.

하지만 벨담 부인은 아직 잠자리에 들지 못하고 있었다.

대신 벽난로 가의 안락의자에 나른히 기대앉아 발갛게 달아오른 불 쪽으로 두 발을 뻗고 있었다. 어쩌면 깜빡 졸았는지도…… 벨담 부인이 갑자기 후닥닥 일어나더니, 왠지 불안한 심정을 달래며 창문 쪽으로 다가갔다. 그러다 한순간 우뚝 멈춰 섰다. 어디선가 총성이 울린 것이다!

젊은 귀부인은 놀란 가슴을 잠시 추스른 뒤 현관 쪽으로 무작정 달리며 외쳤다.

"누구 없어요? 무슨 일이에요?"

집에 거느리고 있는 아가씨들 생각이 난 건 바로 그때였다. 벨담 부인은 혼비백산한 목소리로 외쳤다.

"리즈베스! 테레즈! 수잔나!"

이어서 복도로 난 방문들이 하나둘 활짝 열렸다. 먼저 테레즈와 수잔나가 반쯤 풀어헤친 옷차림과 헝클어진 머리로 득달같이 달려왔다.

"아까 그 소리…… 무슨 소리죠?…… 무서워요!"

테레즈는 벌써부터 더듬거리고 있었다. 하지만 벨담 부인은 잠시 귀를 기울이더니 이렇게 말했다.

"지금은 아무 소리도 안 들리는구나."

그러더니 이제는 리즈베스의 모습이 보이지 않는 것을 걱정하기 시작했다.

"리즈베스! 리즈베스 어디 있니?"

잠시 후, 리즈베스가 두 눈을 휘둥그레 뜬 채 그야말로 발칵 뒤집힌 표정으로 나타났다.

"아, 마님…… 무서워요…… 웬 남자가…… 도둑이…… 정원을 통해 1층으로 들어왔어요…… 월터가 덮쳤는데…… 지금 둘이 죽일 듯이 싸우고 있어요……"

금방이라도 숨이 넘어갈 것 같은 분위기였다.

어떻게 된 사태인지 알아봐야겠다고 결심한 벨담 부인이 막 나서려는데, 실버타운 집사가 노크도 없이 불쑥 들이닥쳤다.

그 역시 혼비백산, 숨이 턱까지 차 있는 건 마찬가지였다.

"순찰을 막 끝내는데 갑자기 어둠 속에 누가 숨어 있는 게 보이는 거예요! 도둑인가 싶어서 웬 놈이냐고 소리치니까 후닥닥 달아나는 겁니다! 당장 뒤쫓아가서 잡긴 잡았지요…… 그런데 놈이 저항하더라고요! 그래서 사정없이 패주었죠!…… 아무튼 붙잡아두었으니, 이제 곧 경찰이 연행할 겁니다……"

손까지 부들부들 떨면서 듣고 있던 벨담 부인이 말했다.

"그런데…… 도둑인 건 확실한가?"

집사는 약간 당황하며 더듬거렸다.

"아, 그거야…… 워낙 남루한 차림인 데다…… 이런 시간에 정원에 숨어 있으니……"

"그자는 뭐라고 하던가요?"

부인의 깐깐한 질문에 집사는 답답한 듯 대답했다.

"뭐라 둘러댈 시간도 없지 않았겠습니까? 발각되자마자 그대로 당했으니…… 아시잖습니까, 마님. 월터 그 사람이 얼마나 괴력의 소유자인지……"

벨담 부인은 이제 집사를 똑바로 쏘아보며 말을 이었다.

"좌우간 난 폭력은 싫어요! 그 사람 심각하게 다쳤나요? 제발 아니길 바라요. 그렇게까지 폭행을 하기 전에 신분을 확실히 물었어야죠! 적어도 내 집에서 사람을 치는 건 안 될 일이에요. '칼로 흥한 자는 칼로 망하리라'고 성경에도 나와 있잖아요!"

집사는 어쩔 줄 몰라 멍하니 서 있었다.

그제야 벨담 부인은 다소 누그러진 목소리로 지시했다.

"가서 월터를 불러오세요!"

잠시 후, 근육질의 거한이 집 안으로 성큼성큼 걸어 들어왔다. 그는 여주인 앞에서 어색하게 고개를 숙여 인사했다.

"도대체 어떻게 했기에 지금 이 시간에 저택 안으로 사람이 침입할 수 있는 거죠?"

월터는 애꿎은 모자만 꼬깃꼬깃 만지작대며 중얼거렸다.

"용서해주십시오, 마님! 저도 정말 깜짝 놀랐지만, 어쨌든 놈을 잡긴 했습니다. 처음에 약간 반항하기에 매운맛을 좀 보여주었어요. 지금은 하인 두 명이 추가로 힘을 합해 놈을 감시하고 있습니다."

"자기가 여기에 온 이유를 설명하던가요?"

"별로 말을 안 하던걸요…… 기껏해야……"

"기껏해야 뭐죠?"

월터는 마지못해 털어놓았다.

"마님이 워낙 마음이 착해 한없이 퍼주는 분이라는 둥, 마님은 모든 불행한 자의 친구라는 둥, 꼭 만나뵙겠다는 둥…… 그런 뻔한 얘기들이죠."

순간, 벨담 부인은 들릴락 말락 한 목소리로 이렇게 내뱉었다.

"그 사람을 한번 봐야겠어⋯⋯"

실버타운 집사로서는 더이상 지켜보기만 할 수가 없었다.

"마님, 그런 생각이 얼마나 위험한 결과를 초래할 수 있는지를 아셔야 합니다⋯⋯ 틀림없이 그자는 제정신이 아닙니다. 아니면 뭔가 꿍꿍이속이 따로 있어서 사기를 치는지도 모르죠. 어쩌면 벨담 경을 해치고 나서 이번에는⋯⋯"

벨담 부인은 눈 하나 깜빡하지 않고 집사를 쏘아보더니 천천히, 또박또박 이렇게 대꾸했다.

"그자를 만나보겠어요. 나는 당신과는 생각이 달라요. 당장 그자를 이리 데리고 오세요!"

집사와 월터가 수긍할 수 없다는 표정으로 두 팔을 쳐들자, 젊고 깐깐한 귀족 부인은 더욱 단호한 목소리로 내질렀다.

"분명히 말했어요⋯⋯ 당장 데려와요!"

잠시 후, 집사와 월터는 여주인 앞에 한 남자를 데리고 왔다. 헝클어진 머리와 제대로 손질하지 않은 수염, 어두운 빛깔의 헐어빠진 정장 차림에 창백한 얼굴은 피로에 찌들어 있었다.

"어디, 말해보세요."

벨담 부인의 목소리엔 아무런 억양도, 감정도 실려 있지 않았다.

남자는 벨담 부인을 쳐다보지도 않고 중얼거렸다.

"단둘이서만 얘기하겠소⋯⋯"

"단둘이서만? 그럼 나한테 긴히 할 얘기라도 있단 말인가요?"

"만약 부인께서 불행한 사람의 심정을 헤아리신다면, 자신의 고충을 아무 데서나……"

남자는 잠시 망설이더니 집사와 문지기를 눈으로 가리키며 덧붙였다.

"……특히 그런 사람의 심정을 헤아리지 못하는 사람들 앞에서 함부로 드러내는 것이 얼마나 굴욕적인 일인지 아실 겁니다."

벨담 부인은 점점 안정되어가는 목소리로 말했다.

"나는 불행에 시달리는 사람의 심정이 어떤지 잘 알고 있어요. 그러니 둘이서만 얘기를 나누도록 하지요."

그러고는 하인들을 향해 지시했다.

"다들 물러가세요."

지금껏 단단히 닫혀 있기만 하던 문에 묵직한 벨벳 휘장이 쳐졌다. 이제 벨담 부인은 작은 전등 하나만 어슬하니 빛을 비추는 방 안에서 그토록 쉽사리 독대를 허용한 낯선 남자와 단둘이 있게 되었다.

벨담 부인은 물러난 사람들이 다시 불쑥 얼굴을 내미는 일이 없도록 문의 빗장까지 꼼꼼히 채웠다. 한데 그러고 나더니, 아까부터 방 한복판에 우두커니 선 채 그녀의 모든 동작을 말없이 눈으로 좇기만 하던 남자에게 후닥닥 달려가 와락 안기는 것이었!

"오, 사랑해요! 당신을 사랑해요!…… 내 사랑 거언……"

벨담 부인은 정신없이 중얼거리면서 남자의 얼굴을 뚫어져라 쳐다보았다. 남자의 이마에는 땀과 피가 송알송알 맺혀 있었다.

"세상에! 저 불한당 같은 인간들이 당신한테 상처를 입혔군요!…… 얼마나 아플까…… 아, 당신, 그 눈빛…… 입술……"

그러더니 덜컥 어두운 표정이 되어 이렇게 말했다.

"그나저나 미쳤어요, 당신? 도대체 왜, 왜 이렇게 들이닥친 거예요? 그것도 일부러 붙잡혀가면서……"

거언이 음울한 얼굴로 털어놓았다.

"그동안 너무 오래 당신과 떨어져 지냈소…… 마침 오늘밤 이곳 주변을 어슬렁대다가 당신 집 불빛에 눈이 닿았지…… 당연히 모두 자는 줄 알았소. 당신만 빼고 말이오…… 그래서 아무 생각 없이 담벼락과 철책을 타고 넘어 들어온 거요. 불빛을 보고 무작정 뛰어드는 나방처럼 말이오…… 그렇게 된 거요!"

황홀해하는 눈빛, 들썩거리는 가슴. 벨담 부인은 죽도록 애인의 품속을 파고들지 않고는 견딜 수가 없었다.

"당신을 사랑해요! 사랑해!…… 아, 당신은 정말 늠름하고 멋진 남자야…… 그래요, 난 온전히 당신 거예요…… 하지만 정신 나간 짓이에요, 당신!…… 당신은 나도 모르는 상태에서 붙잡혔고, 자칫 그대로 경찰에 연행될 수도 있었잖아요!"

그러나 거언은 이렇게 중얼거릴 뿐이었다.

"내가 미처 생각을 못 했소. 난 그저 당신을 당장 보고 싶었을 뿐이야……"

두 남녀는 손을 꼭 붙든 채 구석의 소파에 붙어 앉았다.

"난 당신밖에 없어요…… 오로지 당신을 위해 살 거예요…… 오로지 하나뿐인 당신을 위해……"

광적으로 내뱉는 벨담 부인의 사랑 고백에 거언은 마치 메아리가 울리듯 대꾸했다.

"나도 당신을 사랑하오!"

잠시 침묵이 흘렀다. 절박한 두 연인은 아무 말 없이 서로의 눈동자만 응시하고 있었다.

이토록 서로 다르고 유리되어 보이는 두 존재의 삶에 도대체 어떤 일들이, 어떤 추억들이 공존하는 것인지! 어떤 사랑이기에 두 사람을 이토록 위험스레 맺어주고 있는 것인지!

마침내 벨담 부인이 중얼중얼 입을 열었다.

"오! 우리 두 사람, 예전엔 정말 좋았죠……"

지금 그녀는 시커먼 화약 연기로 얼룩진 포병중사 거언을 처음 보았던 트란스발의 전쟁터, 그 현장을 떠올리고 있었다. 그 후의 귀향길, 육중한 증기선에 몸을 싣고 회색의 대영제국 도서 연안을 향해 짙푸른 바다를 가르던 그때 역시 기억 속에 삼삼히 떠올랐다.

거언도 추억을 더듬기는 마찬가지였다.

“그래, 거기…… 그리고 거대한 바다를 가로질러 조국으로 가
는 배를 탔었지……”

“그때 당신은 영광스러운 승리자의 모습으로 금의환향하는 셈
이었어요!”

벨담 부인이 거들자 거언은 더 깊은 추억 속으로 잠겨들었다.

“전쟁의 참혹함이 지나가자 거대한 평안이 도래한 것이지……
그때부터 우리는 서로를 진지하게 알아가기 시작했고……”

“결국은 서로 사랑하게 됐죠…… 그러나 둘만의 여행이 끝
나고 런던으로, 파리로 다니며 가식적이고 광기 어린 생활을 하
게 되면서 우리의 사랑은 위협받았어요…… 하지만 결코 우리
의 사랑을 굴복시킬 수는 없었죠! 나는 당신 거예요…… 기억
나요, 당신? 당신의 키스, 당신의 애무가 나를 미치게 만들곤 했
죠…… 아, 당신이 나 때문에 저지른 그 일…… 그것 역시 잊을
수 없을 거예요! 어제가 딱 열세 달째 되는 날이에요!……”

벨담 부인은 더 애기를 하고 싶었으나, 감정이 너무 격해져서
말을 잇지 못했다. 대신 거언이 차분하게 가라앉은 목소리로 애
기를 이어나갔다.

“그렇군…… 그때 난 당신 옆에 무릎을 꿇고 있었소. 르베르
가에 있던 우리 둘만의 그 작은 방에서…… 그런데 갑자기 희미
한 소리가 나는가 싶더니…… 문이 활짝 열렸지! 그리고 그가
들이닥쳤소…… 경악과 분노로 일그러진 그 얼굴…… 당신 남

편 말이오! 벨담 경이 우리 앞에 나타난 거요!"

벨담 부인은 그때의 처절했던 심정이 복받치는 듯 바닥에 주저앉아 고개를 떨군 채 말했다.

"그때…… 그때 정말이지 일이 어떻게 그 지경까지 됐는지 지금도 모르겠어요……"

순간 거언은 몸을 곧추세우며 으르렁댔다.

"난 똑똑히 알고 있소! 그의 눈이 우선 당신을 찾더군! 그리고 손에 쥔 권총으로 당신 가슴을 겨눴지…… 당장이라도 쏠 태세였소! 나는 즉각적으로 달려들어 망치를 휘둘렀고, 그는 곧바로 쓰러졌지…… 그 목을 이 두 손으로……"

벨담 부인은 여전히 놓지 않고 있는 애인의 손을 뚫어져라 바라보면서, 아무 억양도 느껴지지 않는 목소리로 중얼거렸다.

"네…… 나도 봤어요…… 바로 이 손의 근육, 목을 조르느라 불거져나온 힘줄을 똑똑히 보고 있었어요……"

마침내 거언의 입에서 무너질 듯한 탄식이 새어나왔다.

"내가 죽였어!"

반대로 몸을 추스른 벨담 부인은 애인의 입술을 더듬어 찾으며 흐느꼈다.

"오, 거언…… 거언…… 내 사랑, 나의 모든 것!"

거언은 아무 대꾸 없이, 뭔가를 골똘히 생각하는 표정으로 앉아 있었다. 이마에는 가로로 주름 한 줄이 깊이 새겨져 있었다.

마침내 그가 굳은 목소리로 말했다.

"하여튼 나는 오늘밤 당신을 보러 올 수밖에 없었소. 내일은 어찌 될지 기약이 없으니까……"

벨담 부인의 불안해하는 표정을 무시한 채, 남자는 계속해서 말을 이어갔다.

"경찰이 나를 쫓고 있소. 물론 얼굴을 알아볼 수 없게 하고 다니긴 하지만, 그래도 된통 걸릴 뻔했으니……"

벨담 부인은 끔찍한 기억의 고통을 꾹 참으면서 간신히 물었다.

"경찰이 당시 벌어진 상황을 정확히 파악하고 있나요?"

거언은 잠시 생각한 뒤 대답했다.

"그건 아닌 것 같소. 그저 내가 망치로 쳐서 살해했다고 믿고 있으니까."

"네…… 아, 끔찍해라!"

자제를 했음에도 벨담 부인의 입에선 어쩔 수 없는 탄식이 새어나왔다.

"그렇다고 해서 그들이 내 정체를 포착하지 못한 것은 아니오!"

"아, 우리가 너무 정신을 놓고 있었어요! 어떻게든 숨어야 했는데…… 그렇게 해서 다른 누군가의 소행으로 몰 수만 있다면…… 그게 누구더라…… 왜 있잖아요, 팡토……"

순간 거언은 펄쩍 뛰며 벨담 부인의 말을 가로막았다.

"안 돼요! 그런 소리 마요! 팡토마스라니, 말도 안 돼! 게다가 우리로선 지금까지 최선을 다한 거요!"

거언은 이내 생각을 정리한 듯 말을 이었다.

"그래요, 어쩌면 이제부터라도 도망치는 게 능사일지도 모르오. 우선 해협을 건너고, 내친 김에 대양을…… 안 될 것도 없겠지…… 당신 생각은 어떻소?"

벨담 부인은 조금도 망설임이 없었다.

"잘 알잖아요. 당신이 어디에 있든, 어디로 가든, 난 당신 거라는 거…… 내일 당장 시작할까요? 그럼 당신이 아는 거기서 봐요…… 우린 한마음이에요. 당신이 무사히 도망칠 수 있도록 함께 준비해요!"

"내가 도망칠 준비라……"

거언이 따지는 듯한 뉘앙스로 은근히 말꼬리를 흐리자, 벨담 부인은 얼른 고쳐 말했다.

"우리 둘이 도망칠 준비요!"

그제야 안심한 듯 빙그레 웃는 거언.

"그래야 맞지."

벨담 부인은 포옹을 풀면서 들릴 듯 말 듯한 소리로 "그럼 내일 봐요" 하고는, 곧장 일어나 문 앞으로 다가갔다. 그녀는 빗장을 푸는 등 출입문을 원래 상태로 돌려놓은 뒤, 벽난로 가까이에 있는 호출 벨을 눌렀다.

문지기 월터가 나타나자, 벨담 부인은 근엄한 목소리로 지시했다.

"이 사람을 대문까지 안내하세요. 절대 해를 끼쳐서는 안 돼요."

거언은 아무 말 없이, 불필요한 제스처나 수상쩍은 눈길을 일절 자제한 채 뚜벅뚜벅 걸어나갔고, 지시를 받은 월터가 그 뒤를 깍듯이 따라나섰다.

널찍한 응접실에 다시금 홀로 남은 벨담 부인은 정원 밖으로 나서는 거언의 등 뒤로 철책 문 닫히는 소리가 들리기를 노심초사 기다리고 있었다.

그러고는 조금 전까지 거언을 부둥켜안고 애절한 입맞춤을 퍼붓던 구석의 소파로 맥없는 발걸음을 옮겼다. 그때 문득 적막 속에서 심상치 않은 소음이 들려왔다. 한 시간쯤 전에도 들렸던 바로 그 소음…… 저주가 따르는 소음!

"그놈이다! 잡아라! 잡았다!……"

"경감님, 이쪽입니다! 살인범이에요!…… 네! 그놈입니다. 거언이에요. 거언 맞습니다!……"

벨담 부인은 소파에 쓰러지듯 주저앉아 죽은 사람보다 더 창백한 얼굴로 더듬거렸다.

"아, 맙소사! 이를 어쩌지…… 그이한테 무슨 일이 생긴 거지?"

정원의 소란이 잠잠해지는가 싶더니, 이제는 사람들의 목소리가 복도를 어지러이 거슬러 오르고 있었다.

"거언이 붙잡혔어요! 벨담 경의 살해범이 붙잡혔습니다!⋯⋯"

실버타운의 외침 소리에 뒤이어 혼비백산한 리즈베스의 목소리가 들렸다.

"그럼 벨담 부인은!⋯⋯ 세상에! 혹시 그자가 부인도 해친 건 아니에요?"

그와 거의 동시에 문이 활짝 열리고 리즈베스가 허겁지겁 달려 들어왔다. 하얗게 질린 얼굴로 소파에 뻣뻣이 앉아 있는 벨담 부인을 보자 그녀가 소리쳤다.

"아, 부인!⋯⋯ 무사하시네요!"

뒤이어 테레즈와 수잔나가 달려 들어오더니, 일제히 벨담 부인의 발치에 몸을 던지고 뜨거운 눈물을 펑펑 쏟았다.

한데 벨담 부인은 한 차례 손짓으로 아가씨들을 내치고는, 굳은 눈빛으로 일어나 창가로 다가가는 것이었다.

멀리 정원 어디쯤에서 거언이 울부짖는 소리가 어렴풋이 들려왔다.

"아, 이렇게 잡히다니⋯⋯ 다 끝났어!"

무시무시한 외마디소리가 벨담 부인의 귓가에 웅얼웅얼 울리는 가운데, 실버타운 집사가 말할 수 없이 환한 얼굴로 헐레벌떡 뛰어들어왔다.

"아, 그럴 줄 알았습니다! 역시 그놈이더군요⋯⋯ 수염이 있었지만 놈의 생김새를 알아봤다니까요! 그래서 경찰에 신고를 했죠. 사실 이틀 전부터 경찰이 잠복하고 있었어요. 치안국 형사께서 거언을 쫓고 있었던 겁니다! 놈이 나오자마자 제가 신호를 보냈고요!"

벨담 부인은 잔뜩 들떠 정신없이 떠드는 집사를 기겁한 표정으로 바라보고 있었다. 금방이라도 혼절해 쓰러질 것 같았다.

"그, 그래서…… 그래서 어떻게 됐지?……"

"그야 당연히 잡혔죠! 제가 적시에 신호를 보낸 덕에 살인범 거언이 체포된 겁니다!"

벨담 부인은 이런 끔찍한 소식을 신이 나서 전하는 눈앞의 사내를 잠시 그대로 쏘아보더니, 뭔가 더듬더듬 말을 하려다가 그대로 정신을 잃고 쓰러졌다.

아가씨들과 집사가 득달같이 달려들어 부산을 떠는 사이, 빠끔히 열려 있는 문 사이로 누군가의 실루엣이 스르르 나타났다……

쥐브 경감이었다!

"들어가도 되겠습니까?"

22

타리드 지도

쥐브 경감이 르베르 가에 도착한 시각은 세시였다.

147번지 건물(그러니까 거언이 사는 아파트의 트렁크 속에서 벨담 경의 사체가 발견된 그 처참한 현장)의 관리인은 잔에 남은 커피를 막 비우던 참이었다.

범행 현장이 적나라하게 드러난 직후부터, 쥐브 경감은 그곳에 대한 가택 수색을 여러 차례 단행했다. 덕분에 관리인 둘랑크 부인도 이젠 그를 친숙하게 여길 정도였다.

둘랑크 부인은 건물 세입자이자 친한 말동무인 오로르 부인에게 수다를 늘어놓고 있었다.

"저 사람 말이야, 눈알이 아니라 쌍안경을 달고 다니는 것 같아! 내가 볼 땐 별것 없는데도, 순식간에 모든 걸 깡그리 훑는다니까!"

아니나 다를까, 둘랑크 부인은 관리실로 막 들어서려는 쥐브의 면전에 호들갑스러운 인사를 쏟아놓았다.

"아이고, 안녕하세요, 형사님! 요즘도 별고 없으시고요?……"

한가하게 관리인의 수다를 들어줄 여유가 전혀 없는 쥐브는 인사 따위는 받는 둥 마는 둥 짧게 말했다.

"아파트 열쇠요!"

오지랖 넓은 둘랑크 부인은 열쇠 꾸러미들이 가지런히 매달린 나무판으로 허겁지겁 다가가 그중 하나를 빼들더니 이렇게 물었다.

"새로운 소식이 있는 모양이던데요? 신문에 보니까 거언 씨가 결국 붙잡혔다는 것 같던데…… 그럼 우리 세입자인 거언 씨가 진짜 범인이라는 얘긴가요? 아이고, 우라질……"

둘랑크 부인의 손에서 열쇠를 낚아챈 쥐브 경감은 관리실을 박차고 나가려다 말고 빠르게 내뱉었다.

"거언이 체포된 건 맞습니다. 하지만 오늘 아침까지도 자백을 전혀 하지 않고 있어요. 그러니 무엇 하나 확실하게 증명된 건 없는 셈이죠, 둘랑크 부인!"

형사의 등 뒤로 막 닫히려는 관리실 유리문을 부여잡고 둘랑크 부인이 소리쳤다.

"같이 올라가드릴까요, 형사님? 제 도움이 필요 없겠어요?"

“괜찮습니다. 저는 신경 쓰지 마시고 평상시처럼 계속 일하세요!”

방문할 때마다 똑같은 형사의 대답에 둘랑크 부인은 늘 흥이 깨지는 기분이었다.

한편, 쥐브는 거언의 아파트가 위치한 6층으로 올라가면서 열심히 생각을 굴리고 있었다.

‘거언이 벨담 경을 죽인 이유에 대해선 전혀 알려진 게 없어. 솔직히 그 거언이라는 자의 정체에 대해 정확히 아는 것도 아니고…… 놈의 엉뚱한 대담성과 기막히게 저지른 범행 모두 여전히 오리무중이란 말이야…… 아무튼 확실하게 얘기할 수 있는 건 별로 없는 상황이야. 이래서야 말이 안 되지!’

6층에 다다르자 쥐브 경감은 곧장 열쇠를 꽂아 문을 열고 그 처참한 현장으로 성큼 들어섰다.

그런데 등 뒤로 조심스레 문을 닫는 그는 왠지 머뭇거리는 표정이었다.

‘그나저나 내가 뭐 하러 여길 온 거지? 뭔가 흥미로운 단서라도 찾으려고? 이곳을 열 번도 더 뒤졌지만 아무런 성과가 없었잖아!’

쥐브는 우선 가까운 안락의자에 몸을 던진 뒤 곧장 장고長考에 들어갔다.

‘제기랄! 여기야 제 집이니 뭘 억지로 우그러뜨리며 드나들었을 리도 없고…… 사방을 캐봐야 베르티용 박사의 완력 측정기를 활용해볼 만한 그럴듯한 단서 하나 나올 턱이 없지 않은가 말이야……'

마침내 의자에서 벌떡 일어난 쥐브 경감. 활동적인 기질상 가만히 앉아만 있는 건 견딜 수 없었다. 그렇게 한 번 더 아파트 수색이 시작되었다.

'주방 쪽부터 살펴봐? 가만있자…… 내가 뭐든 쓰렁쓰렁 하는 사람은 아니잖아! 하나를 살펴봐도 소홀히 볼 리가 없는데…… 주방은 딱히 흥미로운 점이 없어. 그러면 화덕? 찬장? 그곳들도 분명 샅샅이 뒤졌다고! 다용도실? 거기도 마찬가지야……'

그런 생각을 하면서 쥐브 경감은 식당 쪽으로 걸음을 옮겼다.

'가구들도 샅샅이 훑었지만 나오는 건 아무것도 없었어…… 거언이 떠나기 전 챙겨둔 짐짝들도 모조리 검사했고…… 하지만 도움 될 만한 물건은 하나도 없었지.'

문득 방 한쪽 구석, 아무렇게나 펼쳐진 채 쌓여 있는 신문들이 쥐브의 눈에 밟혔다. 그것들을 발끝으로 툭 밀쳐내며 그는 속으로 중얼거렸다.

'이것도 다 살펴본 것들이야. 기사 하나하나 세밀하게 읽어보았지만, 별다른 내용은 없었어……'

마침내 쥐브는 거언의 침실로 들어서고 있었다.

'여기도 마찬가지……'

벽난로 가까이에 자그마한 책상이 벽에 기대어 서 있는데, 그 위로 설치된 간소한 책장에 상태가 별로 좋지 않은 책들이 몇 권 꽂혀 있었다.

'뭘 더 살펴본다면 오직 저 한 곳뿐인데…… 내가 없을 때 부하들이 하루 온종일 저길 뒤져봤으니 뭔가 빠뜨렸을 리는 없고…… 그래도 만약의 경우를 생각해봐야 하나?……'

쥐브는 작은 책상 앞에 앉아 어질러져 있는 종이들을 꼼꼼히 살펴보았다. 밑받침 아래에서 몇 통의 편지 묶음까지 빼내 살펴보던 그의 입에서 얼마 지나지 않아 탄성이 터져나왔다.

"어라?…… 이것 봐라!"

쥐브는 큼직한 편지지를 펼쳐—그는 영어에 능통했다—트란스발에서 로버트 경과 더불어 용맹히 싸운 거언의 중사 임용증서를 주욱 읽어내려갔다.

한데 다 읽고 나더니 낭패한 사람처럼 다짜고짜 팔을 쳐들며 이렇게 중얼거리는 것이었다.

"거참 이상하군! 아무리 봐도 나무랄 데 없는 증서 같아…… 그 악당이 정말 용맹하게 싸웠고, 적어도 예전에는 의로운 인물이었음을 보장한다는 애긴데……"

그는 주먹으로 책상을 내리치고는 큰 소리로 혼잣말을 이어 갔다.

"그렇다면 자칭 거언이라는 저 작자가 정말로 진짜 거언이라는 거야? 내가 그자에 관해 그동안 소설을 쓰고 있었고? 처음부터 끝까지 나 혼자 착각을 하고 있었던 거냐고!"

마침내 벌떡 일어난 그는 책장을 가만히 노려보더니, 이번에는 이리저리 책들을 만져보다가 한 권을 뽑아 쥐고 혹시나 책갈피 사이에 쪽지라도 숨겨져 있지 않은지 마구 흔들어대기 시작했다.

"젠장, 아무것도 없어……"

이제 쥐브는 큼직한 철도 안내서와 항해 연감을 살펴보기 시작했다.

"정말 신기한 건 이 모든 단서들이 그놈의 거언이라는 작자가 자기 직업에 너무도 충실한 사람인 것처럼 보이게 하고 있다는 점이야! 하지만 과연 거언은 거언 자신일 뿐일까?…… 거언은 그냥 거언일 뿐이야?"

그렇게 자신이 던진 질문을 스스로 곱씹으며 잠시 생각에 집중하던 쥐브, 이내 툭 던지듯 내뱉고 말았다.

"아니야! 말도 안 돼! 그럴 리가 없다고!"

책장 안에는 책 모양을 본뜬 서류철이 하나 있었는데, 펼쳐보니 타리드 지도들이 가지런히 구비되어 있었다.

'그래, 혹시 이것들 속에 단서가 숨어 있는지 한번 살펴봐야겠군!'

쥐브는 꼼꼼한 손놀림으로 지도를 한 장 한 장 들춰보기 시작했다. 얼마쯤 지났을까. 그중 한 장을 들추었을 때 그의 입에서 뜻하지 않은 탄성이 터져나왔다.

"아하! 그럼 그렇지!……"

지도 한 장을 책상 위에 조심스레 펼치는 쥐브의 손이 알 수 없는 흥분감으로 심하게 떨리고 있었다.

"보아하니 중부 지방인데…… 역시 그렇군! 카오르, 브리브, 생 조리…… 그리고 보리외!…… 줄줄이 포함되어 있군! 역시 조각이 하나 모자라…… 문제의 그 지역이 담긴 조각이겠지!"

눈을 동그랗게 뜬 채 노려보고 있는 지도에는 어느 구역이 주머니칼로 예리하게 도려져 있었는데, 아무래도 랑그뤼 후작부인의 성채를 포함하는 지역인 듯했다.

쥐브는 계속 지도를 노려보며 혼잣말로 중얼거렸다.

"가만있자…… 여기 이 도려진 부분이 사건 다음 날 베리에르 역 근처에서 주운 지도 조각과 정말 일치한다면?"

문제의 타리드 지도 번호를 확인한 쥐브는 재빨리 그것을 접어 들고 철수할 준비에 들어갔다.

그가 문 쪽으로 몇 발짝 다가갔을 때, 초인종 소리가 고막을 후려치듯 요란하게 울렸다.

'어라! 거언이 체포된 걸 파리 시민 모두가 알 텐데 누가 여길 드나드는 거지?'

그의 손이 본능적으로 호주머니 속에 얌전히 들어 있는 권총에 가 닿았다.

문가로 바짝 다가들자마자 문을 활짝 열어젖힌 쥐브, 흠칫 놀라 뒤로 물러나며 내뱉었다.

"자, 자넨…… 샤를 랑베르 아닌가! 아니, 제롬 팡도르!……대체 여긴 무슨 일이야?"

23
'랭커스터' 폭파사건

젊은이는 아무 말 없이 안으로 성큼 들어섰고, 쥐브는 얼른 문을 닫았다.

"대체 무슨 일이냐고!"

얼굴이 백지장처럼 창백한 채 잔뜩 흥분해 있는 제롬 팡도르를 휘둥그레 바라보며 쥐브가 거듭 물었다.

"아! 세상에 이런 일이…… 가엾은 우리 아버지가 돌아가셨습니다……"

"지금 무슨 소리를 하는 건가? 에티엔 랑베르 씨가 죽었단 말이야?"

제롬 팡도르는 눈가를 타고 넘치는 눈물을 주체하지 못하면서 쥐브에게 신문 한 장을 내밀었다.

"읽어보세요!"

제롬 팡도르가 내민 신문 1면의 기사는 읽는 이의 상상력에 충격을 줄 만한 제목을 달고 있었다.

물과 불 그리고 화약 냄새, 150명 사망!
—랭커스터 호 침몰!

쥐브는 도무지 영문을 알 수 없었다.

"이게 뭐 어쨌다고?"

"글쎄 읽어보라니까요!"

젊은이의 감정이 워낙 걷잡을 수 없는지라, 쥐브의 생각에도 설명을 구하기보다는 직접 신문을 읽어봐야 사태 파악이 수월할 것 같았다.

기사는 이렇게 시작하고 있었다.

철도회사에 뒤이어 해운회사 역시 그동안 소홀히 해온 승객 안전 수칙에 관해 진지하게 고민해야 할 때가 왔음을 알려주는 사건이 또다시 발생했다.

간밤에 일어난 참사를 요약하면 다음과 같다.

카라카스와 사우샘프턴을 운항하는 '레드스타 컴퍼니' 소속 증기선 랭커스터 호는 와이트 섬 등대의 관할하에 난바다로 진입한 직후 갑자기 침몰해버렸다.

현재까지 알려진 바로는 확인 가능한 생존자는 단 한 명뿐이며, 나머지 승객과 승무원은 전원 사망한 것으로 추정된다.

등대 근무자들이 전하는 바에 따르면, 랭커스터 호가 항구를 벗어난 지 얼마 되지 않았을 때 강력한 폭발이 일어났으며, 배는 불과 수분 후 물속으로 가라앉았다는 것이다.

도대체 무슨 일이 벌어진 것일까?

자초지종은 사건 발생 몇 시간 후에야 알 수 있었다.

우선 등대 근무자들이 즉각적으로 경보를 발령했고, 근처를 항해하던 범선들이 일제히 사고 지점으로 몰려들었다. 항구에 정박중이던 증기선들 역시 생존자 구조를 위해 발진을 서두른 것으로 알려졌다.

하지만 안타깝게도 구조 작업이 실효를 거두기엔 때가 너무 늦었다고 한다.

결국 몇 시간의 수색 작업 끝에 모든 구조 선박들은 별다른 성과 없이 사고와 관련된 잡다한 정보들만 갖고 귀항할 수밖에 없었다.

오로지 '캠벨' 호만이 항해 역사상 전례를 찾기 힘든 이번 재앙의 유일한 생존자를 무사히 구조해 귀항하는 행운을 누릴 수 있었다.

생존자 잭슨의 인터뷰에 나선 〈타임스〉의 보도에 의하면 사고 당시의 정황은 다음과 같다.

"우리는 항구를 벗어난 지 얼마 되지 않았고, 배는 아무 문제 없이 순항중이었습니다. 바다 상태도 나쁘지 않았고요. 제가 갑판 위 수하물 창고의 간이 방수포를 단단히 조이고 점검하는 일에 열중해 있는데, 갑자기 무시무시한 폭발이 일어났습니다. 아직도 그 끔찍한 굉음이 귓가를 맴도는 것 같아요…… 제 생각에는 배 밑바닥 화물창에서 폭발이 일어난 게 틀림없습니다. 그럼에도 불구하고 자세한 사항을 말할 수 없는 건, 당시엔 배 전체가 날아가는 줄 알았기 때문입니다. 워낙 충격이 커서 저는 거의 죽은 몸이나 다름없이 바다로 내동댕이쳐졌고, 무슨 일이 벌어지는지 제대로 의식할 수가 없었거든요. 나중에 정신을 차리고 보니, 천만다행으로 뱃전에 매달아두었던 구명대 하나를 겨우 부여잡고 바다에 떠 있더군요. 짐작하시겠지만, 당시 너무 경황이 없어서 제가 무슨 행동을 했는지도 모르겠습니다. 그저 생존본능이랄까요, 떠 있는 무언가에 악착같이 매달려야 한다는 마음뿐이었지요. 그러고 얼마 안 있어 ‘캠벨’ 호 선원들이 저를 발견하고 구사일생으로 건져준 것입니다……”

이 대목에서 쥐브는 잠깐 뜸을 들이다가 기사의 마지막 몇 줄을 마저 읽어나갔다.

“멀쩡한 배가 갑자기 산산조각 폭발하다니, 정말 알다가도 모를 일입니다! 제가 알기로 배 안에 폭발물이라고는 없었거든요.”
(……)

이어서 사고 선박에 탑승했던 사람들의 명단을 눈으로 훑던 쥐브가 마침내 입을 열었다.

"정말 에티엔 랑베르라는 이름이 일등칸 승객으로 올라 있구 면…… 참 괴이한 일이야!……"

제롬 팡도르가 땅이 꺼질 듯 한숨을 내쉬며 말했다.

"아! 도저히 납득할 수 없는 일입니다! 일전에 저더러 죄가 없 다고 말씀하셨을 때, 충고를 듣지 말고 곧장 아버지를 보러 가야 했어요!"

제롬 팡도르는 지금 이 상황을 버텨내기 위해 안간힘을 쓰는 기색이 역력했다. 젊은이의 그런 처절한 모습을 바라보는 쥐브 의 눈빛에도 안타까워하는 마음이 그대로 내비쳤다.

잠시 후, 쥐브 경감이 입을 열었다.

"젊은 친구, 내 말을 잘 듣게. 지금 이 얘기가 이상하게 들릴지 모르지만, 그렇게 절망할 필요는 없어."

"그게 무슨 소립니까? 이젠 다 끝났다고요!"

"자네 아버지가 죽었다는 사실을 증명하는 건 아무것도 없다고."

"이것 보세요, 쥐브 씨! 없긴 뭐가 없습니까? 아까 신문기사 안 보셨어요? 수색 작업을 벌였지만 한 명 말고는 다른 생존자를 발견할 가능성이 거의 없다고 하지 않습니까!"

"하지만 만약 자네 아버지가 아예 승선하지 않았다면?"

"천만에요! 승객 명단에 분명히 이름이 올라 있지 않습니까!"

쥐브는 잠시 방 안을 신경질적으로 성큼성큼 걸어다니더니, 다시 젊은이 앞으로 돌아와 단호하게 말했다.

"내 분명히 말하지만, 섣불리 단정하고 의기소침해하지 말게나! 이런 종류의 착오는 흔히 일어날 수 있어. 자네 아버지는 애초에는 승선할 생각이었는지 몰라도, 어떤 이유에서건 그렇게 하지 못했을 걸세."

쥐브의 목소리에 어찌나 힘이 실려 있는지, 제롬 팡도르는 내심 놀라면서도 이렇게 중얼거리지 않을 수 없었다.

"도무지 무슨 말씀을 하시는지 모르겠습니다, 쥐브 씨……"

"내가 자네한테 얘기해주고 싶은 건 다른 것이 아니네. 자네가 나를 조금이나마 신뢰한다면, 내가 하는 얘기를 진지하게 듣는 게 좋아. 지금 이 시점에서 자네가 슬픔에 휘둘린다는 건 큰 잘못이라는 걸 알아야 해. 자네가 불행하다는 징표는 아직 어디에도 없어. 자네에겐 어머니가 있네. 그분은 꼭 완쾌되실 거야, 알겠나? 분명히 그렇게 될 거란 말일세!"

하지만 여전히 어리둥절해 아무 말도 못 하고 있는 제롬 팡도르를 보고 쥐브 경감은 갑자기 화제를 돌렸다.

"그나저나 궁금한 게 하나 있는데, 자네 어떻게 여기에 오게 된 건가?"

"슬픈 마음에 당장 생각난 사람이 당신이었거든요. 그래서 신문에서 사고 소식을 접하자마자 만사 제쳐놓고 달려온 겁니다.”

“그래, 그건 충분히 알겠는데…… 내가 지금 여기 거언의 집에 와 있다는 걸 팡도르 자네가 무슨 수로 알았느냐, 이 말이네.”

쥐브의 추궁에 팡도르는 적잖이 당황한 기색이었다.

“아, 그저 우연히 알게 된 겁니다, 쥐브 씨……”

“우연이라…… 그런 건 바보한테나 먹혀들 변명이고! 좋아, 우연이라면 과연 어떤 우연이 내가 이곳에 있다는 걸 자네한테 알려준 거지? 자네 이곳 르베르 가에서 대체 무얼 하고 있었나?”

갈수록 안절부절못하는 제롬 팡도르, 벌떡 일어나는 것으로 형사의 질문 공세를 피해보려는 의도가 역력했다.

젊은이는 현관 쪽으로 앞장서며 말했다.

“이제 그만 가시죠?”

하지만 쥐브는 그대로 포기할 눈치가 아니었다.

“질문에 어서 대답이나 하지! 내가 이곳에 있다는 걸 어떻게 알았어?”

더는 머뭇거릴 여지가 없었다. 이젠 진실을 털어놓아야만 하는 상황.

“뒤를 밟았습니다……”

“내 뒤를 밟았다고! 어디서부터?”

“당신 집에서부터요……”

“아니, 집에서부터 줄곧 나를 미행했다는 얘긴가?”

제롬 팡도르는 숨을 한 번 고른 뒤, 내처 털어놓았다.

"네, 그렇습니다, 쥐브 씨. 실제로 당신 뒤를 줄곧 미행했습니다. 실은 매일 미행한걸요……"

쥐브는 기가 막혔다.

"매일? 난 전혀 눈치채지 못했는데! 와, 자네 정말 대단하구먼!"

그는 더이상 말이 없는 제롬 팡도르를 부추기듯 거듭 캐물었다.

"도대체 뭐하러 나를 그렇게 감시한 건가?"

제롬 팡도르는 고개를 푹 떨구며 기어들어가는 목소리로 대답했다.

"죄송합니다. 제가 어리석은 생각을 했어요…… 사실 당신이…… 팡토마스일지도 모른다고 생각했습니다……"

젊은이의 실토에 쥐브는 안락의자에 벌렁 나자빠져 한동안 있는 대로 웃어젖히지 않을 수 없었다.

"허어, 자네 상상력 한번 끝내주는구먼! 대체 무슨 이유로 내가 팡토마스일지 모른다는 상상을 하게 된 거지?"

그제야 팡도르는 수줍은 어조로 자초지종을 설명하기 시작했다.

"쥐브 씨, 저는 제 인생을 엉망으로 만든 범인을 반드시 색출하고 진실을 밝혀내리라 내심 맹세하고 있었습니다. 하지만 어디서부터 어떻게 그 문제를 캐고 들어가야 할지 알 수가 없었어요. 그러던 중, 당신이 해준 이야기로 볼 때 팡토마스가 지극히 비범한 수완과 재능을 가진 자라는 걸 알겠더라고요. 한데 그런 말을 들을 만큼 수완과 재능을 갖춘 인물은 제가 알기로는 오로지 단 한 사람…… 바로 당신뿐이더라, 이겁니다! 그렇다면 무작정 감시를 하자, 그렇게 된 거예요……”

쥐브 경감은 은근히 장난기 섞인 어조로 대꾸했다.

“이보게, 젊은 친구. 자네가 방금 한 얘기는 나로선 정말 의외인걸! 수완과 재능을 단서로 한 자네의 추론, 음…… 나쁘지 않았어! 전혀 눈치채지 못하게 나를 미행한 것도 놀랍고…… 아주 좋았어!”

쥐브는 한동안 주의깊게 젊은이를 바라보더니, 이번에는 진지하게 가다듬은 목소리로 말했다.

“솔직하게 대답해주게. 지금은 자네의 추측이 잘못되었음을 인정하는가? 아니면 여전히 나를 의심하고 있나?”

팡도르는 또렷하고 침착한 목소리로 대답했다.

“지금은 아닙니다, 쥐브 씨. 당신이 이 집에 들어가는 걸 본 뒤로는 의심이 깨끗하게 사라졌어요. 팡토마스가 거언의 집을 수색하러 올 리는 없으니까요. 왜냐하면……”

젊은이는 문득 하려던 말을 멈추었다. 그를 바라보는 쥐브의 눈빛이 예사롭지 않은 열기로 이글거리고 있었던 것이다. 쥐브가 천천히 입을 열었다.

"내가 뭐 하나 얘기해도 될까? 이보게, 팡도르…… 자네가 지금 선택한 이 길에서 앞으로 꾸준히 사고를 연마하고 방금 보여준 것 같은 적극적인 태도를 유지한다면, 내가 장담하건대, 빠른 시일 내에 우리 시대 최고의 탐정기자가 될 수 있을 거야!"

젊은이가 뭐라고 대꾸하려 하자, 쥐브 경감은 서둘러 그의 팔을 잡아 현관 쪽으로 이끌며 말했다.

"자, 자, 그건 그렇고…… 나는 급히 법원에 가봐야 하네!"

"새로운 단서라도 찾았습니까?"

"거언 사건과 관련해서 아주 그럴듯한 증인을 소환하도록 요청할 생각이야!"

*

오전과 오후 내내 쉴새없이 쏟아지던 폭우가 몇 분 전부터는 그치는 분위기였다.

돌롱 집사는 창밖으로 손을 내밀어 잿빛 하늘에서 떨어지는 둥 마는 둥 하는 빗방울을 확인하고는 방 안을 가로지르며 아들을 불렀다.

"자크, 어디 있니?"

"아틀리에에요!"

노집사의 얼굴에 지그시 미소가 번졌다.

랑그륀 후작부인의 변고가 있은 지 몇 달 후, 비브레 남작부인이 충복 한 사람을 얻는다는 생각에 기꺼이 자기 곁으로 불러들여 케렐 영지의 별장 한 곳에 새 둥지를 틀게 된 돌롱 집사. 그때만 해도 그는 자기 자식들의 운명이 이토록 빨리 변할 줄은 짐작하지 못했다.

실제로 비브레 남작부인은 돌롱 집사의 딸 엘리자베스와 아들 자크에게 각별한 애정을 쏟았는데, 엘리자베스에게는 친구처럼 지내는 테레즈 오베르누아도 있거니와, 막둥이 자크는 워낙 재주가 많아 앞으로의 진로에 특별한 보탬을 주지 않는 것이 죄처럼 느껴질 정도였다.

그러지 않아도 소위 예술계에 발이 넓은 비브레 남작부인으로선, 조소 분야에 탁월한 재능을 보이는 자크 돌롱의 조숙한 모습이 여간 신기하고 대견스러운 게 아니었다. 그 어떤 스승에게도 배운 적이 없는 이 소년은 툭하면 찰흙을 가지고 작은 형상들을 빚어냈고, 너그럽기 그지없는 비브레 남작부인은 그때마다 넘치는 관심과 칭찬을 아끼지 않았다. 뿐만 아니라, 자식의 진로를 두고 아직 반신반의할 뿐인 돌롱 집사의 우려를 불식시키기라도 하려는 듯 작업 받침대라든가 조각칼 등등 조소 작업에 필요한 도구 일체를 마련해줌으로써 소년의 마음을 한껏 고무시켰다.

부리나케 달려온 아들에게 노집사는 이렇게 말했다.

"아빠 지금 수문을 제대로 열어두었는지 보러 냇가에 가려고 하는데, 같이 안 갈래?"

아이의 손을 붙잡고 정원으로 나와 비브레 남작부인의 성채를 비껴 흐르는 시내 쪽으로 방향을 잡으려는데, 갑자기 아이가 돌롱 집사의 손을 잡아당기며 말했다.

"아빠! 저기서 집배원 아저씨가 우리한테 손짓하고 있어요!"

케렐 영지를 두루 다니며 우편물을 배달하는, 무뚝뚝하지만 선량한 시골 우체부가 투덜투덜하며 다가오고 있었다.

"아이고, 돌롱 씨! 저를 애먹이려고 아주 작정하신 모양입니다그려! 오늘 아침에 우편물을 배달하려고 왔는데 안 계셨기에 하는 말입니다. 행정 우편물이 하나 왔는데, 반드시 본인한테 직접 전해야 하는 것이지 뭡니까!"

돌롱은 우체부가 내민 봉투를 받아 지체 없이 뜯어보았다.

"'수사판사실'?…… 나한테 무슨 볼일이 있는 거지?"

노집사는 큰 소리로 문서를 읽어내려갔다.

돌롱 씨께

공식 소환장을 발부해 법원 집행관 편에 보내드릴 시간이 없는 관계로, 귀하께서 가능한 한 모레까지 파리에 있는 저의 집무실로 방문해주실 것을 이렇게 편지로 청합니다. 귀하께서도 흥미로워하실 사건 해결을 위해 귀하의 내방이 절실한 상황입니다. 아울러 랑그뢴 후작부인 사건을 종결하며 카오르 형사재판소 서기과에서 귀하에게 발송한 일체의 서류를 하나도 빠뜨리지 말고 가져오실 것을 당부드립니다.

"누가 보낸 거예요?"

자크 돌롱이 눈을 반짝이며 물었다.

"제르맹 퓌즐리에라고 되어 있구나. 신문에서 많이 본 이름이야. 아주 유명한 수사판사지."

돌롱 집사는 자신을 파리로 소환한다는 편지의 내용을 다시 한번 자세히 읽은 다음, 우체부를 바라보며 말했다.

"어떤가, 밀로, 포도주나 한잔 들고 가지 않겠나?"

"아, 그거 좋죠! 마다할 수 있나요!"

"그럼 일단 집 안으로 들어오시게. 자크와 함께 있는 동안 내가 쪽지를 하나 써줄 테니 내 대신 전보를 쳐주게나. 부탁하네."

돌롱 집사는 우체부가 목을 축이는 동안 다음과 같은 답장을 끼적였다.

파리 수사판사 제르맹 퓌즐리에 귀하

내일 11월 12일 7시 20분발 기차 편으로 베리에르를 출발하여

익일 오전 5시 파리 도착 예정. 정확한 소환 시각을 정해 뒤바크 가 152번지 프랑 부르주아 호텔로 전보를 보내주기 바람.

노집사는 '돌롱'이라고 서명한 뒤 전보 내용을 한 번 쓱 읽어 보고는 잠시 생각에 잠겼다.
'그나저나 내게서 대체 무슨 얘길 듣겠다는 건지……'

24

감금

교도 행정법상 하루에 허락되는 산책 시간을 조금이라도 아끼기 위해 거언은 상테 교도소 안마당을 성큼성큼 걷고 있었다. 벨담 부인의 저택에서 나오는 길에 붙잡힌 벨담 경 살해범 거언은 벌써 닷새째 감금 신세였다.

처음에는 구속의 중압감에 익숙해지기가 몹시 힘들었고 포기와 갑작스러운 분노가 번갈아 엄습하기도 했지만, 워낙 굳은 의지와 강인한 성격의 소유자였으므로 점차 자신을 통제할 수 있게 되었다.

게다가 미결수에 적용되는 제도의 혜택을 받아 다른 죄수들과의 공동생활만큼은 모면하고 있었다.*

처음 48시간 동안은 바깥에서 사식을 들여와 먹을 수도 있었다. 물론 수중에 돈이 있어야 가능한 일이었는데, 나중에 지갑이 빈 뒤에는 감옥에서 나오는 음식으로 만족할 수밖에 없었다.

거언은 운동을 빠뜨리지 말아야겠다는 생각에 안마당을 열심히 걷고 또 걸었다.

"이런 우라질! 이봐요, 거언. 거참 빨리도 걷는구려! 옆에 좀 붙으려고 해도 도저히 따라갈 수가 없으니……"

바로 뒤에서 가쁜 숨소리에 섞인 누군가의 거친 목소리가 앞서가는 거언의 귓전을 건드렸다.

쓱 돌아보니 제복 차림의 교도관이었다. 이름은 시젠탈. 거언이 감금된 구역 담당이자, 특별히 그를 감시하도록 배정된 사람이었다.

"누가 보면 군대에서 엽보병으로 근무했다고 하겠소. 실은 왕년에 나도 그 특수부대 소속이었지만……"

교도관은 잠시 뭔가를 생각하는 듯하더니 불쑥 물었다.

"가만있자, 그런데 거언 당신도 군인이었소? 하긴 트란스발 전쟁터에서 중사 계급까지 올라갔다는 얘기를 얼추 듣긴 했는데……"

거언이 고개를 끄덕이는 것으로 답을 대신하자, 시젠탈 영감

---

* 교도소 내에 미결수들이 생활하는 구치소의 기능을 담당하는 구역이 따로 존재한다.

(교도소 내에서는 보통 이렇게 부른다)이 말을 이었다.

"나는 하사까지만 올라가봐서…… 그래도 내 나름대로 정직한 인생을 살아왔다고 자부하지. 그런데 거언 당신처럼 반듯하고 진지하고, 왕년에 군대 밥 좀 먹었다는 양반이 어떻게 범죄를 저지를 수 있단 말이오?"

거언은 아무런 대꾸 없이 눈만 내리깔았다. 시젠탈은 흡사 인생의 선배다운 태도로 거언의 어깨를 짚으며 덧붙였다.

"결국 여자 문제 때문이오? 치정에 얽혀서 한순간 눈이 휙 돌아버렸다, 뭐 그런 거? 그런 겁니까?"

거언은 어깨를 한 번 으쓱하더니, 진지한 표정으로 털어놓았다.

"오, 아닙니다, 시젠탈 씨. 아무래도 고백을 해야겠네요. 저는 홧김에 사람을 죽인 겁니다. 돈이 궁했거든요…… 도둑놈이죠……"

시젠탈은 어안이 벙벙한 표정으로 수인囚人의 얼굴을 빤히 바라보았다. 이 사람은 정녕 인생 종 친 거나 다름없는 타락한 인간이란 말인가!

마침내 산책 종료를 알리는 종소리가 요란하게 울렸고, 시젠탈은 교도관 본연의 절도 있는 목소리로 돌아가 짧게 지시했다.

"거언! 시간이 다 됐소. 들어갑시다."

산책을 멈춘 거언은 아무런 표정 없이 교도관을 따라 감방으로 향했다.

거언의 감방이 있는 구역까지 세 개 층을 걸어 올라가면서 시젠탈은 조용히 말했다.

"그러고 보니 우리가 조만간 이별할 거라는 얘기를 내가 안 했구려……"

"제가 감방을 옮기나요?"

"그게 아니고, 내가 다른 곳으로 옮길 거요. 푸아시에 교도관장으로 가게 되었어요. 그저께 임명돼서 오늘 아침 정식으로 인준을 받았지. 오늘 저녁 휴가를 떠나 일주일 후 새 직장에 정식으로 부임한다오."

"기분 좋으시겠군요?"

"그야 두말하면 잔소리지! 오랫동안 바라오던 직책이요. 그런데 이렇게 갑작스레 기회가 찾아오다니…… 아, 이제 사는 게 좀 편해지겠지!"

그렇게 얘기를 주고받는 동안 두 사람은 어느새 4층에 다다랐다. 둘은 좌우 양편에 감방들이 줄지어 있는 복도를 절도 있는 군대식 걸음걸이로 걸어갔다. 127호실 문 앞에 이르자 교도관이 걸음을 멈추고 문을 열었다.

"들어가시오!"

거언은 교도관의 지시에 고분고분 따랐다.

시젠탈은 그대로 물러갔고, 거언 혼자만 감방에 남아 깊은 생각에 빠져들었다.

거언은 퀴즐리에 씨 앞에서 살인에 관해 그가 듣고자 하는 모든 것을 털어놓은 상태였다. 그렇다. 그가 벨담 경을 살해한 것은 맞다! 하지만 애당초 절도 용의가 있었다는 점에 대해서는 미약하게나마 자신을 방어했다.

"이해 관계가 얽힌 논쟁을 벌인 직후였습니다. 부유한 영국 귀족 때문에 손해를 봤다고 느껴 가뜩이나 화가 나 있는 상태에서 상대가 도발을 하기에 방어한다는 것이 그만 죽이고 만 것입니다……"

그때, 복도에서 교도관의 목소리가 쩌렁쩌렁 울렸다.

"127호실 거언, 변호사 면회입니다. 준비하십시오!"

잠시 후, 127호 감방의 문이 열리면서 가스코뉴 지방 사투리를 쓰는 쾌활한 표정의 교도관 한 명이 불쑥 나타났다. 거언은 즉시 그를 알아봤다. 이 구역 서열 2위의 교도관으로, 이름은 니베. 시젠탈이 떠나면 그 자리를 꿰어찰 인물이 분명했다.

거언은 우물우물 대꾸하면서도 우선 옷차림부터 추슬렀다. 중죄 재판 전문 변호사로 명망 높은 바르베루 씨가 변호를 맡게 되었다 해도, 벨담 경 살해범으로서 거언은 변호사와의 대화에 그다지 매달리는 편은 아니었다. 하지만 무료로 제공되는 기회인 만큼 협조하는 것이 신중하다는 게 거언의 판단이었다.

거언은 변호사에게도 범행에 관한 모든 것, 적어도 자신이 밝히고 싶은 정보는 이미 다 털어놓은 상태였다.

거언은 이 사건이 큰 화제가 되는 것을 결코 바라지 않았다.

오히려 그 반대였다. 재판이 싱겁게 진행될수록 좋다는 생각이었다.

거언은 아무 말 없이 니베 교도관이 앞세우는 대로 고분고분 걸어갔다. 변호인 접견실로 가는 통로에는 익숙할 대로 익숙해 있었다.

그리 길지 않은 그 통로를 걸어가는 동안, 교도소 내에서 작업하던 벽돌공들이 하던 일을 멈추고 수인이 지나가는 것을 구경했다. 하지만 유명 인사 취급 받는 것을 극구 싫어하는 거언의 우려와는 반대로, 그들이 수인의 정체를 알아보고 구경하는 것은 결코 아니었다.

마침내 니베는 변호인 접견실 안으로 거언을 들여보내면서, 안에서 기다리는 인물에게 정중히 말했다.

"끝나면 벨을 눌러주십시오."

이제 보니 수인을 만나러 와 있는 사람은 담당 변호사가 아니라, 변호사의 젊은 비서 로제 드 스라였다. 면도를 깔끔히 한 이 풋내기 시보는 나무랄 데 없이 세련된 복장에 여간 멋쟁이가 아니었다.

스승의 고객을 보자마자, 그는 상냥하게 비위 맞추는 일부터 시작했다. 우선 붙임성 넘치는 미소를 머금고 악수를 청하려는 듯 다가왔는데, 자기 생각에도 지나치게 친근히 군다 싶었는지 갑자기 이도 저도 아닌 멋쩍은 몸짓을 하는 것이었다.

그 정도의 어설픈 처세술쯤 이해 못 할 바 아닌 거언으로서는 기분이 상한다기보다는 유쾌하게 웃어주고픈 심정이었다.

게다가 면담이 오래 걸릴 것 같지도 않았다. 로제 드 스라는 깍듯한 예의범절이 몸에 밴 사교계 인사답게 미리 양해부터 구하는 것을 잊지 않았는데, 그 낭랑하게 울리는 음성은 매주 월요일 변호사 회의 때마다 갈고 다듬은 목소리가 분명했다.

"죄송합니다만, 장시간 얘기를 나눌 수는 없을 것 같습니다. 요즘 제가 지독하게 바빠서요. 지금 이 시각에도 저 아래 마차 안에서 여성 두 분이 저를 만나기 위해 기다리고 있답니다. 살짝 말씀드리자면, 바리에테 극장 배우인 베르뇌유 양과 뤼세트 드 랑지 양이죠. 한데 그 두 여배우가 어떻게든 당신을 한번 보고 싶어했다는 사실을 상상이나 하시겠습니까? 거언 씨, 이런 게 바로 유명세라는 것 아니겠습니까!"

그런 말이 별로 기분 좋을 것도 없는 거언은 그저 건성으로 고개를 끄덕일 뿐이었다.

로제 드 스라는 또 이렇게 덧붙였다.

"아무튼 그 여자들의 말을 들어주느라 제가 여간 교섭을 한 게 아닙니다. 보시다시피 방금 교도소장을 뵙고 오는 길입니다만…… 뭐 어쩌겠습니까. 그 양반도 상당히 뻔뻔한 위인이더군요! 하긴 퓌즐리에 씨의 태도도 문제이긴 하죠. 그 인간은 당신을 철저히 감춰두려고만 합니다. 혹시 그걸 알고 계신가요?"

거언은 아무 말 없이 무관심한 표정으로 어깨만 으쓱했다.

대신 갈수록 따분해지는 면담 분위기를 좀 바꿔볼까 하는 마음에 툭 던지듯 반문했다.

"내 사건과 관련해서 뭐 새로 확인된 사실은 없습니까?"

"제가 아는 한은 전혀요……"

그렇게 대답한 로제 드 스라는 문득 생기가 감도는 얼굴로 물었다.

"혹시…… 벨담 부인을 아십니까?"

"그렇습니다만."

"실은 저도 좀 아는 분입니다…… 공식 사교 모임이나 외국인 회합에 워낙 자주 드나들어서요…… 살롱에서 그분을 여러 차례 뵈었지요. 벨담 부인은 아주 매력적인 여성이더군요!"

거언은 갈수록 헛소리만 지껄여대는 이 어쭙잖은 젊은이를 어떻게 대해야 할지 몰라 난감할 따름이었다. 여차하면 이 난데없는 수다꾼을 당장이라도 찍소리 못하게 만들어버릴 참이었는데, 다행히 이제 정리하고 물러나려는 기색이었다. 한데 문득 생각난 듯 그가 또 말했다.

"아 참, 중요한 걸 잊을 뻔했군요! 쥐브라는 작자 있지 않습니까. 요즘 한창 뜨고 있는 형사 나리요…… 그자가 어제 오후 당신 집에서 추가로 가택 수색을 벌였다지 뭡니까!"

거언은 솔깃한 표정으로 대꾸했다.

"혼자서요?"

"네, 혼자서 그랬답니다. 한데 그토록 여러 번 뒤졌던 집 안에서 또 무얼 발견했다지 않습니까! 당연히 기가 막힌 것이겠죠…… 어때요, 한번 맞혀보시겠습니까?"

"난 수수께끼 따윈 별로 즐기지 않소이다."

거언이 퉁명스레 대꾸하자, 드디어 이 유명 인사의 관심을 끈 것에 우쭐해진 시보는 잠시 뜸을 들이더니 일부러 목소리에 잔뜩 힘을 주면서 말했다.

"그자가 당신 책장에서 발견한 게 무어냐 하면…… 다름 아닌 일부가 찢겨나간 타리드 지도랍니다!"

"그런데요?"

"그게 말입니다……"

젊은이는 다소 경직된 거언의 표정을 눈치채지 못한 채 얘기를 이어갔다.

"그 지도가 쥐브의 눈에는 대단히 중요하게 보였다는 거 아닙니까! 하기야 우리끼리 얘기지만, 쥐브 그 작자 요즘 허세를 너무 부려 좀 실없는 사람처럼 보이기도 하지요. 그래서 묻고 싶은데, 그 지도를 발견한 것이 당신 사건에 과연 어떤 변화를 가져올 수 있겠는가 하는 겁니다. 아무튼 특별히 신경 쓸 필요가 없다는 생각이고요…… 제가 형사 소송에 경험이 많아서 드리는 말씀입니다만, 당신의 경우는 충분히 정상 참작이 가능하리라고 봅니다. 그렇게 믿고 계셔도 될 거예요……"

그러더니 갑자기 또다른 얘기를 툭 던지는 것이었다.

"아, 그리고 소식이 하나 더 있습니다! 예심에 새로운 증인 한 명이 추가되기로 했는데 말이죠……"

거언은 눈이 휘둥그레지며 되물었다.

"새로운 증인이라고요?"

"네, 그렇습니다! 이름이 뭐였더라…… 가만있자, 이름이…… 그렇지, 돌롱! 돌롱 집사라고 하더군요!"

"무슨 말인지 모르겠군요……"

거언은 고개를 숙인 채 바닥을 응시하며 중얼거렸다.

젊은 변호사 시보는 다시 말을 이었다.

"잠깐만, 그게 다가 아닙니다. 그와 관련된 사람들이 또 있어요. 돌롱 집사는 비브레 남작부인이라는 여성의 하인 중 한 명인데요……"

"그런데요?"

"그런데 비브레 남작부인은 다름 아닌 당신이 체포된 바로 그날 밤 벨담 부인 댁에 있었던 한 아가씨의 후견인이더라, 이겁니다. 아마 이름이 테레즈 오베르누아라죠……"

"그래서요?"

거언은 계속 무관심한 기색이었다.

"그래서…… 하여튼 저도 모르겠습니다! 테레즈 오베르누아

양이 벨담 부인 집에 들어간 건 전적으로 에티엔 랑베르 씨의 주선에 힘입은 거라는데, 에티엔 랑베르 씨는 작년에 랑그륀 후작 부인을 살해한 젊은이의 아버지라는 겁니다…… 지금 저는 아무런 추론이나 가감 없이 모든 걸 있는 그대로 말씀드리는 겁니다. 저쪽에서 이번 재판에 돌롱 집사를 증인으로 불러들이는 이유를 저 역시 아직은 잘 모르겠거든요……"

"그거야 나도 모를 일이지요!"

거언의 한숨 섞인 대꾸와 더불어 두 사람 사이에 잠시 침묵이 흘렀다.

로제 드 스라는 장갑을 어디에 두었는지 몰라 한동안 사방을 두리번거리더니, 결국 웃옷 호주머니 속에 꽂혀 있는 걸 발견하고는 서둘러 작별을 고했다.

"자, 이만 가봐야겠습니다! 얘기 나눈 지도 반시간이 다 되어가고, 바깥에서 여성 분들이 저를 기다리는 상황이니……"

로제 드 스라가 교도관에게 문을 열어달라는 신호를 보내는데, 갑자기 거언이 불쑥 물었다.

"그자는 언제 온답니까?"

"그자라뇨?"

"그…… 돌롱인가 하는 사람 말입니다!"

변호사 시보는 언뜻 생각하는 눈치였다. 그는 아무래도 잘 모르겠다는 몸짓을 하려다 말고, 문득 생각난 듯 말했다.

"이런, 내 정신 좀 봐! 서류 가방 속에 그자가 수사판사 앞으로
보낸 전보의 사본이 있었지!"

"어디, 그것 좀 봅시다!"

거언의 재촉에 로제 드 스라는 가방 속에서 종이 한 장을 꺼내
내밀었다.

"여기 있습니다."

　　……내일 11월 12일 7시 20분발 기차 편으로 베리에르를 출발
하여 익일 오전 5시 파리 도착 예정……

그만하면 충분한 정보였는지, 거언은 그 밖의 내용에 대해선
별로 관심도 없는 눈치였다.

벨담 경 살해범은 아무 말 없이 종이를 변호사 시보에게 돌려
주었다.

잠시 후, 로제 드 스라는 밖에서 기다리는 여자 친구들 곁으로
돌아갔고, 수인은 자신의 독방으로 복귀했다.

25
뜻하지 않은 공모

면담을 마치고 돌아온 거언은 가벼운 흥분에 사로잡혀 방 안을 이리저리 서성대고 있었다.

얼마나 시간이 지났을까, 감방 걸쇠가 살며시 벗겨지더니 문이 빠끔 열리면서, 새로 경비를 맡은 니베 교도관의 싱글벙글하는 얼굴이 나타났다.

"어이, 안녕하쇼, 거언? 지금 여섯시요. 맞은편 포도주 가게 종업원이 저녁식사 주문할 일 없느냐고 묻는데?"

"아니. 그냥 교도소 급식으로 때우리다."

거언이 내뱉듯 대꾸하자, 교도관이 슬쩍 떠보듯 물었다.

"아하, 혹시 돈이 바닥난 거요?"

울컥 짜증이 난 거언은 상대가 자신한테 얼마나 성가신 존재인지를 이참에 확실히 해두어야겠다고 생각했다. 한데 교도관이 슬그머니 들어와 다짜고짜 바싹 다가오더니, 손까지 덥석 붙들며 낮은 목소리로 이렇게 말하는 게 아닌가!

"자, 이거 받으쇼!"

교도관이 억지로 손에 쥐여준 물건을 보고 거언은 어안이 벙벙해졌다. 다름 아닌 은행권 지폐였다!

니베는 복도 쪽을 계속 경계하면서 여전히 낮은 목소리로 속삭였다.

"또 필요한 게 있으면, 어떻게든 해줄 수 있을 거요……"

거언이 질문을 하려 하자, 교도관은 얼른 말을 막으며 이렇게 덧붙였다.

"조금 있다 다시 오리다. 우선은 당신이 먹을 근사한 저녁부터 주문하고!"

다시 혼자 남게 된 거언은 깊은 안도의 한숨을 내쉬었다.

커다란 중압감에서 벗어난 기분이었다.

애인이 아직 그를 버리진 않은 거다. 하긴 자기가 둘의 관계에 대해 고집스레 입을 다물고 있기 때문에 벨담 부인이 엄청난 화를 모면하고 있다는 것은 거언 자신도 잘 알고 있었다.

이번에는 감방 문이 활짝 열렸다.

포도주를 비롯한 각종 음식이 잔뜩 담긴 버들 광주리를 손에

든 채 교도관이 호기롭게 외쳤다.

"진수성찬 납시오!"

벨담 경 살해범은 멋쩍게 웃으며 대꾸했다.

"하긴 은근히 입맛이 당기더라 했소…… 오늘 저녁 사식을 주
문하게끔 일깨워줘서 고맙소이다, 니베 씨!"

니베는 의미심장한 표정으로 슬쩍 윙크를 해 보였다. 수인을
대하는 자기 나름의 요령에 스스로 꽤나 만족한 모양이었다.

저녁을 먹으면서 거언은 모처럼 교도관과 수다를 떨었다.

"그러니까 당신이 시젠탈의 자리를 이어받는 거죠?"

니베는 거언이 건네는 포도주를 몇 차례 사양하는 척하다가
아무도 보지 않는다는 것을 꼼꼼히 확인한 뒤 연거푸 두어 잔 들
이켜고는 대답했다.

"그렇답니다! 이 자리를 바란 지가 꽤 오래죠. 그동안 내 신상
서류에 첨부된 의원들의 추천서만 세 건이나 됩니다. 사람들의
호감도가 무척 높은 의원들인데…… 그럼에도 불구하고 일이
잘 성사되지 않았지요. 한데 최근 들어와 법무부에서 날 좀 보자
고 하지 않겠소! 그래서 얼른 가봤더니, 대사관의 누군가가 내게
무척 관심을 가지고 있다는 겁니다. 그러면서 이런저런 얘기를
시키기에 난 성의껏 응했을 뿐인데…… 아, 글쎄 갑자기 시젠탈
이 푸아시로 가게 되고 그 자리를 내가 덜컥 이어받게 되지 않았
겠소!"

거언은 고개를 끄덕이더니 퍼뜩 생각난 것처럼 물었다.

"아 참…… 아까 그 돈은 대체 어떻게 된 거요?"

교도관은 역시 한껏 낮춘 음성으로 대답했다.

"아, 그거요…… 그건 방금 한 얘기보다 더 아리송한 문제인데…… 결국은 뭐가 뭔지 알겠더군요. 실은 어제 저녁, 길에서 어떤 부인과 맞닥뜨렸는데, 날 보더니 다짜고짜 이러는 겁니다. '저기, 혹시 니베 씨 맞나요?' 그래서 '네, 제가 니베입니다만' 했죠. 그러고는 길가에 그대로 서서 이야기를 나누지 않았겠습니까. 거리는 사람 하나 없이 한산했죠. 그런데 그 여자 분이 갑자기 제 손에 지폐를 쥐여주는 거예요. 그것도 몇 장이 아니라 아주 두툼한 다발로 말이죠. 그러면서 하는 말이, 나하고 당신에게 신경을 많이 쓰고 있다는 겁니다. 게다가 일이 바라는 대로 성사만 된다면 더 많은 지폐 다발을 건넬 거라더군요!"

거언은 상대의 이야기에 귀 기울이면서 동시에 그의 얼굴을 찬찬히 살펴보았다. 두툼한 입술과 좁은 이마로 볼 때, 탐욕에서 만큼은 둘째가라면 서러워할 인물이 분명했다. 특별히 에둘러 말할 필요가 없다고 판단한 거언은 머릿속에 품은 생각을 단도직입적으로 내뱉었다.

"여긴 정말 따분한 곳입니다!"

그러면서 친근하게 어깨에 손을 얹자, 니베는 약간 당황한 표정으로 거언을 쳐다보며 대꾸했다.

"아, 그러게 말이오! 하지만 시간이 지나면 차차 나아질 겁니다……"

"사람이 도와야 나아지죠! 그래서 하는 말인데, 우리가 힘을 합하면 지금보다야 훨씬 더 나아질 것 아니겠소?"

"그야…… 그것도 괜찮겠지요!"

"당연하지! 자고로 고생에는 공짜가 없는 법. 게다가 명색이 교도관인 사람더러 밥그릇 위태롭게 해가며 도망치게 해달라고 부탁이야 하겠소?"

"맙소사! 원 별소리를……"

"아, 걱정은 붙들어매시라니까! 바보짓 하자는 건 아니니까…… 자, 자, 우리 한번 진지하게 얘기해봅시다. 당신한테 돈을 건넨 그 훌륭하신 여자 분과 필경 또 만나기로 약속을 해두었겠죠?"

교도관은 잠시 망설이더니 대답했다.

"실은 오늘밤 열한시에 또 보기로 했소이다."

"좋았어! 이번에 만나면 만 프랑이 필요하다고 말하시오."

"만 프랑?"

교도관은 입이 떡 벌어지는 눈치였다.

"그래요, 만 프랑…… 그것도 내일 아침까지! 거기서 내 몫은 1500프랑 정도면 되고…… 난 내일밤 떠나는 거요."

순간 교도관의 표정이 몹시 흔들렸다.

"그러다 내가 의심받게 되면……?"

"바보 같은 소리! 당신은 그저 업무상 과실을 범한 것으로 미리 짜두면 되지! 설마 당신한테 내 공범이 되어달라고 부탁이야 하겠소? 자, 잘 들어보라니까. 일만 잘 풀리면 당신 몫으로 5천 프랑이 더 주어질 거요. 만에 하나 일이 잘못되더라도, 당신은 영국으로 도망가 거기서 죽는 날까지 편히 살면 되는 겁니다."

"나에겐 아내와 아이들이 있는데……"

"……당연히 당신과 당신 가족 모두에게 해당되는 얘기요."

교도관은 금방이라도 승복할 눈치였지만 아직은 망설임이 가시지 않은 듯했다.

"그걸 누가 보장합니까?"

"그 여자 분이 있지 않습니까! 자, 자, 이걸 그분한테 전해드리기나 해요!"

거언은 수첩에서 부랴부랴 종이 한 장을 찢어내 연필로 뭔가를 끼적였다.

"나 이것 참…… 안 된다고 얘기하기도 뭣하고……"

여전히 결정을 내리지 못한 채 더듬대고 있는 교도관.

"안 되기는! 안 될 게 뭐 있겠소. 눈 딱 감고 오케이 해요!"

둘은 한동안 아무 말 없이 서로를 응시하고 있었다. 급기야 교도관이 창백해진 얼굴로 중얼거렸다.

"그래요…… 그렇게 하겠소."

날이 밝아 11월 12일. 하루의 산책을 마친 거언은 편안한 마음으로 감방에 돌아왔다.

사실 거언은 간단하고도 실현 가능한 탈출 계획을 짜낼 수 있을지 고민하면서 밤새도록 뒤척인 터였다.

한데 거언의 기대는 결코 헛되지 않았다. 잠에서 깨어나자 니베가 왠지 생기 넘치는 눈빛에 묘한 표정을 짓고 나타난 것이다. 그는 옷 속에서 작은 꾸러미를 하나 꺼내 거언에게 쓱 내밀며 말했다.

"이걸 침대 속에 숨겨놓으시오!"

그러고는 오전 내내 별다른 설명도 없었고, 니베와 단둘이 있을 기회조차 없었다.

오로지 안마당에서 산책할 때만 단둘이서 이야기를 나눌 수 있었다.

니베가 설명하기 시작했다.

"삼 주전부터 이십여 명의 일꾼들이 이곳 교도소 내에서 작업을 하고 있소. 지붕도 보수하고, 몇몇 감방들도 좀 손보고…… 당신이 쓰는 방 바로 옆의 129호실은 아무도 사용하지 않고, 쇠창살이 없는 상태요. 바로 그 감방의 쇠창살 없는 창문을 통해 일꾼들이 지붕을 오르내리지. 그들은 아침에 교도소로 출근해서 정오에 잠시 나갔다가, 오후 한시에 다시 돌아와 여섯시에 작업을 마치고 퇴근해요. 정문 수위가 지나가는 일꾼들의 얼굴을 일일이 살피지는 않을 거요. 그러니 함께 묻어가면 빠져나가기 어렵지 않을 거요. 내가 건네준 꾸러미에는 바지하고 작업복이 들어 있어요. 당신은 그걸로 갈아입기만 하면 됩니다. 옆방을 통해 지붕으로 올라갔던 사람들은 지붕 밑 방의 천창을 통해 다시 내려와 간이 계단을 통해 서기과 앞에 이르게 되죠. 그런 다음 건물 앞마당 두 곳을 지나 정문으로 나가게 되어 있어요. 내가 다섯시 오십분에 이 방문을 열어줄 테니, 당신은 옆방으로 건너가 지붕으로 올라가는 겁니다. 그런 다음 일꾼들의 작업이 마무리될 때까지 일단 굴뚝 뒤에 숨어 있어요. 당신이 기다리는 시간은 길어야 이삼 분 정도일 거요. 일꾼들이 초과 근무를 하는 일은 없을 테니까. 퇴근 시간을 아주 칼같이 지키지요. 당신은 그들과 함께 교도소 정문을 통과하기만 하면 됩니다…… 아차, 아니지! 일꾼들이 앞서게 하고 당신은 맨 뒤에서 따라가는 식으로 해야 합니다. 삽하고 괭이를 짊어지고 말이오. 맨 처음은 서기과, 그다음엔 마당, 당신을 노출시킬 수밖에 없는 장소들이 한두 군데가 아니에요. 그때마다 당신은 앞서가는 동료들을 따라잡느라 걸음을 재촉하는 것처럼 보이는 게 좋아요. 당연히 꽁무니와의 거리를 몇 미터 남겨두고 따라가는 것이 자연스럽겠고…… 만약 수위가 문을 닫으려고 하면, 아주 자연스럽게 이렇게 말해야 합니다. '어이, 모랭 영감. 날 이 안에 가둘 참이요? 잠깐만 기다려요!' 하여튼 그런 식으로 자연스럽게 행동해야 한다는 얘기요!

무사히 밖으로 나간 다음에도 완전히 성공했는지 반드시 확인해야 하고요……”

니베는 거기까지 장황하게 설명한 뒤 덧붙였다.

“아 참, 웃옷 오른쪽 호주머니에 100프랑짜리 지폐 열 장을 넣어두었소. 당신이 그보다 많이 요구했지만, 잔돈이 없어서……”

돈 문제 따위는 따질 생각이 없었던 거언은 이렇게 물었다.

“내가 탈출한 건 몇 시쯤 발각될 것 같소?”

잠시 생각하던 교도관이 대답했다.

“내가 야간 근무를 서니, 당신의 베개와 옷가지를 적당히 뭉쳐 이불 속에 넣어 잠자는 것처럼 해놓으시오. 그래야 내가 속을 수도 있었겠다고 생각할 테니까…… 나는 오전 다섯시에 근무가 끝나고, 전체 순찰은 여덟시에나 있을 거요. 그때 내 동료가 당신 감방 문을 열어볼 텐데, 그때쯤 당신은 이미 멀리 줄행랑친 후겠지……”

거언은 말없이 고개를 끄덕였다.

26

괴이한 범행

사랑해 마지않는 아빠와 조금이라도 더 많은 시간을 함께하기 위해 어린 엘리자베스와 자크는 파리 행 기차가 출발하는 베리에르 역사까지 아빠를 배웅하기로 했다.

다소 이른 시각 역에 도착하자, 노집사는 아이들에게 마지막으로 타이르는 걸 잊지 않았다.

"엘리자베스, 너무 무리하지 않겠다고 약속해다오. 아침 일찍부터 일어나 힘들게 일하지 말고!"

명심하겠다는 딸의 약속을 듣고 나서 집사는 아들을 돌아보며 또 이렇게 말했다.

"자크, 너도 아빠가 설명해준 것 명심하고 있겠지? 정원사가 툭하면 잊어버리니 수문 관리에 주의해야 한다."

"알았어요, 아빠."

"그리고 중요한 일이 생기면 머뭇거리지 말고 이 아빠한테 곧장 전보 띄우는 것 잊지 마라. 알겠지?"

잠시 후, 요란한 쇳소리와 거친 엔진 소리를 동반한 파리 행 기차가 베리에르의 작은 역사로 진입했다. 돌롱 집사는 엘리자베스와 자크를 포옹한 뒤, 이등칸 객차에 올라탈 준비를 서둘렀다.

이웃 마을 시계탑에서 새벽 세시를 알리는 종소리가 방금 울렸다.

날이 어두워지면서 쏟아지기 시작한 폭우가 새롭게 기승을 부리고 있었다. 점점 더 매섭게 쏟아지는 빗줄기와 갈수록 거세지는 바람이 길가의 높고 가는 포플러 가지들을 이리저리 휘어지게 해, 어둠 속에서 음산한 모양을 만들어내고 있었다.

극심한 폭풍우에도 아랑곳하지 않고 기나긴 철도 제방을 따라 저벅저벅 걸어가는 한 사람이 있었다.

나이는 대략 삼십대에 큼직한 레인코트를 걸친 사내는 옷깃을 귀까지 치켜세워 얼굴의 반을 가리고 있었다.

미지의 사내는 널찍한 외투 자락을 파고드는 비바람과 싸우면서 울퉁불퉁한 자갈 위를 의연하게 걷고 있었다.

그는 잇새로 계속 투덜거렸다.

"지독한 날씨로군! 지난 수년간 이처럼 험악한 밤은 처음이야. 바람에다, 비에다…… 뭐 하나 모자란 게 없군그래! 하긴 불평할 일도 아니지…… 달빛이 코빼기도 안 비치니 계획을 실천하기엔 안성맞춤 아니겠어!"

순간적으로 번쩍 하는 번갯불에 힘입어 낯선 사내는 재빨리 방향을 점검했다.

'보아하니 고지가 그리 멀진 않군.'

그렇게 속으로 중얼거리면서 한동안 묵묵히 걷던 사내는 문득 뿌듯한 한숨을 내쉬었다.

"휴우! 이제야 다 왔어……"

양쪽으로 가파르게 뻗은 경사지가 철로를 포근히 감싸듯 하는 바람에 기차가 구덩이 속을 지나가는 것처럼 보이는 구간이었다.

'음, 여긴 상태가 좀 낫군. 바람이 저만치 위로 지나가고 있어.'

사내는 일단 걸음을 멈춘 뒤, 제법 두툼한 꾸러미를 조심스레 바닥에 내려놓았다. 그러고는 잠시 숨을 돌린 뒤 밤의 혹독한 추위를 버텨낼 궁리를 하며 이리저리 서성이기 시작했다.

'방금 세시 종소리가 울렸지. 시간표대로라면 적어도 세시 십분은 되어야 일이 시작되겠군. 그래, 늦는 것보다야 차라리 조금이라도 이른 게 낫지……'

그는 계속 서성대면서 바닥에 내려놓은 꾸러미를 흘끔흘끔 바라보았다.

'생각보다 훨씬 무거워. 엄청 거추장스럽고…… 아무튼 하늘

의 뜻에 맡기는 수밖에!'

잠시 깊은 생각에 빠져 있던 그는 다시 혼잣말을 중얼거리기 시작했다.

"사실 그리 걱정할 필요도 없지! 여긴 자갈도 없고 대신 풀들이 우거져 있으니, 힘껏 달리기만 하면 되는 거야. 길도 쭉 뻗었겠다, 열차 전조등이 멀리서도 보일 테고 말이야……"

교활한 미소가 사내의 입가를 일그러뜨리고 있었다.

"왕년에 아메리카 대륙을 떠돌아다닐 때, 달리는 기차에 올라타는 법을 배워둔 것이 이토록 유용하게 쓰일 줄 누가 알았겠어……"

문득 기차 소리가 저 멀리서 들리기 시작했다. 처음에는 어렴풋하던 소리가 어느새 사내의 정신을 번쩍 들게 할 만큼 가까워졌다.

"드디어!……"

사내는 눈 깜짝할 사이에 꾸러미를 낚아채고는 선로에서 가까운 어느 지점에 납작 웅크렸다. 그는 귀를 바짝 기울인 채 미동도 하지 않았다.

수수께끼의 사내가 매복한 지점의 선로는 가파른 오르막길이었다. 비탈 저 아래(사내의 시선이 향하고 있는 방향)에서 들려오는 기차 소리가 점점 커지더니, 급기야 고막을 찢을 듯 요란해졌다. 기차는 힘찬 기세로 비탈을 거슬러 올라오면서 무서우리만치 숨 가쁜 굉음을 토해냈다.

사내는 중얼거렸다.

"부디 실수가 없기를…… 행운의 별이 함께하기를…… 자, 기차다!"

저만치 기차 앞머리에 붙은 전조등 두 개가 희부연 빛을 깜박이면서 빠른 속도로 돌진해오고 있었다.

기차가 점점 가까워지는 가운데, 사내는 자신의 근력과 유연성을 점검이라도 하듯 몸을 낮췄다 일으켰다를 반복하고 있었다.

"음, 아직은 쓸 만하군……"

마침내 지축을 흔드는 느낌으로 기차가 코앞까지 다가왔다.

오르막길이라 그런지 대략 시속 20킬로미터의 속도를 보이며 완만하게 접근해오고 있었다.

기차 앞머리가 지나가자마자 사내는 번개처럼 빠르고 표범처럼 유연하게 땅을 박차고 내달리기 시작했다.

그래도 기차가 한발 앞서는 건 당연한 일! 다행히 휘몰아치는 바람을 등진 채 바짝 붙어 달리다보니 그다지 큰 차이는 나지 않았고, 거의 객차 안을 분간할 수 있을 만큼 속도를 유지하는 형국이었다.

탄수차와 화물 운송칸은 이미 지나갔고, 방금 전에는 삼등칸들이 지나갔다. 숨 가쁘게 달리는 사내의 눈앞에 지금 비치는 것은 이등칸 객차 내부.

이 정도의 달리기 속도를 유지하려면 보통 사람의 경우 아무런 생각도 할 수 없을 것이다. 그러나 낯선 사내는 운동선수 뺨치는 기력의 소유자인지라 그 와중에도 이등칸 객차가 눈에 들어오자 머릿속으로 순간적인 결정을 구체화할 수 있었다. 그는 엄청난 완력으로 기차의 구리 난간을 움켜잡았고, 한순간의 도약으로 객차의 디딤판에 올라 믿을 수 없을 만치 섬세한 균형감각으로 안정된 자세를 확보했다.

이윽고 비탈 꼭대기에 다다른 기차는 다시금 무서운 굉음을 토해내며 엄청난 속도를 내기 시작했고, 매 순간 가속도를 붙여가며 폭풍우 휘몰아치는 어둠 속을 미친 듯이 내달렸다.

낯선 사내는 당분간 위치와 자세를 그대로 유지한 채 꼼짝 않고 있었다.

그리고 충분히 한숨 돌렸다 싶자, 이내 디딤판 맨 위에 웅크리고 앉아 객차 복도로 통하는 문짝에 귀를 바짝 갖다붙였다.

'아무도 없군…… 하긴 모두 잘 시각이지……'

낯선 사내는 이판사판으로 모든 걸 건다는 생각에, 슬그머니 일어나 문을 열었다. 혹시라도 기차의 덜컹거림 때문에 문소리가 요란하게 날까봐 무척 조심하는 눈치였다. 잠시 후, 무사히 이등칸 복도 한가운데에 안전하게 들어선 그의 입에서 가느다란 안도의 한숨이 새어나왔다.

"휴우……"

우선 비에 젖은 옷부터 살짝 턴 뒤, 더이상 몸을 숨길 필요가
없다는 듯 옆에 있는 화장실로 성큼 들어섰다. 그는 빗물과 석탄
그을음으로 범벅이 된 얼굴을 손수건으로 훔친 뒤, 너무도 자연
스러운 동작으로 화장실에서 나와 복도를 걸어갔다. 계속 어중
간한 목소리로 중얼중얼 혼잣말을 하는 품이, 혹시 누가 듣더라
도 아무 상관 없다는 투였다.

"정말이지 견딜 수가 있어야지…… 저런 승객들과는 도저히
한 방에서 같이 잘 수가 없단 말이야!……"

낯선 사내는 연신 그렇게 투덜대면서 객차의 복도를 따라 걸
어갔다. 거의 열차 중간쯤에 도달했을 즈음, 사내는 갑자기 움찔
했다. 문이 살짝 열린 객실 안에 세 명의 승객이 곯아떨어져 있
었다.

낯선 사내는 아무 소리 없이 슬그머니 안으로 미끄러져 들어
갔다. 그러고는 빈자리로 남아 있는 한쪽 구석에 자리를 잡은 뒤
꾸러미를 옆에 내려놓고 곧장 잠이 든 척했다.

미동 한 번 없이 한 십오 분을 그렇게 버티고 난 뒤 승객들이
모두 완전히 잠들었음을 확인한 사내는 옆에 내려놓은 꾸러미
속에 오른손을 조심스레 밀어넣었다. 뭔가를 찾으려는 듯 한동
안 꾸러미 속에서 손을 이리저리 꼼지락거리다가 손을 빼고는,
이젠 별다른 조심성 없이 큰 소리만 나지 않게 하면서 객실을 빠
져나와 문을 닫았다.

복도로 나온 사내는 뿌듯한 한숨을 내쉰 뒤, 호주머니에서 시가를 꺼내 물고 불을 붙였다.

'지금까지는 모든 것이 기가 막힐 정도로 잘 풀리고 있어! 이만하면 상황이 완전히 내 편이라고 할 만하지. 방금 전까지 얄궂기만 하던 폭풍우도 나를 돕는 것 같고…… 날씨가 이 모양이니 누가 창문 열 생각을 하겠느냔 말이야!'

그는 그렇게 속으로 혼잣말을 중얼대며 회중시계의 바늘에 시선을 고정한 채 이리저리 서성대고 있었다.

'하지만 시간이 많은 건 아니지. 서둘러야만 해. 자칫 잘못하면 그자가 기차를 놓치는 수가 있어!'

한데 이런 생각 자체가 무척이나 즐거운 듯, 낯선 사내의 입가에는 묘한 미소가 가실 줄을 몰랐다. 그는 시가를 쥔 팔을 쭉 뻗어 연기가 얼굴에 와 닿지 않게 했다. 그러고는 깊이 숨을 들이쉬며 속으로 중얼거렸다.

'음, 그러면 그렇지! 역시 조금 냄새가 나는군. 하지만 익숙하지 않은 사람은 도저히 알아챌 수 없지……'

다시 시곗바늘을 살피면서 한다는 말.

"이런 상황에선 대개 악몽이 기승을 부리기 마련…… 흐흐, 끔찍들 하겠군!"

그는 문득 걸음을 멈추고는 귀를 기울였다.

객차 내부에선 아무 소리도 들리지 않았다.

‘좋았어, 드디어 이십 분을 채웠으니 이제 슬슬 시작해볼까!’

낯선 사내는 아까 들어가 앉아 있던 객실 앞으로 다시 돌아가 문을 열고는, 먼저 복도에 아무도 없는지 잽싸게 확인한 뒤 안으로 들어가 문을 닫았다. 성큼성큼 객실 바깥쪽 문으로 다가가 유리창을 내리는 그의 동작에는 아까와는 달리 조심성이라곤 전혀 없었다.

사내는 창문 밖으로 고개를 내밀어 내실로 파고들려는 바람에 한동안 얼굴을 맡긴 뒤, 몸을 돌려 천장에 설치된 흐릿한 불빛 아래에 널브러진 승객들을 찬찬히 살폈다.

셋 모두 세상모르고 잠들어 있었다……

“꼴좋구먼!”

사내는 혼잣말을 내뱉으며 꾸러미를 집어들고 그 안에 또 손을 집어넣었다. 그러고는 뭔가를 또 만지작거리는가 싶더니 다시 손을 빼 한쪽으로 처박아두는 것이었다.

그는 객실을 가로질러 자리를 옮기더니, 바로 앞에 널브러진 한 승객을 유심히 내려다보았다. 그리고 어느 순간 상대의 웃옷 속주머니에서 큼직한 지갑을 꺼내 안에 있는 종이 몇 장을 빼들고는 한 장 한 장 면밀히 살펴보는 것이었다.

“내가 우려한 게 바로 이거야!”

그렇게 중얼거리면서 사내는 그중 종이 한 장을 따로 뽑아 자기 지갑 속에 넣고, 대신 다른 종이를 한 장 빼서 승객의 지갑에 끼운 뒤 웃옷 속주머니 속에 다시 얌전히 집어넣었다. 말하자면 뭔가를 감쪽같이 바꿔치기한 셈인데, 그러는 내내 사내의 입가 엔 음흉한 미소가 감돌고 있었다.

수수께끼의 사내는 다시 한번 시계를 들여다본 뒤 짧게 내뱉었다.

"시간이 됐군!"

그는 바깥쪽 문의 열린 창으로 몸을 내밀어 안전고리를 풀고 는 문 전체를 활짝 열었다. 그리고 지갑 속 무언가를 바꿔치기 당한 승객의 어깻죽지를 부여잡고 의자에서 끌어내리더니 온힘 을 다해 컴컴한 바깥으로 내동댕이치는 것이었다!

그 순간부터는 흐르는 일분일초가 아까운 사내의 동작이 일사 천리로 진행되었다. 그는 그물 선반에 놓여 있던 희생자의 가방 들을 모조리 꺼내 마찬가지로 바깥에 던져버렸다.

일련의 끔찍한 행동을 아무 스스럼 없이 저지르고 난 사내의 입에서 새어나온 건 거의 환호에 가까운 탄성이었다.

"흠, 아주 좋았어!"

그는 창문은 그냥 놔두고 문만 닫은 뒤, 꾸러미는 그대로 둔 채 방금 전 그토록 무시무시한 살인 행각을 아무렇지도 않게 저 지른 객실을 서둘러 빠져나왔다.

물론 나머지 두 승객은 여전히 깊은 잠에 빠져 있었다……

잠시 후, 수수께끼의 사내는 복도를 통해 몇 개의 차량을 건너

뛰어, 기차 앞머리쯤에 위치한 또다른 이등칸의 어느 객실 안에 점잖게 자리를 잡고 앉았다.

그는 잠을 청하기에 편할 만큼 느긋한 자세로 생각을 굴리고 있었다.

'아무튼 운이 좋았어. 일이 이처럼 술술 풀릴 줄이야!'

그때였다. 반대 방향으로 질주하는 열차가 이웃 선로를 전속력으로 스쳐 지나가는 것이었다. 사내는 화들짝 놀라는가 싶더니, 이내 희미한 미소를 지으며 이렇게 중얼거렸다.

"옳거니, 내가 뭐랬어! 그자가 기차를 놓칠 리 없다고 했잖아! 앞으로 오 분 내에 가방이며 시체며 온갖 잡동사니들이 말끔히 짓뭉개지겠군그래……"

"이번 정차역은 쥐비지! 쥐비지입니다!…… 이 분간 정차하겠습니다!……"

승무원이 복도를 따라 지나가면서 아직 잠이 덜 깬 승객들의 단잠을 깨웠다. 이제 겨우 여섯시 반이 조금 안 된 시각. 이등칸 객실에서 낯선 사내가 훌쩍 뛰어내려 곧장 역 출입구를 향해 걸어갔다. 그는 역무원을 보자마자 손에 쥐고 있던 정기 승차권을 쓱 내밀었다.

"네, 안녕히 가십시오!"

사내는 역무원의 인사를 뒤로하고 재빨리 역사를 빠져나갔다.

그는 맞은편에 이르는 지하도로 성큼성큼 발길을 옮기면서 속
으로 중얼거렸다.

'정기 승차권을 미리 구해 가져오기로 한 건 정말 잘한 생각이
야! 아무런 흔적이 남지 않으니까. 경찰이 언제든 추적할 수 있
는 일반 승차권을 사는 것보다 얼마나 안전하냔 말이야!'

사내는 대로를 하나 건넌 뒤, 센 강 쪽으로 내려가는 작은 길
로 접어들었다.

그는 진창을 마다하지 않고 곧장 강가로 나가 작은 덤불숲 한
복판으로 숨어들었다. 주변을 면밀히 훑어보는 이가 아무도 없
다는 걸 꼼꼼히 확인한 뒤, 사내는 큼직한 레인코트는 물론 바지
와 윗도리까지 벗어던지고는, 외투 주머니에서 작은 꾸러미 하
나를 꺼내 옷을 완전히 갈아입었다.

모든 준비가 끝나자 이번에는 방금 전까지 입고 있던 인조 가
죽으로 된 레인코트를 조심스레 바닥에 펼쳐, 주변에 뒹구는 큼
직한 돌멩이들을 닥치는 대로 그 안에 던져넣었다. 뿐만 아니라,
방금 벗어던진 바지와 조끼, 모자를 큼직한 레인코트와 함께 꼬
깃꼬깃 접고 한데 뭉뚱그려 단단한 꾸러미로 만든 다음, 그것을
질긴 끈으로 질끈 동여맸다.

"이제 완전히 준비가 끝난 셈이야!"

그는 꾸러미를 움켜쥐고 앞뒤로 크게 흔들어 강물 한복판을
향해 냅다 던졌다. 그리고 물에 빠진 꾸러미는 돌멩이의 무게 때

문에 신속하게 가라앉아버렸다.

얼마나 지났을까, 평범한 작업복 차림의 한 벽돌공이 쥐비지 역사에 나타나 매표소 직원에게 물었다.

"여기요, 파리까지 가는 삼등칸 기차 왕복표 있습니까?"

파리-뤼숑 간 완행열차가 방금 성벽 외곽 지대를 넘어섰다. 종착점인 오스테를리츠 역이 멀지 않은 셈이다.

한데 열차는 승객 전용 역사와는 아직 거리가 있는 화물역에 접근하면서부터 벌써 서서히 멈추기 시작했다. 승객들은 너도나도 무슨 일인가 하며 열차 밖으로 얼굴을 내밀었다.

"왜 벌써 멈추는 거지?"

"무슨 사고라도 난 거야?"

"빌어먹을 철도회사 같으니!"

저마다 정차 이유에 대해 이런저런 푸념을 늘어놓는 가운데, 세 명의 남자가 모든 객실 문을 유심히 살펴보면서 열차 옆에 바짝 붙어 걷고 있었다.

한 사람은 지극히 말쑥한 차림새였고, 역무원인 나머지 두 사람은 그의 지시 하나하나를 지나치리만치 열성적으로 따르고 있었다.

마침내 뭔가를 발견한 역무원이 소리쳤다.

"보십시오, 서장님! 여기 문 안전고리가 풀려 있습니다. 전체에서 이 문 하나만 이렇습니다."

경찰서장은 상황을 한눈에 파악했다.

"음, 그렇군……"

그는 지체 없이 문을 활짝 열고는 안으로 불쑥 들어섰다. 안에 타고 있던 승객 두 명이 짐을 챙기다 말고 화들짝 놀라 난데없는 불청객을 멀뚱하니 돌아보았다.

"실례합니다. 공무집행중이니 양해해주십시오……"

그러면서 서장은 프록코트 한쪽을 들춰 신분을 표시하는 삼색 현장三色懸章을 살짝 보여주었다.

"오스테를리츠 역 전담 경찰서장입니다. 브레티니 근방 선로에서 발견된 사체와 관련해 수사를 진행하는 중입니다. 지금까지 접수된 정보에 의하면, 문제의 사체는 여러분이 타신 이 객실에서 밖으로 던져졌을 가능성이 매우 큽니다."

승객 두 명은 그저 어안이 벙벙할 따름이었다.

마침내 그중 한 명이 입을 열었다.

"아, 정말 끔찍한 일입니다! 간밤에 여기 이분과 내가 잠을 자는 동안 또다른 한 분이 감쪽같이 사라졌어요! 그래서 내가 의아해하자, 이분 말씀이 우리가 자는 사이에 어느 역에선가 내렸을 거라는 겁니다."

서장이 얼른 질문했다.

"사라진 승객의 인상착의는 어땠나요?"

“네, 쉽게 눈에 띄는 타입이었죠. 구레나룻을 길렀고 넉넉한 체격이었습니다. 나이는 육십대는 되어 보였고요……”

“호텔 지배인이나 대저택의 집사 같은 풍채라고 보면 좀 엉뚱한 얘기일까요?”

“천만에요! 딱 그런 인상이었습니다!”

“그렇다면 우리가 발견한 사체가 분명하군요…… 한데 이 일을 자살이라든가 단순한 범행이라고 결론 내리기는 좀 어렵습니다. 사망자의 가방들이 현장에 널려 있었거든요. 자살한 사람이 자기 짐들을 내던졌을 리도 없고, 절도범이 짐들을 그렇게 내다 버렸을 리도 만무하고 말이죠……”

이번에는 그때까지 아무 말 없던 승객이 나섰다.

“아, 그건 아닙니다! 짐들이 다 내던져진 건 아니에요!”

그러면서 맞은편 의자에 놓여 있는 꾸러미를 손으로 가리켰다.

“실은 여기 이 양반 물건인 줄 알았는데(그러면서 옆 사람을 가리킨다), 아니라고 하시더군요.”

경찰서장은 부랴부랴 그 꾸러미를 풀어헤쳤다.

그러더니 뒤로 흠칫 물러나며 기겁을 하는 것이었다.

“아, 이런! 액화 탄산가스잖아!…… 이게 대체 어찌 된 일이지?”

그는 잠시 생각에 잠기더니 불안한 표정으로 물었다.

“이 꾸러미가 사라진 그 승객의 것 맞습니까?”

다른 승객이 고개를 저으며 대답했다.

"글쎄요, 꼭 그런 것 같지도 않습니다. 저런 체크무늬라면 기억에 남았을 텐데…… 분명 처음 보거든요!"

"그렇다면…… 이 객실에 세 명이 아니라 네 명의 승객이 탔다는 얘긴데……"

"어, 그건 아닙니다. 세 명이었습니다. 그건 확실해요!"

하지만 다른 한 명은 고개를 설레설레 저으며 이렇게 말했다.

"참 이상한 일이군요. 확실한 건 아니지만, 간밤에 우리가 자는 사이에 누군가 이 객실 안으로 들어온 건 아닐까요? 실은 그런 느낌이 어렴풋이 들었던 것 같기도 해서요……"

한동안 말없이 생각에 잠겼던 서장이 입을 열었다.

"아무튼 두 분이 살인범의 마수에서 벗어나 무척 다행입니다. 범인이 어떻게 살인을 저질렀는지 아직은 정확히 모르겠지만, 보기 드물게 대담한 녀석인 것만은 분명해 보이는군요!"

그러고는 문 쪽으로 돌아서서 역무원을 향해 외쳤다.

"이제 열차를 진입시키시오!"

27
경악할 사태

11월 12일에서 13일로 넘어가는 밤이 하얗게 샐 무렵, 니베는 서둘러 업무를 마무리하고 퇴근했다. 오전 다섯시에 귀가한 그는 집에 들어서자마자 만사 제쳐놓고 잠자리에 들었다. 정오가 되어야 다시 출근할 테니 시간은 충분한 셈이었다.

평상시 같으면 밤을 꼬박 새운 뒤에는 무조건 깊은 잠에 빠져드는데, 이날은 반 시간 정도 얼핏 잠들었을까, 한 번 떠진 눈이 좀처럼 다시 감기지 않았다.

자신이 적극 도와 성사된 거언의 탈옥이 과연 어떤 사태를 불러올지 여간 걱정되는 것이 아니었다.

어차피 숙면을 취하긴 그른 일, 니베는 후닥닥 자리를 털고 일어났다. 시각은 오전 열한시 반. 지금쯤이면 교도소 내에서도 거언이 도망친 것을 다들 알고 있을 터였다. 주간 근무자가 아침 일곱시경 감방으로 가서 아침 기상을 알리도록 되어 있지만, 아마 두둑하게 부푼 이불 때문에 아무것도 눈치채지 못했을 것이다. 하지만 여덟시가 되어 수프를 돌리느라 감방 안에 들어섰을 때 침대가 텅 비어 있다는 걸 깨닫지 못할 교도관은 아마 세상에 없을 터!

글라시에르 가의 작은 아파트에서 나와 상테 교도소를 몇 백 미터 앞두고 걷는데, 마침 점심을 먹기 위해 이쪽 방향으로 다가오는 벽돌공들이 니베의 시야에 들어왔다.

혹시나 무슨 얘기라도 주워들을 수 있지 않을까 하는 마음에 니베는 일부러 그들 가까이에 접근했다. 하지만 일꾼들은 아무 말 없이 그의 곁을 지나쳐갔다. 그중 몇 명만 특별할 것 없는 손짓으로 알은체 인사를 건넸을 뿐이다. 아무도 니베가 기대하는 얘기는 흘리지 않았다. 그는 이런 상황을 일종의 경계해야 할 징조로 받아들였다.

'다들 나를 의심하고 있다는 거야, 뭐야?'

하지만 이내 생각을 바꿨다.

'이런 멍청한…… 동료들이건 상사건 교도소 측에서 벽돌공들에게 거언의 탈주 정보를 흘렸을 리가 없잖아!'

교도소 정문을 통과할 때 니베의 가슴은 사정없이 두방망이질했다.

수위인 모랭 영감의 입에서 과연 무슨 얘기가 나올까?

마침 모랭 영감은 연기가 굴뚝으로 빠지지 않고 가득 퍼지곤 하는 주방 화로를 고치느라 정신이 없었다. 무뚝뚝한 그의 모습이 연기 속에 언뜻 비치자, 니베는 얼른 인사를 건넸다. 한데 모랭 영감은 별다른 말 없이 건성으로 응답하고 마는 것이었다!

'어어, 이것 봐라……'

니베는 계속 머리를 굴리면서 안마당을 가로질러 사무실 쪽으로 걸어갔다.

창문을 통해 안에 있는 직원들 모습이 들여다보였다. 일에 열중하는 사람은 몇 안 되고, 대부분 느긋한 자세로 신문을 읽고 있었다. 어디를 봐도 바쁘게 돌아가는 분위기는 아니었다.

니베는 교도과 창구 직원 앞에 슬쩍 모습만 비추고는 아무 말 없이 지나쳐 들어갔다.

지금 이 순간, 거언의 공범인 니베 교도관은 여기저기서 각자의 일에 몰두하고 있는 동료들이 그저 두렵기만 하고, 나아가 답답한 마음에 아무나 붙들고 물어보고픈 마음 또한 없지 않았다.

벨담 경 살해범 같은 중요한 죄인이 탈옥했는데, 어떻게 이처럼 아무 소동도 일어나지 않을 수 있단 말인가?

그럼에도 불구하고 니베는 굳이 의혹을 살 필요가 없다는 생각에 자신을 통제하면서, 평상시와 다름없이 천천히 근무 장소로 향했다.

겉으로 봐서는 한없이 안정되고 평범한 걸음걸이…… 그는
정오를 알리는 종이 울리는 순간 정확히 근무 장소에 도착했다.
원래 니베는 군대 스타일의 정확성이 몸에 밴 터라 근무 시간에
늦게 도착하지도, 이르게 도착하지도 않았다.

그는 교대할 동료에게 말을 걸었다.

"콜라스, 나 왔네. 이제 가도 좋아."

"그럼 나중에 또 봄세! 오후 여섯시까지 수고하라고!"

니베는 그렇게 자리를 뜨는 콜라스의 등 뒤에 대고 가능한 한
아무렇지도 않은 억양을 가장하며 툭 던지듯 물었다.

"별일 없는 거지?"

"응, 별일 없어."

시간이 얼마나 지났을까. 니베는 도저히 참을 수가 없었다. 진
득하니 눌러앉아 있겠다는 결심을 버리자마자, 그는 후닥닥 자
리를 떨치고 일어나 부리나케 거언의 감방으로 달려갔다.

다짜고짜 문을 열어젖힌 순간, 니베는 경악의 외마디소리가
터져나오려는 걸 간신히 참았다.

거언이 침대 발치에 얌전히 걸터앉아 있는 게 아닌가!

벨담 경 살해범은 점잖게 다리를 꼰 채, 무릎 위에 수첩을 펼
쳐놓고 뭔가를 열심히 끼적이고 있었다. 심지어 니베가 불쑥 쳐
들어온 것조차 의식하지 못하는 것 같았다.

"아니, 세상에…… 여기 있는 거요?"

거언은 바보처럼 더듬대는 교도관을 그제야 쓱 올려다보며 아무렇지도 않게 대답했다.

"나야 당연히 여기 있지."

거언의 눈빛에는 알 수 없는 수수께끼 같은 기운이 담겨 있었다.

니베는 벽이라도 손으로 짚어야 혼절하지 않고 버텨낼 수 있을 것 같았다.

거언은 계속 니베를 쳐다보더니, 급기야 부드러운 미소로 안심시키기 시작했다.

"그렇게 놀랄 필요도 없고, 안쓰러운 표정으로 벌벌 떨 이유도 없소이다. 보다시피 난 여기 이렇게 있소. 이게 무슨 대수라고…… 그냥 어제 우리 사이에 아무 이야기도 오가지 않은 것으로 하자고요!"

"아니, 그럼 여기서 나가지 않았던 거요?"

거듭 묻는 니베에게 거언은 이렇게 대답했다.

"그렇소. 궁금하다니 얘기하겠는데, 이를테면 겁이 났다고나 할까? 마지막 순간이 되자 그런 모험을 한다는 게 무척 부담되더라고……"

니베는 일단 감방 구석구석을 꼼꼼히 눈으로 훑었다. 과연 세면대 아래에 전날 그가 가져다준 옷 꾸러미가 그대로 방치되어 있었다. 무엇보다 그 골치 아픈 물건부터 치우는 것이 급선무라는 생각이 들었다. 만에 하나 남의 눈에 띈다면, 그 자체로 의심을 불러일으킬 충분한 이유가 될 터.

거언이 지켜보는 가운데 니베는 허겁지겁 꾸러미를 집어 자기 품속에 감췄는데, 그 순간 또다시 화들짝 놀라고 말았다. 옷을 싼 종이에 차가운 습기가 배어 있었던 것이다. 손을 넣어 옷가지를 이리저리 더듬어보니 온통 젖어 있었다.

"이 사람이! 지금 장난하나…… 옷이 다 젖어 있잖소! 간밤에 나갔다 온 게 분명해! 그렇지 않고서야 옷이 이 모양이 될 리가 없잖소."

니베가 나무라는 투로 내쏘자, 거언은 아이를 어르듯 싱글벙글 웃는 얼굴로 교도관을 바라보며 대꾸했다.

"허어, 일개 간수 치고는 그리 나쁘지 않은 추리력이올시다그려!"

그는 계속 따지려 드는 교도관의 심정을 알아서 달래주겠다는 듯 자초지종을 털어놓기 시작했다.

"그래요, 어젯밤에 도망치려고 하긴 했소이다. 서기과 사무실 바로 앞까지 가긴 했지…… 한데 마지막 순간 겁이 더럭 나더군. 그래서 다시 지붕으로 올라갔지 뭐요. 그러고는 바로 129호로 돌아와보니 내 방으로 다시 돌아갈 수 없게 되어 있지 않겠소. 알다시피 그곳 문이 밖에서 잠그게 되어 있으니까…… 그대로 있으면 발각될 게 뻔하고…… 그래서 하는 수 없이 다시 지붕으로 올라가 거기서 날밤을 새워야만 했던 거요. 새벽이면 대개 순찰이 조금 뜸해지고, 교도관들도 피로가 많이 쌓일 때이면서 일꾼들이 출근할 때라, 전체적으로 분위기가 다소 어수선해지기 마련 아니오. 나는 그 틈을 이용해 지붕에서 다시 내려왔고, 한산한 계단으로 이곳 4층까지 와서 복도를 통해 얌전히 내 방으로 돌아올 수 있었던 거요!"

들고 보니 충분히 그럴 법한 설명. 니베는 곰곰이 생각에 잠겼다.

일이 이렇게 된 게 별로 나쁠 건 없었지만, 니베로서는 그토록 많은 돈을 지불한 여인이 과연 이 일을 어떻게 받아들일지, 그 점이 걱정스러울 수밖에 없었다.

니베는 이것저것 고민할 필요 없이 자신의 그런 걱정을 솔직하게 털어놓았다.

그러자 거언은 대찬 웃음부터 터뜨리고는 상대를 안심시키며 말했다.

"아하하하, 아직 다 끝난 건 아니라오! 실은 지금부터가 시작이라고 할 수 있지. 누가 알겠소, 우리가 이번엔 그냥 당신을 시험해보려고 그랬는지…… 이를테면 당신 능력이 어느 정도인지 알아보려고 말이오…… 자, 자, 안심하구려, 니베. 이 거언이 지금 이 시각 감방 안에 웅크리고 있다면, 그건 그럴 만한 이유가 있어서니까!"

한편 재판소에서는 수사판사 퓌즐리에 씨와 쥐브 경감이 독대하고 있었다.

먼저 쥐브가 입을 열었다.

"분명히 말씀드립니다만, 이 타리드 지도를 발견한 건 대단히 중대한 성과입니다."

"그게 정말이요?"

"그 이유는 이렇습니다. 지금으로부터 약 일 년 전, 로트 데파르트망의 보리외 성채에서 발생한 랑그륀 후작부인 살인사건을 수사하느라 주변 지역을 뒤지던 중 분명 타리드 지도로 보이는 종잇조각 하나를 발견했는데, 공교롭게도 그 지역이 담겨 있었습니다. 그때 사건을 담당하던 수사판사 프렐 씨에게 그 지도 조각을 가져다주었지요. 그 양반은 거기에 특별한 중요성을 부여해야 한다고 생각하지 않았습니다. 저 역시 당시로서는 그 지도 조각이 새로운 단서로 작용할 여지가 거의 없다고 판단했던 게 사실이고요."

"그러게 말이요. 어떤 지역에서 그 지역에 관련된 지도를 발견한다는 게 그다지 흥미로운 일은 아니니까……"

퓌즐리에 수사판사의 말에 쥐브는 슬그머니 미소를 지으며 대꾸했다.

"판사님, 그때 프렐 판사가 내세운 논리와 똑같은 논리로 말씀을 하시니, 저도 그때 프렐 판사에게 대답한 내용을 그대로 말

쓸드리지요. 요컨대, 언제라도 그 지도의 나머지 부분을 찾기만 한다면, 그래서 전체 지도의 임자가 누군지 밝혀낼 수만 있다면, 그것만으로도 유력한 추리를 가능케 할 명백한 단서가 된다는 것입니다!"

"그래, 어떤 추리인지 한번 들어봅시다."

퓌즐리에 수사판사가 떠보듯 요청하자 쥐브 경감은 기다렸다는 듯 술술 얘기를 풀어나갔다.

"오, 간단합니다! 보리외에서 발견된 지도 1이 있고, 그것이 X라는 사람의 것이라고 칩시다. 물론 아직은 X가 누구인지 모르는 상태입니다. 한데 파리에 있는 거언의 집에서 또다른 지도 2를 발견했고, 이번에는 그 지도가 거언의 것임이 확실합니다. 이때 따로 발견된 두 개의 지도가 서로 합쳐져 정확히 하나의 지도를 이루는 것이 드러난다면, 저로서는 논리적으로 이런 결론을 내릴 수밖에 없게 되지요. 지도 1의 주인인 X는 지도 2의 주인일 수밖에 없다, 즉 X는 다름 아닌 거언이다, 라고 말입니다!"

"한데 그걸 이제 와서 어떻게 알아낼 수 있느냔 말입니다."

"우리가 고 랑그륀 후작부인의 집사였던 돌롱을 여기까지 오게 한 이유가 바로 그걸 알아내기 위함이지요. 다행히 그가 아직 그 지도 조각을 가지고 있다면, 방금 말씀드린 확인 작업은 더할 나위 없이 쉬워지는 셈입니다."

쥐브 경감의 말을 경청하던 퓌즐리에 수사판사가 고개를 갸우뚱하며 반문했다.

"좋습니다. 하지만 추리가 적중한다고 해서 그 사실이 당신 눈에는 그토록 중요하게 보이나요? 단순히 지도 조각이 일치한다는 것만으로 거언이 랑그륀 후작부인의 살해범이라고 몰아가는 것은 지나친 해석이 아닐까요?"

퓌즐리에 수사판사는 현재 함께 예심중인 다른 사건들에 관해서도 쥐브와 많은 논의를 하고 싶었다. 한데 서기가 아무 거리낌 없이 대화를 불쑥 자르며 이렇게 말하는 것이었다.

"수사판사님, 이제 두시입니다. 피의자도 만나보셔야 하고, 그밖에 청취해야 할 증언들도 많습니다."

"그렇지!"

퓌즐리에 수사판사가 대답하자, 서기는 엄청난 분량의 서류철 두 권을 가져와 펼쳐놓은 뒤, 복도에서 기다리는 사람들을 불러들이라는 지시가 떨어지기만을 기다렸다.

첫째 서류철이 쥐브 경감의 관심을 단박에 끌어당겼다. 아니나 다를까, 표지에 '로열 팰리스 사건'이라는 제목이 붙어 있었다.

"로젠 남작부인과 다니도프 대공비 도난사건에 관해서는 새롭게 드러난 사실이 있습니까?"

수사판사가 고개를 가로젓자 쥐브 경감이 물었다.

"야간 경비원 뮐레도 신문할 거죠?"

“그럼요.”

“그렇다면 부탁이 하나 있는데요…… 벨담 사건에 관해서도 거언을 직접 신문해주실 수 있습니까?”

“그야 어렵지 않지요.”

“오, 그럼 이따가 그 두 사람을 제가 보는 앞에서 대질시켜주시길 부탁드립니다.”

퓌즐리에 수사판사는 어리둥절한 표정으로 쥐브 경감을 쳐다보았다. 그토록 서로 다르고 유리된 사건들 사이에 대체 무슨 관련이 있다고 저러는 것인지……

이런저런 사건들을 서로 연결시켜보려는 욕심이 너무 과하다보니, 솔직히 이번에는 좀 지나친 것이 아닌가 싶었다!

퓌즐리에 수사판사는 마침내 물었다.

“혹시 뭔가 딴 생각이 있어서 이러는 것 아니오?”

쥐브는 씽긋 웃으며 대답했다.

“실은 손바닥에 난 상처를 물고 늘어지는 중이지요……”

무슨 얘기인지 전혀 이해하지 못하는 수사판사에게 쥐브 경감은 속 시원히 설명해주었다.

“로열 팰리스 호텔 도난사건의 범인이 소냐 다니도프 대공비의 욕실 전기를 끊을 때 손에 상처를 입었다는 사실을 우린 알고 있습니다. 한데 수사가 한창이던 불과 몇 주 전, 손바닥에 의문의 상처를 입은 채 뒷골목을 떠돌아다니는 자에 관한 제보가 들어왔답니다. 저는 당연히 그 의문의 존재를 미행했고, 작전이 시작된 바로 그날 저녁 체포 단계까지 이르게 되었지요. 한데 놀랍게도 제보된 그자가 다름 아닌 거언이라는 사실을 알게 된 겁니다! 그때 거언은 내게서 빠져나갔지만 지금은 많이 회복되었겠지요…… 얕은 상처라 점점 없어지긴 하겠지만, 그자의 오른쪽 손바닥에 상처가 존재한다는 건 이미 확인된 사실입니다. 어떻습니까, 이제 제가 무슨 생각으로 이러는지 이해하시겠습니까?"

퓌즐리에 수사판사가 의미심장한 표정으로 대답했다.

"그만하면 지금 당장 두 사람을 이곳에 불러들일 충분한 이유가 되겠군요…… 우선 뮐레부터 호출하도록 합시다, 어떻소?"

쥐브는 말 대신 고개를 꾸벅 숙였다.

야간 경비원에 대한 신문을 마무리하면서 수사판사는 거듭 추궁했다.

"계속 털어놓지 않겠다, 이거요? 빨간 머리 벨보이를 밖으로 내보낸 그 어처구니없는 지시를 추호의 의심도 없이 내렸다, 이겁니까?"

야간 경비원은 발끈하듯 대답했다.

"네, 그렇다니까요! 객실 담당 종업원들 가운데 그날 저녁 새로 들어온 청년이 분명 있었습니다. 그런데 아직까지도 그자가 누구인지 모르겠어요. 당시 그 젊은이를 봤을 땐…… 그저 새로 고용된 직원이겠거니 생각했을 뿐이에요!"

"어차피 범인이 전기 때문에 손에 상처를 입었다고 하니, 우리로선 당신에게 방조 혐의 정도만을 부과할 수 있을 뿐이오. 당신 입장에선 기막힌 방어가 되는 셈이지…… 아무튼 당신은 지금이라도 범인이 당신 앞에 나타나면 알아볼 수 있다고 주장하는 거지요?"

"그럼요. 여부가 있겠습니까, 판사님!"

"좋소!"

퓌즐리에 수사판사는 나머지 한 사람을 들여보내라고 눈짓으로 서기에게 지시했다.

잠시 후, 경찰관 두 명이 양쪽을 지키는 가운데 거언이 방에 들어섰고, 선임 변호사를 대신해 로제 드 스라 변호사 시보가 따라 들어왔다.

피의자가 빛이 들이치는 창문 앞에 서자마자, 수사판사 퓌즐리에 씨가 불쑥 외쳤다.

"밀레, 이제 돌아서서 이 남자를 자세히 살펴보시오!"

밀레는 주춤주춤 지시를 따랐다.

한데 야간 경비원 밀레는 눈을 커다랗게 뜬 채 앞에 서 있는 남자를 뚫어져라 바라보면서도, 그 활기 넘치는 인상과 근육질의 균형 잡힌 몸매를 처음 보는 것처럼 어리둥절해하는 것이었다!

"이 남자를 알아보겠소?"

수사판사는 뮐레를 매섭게 다그쳤다.

"아니요…… 아닙니다."

이번엔 거언에게 지시가 떨어졌다.

"당신의 오른쪽 손바닥을 펴서 보여주시오!"

그런 다음 다시 뮐레를 돌아보며 물었다.

"저 흉터가 잘 보입니까?…… 당시 호텔에서 당신이 마주친 사람 역시 저 사람처럼 손바닥에 상처를 입고 있었던 것으로 추정됩니다. 자, 로열 팰리스 호텔에서 언제든 저 사람을 본 기억이 있습니까?"

뮐레는 거언을 다시 한번 꼼꼼히 살폈다.

"이거야 원…… 판사님, 제가 지금 저 사람을 알아본다면 누구보다 저 자신한테 이롭다는 건 잘 알겠는데요…… 정말로 모르겠습니다. 처음 보는 사람이에요……"

퓌즐리에 씨는 야간 경비원의 진술을 뒤로하고 쥐브 경감에게 다가가 잠시 낮은 목소리로 얘기를 나누었다. 둘의 대화가 오래 지체되지 않는 걸 보면, 의견이 같은 모양이었다.

퓌즐리에 씨는 야간 경비원 뮐레 앞으로 돌아와 말했다.

"이보시오, 뮐레. 법원은 당신이 정직하게 진술했다고 판단하오. 따라서 일단 당신을 귀가 조치하겠소. 하지만 언제든 다시 호출할 수 있으니 그렇게 알고 있으시오."

"오, 감사합니다. 정말 감사합니다!"

야간 경비원은 환해진 얼굴로 연신 고개를 조아렸다.

수사판사가 손짓을 하자 경찰관 두 명이 즉시 뮐레를 데리고 나갔다.

사실 수사판사에겐 이제 피의자를 알아보는 것이 별로 필요한 절차가 아니었다. 요컨대 그는 거언의 경우를 훨씬 더 흥미롭고 중대한 사건으로 보고 있었다.

"거언, 작년 12월 마지막 이 주 동안의 행적을 자세히 말해줄 수 있겠습니까?"

거언은 갑작스러운 질문에 흠칫 놀라는 기색이었다. 어쩌면 수사판사는 그런 식으로 운을 뗌으로써 이제 곧 불러들일 돌롱 집사로 인한 충격을 더욱 배가하려는 듯했다. 한데 그 순간, 집무실 문을 조심스레 노크하는 소리가 들렸다. 서기가 얼른 달려가 문을 열자, 군경의 제복이 문틈으로 살짝 보였다.

그 직후 군경의 입에서 흘러나온 첫마디가 서기를 기겁하게 만들었다! 서기는 황망한 얼굴로 퓌즐리에 씨를 돌아보았지만, 차마 입이 떨어지지 않아 이렇게 더듬댈 뿐이었다.

"판사님…… 퓌즐리에 판사님……"

마침내 군경이 집무실 안으로 성큼 들어서더니, 절도 있는 동작으로 경례를 붙이고는 편지 한 장을 내밀었다. 퓌즐리에 수사판사는 봉투를 뜯고 읽기 시작했다.

수사판사 제르맹 퓌즐리에 귀하

　브레티니 역 전담 경찰서장으로서 귀하께 다음과 같은 사실을 알려드립니다. 오늘 오전 여덟시, 브레티니에서 5킬로미터 떨어진 지점, 오를레앙에서 오는 선로 상에 어떤 남자의 사체 한 구가 저희 경찰관들에 의해 발견되었습니다. 사망 원인이 사고인지 타살인지 아직 밝혀지지는 않았지만, 파리로 향하는 이웃 선로의 열차에서 떨어진 것만은 확실해 보입니다. 사체가 반대 방향으로 달리는 기차에 깔려 심하게 손상되는 바람에 신원을 파악하기가 몹시 힘든 상황입니다만, 소지품 중 발견된 서류로 보아 이름은 돌통이며, 귀하를 만나러 파리로 가는 길이었음을 추정해볼 수 있었습니다.

　이상 말씀드린 사항은 우리 브레티니 전담 경찰서에서도 뒤늦게 파악한 내용입니다. 아울러 다섯시에 오스테를리츠 역에 도착한 열차 승객들은 그곳 경찰서장의 조사를 일일이 받고 나서야 무사히 하차할 수 있었습니다. 어쩌면 귀하께서 이 모든 것을 이미 알고 계실 수도 있겠습니다만, 사체를 조사한 저희 입장에서 그 신원에 관한 사항만큼은 직접 알려드릴 필요가 있겠다는 생각에 이렇게 브레티니 군경대 소속 군경을 동원해 알려드리는 바입니다.

　엄청난 내용을 읽어내느라 얼굴이 백지장같이 하얘진 퓌즐리에 판사는 떨리는 손으로 쥐브 경감에게 편지를 건넸다.

쥐브는 열에 들떠 모든 사항을 파악한 뒤 군경에게 물었다.

"이보시오, 군경. 대체 무슨 일이 있었는지, 알고 있는 걸 죄다 말해보시오. 사망한 자가 가지고 있었다는 서류들은 온전한 거요?"

군경은 아무것도 모르는 눈치였다.

쥐브 경감은 수사판사의 손을 덥석 붙들고 이렇게 중얼거렸다.

"아무래도 제가 당장 브레티니로 가야 할 것 같습니다!"

변호사 시보 로제 드 스라는 대체 무슨 일이 벌어지고 있는지 전혀 모르겠다는 얼굴이었고, 거언은 아무런 표정 없이 돌아가는 상황을 가만히 지켜보고만 있었다.

28
재판

앞선 증인의 진술이 모두 끝나자, 심리를 진행하던 아스토르그 판사는 법정 경위에게 지시했다.

"벨담 부인을 입장시키시오!"

재판장의 지시대로 법정 경위가 자리에서 일어나 호출된 증인들이 속속 드나드는 작은 문을 향해 걸어가는 동안, 이 대단한 재판을 구경하러 몰려든 방청객들은 달아오르는 호기심으로 한층 어수선한 분위기를 연출하고 있었다.

이름만 대면 알 만한 사람들, 파리 상류층 인사라고 자부하는 사람들은 너 나 할 것 없이 이번 재판의 방청권을 구하느라 난리도 아니었다. 하기야 이 년여 전 갑작스러운 실종 소식으로 세상을 발칵 뒤집어놓은 저 고명하신 전직 대사 벨담 경의 살해 용의자를 재판하는 현장이니 왜 그렇지 않겠는가!

한데 검사 측이 제시한 소송 문서의 딱딱한 문장들은 방청객들의 들끓는 분위기와는 아주 동떨어진 것이었다. 서기가 읽는 소장도 이해하기 힘들 만큼 난해한 표현들 일색이었다. 그나마 알아듣게 기술한 부분조차 이미 언론을 통해 알려질 대로 알려진 내용들뿐이었다.

이상하리만치 덤덤한 표정으로 피고석에 앉아 있는 거언에 대한 신문도 전혀 흥미를 불러일으키지 못했다.

사실 거언은 구금 초기부터 세간의 비난을 한데 모은 범행 전모를 서슴없이 인정하고 스스로 죄인이 된 사람이었다. 아직은 베일에 가려진 듯한 정체라든가, 자신이 살해한 사람의 미망인인 벨담 부인의 거처에 위험을 무릅쓰고 난입한 배경 등등, 재판장이 아무리 추궁하고 캐물어도 이전까지 시인하고 진술한 내용 이상 추가할 것은 없었다.

그런데 지금부터 듣게 될 벨담 부인의 증언만은 재판을 지켜보는 모든 이들에게 여간 큰 기대를 불러일으키는 것이 아니었다.

과연 그녀는 대단히 매력적인 여인이었다. 길게 늘어진 상복을 갖춰 입은 젊고 우아한 자태, 동정심을 불러일으키는 창백한 인상은 방청객들로 하여금 그동안 세간에 떠돌던 온갖 구설을 말끔히 잊게 해주었고, 곧 당사자의 입에서 흘러나올 진술과 답변들에 완전히 몰입하게 할 분위기를 만들어내고 있었다.

법정 경위는 벨담 부인을 중앙에 위치한 반원형의 증언대까지 안내했다.

"장갑을 벗어주십시오……"

먼저 속삭이듯 증인의 주의를 환기시킨 뒤, 법정 경위는 곧바로 정해진 형식에 따라 절차를 진행했다.

"증인은 이 자리에서 아무런 두려움이나 증오심 없이 오로지 진실만을 증언하겠다고 맹세합니까?"

잠시 반응이 없자, 법정 경위는 얼른 목소리를 낮춰 속삭였다.

"'맹세합니다'라고 하십시오……"

그제야 벨담 부인는 오른손을 쳐들고 조금은 떨리면서도 낭랑하게 울리는 목소리로 말했다.

"네, 맹세합니다!"

젊은 여인의 뒤숭숭한 심경을 헤아렸는지, 재판장은 보통 증인에게 사용하는 딱딱한 어조를 한껏 완화해가며 이렇게 말했다.

"기운 차리십시오…… 증인에게 이런 신문을 강요한다는 것 자체가 무척 유감입니다만, 정의의 신성한 이름으로 요구하는 절차임을 이해해주기 바랍니다. 자, 그럼 시작하겠습니다. 증인은 벨담 경의 미망인인 벨담 부인이며, 영국 국적을 갖고 있고, 현재 파리 뇌이에 위치한 저택에 거주하고 있는 것이 맞습니까?"

"네, 재판장님."

"잠시 돌아서서 저기 피고석에 앉아 있는 남자를 알아볼 수 있는지 말씀해주시겠습니까?”

벨담 부인은 재판장의 지시에 따라 거언을 흘끔 쳐다보는가 싶더니 얼른 고개를 돌리고 대답했다.

“네, 재판장님. 피고는 제가 아는 사람으로, 거언이라고 합니다.”

“좋습니다, 부인. 우선 그를 어디서 알게 되었는지 말씀해주시겠습니까?”

“제 남편인 벨담 경이 보어 전쟁 때문에 트란스발에 가 있을 때부터 알게 되었습니다. 당시 거언은 정규군 중사로 복무하고 있었습니다.”

“당시 증인은 피고에 대해 많은 것을 알고 있었습니까?”

“트란스발에서는 그다지 많이 아는 사이가 아니었습니다, 재판장님. 이런저런 우연으로 이름 정도만 알고 있었습니다. 제 남편의 위치라든가 여러 사정상 제가 일개 중사와 접촉할 수 있는 기회란 극히 제한될 수밖에 없었습니다.”

“거언이 중사 계급이었으니 그럴 만도 하군요…… 그럼 전쟁이 끝난 뒤 피고를 다시 만난 적이 있습니까?”

“네, 종전 직후에요…… 남편과 제가 영국으로 돌아올 때 거언도 배에 함께 타고 있었으니까요……”

“배에서 그와 자주 마주쳤나요?”

“아닙니다, 재판장님. 저희 부부는 일등칸 승객이었고, 그는 아마도 이등칸에 있지 않았나 싶습니다만…… 정말 우연한 기회에 제 남편이 그를 알아보았고, 그때 비로소 같은 배에 탄 것을 알게 된 것입니다."

"피고와 증인의 남편이 맺고 있던 관계는 그것이 전부였습니까?"

"이건 저와 거언의 관계에 해당하는 얘기고요…… 제 남편은 이런저런 업무에서 여러 차례 거언의 도움을 받았던 것으로 알고 있습니다."

"좋습니다. 그 점에 대해서는 잠시 후 다시 얘기하기로 하고요. 이제부터 한 가지 세부적인 문제에 관해 정확한 진술을 해주셨으면 합니다. 만약 몇 달 전 증인이 거리에서 피고와 마주칠 기회가 있었다면 그를 금방 알아볼 수 있었겠습니까?"

벨담 부인은 잠깐 머뭇거리는 듯하다가 대답했다.

"재판장님, 분명히 말씀드리지만 아마 못 알아봤을 겁니다. 그 증거로, 피고가 경찰에 체포되던 날 그와 따로 몇 마디 얘기까지 나누면서도 저는 그가 경찰이 쫓는 거언이라는 사실을 전혀 눈치채지 못했습니다……"

재판장은 다시금 질문을 던졌다.

"이런 당돌한 질문을 하는 것을 양해해주시기 바라며, 아울러 진실만을 말하겠다는 조금 전의 맹세를 잊지 않으셨으면 합니다…… 증인은 남편을 사랑하셨습니까?"

순간 벨담 부인는 온몸에 경련이 이는 것을 꾹 참았다.

잠시 숨을 가다듬고 어떤 대답을 해야 할지 궁리하는 기색이 역력했다. 그러고는 마침내 입을 열었다.

"벨담 경은 사실 저보다 나이가 상당히 많았습니다, 재판장님……"

그녀는 자신의 진술이 어떻게 받아들여질지 뒤늦게나마 깨달은 사람처럼 허겁지겁 덧붙였다.

"저는 남편에게 최대한의 존경과 지극히 성실한 애정을 품으며 살아왔습니다."

아스토르그 판사의 입가에 빈정대는 듯한 미소가 살짝 스친 것은 바로 그때였다. 그는 배심원단을 쓱 바라보았는데, 그건 마치 이제부터 정말 주의를 집중해달라는 무언의 주문처럼 느껴졌다.

재판장은 다시 증인을 향해 물었다.

"본 재판장이 왜 증인에게 그런 질문을 했는지 아십니까?"

"모르겠습니다, 재판장님……"

"항간에 떠도는 소문입니다만, 피고가 증인을 열렬히 사모해왔다는 얘기가 있습니다…… 어떻습니까, 그것이 사실인가요?"

이제 재판장은 노골적으로 상체를 앞으로 내밀면서 벨담 부인을 뚫어져라 노려보고 있었다.

벨담 부인은 떨리는 목소리로 더듬거렸다.

"그, 그건 중상모략입니다, 재판장님……"

이쯤 되자, 그때까지 한 치의 흔들림 없는 초연한 태도로 묵묵히 심리를 지켜보고만 있던 거언이 갑자기 벌떡 일어났다. 그는 팔짱을 낀 채로 재판장을 꼬나보며 큰 소리로 외치기 시작했다.

"이보시오, 지금 이 자리에서 공개적으로 단언하거니와, 나는 벨담 부인에게 더할 나위 없이 깊고 한결같은 존경심을 품고 있는 사람이올시다! 당신이 방금 전에 그 사악한 면모를 유감없이 보여준 소문, 그 소문을 무분별하게 퍼뜨리며 좋아하는 사람들 모두 거짓을 유포하는 거요! 나는 벨담 경을 살해했고, 그 사실을 자백했습니다. 나는 조금도 나 자신을 숨기지 않아요. 나는 부인의 명예를 그 어떤 점에서도 더럽힌 적이 없으며, 부인 또한 나에게, 이 미천한 중사에게, 벨담 경의 위신에 누가 될 만한 그 어떤 말이나 행동, 눈빛 하나 함부로 베푼 적이 없습니다!"

재판장은 기다렸다는 듯 즉시 피고를 돌아보며 일갈했다.

"그렇다면 왜 벨담 경을 살해했는지 그 이유를 밝히시오!"

"그건 이미 말하지 않았습니까…… 다시 말하지만 벨담 부인은 이번 범행과는 무관합니다. 벨담 경과 나는 서로 해결해야 할 일이 많았습니다. 그래서 어느 날 내가 전화로 그에게 내 집까지 와달라고 청한 거고요. 결국 그가 왔고, 우리는 이해관계가 얽힌 사업 이야기를 나눴습니다. 한데 어느 순간부터 그가 흥분하기 시작했고, 나 역시 격하게 반응하게 되었습니다. 그러다가, 스스로 무슨 행동을 하는지조차 의식하지 못한 채 거의 광기나 다름 없는 상태에서 그를 살해하고 만 것입니다!……”

피고의 거듭되는 자백에는 어딘지 기사도적인 기백이 엿보였고, 그것은 배심원단을 중심으로 은연중에 공감의 분위기를 불러일으키고 있었다.

처음부터 한 마디도 놓치지 않고 거언의 진술에 귀 기울이던 배심원들은 당장이라도 흔쾌히 동감을 표할 태세였다. 하지만 세세한 사실까지 철저히 챙기는 태도가 몸에 밴 재판장은 벨담 부인 쪽을 단호히 돌아보며 거듭 추궁했다.

“방금 들은 것과 같은 피고의 진술로는 만족할 수 없음을 양해 바라며, 본 재판장은 계속 신문을 진행하겠습니다. 증인과 피고 사이에 존재할지 모르는 그 어떤 관계, 이를테면 어떤 미묘한 감정 때문에 거언이 굳이 숨기려 들 수도 있는 관계, 증인 입장에서는 명예와 관련되기 때문에 부인할 수밖에 없는 모종의 관계가 만약 실재한다면, 그로 인해 본 재판의 양상이 크게 달라질 수도 있음을 증인은 아셔야 할 겁니다……”

그러고는 법정 경위를 돌아보며 이렇게 덧붙였다.

“아까 증언했던 둘랑크 부인을 다시 입장시키시오!”

성격이 틸틸한 줄로만 알았던 둘랑크 부인은 이번 재판에 증언을 하러 나오기 위해 일부러 화장까지 한 모습이었다. 1차 신문이 끝난 뒤 증인실에 들어가 대기중이던 그녀는 법정 경위와 함께 다시 나타났고, 곧이어 재판장의 지시에 따라 벨담 부인 바로 옆에 가서 섰다.

"둘랑크 부인, 아까 당신은 세입자인 거언 씨의 집에 정부로 보이는 젊은 여자가 자주 방문했다고 증언한 바 있습니다. 아울러 언제라도 그 여인이 증인 앞에 나타난다면 얼굴을 알아볼 수도 있을 거라고 했습니다. 지금 옆에 서 있는 여인을 한번 봐주시겠습니까? 증인이 말한 정부가 혹시 그 여인이 아닌지요?"

얼굴이 발갛게 상기된 둘랑크 부인은 모처럼 구입한 흰 장갑을 만지작거리면서 옆에 서 있는 벨담 부인을 빤히 바라보았다.

"아이고, 당최 모르겠네요……"

한참을 이리저리 들여다보고도 노파가 그렇게 말하자, 재판장은 실소를 머금으며 말했다.

"조금 전까지만 해도 확실히 알 수 있다고 하지 않았습니까?"

"네…… 하지만 지금 이분 얼굴이 잘 보이지가 않아서요. 베일 때문에……"

벨담 부인은 재판장의 요청이 떨어지기도 전에 얼굴을 가리고 있던 베일을 의연하게 걷어올렸다.

"자, 이만하면 절 알아보시겠어요?"

귀부인의 당당한 말투에 둘랑크 부인은 오히려 모골이 송연해지는 느낌이었다.

한동안 벨담 부인을 가만히 바라보던 둘랑크 부인은 재판장을 돌아보며 더듬거렸다.

"재판장님, 아까 말씀드린 그대로예요. 당최 모르겠어요……
뭐라고 확실히 말씀드릴 수가 없네요……"

"정말 그렇게 생각합니까?"

재판장이 다시 묻자, 둘랑크 부인은 항변하듯 대꾸했다.

"아이고, 재판장님. 제가 아까 오직 진실만을 말하겠다고 맹세
하지 않았습니까. 그래서 거짓말은 못 하겠다는 거예요!…… 그
래요, 어쩌면 이분이 그 여자일 수도 있겠지요…… 하지만 아닐
수도 있지 않습니까!"

재판장은 인내심을 잃지 않고 말했다.

"그러니까 본인의 판단을 확신하기가 힘들다는 말입니까?"

"네, 바로 그거예요! 저는 당최 모르겠네요. 뭐라고 말할 수
가 없어요!…… 이분이 제가 본 적이 있는 그 예쁜 여자를 닮은
건 사실입니다! 글쎄요, 어딘지 피가 섞인 것 같은…… 혹시 친
척일지도 모르죠…… 하지만 확실히 그 여자라고 단정하기에
는…… 워낙 중요한 문제잖아요!"

둘랑크 부인은 계속 그런 식으로 횡설수설할 것 같은 태도였
다. 보다 못한 재판장이 둘랑크 부인의 말을 끊었다.

"됐습니다! 증언 고맙습니다. 배심원단은 알아서 새겨들으셨
길 바랍니다."

둘랑크 부인이 물러나자, 다시 벨담 부인에게 질문이 던져졌다.

"자, 그럼 이제 피고가 저지른 죄에 대한 증인의 심정을 말해
주시겠습니까? 피고가 범행을 세세히 고백한 마당이니, 증인으
로서는 무엇보다 살해동기에 관해 나름의 의견이 있을 것으로
보이는데 말이죠……"

이번에는 벨담 부인도 지체 없이 답변에 나섰다.

"재판장님, 저는 그 질문에 대해 마땅한 대답을 찾지 못하겠습
니다. 그저 모호한 심정이기 때문입니다…… 저는 제 남편 벨담
경이 무척 과격하고 급한 성격이라는 걸 잘 압니다. 그는 자신의
권리라고 생각하는 문제에 대해선 추호의 양보도 없었습니다.
피고가 진술한 대로 둘 사이에 논쟁이 있었다면, 제 남편은 거언
씨의 분노를 촉발할 만한 언동을 얼마든지 했을 겁니다."

재판장은 벨담 부인의 증언을 이해하기 쉽게 정리하는 투로
거듭 물었다.

"그러니까 증인은 피고가 제시한 범행동기가 충분히 신빙성이
있다고 보는군요?"

벨담 부인은 흔들리는 심경을 드러내지 않으려고 애써 가다듬
은 목소리로 천천히 대답했다.

"네, 재판장님. 실제로 일이 그렇게 진행됐을 수 있다고 생각
합니다. 또 그렇게 생각해야만 피고의 범행을 조금이나마 용서
할 수 있다고 보고요……"

재판장은 깜짝 놀란 표정으로 되물었다.

“아니, 지금 증인은 피고를 용서하고 싶습니까?”

벨담 부인은 거의 본능적으로 고개를 번쩍 쳐들어 판사를 똑바로 바라보았다.

“재판장님, 용서야말로 신을 믿는 자들이 가장 중요시해야 할 도리라고 성경에 기록되어 있는 줄 압니다. 물론 저는 제 남편의 죽음을 애도해 마지않습니다. 하지만 살해범을 처벌한다고 해서 그 슬픔이 사라지는 건 아니지요. 결국 용서해야 할 거라고 생각합니다. 그래야 저의 영혼이 이 시련을 극복할 수 있는 높이까지 오를 수 있다고 믿습니다. 저는 피고를 용서합니다……”

피고석에 앉은 거언의 얼굴이 끔찍하리만치 창백하게 변해갔다. 그는 벨담 부인을 뚫어져라 응시하고 있었는데, 이번에는 겉으로 훤히 드러나는 그의 감정을 배심원석에서도 충분히 알아볼 수 있었다. 재판장은 나란히 앉은 배석 판사들과 몇 마디 의논을 하고 바르브루 변호사에게 ‘증인에게 달리 물어볼 말이 있느냐’는 의례적인 질문을 던진 뒤, 벨담 부인을 자리로 돌아가게 하고 나서 말했다.

“잠시 휴정을 선언합니다.”

29

평결

소란을 뚫고 법정 경위의 목소리가 쩌렁쩌렁 울렸다.

"곧 개정합니다! 정숙해주십시오!"

법관들이 차례로 들어와 착석했다. 마지막에 근엄한 눈빛의 재판장이 장내를 한 차례 둘러보는 것으로 소란스러운 분위기는 완전히 정리되었다.

"심리를 재개하겠습니다!"

이어서 재판장은 이렇게 덧붙였다.

"증인 쥐브를 입장시키시오!"

치안국에 소속된 유명한 형사를 데리러 법정 경위가 이동하는 사이, 분위기는 또다시 달아오르기 시작했다.

내로라하는 인사들로 이루어진 방청객 중에 쥐브에 대한 이야기를 들어보지 못한 사람은 아무도 없었다. 이 걸출한 민완형사의 활약상에 열광하지 않는 이가 없었으며, 누구나 그를 이 시대의 진정한 영웅으로 여기고 있었다.

그러니 온갖 속물근성에 찌들 대로 찌든 이들에게 이날의 재판이 흔해빠진 연극의 여느 장면과는 전혀 다른 특별한 구경거리로 다가온다 한들 전혀 이상한 일이 아니었다!

조금이라도 더 잘 구경하기 위해 너도나도 목을 빼는 가운데, 쥐브는 인기에 전혀 연연하지 않는 소탈한 태도로 법정 경위를 따라 입장해 곧장 증언대로 걸어갔다.

심지어 이런 열광적인 반응이 적잖이 거북스럽고 불편한 것 같았다.

그날 법정에 앉아 있던 어느 원로기자가 중요 일간지의 편집자에게 전한 쥐브의 인상은 분명 그랬다.

쥐브의 증인 선서가 끝나자마자, 재판장은 자상한 어조로 질문을 하기 시작했다.

"쥐브 씨, 당신은 이와 같은 재판 경험이 무수히 많은 것으로 알고 있습니다. 당신이 범행을 밝혀내고 범인을 체포하는 데 지대한 공헌을 해서, 오늘 이렇게 기소가 이루어지는 데 실제적인 단초를 제공한 만큼, 이제부터 당신이 할 증언이 얼마나 중요한지 잘 아실 겁니다. 어떻습니까. 질문에 따라 하나하나 답변하는 게 좋을까요, 아니면 증인의 재량대로 자유롭게 진술하는 것이 좋을까요?”

쥐브는 이미 결심이 선 표정이었다.

“재판장님, 감사하게도 제게 선택권을 주신 이상, 일단 사건에 대한 전반적인 진술을 한 뒤, 그다음에 주어지는 개별적인 질문에 하나하나 답변하도록 하겠습니다.”

쥐브는 잠시 피고석 쪽으로 고개를 돌려, 무표정하게 앉아 있는 거언을 폐부까지 꿰뚫을 듯한 눈초리로 한동안 쏘아보았다. 거언은 그 거북한 시선을 용케 견뎌내며 미동도 하지 않고 있었다. 마침내 쥐브 경감은 어깨를 가볍게 으쓱한 뒤, 다시 고개를 돌려 이번에는 배심원단 쪽을 바라보며 말을 시작했다.

“여러분, 저는 피고에 대한 세밀한 수사를 거쳐 체포를 단행한 결과, 지금 이렇게 본 재판의 검사 측 증인으로 이 자리에 서게 되었습니다. 제가 행한 수사과정과 체포 작전에 관해서는 굳이 부언하지 않을 것입니다. 대신, 앞으로 제가 증언할 내용에 대해 여러분 모두 각별한 주의를 기울여주실 것을 부탁드립니다. 왜냐하면 소위 거언 사건에 관해서는 새롭게 공개할 사실이 그다지 없을 것이나, 피고 자신과 그의 죄과에 관해서는 지금부터 전혀 예상치 못한 내용이 폭로될 수도 있기 때문입니다.”

넓찍한 법정은 심장 두근거리는 소리까지 들릴 정도로 고요했다. 충격적인 폭로를 암시하는 쥐브 경감의 모두 발언이 재판부와 배심원단은 물론 방청객 전체의 호기심을 한데 모으고 있었다.

쥐브 경감의 진술이 이어졌다.

"여러분이 주목하셔야 할 점은, 첫째, 이런 것입니다. 자고로 어떤 식으로든 설명이 가능한 사안에 대해, 적어도 지성을 갖춘 인간이라면 결코 추론을 포기해선 안 된다는 것입니다. 지성을 갖춘 인간의 추론을 막을 만큼 터무니없는 현상이란 존재하지 않으며, 얼추 터무니없어 보일지언정 그것이 곧 불가능한 현상은 아니기 때문입니다…… 여러분, 최근 여러 범죄 행위가 처벌받지 않고 넘어가는 일이 빈번해지면서 경찰과 사법부는 무기력함 그 자체를 보여왔다고 해도 과언이 아닙니다. 그 사례 하나하나를 지금 이 자리에서 간단히 나열해보자면, 우선 보리외 성에서 일어난 랑그뤼 후작부인 살해사건이 있겠고, 그다음으로 로열 펠리스 호텔에서 벌어진 반 덴 로젠 남작부인과 소냐 다니도프 대공비 절도사건, 그리고 랑그뤼 후작부인의 집사였던 돌롱 씨 살해사건 등이 있습니다. 특히 마지막 사건은 피해자가 수사판사인 제르맹 퓌즐리에 씨로부터 증언 요청을 받고 생 조리의 거처에서 이곳 파리로 오는 도중 발생한 것이기에, 그 충격은 이루 말할 수가 없습니다. 아울러 지금까지 언급한 사건들 훨씬 이전에 발생했으며 오늘 여러분이 그 피고를 심판하기 위해 이 자리에 모인 벨담 경 살해사건도 빠뜨릴 수 없겠지요…… 여러분, 나무랄 데 없는 확신을 갖고 지금 이 자리에서 단언하거니와, 벨담 경, 랑그뤼 후작부인, 반 덴 로젠 남작부인과 소냐 다니도프 대공비, 그리고 돌롱 집사가 피해자인 이 사건들은 모두 저기 앉아 있는 거언이라는 자의 소행입니다!"

숨죽인 채 한 마디도 놓치지 않고 경청하던 방청객들이 슬그머니 웅성대기 시작하자, 쥐브는 얼른 손을 들어 분위기를 진정시키고는 말을 이었다.

"말씀드린 대로 거언이 이 모든 사건의 장본인입니다. 이런 제 말이 놀랍습니까? 증거를 제시하지요. 충분히 납득이 갈 만한 증거들입니다. 이미 언론을 통해 자세한 사항들이 알려진 만큼, 지금 사건들을 다시 세세하게 소개할 필요는 없다고 생각합니다. 되도록 간단하고 명료하게 설명하도록 하지요. 여러분, 우선 분명히 짚어둘 점은, 반 덴 로젠 남작부인 및 소냐 다니도프 대공비의 절도범과 랑그뤼 후작부인 살해범은 동일 인물이라는 사실입니다…… 이는 두 사건으로부터 얻어낸 계량 수치를 통해 확실하게 추론한 결과입니다. 놀라운 정확도를 자랑하는 베르티용 박사의 불법침입 방지용 완력 측정 장치가 동일 인물이 두 사건에 관여했음을 밝혀낸 것입니다. 자, 그럼 다음으로 넘어가겠습니다. 반 덴 로젠 남작부인과 소냐 다니도프 대공비를 대상으로 한 절도범은 바로 거언입니다. 이것이 이론의 여지 없는 사실로 보이는 이유는, 절도사건의 용의자가 손바닥에 화상을 입었는데 거언 역시 같은 곳에 동일한 상처를 입은 것으로 판명되었다는 점입니다. 물론 시간이 많이 지나서 지금 문제의 상처는 잘 보이지 않을 정도의 미미한 흉터로만 남아 있습니다. 하지만 제가 '성 안토니우스의 돼지'라는 곳에서 용의자와 난투극을 벌일 당시에는 아직 흉터가 선명했고, 제가 분명히 확인까지 했습니다. 그때 입은 부상으로 현재까지 요양중인 르마루아 경위가 당시 떠돌이 음악가로 변장한 채 저와 함께 작전을 수행했는데, 안타깝게도 체포에는 실패하고 말았지요…… 이상의 결과를 종합해보면 랑그륀 사건과 다니도프 사건은 거언이라는 동일범의 소행이라는 결론이 나올 수밖에 없는 것입니다…… 자, 여기까지가 2차 확인단계라면, 이제 3차 확인단계로 넘어갈 차례입니다. 다들 잘 아시다시피, 랑그륀 후작부인 살해사건은 상당히 기이한 상황에서 벌어졌습니다. 기억하시겠지만 당시 수사를 통해 밝혀진 바로는 살해범이 아마도 성의 외부에서 위조 열쇠를 사용해 문을 열고 침입했으며, 특히 제가 강조하고 싶은 점인데, 단순히 이름만 대는 것으로 랑그륀 후작부인으로 하여금 별다른 의심 없이 침실 문을 열게 만들어 무리 없이 범행 장소에 다다를 수가 있었습니다. 당시 범행 목적이 절도였다는 가정하에 우리가 궁금해했던 것은, 과연 무엇을 훔치려고 했느냐 하는 문제였습니다…… 이제부터 그후에 확인한 바를 추가로 말씀드리겠습니다. 이는, 나중에 정식으로 요청하겠지만, 여러분이 판결을 조금 연기하고 추가 수사가 필요하다는 결정만 내려주신다면 제가 반드시 증명해 보일 수 있는 사안입니다. 저는 그동안 은행들을 추적조사해왔고, 그 결과 두 가지 중대한 사실을 어렵지 않게 밝혀낼 수 있었습니다. 그중 하나는 랑그뤼 후작부인이 엄청난 금액에 당첨된 복권 한 장을 소유하고 있었다는 사실입니다. 그 복권은 사실 에티엔 랑베르 씨가 후작부인에게 선물한 것이었는데, 사건이 벌어진 이후 한동안 행방이 묘연해졌다가, 어떤 사람이 현금으로 바꾸어 전액 수령했다고 합니다. 한데, 당시 복권을 제시한 자의 말로는 그것을 랑베르 씨한테서 받았다는 겁니다. 공교롭게도 그즈음부터 에티엔 랑베르 씨의 생활이 몰라보게 여유로워졌다는 사실에 주목하지 않을 수 없더군요…… 또 하나의 중대한 사실은 다음과 같습니다. 에티엔 랑베르 씨는 오르세 역에서 완행열차의 일등칸에 오른 것처럼 말했지만, 비에르종 역과 리모주 역 사이의 구간에서만큼은 그 열차에 탑승하고 있지 않았던 게 확실하다는 점입니다. 그렇게 볼 수 있는 이유는, 그 당시 G. 아무개라는, 뭐 필요하다면 실명을 공개할 수도 있지만, 아무튼 그 승객 분이 해당 열차의 모든 객실을 일일이 돌아다녔지만 에티엔 랑베르 씨는 보지 못했다고 증언했기 때문입니다…… 따라서 '확실한 사실'이라고까지는 말 못 해도, 에티엔 랑베르 씨가 '알리바이를 만들기 위해' 일단 오르세 역에서 완행열차에 오른 다음 플랫폼 반대 방향으로 살짝 내려 같은 방향의 급행열차에 다시 올라타 완행열차를 앞질러갔던 것으로 충분히 추론해볼 수 있다는 얘기입니다…… 이 대목에서 여러분은 다음과 같은 사실을 다들 기억하고 계시리라 믿습니다. 보리외 인근 지역인 베리에르의 터널 입구에서 모든 열차가 일단 정지하기 때문에, 누구든 마음만 먹으면 급행열차에서 내려 범행을 저지르고 다시 돌아와 세 시간 반 시차를 두고 뒤이어 오는 완행열차로 얼마든지 바꿔 탄 뒤 베리에르 역에서 정상적으로 하차할 수 있다는 사실 말입니다…… 요컨대 랑그뢴 후작부인의 살해범은 바로 이런 과정을 밟아 범행을 해치웠고, 그 살해범은 다름 아닌 에티엔 랑베르 씨라는 얘기지요…… 한편, 우리가 이미 확인한 대로 랑그뢴 후작부인의 살해범은 거언이므로, 결과적으로 에티엔 랑베르 씨는 거언이기도 한 셈입니다!"

여기까지 일사천리로 진술한 쥐브 경감은 잠시 숨을 돌리면서 배심원단이 지금까지의 추론과정을 온전히 따라와 모든 내용을 충분히 이해했는지 살펴보았다. 그런 다음 쥐 죽은 듯 고요한 분위기 속에서 침착한 목소리로 얘기를 이어갔다.

"결국 우리는 지금까지 거언과 랑베르가 동일 인물이라는 사실을 밝혀내고, 랑베르-거언이라는 인물이야말로 벨담, 랑그뢴, 반 덴 로젠, 다니도프로 이어지는 모든 사건들의 진범임을 알아냈다고 볼 수 있겠습니다. 자, 이제 남은 건 돌롱 집사 살해사건인데요…… 여러분도 충분히 짐작하시겠지만, 벨담 경 살해혐의로 체포되었을 때 거언은 아마 제가 방금 줄줄이 나열한 여러 사건에까지 자신의 혐의가 번지는 것을 가장 걱정했을 겁니다. 실은 그 당시 저는 진실을 막 거머쥘 단계에 있었으나 아직 전모를 확실히 파악했다고는 말할 수 없는 처지였지요…… 단 하나의 단서만 주어진다면, 오직 하나의 연결고리만 갖춰진다면 거언과 랑베르, 즉 벨담 경 살해범과 다른 모든 사건의 범인이 동일 인물임을 확증할 수 있는 단계였습니다! 제게 필요했던 그 단서는, 뭐랄까, 어떤 공통의 흔적, 보다 구체적으로 말씀드리자면 벨담 경 살해범의 소유물이면서 랑그륀 후작부인의 살해범이 범행 현장에 빠뜨리고 간 그 무엇이라고 할 수 있었습니다. 그리고 마침내 저는 그 단서를 찾아내고야 말았는데요…… 그건 바로 보리외 성 근처에서 발견한 한 장의 지도 조각이었습니다! 기차에서 몰래 내린 에티엔 랑베르가 선로를 벗어나 범행 현장으로 오갔던 길 위에 떨어져 있었는데, 대형 타리드 지도의 일부를 찢어내 따로 소지하고 다녔던 거지요. 아니나 다를까, 저는 거언의 집에서 일부가 찢겨나간 대형 타리드 지도를 찾아내기에 이르렀고, 다시 말하지만 그것은 거언이 랑베르와 동일 인물임을 알게 해주는 유력한 단서였습니다…… 여러분, 여기서 문제는 제가 처음에 찾아낸 그 지도 조각이 하필 돌롱 집사의 수중에 보관되어 있었다는 사실입니다! 제르맹 퓌즐리에 수사판사는 즉각적으로 그 애꿎은 집사를 파리로 소환했지요. 이쯤 되면 돌롱이 파리로 오는 것을 막아야 이득인 사람이 딱 한 명 있을 터, 그건 바로 거언, 아니, 거언-랑베르임은 두말할 필요도 없었습니다. 돌롱이 제르맹 퓌즐리에 수사판사 앞에 나타나기도 전에 그만 불귀의 객이 되고 만 것은 여러분도 다 아는 사실일 테고요…… 그러니 돌롱을 그렇게 만든 장본인이 거언-랑베르라는 사실을 굳이 명시할 필요가 있을까요?"

쥐브는 이 마지막 한마디를 노골적인 비난조의 어투와 자신감 넘치는 목소리에 실어서 내뱉었다. 그가 무얼 말하려고 하는지 눈치채지 못할 사람은 아무도 없을 터였다.

그런데 배심원단이 예상 외로 당혹스러워하는 것이, 왠지 심상치 않아 보였다. 방청석에서 웅성거리는 기운도 그다지 공감 어린 반응은 아닌 듯했다. 쥐브는 자신의 추리와 그것을 바탕으로 한 주장이 다소 과격하고 충격적으로 여겨질 수 있다는 것을 새삼 실감하지 않을 수 없었다. 사안의 전모를 자신처럼 꼼꼼히 따져보지 않은 사람들을 설득한다는 것이 얼마나 어려운 일인지 쥐브 형사는 뼈저리게 깨닫고 있었다.

그는 다시 진술을 이어갔다.

"여러분, 특히 거언이라는 자가 그 숱한 범행을 모두 저질렀다고 하는 부분이 여러분의 상식에 비출 때 심히 도발적으로 들렸으리라는 점 충분히 이해합니다. 여러분이 놀라시는 것도 결코 무리는 아닙니다. 그래서 지금 저는 새로운 이름 하나를 이 자리에서 추가로 언급하고자 합니다. 그 이름은 어쩌면 여러분의 마음속에 도사리고 있을 망설임을 잠재워줄지도 모릅니다. 그 이름은 어쩌면 여러분의 의식에 단호한 확신을 가져다줄지도 모릅니다. 그 이름은 어쩌면 지금까지 제가 제시한 추론의 논리가 얼마나 신빙성 있는지를 여러분에게 단번에 인식시켜줄지도 모릅니다…… 거언이었다가, 에티엔 랑베르였다가, 로열 팰리스 호텔의 멋쟁이 사내였다가, 그야말로 변신을 제멋대로 밥 먹듯이 해온 자, 그처럼 열악한 상황에서도 항상 끔찍한 범행을 척척 해치운 자, 냉정한 지식과 무모한 배짱, 사악한 상상과 의젓한 처신을 절묘하게 뒤섞을 줄 알았던 자, 프로테우스 저리 가라 할 정도의 기발한 둔갑술을 발휘해 지금 이 순간까지도 경찰의 수사력에 혼선을 초래하는 자…… 바로 그런 자인 이 거언이라는 인물은 실은 전혀 다른 이름으로 불려야 마땅한 존재임을 여러분은 아셔야 합니다! 그 이름은 다름 아닌 팡토마스…… 팡토마스지요!”

숨 가쁘게 이어진 진술로 지칠 대로 지친 쥐브 경감…… 마지막 이름 넉 자를 결연히 내뱉고는 그만 입을 다물었다. 난데없이 튀어나온 그 이름은 법정 안을 졸지에 음산한 분위기로 몰아갔고, 동요하는 방청객의 웅성거림 속에서 일종의 메아리처럼 재생되었다.

“팡토마스라고! 팡토마스라니!…… 팡토마스!…… 팡토마스!……”

　법관들과 배심원단은 한동안 아무 말 없이 깊은 생각에 잠겨 있었다. 얼마나 지났을까, 아스토르그 판사가 갑자기 발끈하며 이렇게 말했다.

　"쥐브 씨, 본 재판의 피고에 대해 워낙 엄청난 사실을 공개하고 치열한 논고까지 제시해주시는 바람에, 그 모든 것이 아무리 미심쩍은 가설이라 해도 검사 측에서조차 추가 신문의 필요성을 느끼지 않을 거라는 생각이 드는군요. 하지만 본 재판장의 생각은 다릅니다! 지금부터 반론을 세 가지만 제기하도록 하겠습니다."

　"말씀하십시오."

　쥐브 경감은 짤막하게 대답했다.

　"쥐브 씨, 당신은 진정 한 개인이 방금 당신이 주장한 것처럼 능수능란하게 자신의 정체를 위장할 수 있다고 생각합니까? 에티엔 랑베르 씨는 나이가 무려 육십 세입니다. 거언은 삼십오 세이고요…… 에티엔 랑베르 씨는 누가 봐도 동작이 굼뜬 노인인데 반해, 소냐 다니도프 대공비에게 절도 행각을 저지른 사내는 매우 민첩하고 활달한 자입니다……"

　"재판장님, 저는 거언이 팡토마스일 거라고 말하면서 그 정도의 반론은 충분히 예상하고 있었습니다. 분명히 말씀드리지만, 팡토마스에게 불가능이란 없다고 보아야 합니다!……"

　재판장은 애매한 손짓으로 쥐브 경감의 말을 막으며 이렇게 말했다.

"좋아요, 좋아…… 그렇다고 칩시다! 그럼 어디 이 문제에 대답을 해보시지요. 당신은 랑그륀 후작부인의 살해범으로 에티엔 랑베르라는 사람을 지목했습니다. 그렇다면 현재 후작부인의 진짜 살해범으로 추정되는 샤를 랑베르, 그러니까 에티엔 랑베르의 아들이 그로 인한 죄책감 때문에 스스로 목숨을 끊었다는 사실을 당신은 모른단 말입니까? 만약 당신 말대로 에티엔 랑베르가 진범이라면, 샤를 랑베르가 자살할 이유는 없지 않겠습니까?"

이번에 쥐브는 가늘게 떨리는 목소리로 대답했다.

"재판장님이 지금 하신 그 말씀 역시, 에티엔 랑베르가 거언이고 거언이 곧 팡토마스라는 사실을 고려할 필요가 없다면 나무랄 데 없이 옳은 지적일 것입니다…… 그러나 팡토마스라면 자기 자식조차 미쳐 돌아가게 만들 수 있다고 보아야 하지 않을까요? 짓지도 않은 죄를 무고한 사람에게 덮어씌우고, 급기야 자살까지 몰아갈 만큼 집요하고 잔인한 자가 바로 팡토마스 아니겠습니까? 최면의 힘이 얼마나 무섭게 악용될 수 있는지 모르시나요?"

하지만 재판장은 여전히 믿을 수 없다는 표정이었다.

"좋소…… 그것도 그렇다고 칩시다!…… 하지만 다음의 두 가지에 대해서는 과연 뭐라고 대답할지 기대가 되는군요. 당신은 에티엔 랑베르가 거언이라는 주장을 펴고 있습니다. 그런데 다들 알다시피 에티엔 랑베르는 랭커스터 호가 난파했을 때 사망한 것으로 알려져 있습니다. 아울러 당신은 거언이 돌롱을 죽였다고 하는데, 그 집사가 사망했을 때 거언은 상테 교도소에 수감되어 있었습니다!"

아니나 다를까, 답변에 나선 쥐브 경감의 목소리가 아까보다 조금 더 흔들리는 듯했다.

"재판장님, 실은 제가 이 자리에 서기까지 앞서 말한 내용을 발표하지 않고 미뤄온 것은, 그것에 대한 나름대로 확고한 심증 이외에 절대적인 증거를 확보하지 못했기 때문입니다. 그러던 중 더이상 참고 있기가 어려워 오늘 이렇게 공개적으로 발언을 하게 된 것입니다! 지금 당장은 뚜렷한 증거에 입각해서 세세히 설명할 수 없는 처지이지만, 머지않아 모든 조건이 갖춰질 거라고 확신합니다…… 재판장님, 어차피 사건의 전모는 궁극적으로 드러나게 되어 있습니다. 방금 하신 두 가지 질문에 굳이 답변을 한다면 이렇습니다. 랭커스터 호가 난파할 당시 랑베르 씨가 죽었다고 하셨습니까? 죽었다는 증거가 있나요? 그의 사체가 발견되었습니까? 아니지요! 실제로 그가 랭커스터 호에 승선했다는 사실을 확실하게 증명할 수 있나요? 그것도 아니지요!"

"승객 명단에 엄연히 이름이 올라 있습니다."

"네, 재판장님. 하지만 단지 그뿐입니다! 그런 명단에 이름 하나 올리는 것이 과연 어려운 일일까요? 어린애 장난 수준이지요!…… 그리고 배가 난파한 사실에 대해 알려진 것이 무엇인가요? 그 사건을 뭐라고들 설명하고 있죠? 이해할 수 없는 일 아닙니까? 배가 갑자기 폭발했습니다. 왜 그랬을까요? 아무도 모르지요…… 저는 팡토마스라면 얼마든지 그런 일을 저지를 수 있다고 봅니다. 정체가 폭로될 위험이 다분한 에티엔 랑베르라는 가짜 신분 하나를 깨끗이 정리할 수만 있다면, 백오십여 명의 무고한 사람들을 희생시키는 일쯤은 눈 하나 깜짝하지 않고 저지를 수 있는 위인이 바로 팡토마스라, 이 말씀입니다!"

재판장은 쥐브 경감이 내세우는 모든 논리와 가설을 대수롭지 않게 받아넘기는 눈치였다.

"그것 참 소설 같은 이야기로군요! 그럼 돌롱 살해사건에 대해서는 뭐라고 말하겠소? 노파심에서 하는 말인데, 당신 말대로라면 돌롱을 죽게 만든 거나 다름없는 지도 조각이 아닌 게 아니라 사망자의 호주머니 속에서 발견되긴 했지만, 그것이 거언의 집에 있는 타리드 지도의 나머지 부분에 전혀 들어맞지 않았다는 사실을 상기하기 바랍니다……"

쥐브는 예상했던 질문이라는 듯 씩 웃고는 대답했다.

"그거야 간단합니다…… 제가 돌롱의 살해범으로 지목한 거언이 그저 문제의 지도 조각을 훔쳐내는 것으로 만족했다면, 그건 범행 자체를 여봐란 듯이 드러내는 것이나 마찬가지겠지요. 하지만 그는 그렇게 허술한 범죄자가 아닙니다! 교활하게도 그는 문제가 되는 지도 조각을 훔쳐내면서 다른 지도 조각을 그 자리에 슬쩍 바꿔치기해 넣었던 것입니다. 그래야 사람들이 쉽게 범행을 단정하지 못할 테니까요."

"그래요. 그것 또한 얼마든지 가능한 일입니다. 하지만 거듭 말하거니와, 거언이 그 시점에 감옥에 있었다는 사실은 어떻게 설명할 셈이요?"

그제야 답답하다는 듯 쥐브도 두 팔을 힘없이 들었다 놓으며 말했다.

"맞습니다! 바로 그 점이 문제예요! 그가 살인을 저지른 건 확실한데, 어떻게 상테 교도소 감방 안에 있으면서 그럴 수 있었는지…… 그걸 설명할 방도가 없어요……"

잠시 침묵이 흘렀다. 쥐브는 더이상의 발언을 자제하면서 알 듯 모를 듯한 미소만 입가에 머금고 있었다. 한참 생각에 잠겨 있던 재판장이 먼저 침묵을 깼다.

"더 하실 말씀 없습니까?"

"팡토마스는 무슨 일이든 저지를 수 있는 존재라는 말 외에는 달리 할 애기가 없습니다."

재판장이 모처럼 거언을 돌아보며 말했다.

"피고는 할 말 없습니까? 평결에 앞서 배심원단이 고려할 만한 정보가 있으면 말씀하십시오."

거언은 천천히 자리에서 일어나 입을 열었다.

"저는 형사님이 지금까지 상상하신 내용을 전혀 이해 못 하겠습니다."

재판장이 다시 쥐브 경감에게 물었다.

"추가 수사를 정식으로 제의합니까?"

"네, 재판장님."

재판장은 이번엔 검사 쪽을 돌아보며 물었다.

"차장검사는 이 문제에 대한 증거 신청을 하겠습니까?"

"아닙니다. 증인의 진술 자체가 너무 모호해서 따로 고려하기엔 부적절하다고 판단합니다."

"알겠습니다. 본 재판부는 잠시 토의에 들어가겠습니다."

법관들은 재판장을 중심으로 모여 한동안 의논을 한 뒤, 각자의 자리에 다시 착석했다.

이윽고 아스토르그 재판장이 입을 열었다.

"본 재판부는 증인 쥐브의 진술을 검토한 결과 모두 가설들에만 의존한다고 판단한바, 다음과 같이 결정한다. 본 건에 대한 추가 수사는 불필요하다."

재판장은 말을 마치자마자 검사를 돌아보며 말했다.

"검사는 의견 진술을 해주십시오."

그러자 준엄한 논고가 그야말로 끝없이 이어졌는데, 망치를 휘둘러 벨담 경을 잔인하게 살해한 거언의 야만성을 질타하는 내용이 거의 전부였다. 다시 말해 검사의 장황한 논고 어디에도

쥐브가 제기한 새로운 사실들에 대한 언급은 일언반구도 없었
다.

마찬가지로 피고의 변호에 나선 바르브루 씨 역시 쥐브 경감
이 연달아 제기한 혐의점들에 대해서는 일절 거론하지 않았다.

치안국 형사반장의 탁월한 추리와 과감한 주장들은 워낙 뜻밖
이어서 어느 누구도 무난히 받아들이기엔 무리였다.

논고와 변론이 오가면서 서서히 고조되기 시작한 분위기는 재
판장의 질문에 대한 거언의 다음과 같은 답변으로 심리가 종결
되면서 최고조에 달했다.

"더이상 변론을 위해 덧붙일 말이 없습니다."

재판장은 배심원단의 최종 판정만을 남겨놓고 잠시 휴정을 선
언했다.

한편 추가 수사에 대한 재판부의 거부 조치를 으레 그러려니
하고 받아들인 쥐브는 법정 경위가 피고를 옆방으로 인솔해가는
동안 기자석 가까이에 다가가 어느 젊은 신문기자를 가만히 바
라보았다. 창백한 안색의 기자는 지금까지 벌어진 모든 과정을
예의 주시하고 있었다.

"어떤가, 팡도르. 십오 분쯤 나랑 좀 걷지 않겠나?……"

쥐브는 복도로 나오자마자 젊은이의 어깨를 친근하게 토닥이
며 물었다.

"그래, 자네 생각은 어떤가?"

제롬 팡도르는 몹시 곤혹스러운 기색이었다.

"아, 제 아버지를 그런 식으로 모함하시다니요! 에티엔 랑베르가 거언이라뇨!…… 이거야 원, 무슨 악몽이라도 꾸고 있는 기분입니다……"

젊은이의 푸념에 쥐브는 정색을 하고 이렇게 말했다.

"이런 어리석긴! 자네, 한 가지만은 똑바로 이해하고 있어야 하네. 내가 물고 늘어진 건 자네 아버지가 아니라, 자네 아버지인 척하는 자야! 잘 생각해보라고…… 만약 내가 단언하는 것이 그대로 들어맞는다면, 즉 랑그륀 후작부인을 살해한 에티엔 랑베르라는 자가 거언이라면, 서른다섯 살밖에 안 먹은 그자가 자네 아버지일 리는 없지 않겠나! 그자는 단지 겉으로만 자네 아버지인 척……"

팡도르는 다급한 마음에 상대의 말을 끊는 것을 불사하며 물었다.

"정말 그렇다면, 저의 진짜 아버지는 대체 어디에 있단 말입니까?"

"그건…… 그건 나도 모르네…… 언젠가는 그 문제를 본격적으로 조사해야겠지! 어쨌든 이 사건들이 종결되었다고는 생각하지 말게. 이제 겨우 시작이니까……"

"하지만 재판부에서 추가 수사를 거부하지 않았습니까!"

"맙소사, 그 정도쯤이야 이미 예상한 결과라네! 어차피 법관

들을 설득하기에는 증거가 턱없이 부족했으니까…… 게다가 정
작 파급력이 강한 증언은 어떻게든 함구해야 할 처지이니……”

“그게 뭔데요?”

“그야 당연히 샤를 랑베르 자네가 죽지 않고 살아 있다는 증언
이지, 이 사람아!”

“그렇군요!…… 그런데 이렇게 된 마당에 왜 굳이 그걸 숨기
는 거죠?”

쥐브는 난처한 기색으로 대답했다.

“아, 그건 말이야. 내가 부자도 아니고 지금의 이 직책에 목을
매야 하는 처지라서 그렇다고나 할까…… 만약 내가 샤를 랑베
르가 살아 있는 걸 오래전에 알았다고 털어놓는다 치세. 죽은 것
으로 되어 있는 샤를 랑베르가 멀쩡히 살아서 잔느가 됐다, 폴
이 됐다, 제멋대로 휘젓고 다닌 걸 빤히 알고도 입을 꼭 다물고
있었다고 말이야…… 그렇게 하면 아마 나는 그 즉시 경찰 옷
을 벗어야만 할 걸세…… 물론 자네 역시 무사하지는 못할 거
고…… 그건 내가 바라는 바가 아니지!”

엄숙한 적막 속에서 배심원 대표가 일어났다. 얼굴이 무척 창
백했지만, 최종 평결문을 읽어내려가는 목소리엔 힘이 실려 있
었다.

“신과 인간 앞에서, 저의 명예와 양심에 비추어, 지금까지 제

기된 모든 문제에 대한 본 배심원단의 답변은 대다수의 의견에 따라 '네'입니다."

정상 참작이라든가 그와 유사한 언급은 전혀 없었다!

누군가의 임종을 알리는 종소리마냥 최종 평결을 낭독하는 배심원 대표의 목소리는 고요한 중죄 재판장에 음산한 파장을 일으키고 있었다.

하나같이 창백한 방청객들의 얼굴…… 선고를 앞둔 재판부의 토의에 오래 시간이 걸릴 거라 생각하는 사람은 하나도 없었다.

아니나 다를까, 평결이 내려지자마자 토의실로 자리를 옮겼던 판사들이 속속 다시 입장해 곧바로 착석했다.

재판장의 지시가 떨어졌다.

"피고를 입장시키시오!"

법정 경위 두 명이 양쪽에서 호위하여 피고를 데리고 들어오자, 재판장이 다시 물었다.

"형량 적용에 대해 할 말은 없습니까?"

"없습니다!"

거언은 짧게 대답했다.

그러자 재판장은 톡톡 끊어지는 빠른 어조로 판결문을 읽기 시작했다.

정말이지 끔찍하게 길고 지루하며, 제대로 알아듣기도 버거운 내용이었는데, 어느 순간 재판장의 음성이 점차 느려지는가 싶더니, 급기야 결정적인 대목에 이르러서는 무거운 적막을 찢듯 이렇게 말하는 것이었다.

"피고 거언에게 사형을 선고한다!"

그렇게 판결문 낭독을 마치자마자 재판장은 즉시 지시를 내렸다.

"죄인을 데리고 나가시오!"

30
배우 대기실

"네, 네, 남작부인. 지금 아예 문을 닫아건 것 같습니다. 무리
는 아니지요. 특히나 초연 때는 발그랑 씨의 팬들이 워낙 밀어닥
치니까요!"

늙은 의상 담당자 샤를로는 배우 대기실로 몰려드는 수많은
인파를 완강히 차단하면서도 이 생각 저 생각에 머뭇머뭇하느라
사람들의 기세에 점점 밀리고 있었다.

사실 방문자들의 면면만 보더라도 일개 의상 담당자로서는 기
가 꺾일 만도 했다. 게다가 거의 대부분 배우와 절친한 사람들이
니…… 하긴 그런 방문자들이라면 규칙에 약간의 예외를 허용
할 수도 있는 것 아닌가? 샤를로는 마지못해 이 사람 저 사람 드
나드는 것을 허용하면서 입으로는 그런 자신을 중얼중얼 변명하

느라 바빴다.

"하긴 남작부인에게 해당되는 지시는 아니지요. 선생님들도 마찬가지고요…… 네, 네……"

그러다가도 불쑥불쑥 초심이 고개를 들면, 두 팔을 하늘로 치켜들며 이렇게 하소연하는 것이었다.

"아이고, 정말이지 발그랑 씨는 지금 막중한 역을 맡고 계시단 말입니다!"

하지만 때마침 대기실로 난입하는 데 성공한 비브레 남작부인이 흡사 성채를 빼앗은 장군처럼 만면에 미소를 머금으며 외쳤다……

"이거 왜 이래요! 우린 그와 악수라도 한 번 하지 않고선 절대 극장 밖으로 나갈 수가 없단 말이에요!"

그런가 하면 외눈안경을 착용한 어느 훤칠한 젊은 남자는 자못 진지한 어조로 이렇게 말하는 것이었다.

"정말 대단한 연기였습니다!"

"그렇죠, 백작님?"

그 외중에도 얼른 맞장구치는 것을 잊지 않는 샤를로.

"자, 우리가 왔다고 알려나 주시오!"

바랄 백작이 내친 김에 그렇게 말하자, 샤를로는 잠깐 멈칫하더니 허겁지겁 설명하기 시작했다.

"그런데 지금 안 계시는데요. 저런, 모르셨습니까? 공연이 끝나자 문교부 장관께서 치하하기 위해 곧장 부르셨거든요. 정말 대단한 영광인데, 발그랑 씨한테는 벌써 두번째 있는 일이죠……”

“그럼 지금 장관과 만나고 있는 거예요?”

마르셀린 드 바랄 백작부인이 입을 뾰로통하니 내밀며 묻자, 샤를로는 한껏 상기된 목소리로 대답했다.

“그렇습니다, 백작부인. 장관께서 직접 부르셨다니까요!”

벽면을 가득 수놓고 있는 사진들을 바라보던 백작부인은 마치 최면에 걸린 듯 밑에 적힌 글씨들을 중얼중얼 읽어나갔다.

“‘경탄할 만한 발그랑에게, 절친한 친구가……’ 이봐요 남작부인. 여기 와서 이것 좀 봐요! 사라 베르나르라고 서명되어 있네요! 어머, 이것 좀 봐!”

그러자 비브레 남작부인이 부랴부랴 다가와 호들갑을 떨었다.

“어디, 뭔데 그래요?”

그러고는 밑에 적힌 글씨를 보자마자 곧장 웃음을 터뜨리는 것이었다.

“푸후…… ‘내 사랑, 키스를 담아서!’ 어머나 세상에!”

그런가 하면 올보르 대령 부인은 극렬 팬들의 헌사를 계속해서 읽어내려갔다.

“아, 이것 봐요! ‘부에노스아이레스와 뉴욕과 멜버른 어디를 가도 내 친구 발그랑에 대한 찬사가 들리더이다!’……”

그러고는 사진 속의 배우가 누구인지 궁금해하며 이렇게 조잘 댔다.

"부에노스아이레스에 멜버른에…… 세상을 제멋대로 돌아다 니는 이 사람은 도대체 누구지?"

비브레 남작부인이 아는 척하며 대꾸했다.

"그야 코메디 프랑세즈의 정규 단원쯤 되지 않겠어요!"

순간, 아내를 부르는 올보르 대령의 카랑카랑한 목소리가 들 렸다.

"시몬! 시몬! 얼른 와서 우리 친구 바랄 백작이 하는 얘기 좀 들어보구려! 나 참, 이렇게 재미있는 얘기는 또 처음 들어보네!"

젊은 여자가 잰걸음으로 대령에게 다가오자, 백작은 방금 한 얘기를 친절하게 다시 해주었다.

"그래요, 부인. 부인께서는 콩고에서 돌아오신 지 얼마 되지 않아 이곳 파리에서 어떤 일들이 벌어졌는지 세세히 아실 수 없 을 겁니다. 실은 오늘 저녁 발그랑이 연기한 인물은 영락없이 벨 담 경 살해범 거언의 모습 그대로예요!"

"거언이라뇨?"

그 이름이 불러일으킨 소란에 대해 알 리 없는 올보르 부인이 고개를 갸우뚱하자, 비브레 남작부인이 불쑥 끼어들었다.

"어머나! 정말 모르고 계셨어요? 지난 계절 내내 사람들이 모 였다 하면 너도나도 거언-벨담 사건 얘기뿐이었는데……"

그제야 대령 부인은 기억이 나는지 이렇게 말했다.

"아, 맞아! 그러고 보니 어디서 한 번 읽은 것 같네. 살인범이 결국 붙잡혔다죠?"

"그러니까 몇 달 동안 경찰이 끈질기게 추적을 해오다가 결국 어느 날 밤 체포에 성공했는데…… 가만있자, 그게 어디였더라? 그게 어디였지?"

바랄 백작이 설명을 하다가 잠시 막히자, 한마디라도 더 끼어들고픈 비브레 남작부인이 얼른 내뱉었다.

"벨담 부인 댁에서죠! 뇌이에 있는 부인의 집에서 잡혔다지 뭐예요!"

"세상에! 어쩜 그럴 수가?"

시몬 올보르는 깜짝 놀라다 말고 딱하다는 표정으로 이렇게 중얼거렸다.

"아, 가엾어라! 부인께서 얼마나 놀랐을까!"

이에 바랄 백작이 단호한 어투로 덧붙였다.

"벨담 부인은 용기와 기품, 기독교적 박애정신을 모두 겸비한 훌륭한 여성이지요. 부군을 향한 애정도 상찬할 만합니다. 그런데도 범인을 선처해줄 것을 진심으로 요구했으니, 정말이지 여간 대단한 여성이 아니에요. 비록 그렇게 되지는 못했지만 말입니다!"

하지만 대기실에 널린 다른 흥밋거리에 이미 정신이 팔려 있는 시몬 올보르는 백작의 설명에 건성으로 대꾸할 뿐이었다.

"세상에나, 그랬었군요."

대신 시몬 올보르의 눈길은 책상 선반 위에 두툼하니 쌓여 있는 우편물에 가 닿았고, 그중 하나를 제멋대로 들춰보더니 이렇게 말했다.

"어머, 이 편지들 정말 재밌네요. 전부 여자 필체뿐이에요. 발그랑한테 몰려든 연애편지들인 모양이죠?"

한편, 올보르 대령은 대기실 저쪽 구석에서 바랄 백작과 따로 얘기를 나누기 시작했다.

"방금 말씀하신 이야기, 참 흥미롭군요. 대체 어떻게 된 겁니까?"

"간단합니다. 그 거언이라는 자가 벨담 부인 집에서 나오다가 그만 경찰에 발각돼, 즉시 체포되어 감옥에 갇힌 거지요. 지난봄에 정식으로 기소가 되어 중죄 재판이 열렸는데, 아마 지금으로부터 한 달 반쯤 되었을 겁니다. 내로라하는 파리 시민들이 모두 그 재판을 구경하겠다며 난리였지요. 물론 저도 재판을 직접 참관했고요! 그 거언이라는 인간, 아주 지독한 놈이긴 한데, 뭐라고 할까, 좀 묘한 구석이 있더군요. 뭔가 이해관계가 얽힌 논쟁 끝에 자기가 벨담 경을 살해했다고 자백했어요. 뭘 훔치려고 했다고도 하고…… 아무튼 그런 얘기들을 하는데, 당최 거짓말만 늘어놓는 것 같더라니까요. 적어도 제가 느끼기엔 말이죠."

“그럼 진짜 범행 이유가 따로 있다는 겁니까?”

대령의 갑작스러운 질문에, 바랄 백작은 모호한 몸짓과 함께 목소리를 한껏 낮추고는 얘기를 이어나갔다.

“그야 모르죠. 글쎄요, 정치 문제인지 그냥 허무주의인지…… 어쩌면 애정 문제일 수도 있겠고…… 분명한 것은 벨담 부인과 거언이라는 자 둘 사이에 우연의 일치로 벌어진 일이라는 것이 영 예사롭지가 않다는 겁니다! 삼 년 전, 벨담 부인이 트란스발 전쟁터에서 부상자와 병자들을 열심히 돌보며 나름대로 국가에 이바지한 뒤 영국으로 귀환하는 길에 거언과 같은 배를 타게 되었다고 해요. 당시 거언은 전장에서 세운 공로로 중사 계급에 오르고 훈장까지 받아 제법 이름이 알려졌다고 하고요. 문제는 그때 거언과 벨담 부인이 서로 아는 사이로 마주했느냐는 점입니다. 소송이 제기된 이후로 벨담 부인의 태도가 중상모략까지는 아니더라도 세간의 구설수를 불러일으키기에 충분했던 건 사실이니 말이에요…… 벨담 부인은 범인 앞에서 이상하리만치 약해지는 모습을 보이더군요. 그건 여러 가지로 해석될 여지가 있었습니다. 혹자는 벨담 부인이 남편을 여읜 고통 때문에 반쯤 미쳐서 그런 것이 아니냐고 했고, 다른 사람들은 부인이 혹시 그 파렴치한 범인에게 마음이 있는 것 아니냐는…… 참으로 해괴한 추정을 하기도 했어요. 결국 부인이 희생자냐 공범이냐 하는 논란으로까지 비화되고 말았죠. 네, 벨담 부인과 거언이 비밀스

러운 애정관계를 가진 것 아닌가 하는 의혹이 있는 게 사실이에
요!"

"아니, 그토록 정숙하고 기품 넘치는 귀부인이 말입니까?"

올보르 대령이 두 눈을 동그랗게 뜨고 외치자, 바랄 백작은 얼
버무리는 몸짓을 하며 이렇게 말했다.

"아무튼 떠도는 얘기들이 이만저만이 아닙니다…… 특히 거
언에게 사형 선고가 내려지자 사람들이 모두 반겼는데, 그에 얽
힌 사연이 워낙 파리 시민들의 입맛에 들어맞는지라, 우리의 발
그랑까지도 나서서 오늘 이렇게 관객들이 환호해 마지않는 연극
을 공연한 것 아니겠습니까! 〈핏자국〉이라는 이번 연극의 살인
범 역이야말로 거언에 대한 실제 공소장의 세세한 대목에 철저
하게 근거를 두고 구체화한 배역이라, 이거지요. 어찌나 정밀하
게 인물 연구를 했는지, 거언과 자신을 완전히 동일시한 느낌마
저 들더군요…… 하여튼 거기서 소재를 끌어왔다는 건 멋진 발
상임이 분명합니다! 대령도 보셨죠? 그가 무대에 등장할 때 관
객의 반응이 얼마나 대단했는지."

"정말 그렇더군요. 장내가 '오! 오!' 하는 탄성으로 온통 술렁
거리는 것이…… 도대체 왜들 그러나 했지요……"

대령이 공감을 표하자 바랄 백작은 이런 권유의 말을 잊지 않
았다.

"누구든 유명한 인사를 만나면 한번 유심히 관찰해보세요,

그 모습 속 어딘가에 반드시 거언의 초상이 깃들어 있을 테니까…… 아, 이제야 발그랑이 납시는 모양이군요!"

통로 저만치서 발그랑이 오페레타의 후렴 한 부분을 우렁차게 부르며 다가오고 있었다. 표정 연기만으로도 보는 이를 온통 설레게 만든다는 이 탁월한 비극 배우는 실은 굉장히 쾌활한 성품을 지닌 자로, 자신의 진짜 행복은 얼토당토않을 만큼 기발한 소극을 연기하는 것이라고 툭하면 농담조로 떠벌리곤 했다.

아니나 다를까, 비브레 남작부인이 제일 먼저 양팔을 벌린 채 발그랑을 향해 다가갔다.

발그랑은 여자의 저돌적인 포옹 시도에 적당히 화답하면서, 우선 대기실로 들어가려고 애쓰는 기색이 역력했다. 비브레 남작부인은 얼른 앞서면서 이렇게 외쳤다.

"내가 한 분씩 차례로 소개해드리지요, 발그랑 씨!"

남작부인은 이제 막 모습을 드러낸 명배우를 신기한 듯 바라보고 있는 일단의 젊은 여성들을 가리키며 신이 나서 주절거렸다.

"여긴 마르셀린 드 바랄 백작부인이고…… 저기 저분은 올보르 대령 부인……"

나무랄 데 없는 사교계 유명 인사 발그랑은 역시 깍듯한 태도로 상황에 대처했다.

"안녕하십니까, 신사숙녀 여러분. 너무 오래 기다리게 해서 죄송합니다. 장관님과 중요한 대화를 하느라 늦었습니다.”

“그거 정말 축하할 일입니다!”

올보르 대령이 호기롭게 외치자, 발그랑은 살짝 웃으며 얘기를 계속했다.

“장관님은 참 인자하고 매력적인 분이더군요!”

그러고는 비브레 남작부인을 돌아보며 덧붙였다.

“황송하게도 그분이 제게 담배를 선물하셨답니다. 아주 귀한 물건이지요!”

시몬 올보르가 잔뜩 흥미를 보이며 끼어들었다.

“어머나, 어디 좀 보여주세요!”

발그랑은 대령 부인의 요구를 깍듯이 들어준 다음, 의상 담당자를 불러 말했다.

“샤를로! 이 담배를 귀중품 상자에 넣어두도록 해요.”

한데 샤를로가 다가오더니 점잖게 말하는 것이었다.

“발그랑 씨, 상자가 이미 다 찼습니다.”

순간, 비브레 남작부인이 딴에는 눈치깨나 있는 것처럼 참견했다.

“우리가 너무 오래 귀찮게 하는 건 아닌지 모르겠네. 어때요, 많이 피곤하지 않아요?”

“죽을 지경입니다.”

발그랑은 손으로 이마를 한 번 쓱 훔치고는 주위를 둘러보며 물었다.

“그나저나 오늘 연기는 어땠습니까?”

과연 말이 떨어지기가 무섭게 모든 이의 입에서 극찬에 가까운 평들이 쏟아져나왔다.

“완벽했어요! 기가 막힌 연기였습니다!…… 굉장하더군요!”

“아니, 그런 거 말고…… 난 정말 솔직한 평을 듣고 싶은 겁니다!”

발그랑의 다소 거드름 섞인 말투에도 불구하고, 올보르 대령은 무척이나 진지한 태도로 거듭 찬사를 늘어놓았다

“당신은 그야말로 연기예술의 정상에 도달했더군요!”

“그게 아니라…… 아, 지금 그 말씀 진심으로 하시는 겁니까? 정말 친구로서 하는 말씀이냐고요. 그렇습니까?”

이번에도 가장 호들갑스럽게 남의 말을 끊고 나선 사람은 비브레 남작부인이었다.

“놀라울 정도였어요! 그 이상 잘해낼 수는 없다고까지 말할 수 있다니까요!”

발그랑을 극성스레 에워싼 사람들 모두 남작부인의 말에 동의를 표했다.

“설마 진정으로 그렇게들 생각하시나요?”

자신의 인기를 그런 식으로 거듭 확인한 발그랑은 마침내 이렇게 토로했다.

"아, 그동안 얼마나 노력했는지 모릅니다! 처음 연습을 시작했을 땐 말이죠, 아마 샤를로에게 물어보면 잘 알 겁니다만, 작품이라고 할 수도 없었어요!"

"그럼요, 작품이라고 할 수 없었죠."

샤를로가 마치 메아리처럼 중얼거렸다.

"작품도 그렇고, 내 역할도 제대로 되어 있지 않았지요. 말하자면 아주 밋밋한 게, 보잘것없는 배역이었습니다. 그래서 하루는 내가 작가를 따로 불러 이렇게 말했죠. '이보게, 프란츠. 아무래도 이렇게 해야 할 것 같은데…… 우선 변호인의 장광설 말이야, 그거 쓸데없어! 변호인이 주절대는 동안 난 뭘 하냐고! 차라리 내가 스스로 변호를 할 거네. 내가 나의 변호를 한다, 이거지! 그렇게 해야 먹혀들 거라고!' 그럼 감옥 장면은 또 어땠을까요? 생각해보십시오. 작가는 감옥 장면에 굳이 신부를 집어넣겠다는 겁니다! 그래서 내가 또 이렇게 말했죠. '신부는 빼버리게! 신부가 설교하는 동안 난 대체 뭘 하란 말인가? 정말 유치해 죽겠어. 차라리 신부 대신 내가 설교를 하는 게 나을 걸세. 내가 나 자신을 위한 설교를 한다, 이거야! 그걸로 충분해, 이 사람아……' 뭐 이제 와서 내 자랑을 하는 건 아니지만, 이번 작품은 전부 내가 꼼꼼히 손본 거란 말입니다! 그래서 이 정도나마 성공한 것 아니겠습니까, 안 그래요?"

"성공이다마다요!"

시몬 올보르가 호응하자 비브레 남작부인이 질세라 맞장구 쳤다.

"아무렴요, 대성공이죠!"

한데 발그랑은 거울 속 자신의 모습을 만족스럽게 훑어보더니 다짜고짜 물었다.

"내 얼굴 분장은 어떤가요, 대령님? 이 분장에 얽힌 사연에 대해 좀 아시나요?"

"글쎄요……"

대령이 머뭇머뭇 중얼거리자, 발그랑이 말을 끊고 덧붙였다.

"사람들이 죄다 그 얘기만 하는 것 같던데…… 어때요, 내가 정말 거언 같습니까? 어떻게 생각해요?"

그러고는 이번엔 바랄 백작을 돌아보며 물었다.

"자, 한번 말씀해보시죠. 백작님은 재판을 직접 구경하시지 않았나요?"

"놀랍기 그지없어요!"

젊은 백작의 찬사에 발그랑은 또 발끈하듯 말했다.

"아니요, 정말 솔직한 말씀을 듣고 싶습니다! 하긴 신장도 비슷하고 체형이나 모습도 무척 닮았으니 내겐 그리 어려운 일도 아니죠!"

"진짜 닮긴 닮은 것 같네요."

대령이 슬그머니 거들자 발그랑은 칭찬에 굶주린 사람처럼 다그쳤다.

"아, 좀더 진지한 평을 해주시면 안 되겠습니까?"

"정말이지 믿을 수 없을 만큼 닮았어요!"

바랄 백작이 노골적으로 치켜세우자 더욱 신이 난 발그랑.

"이런다고 나를 칭찬에 목매는 배우로 보시는 건 아니죠?"

그러면서 자기 얼굴을 정성스레 어루만지더니, 불현듯 무슨 생각이 떠올랐는지 이렇게 외쳤다.

"아 참, 이 수염 말입니다. 이것도 진짜예요! 이번 역할 때문에 일부러 수염을 길렀다는 거 아닙니까!"

"아, 정말 대단하세요!"

마르셀린 드 바랄이 쌩끗 웃으며 호응했고, 비브레 남작부인은 한술 더 떠 이렇게 졸라댔다.

"저기요, 발그랑. 그 수염 말인데 기념으로 조금만 잘라줄 수 없을까요?"

흠칫 당황한 발그랑은 대답을 찾지 못하고 있다가, 이내 생각을 정리한 듯 과장되게 유감스러운 표정을 지으며 말했다.

"아, 이걸 어쩌죠. 아직은 안 되겠습니다! 정말 안타깝네요. 하지만 조금 지난 다음에는…… 어쩌면 가능할지도 모르겠군요. 백 회쯤 되었을 때 다시 생각해보도록 할게요!"

"어머나, 그럼 저도 꼭 좀 부탁해요!"

덩달아 조르는 시몬 올보르에게 발그랑은 한껏 거드름을 피우며 대답했다.

"그래요, 부인도 예약해드리지요."

한편 바랄 백작은 회중시계를 슬그머니 내려다보고는 말했다.

"자, 자, 여러분. 시간이 아주 많이 늦었습니다! 우리의 위대한 예술가께서도 이제 눈 좀 붙이셔야 하지 않겠습니까!"

다들 방을 빠져나가다 말고 통로 앞 대기실 문턱에서 몇 분 정도 더 잡담을 나누었다. 서로 악수를 나누고 인사말을 교환하면서, 더할 나위 없이 열정적이고 친근한 우정과 애정이 두서없이 오가는 분위기였다.

배우를 흠모하는 떠들썩한 팬들이 급기야 저만치 멀어져갔다.

모처럼 혼자 남게 된 발그랑은 대기실 문을 빗장으로 걸어잠근 뒤, 분장용 탁자 앞의 편안한 안락의자로 걸어가 쓰러지듯 널브러졌다……

31
밀회 약속

"아이구야!"

늘어지게 기지개를 켜던 발그랑은 외출복 준비에 여념이 없는 의상 담당자를 흘끔 보고는 다짜고짜 외쳤다.

"나 참, 알다가도 모를 일이에요. 아무리 녹초가 되었어도, 저 감미롭기 그지없는 여인네들의 모습을 대하노라면 금세 원기가 솟으니 말입니다!"

샤를로는 어깨를 으쓱하며 푸념 섞인 목소리를 냈다.

"발그랑 씨, 조금이라도 진지해지실 순 없나요?"

"아하, 천만의 말씀! 나한테선 절대 그런 걸 기대하면 안 되죠! 이 세상에 단 하나 심심하지 않은 거라곤 여자라는 존재뿐인 걸요! 우리네 통곡의 계곡에 빛을 던져줄 저 무지개와도 같은 존재, 비할 데 없이 아리따운 여성 제군 말입니다!"

"오늘따라 대단히 시적이십니다, 발그랑 씨!"

의상 담당자의 대꾸에 명배우는 허풍 섞인 언변을 계속 이어 갔다.

"난 말이지요, 사랑에 빠진 남자랍니다! 어느 한 여자가 아니라 모든 여자와 사랑에 빠진 남자! 나는 사랑을 사랑하는 사람이에요, 알겠습니까? 아, 사랑이여!"

자기 딴엔 풍부한 의미가 넘친다고 생각하는 과장된 몸짓을 실컷 취하다 말고, 그가 불쑥 지시했다.

"자, 자, 어서 이 옷이나 벗겨줘요."

샤를로는 배우 곁으로 다가들면서 동시에 편지 꾸러미를 내밀며 물었다.

"편지는 지금 뜯어보실 겁니까?"

"어디 좀 보지요."

봉투를 하나둘 들춰보며 재밌다는 듯 흥얼거리는 발그랑.

"보랏빛 잉크에, 숫자들에, 왕관 무늬에……"

발그랑은 그중 하나를 빼들더니, 개봉하기에 앞서 한껏 뿌듯한 표정으로 말했다.

"이봐요, 샤를로! 내 생각에 이건 분명 연애편지인데. 어때요, 내기 한판?"

"맙소사! 여기에 날아드는 우편물은 항상 그런 편지 아니면 청구서뿐이잖습니까!"

의상 담당자가 퉁명스레 이죽대는데도 발그랑은 고집스레 농을 걸었다.

"그러니까 내기 한번 해보자니까!"

샤를로는 하는 수 없이 이렇게 말했다.

"정 그러시다면 청구서라는 데 걸지요…… 실컷 이기세요!"

"좋았어요! 자, 그럼 내가 읽을 테니 들어보시구려……"

유명 비극 배우 발그랑은 그 잘난 목소리를 가다듬고는 술술 읽기 시작했다.

"'경탄할 만한 예술가여, 저는 이제 막 피어나기 시작한 꽃 한 송이랍니다……' 듣고 있는 거예요, 샤를로?"

"뭐 처음 있는 일도 아닌걸요……"

일부러 놀란 표정을 지으며 샤를로가 말하자, 발그랑은 "아무렴, 앞으로도 빈번할 일이지요!"라고 덧붙이고는 다른 편지들도 계속 뜯어보았다.

"야, 이것 봐라! 사진이 동봉되어 있네. '마음에 들지 않으면 돌려보내주시기 바람……' 아하하!"

이젠 아예 웃느라 뒤로 넘어갈 지경이었다.

"이봐요, 샤를로. 내 옷깃이나 어서 줘요!"

그러고는 만면에 미소를 띤 채 또다른 편지를 살피는 발그랑.

"자, 자, 여기 이 연보랏빛 봉투는 어때요? 내 치명적인 매력의 희생자가 애정이 듬뿍 담긴 고백을 하고 있는 건 아닌지 또 내기 한판 할까요?"

"그러죠 뭐!"

"어허허, 이것 봐요! 또 내가 이겼어! 이번 건 제법 세게 나오는데…… (곧이어 낭랑한 낭독이 이어진다) '비밀을 유지하겠다고 약속해주신다면…… 결코 후회하지 않을 것입니다.'"

배우는 약간 씁쓸한 뉘앙스를 풍기며 덧붙였다.

"약속을 못 지키면 후회한다는 뜻인가?"

"사랑의 맹세를 하라, 이거겠죠!"

"웬 얼토당토않은 맹세!…… 자, 마실 거나 한 잔 갖다주시구려. 목말라 죽겠어!"

"위스키소다 한 잔이면 되겠어요?"

발그랑은 안락의자에서 일어나, 샤를로가 여느 때처럼 정확하게 위스키소다 두 잔을 채워 놓아둔 작은 원탁으로 다가갔다.

"그렇지. 자고로 잔은 함께 들어야 제맛이지요! 행운을 위하여! 나의 둘도 없는 친구이자 충복인 그대 샤를로와 더불어 건배!"

발그랑의 건배 제의에 의상 담당자도 제법 흥이 도는지 과장된 몸짓으로 잔을 높이 들며 외쳤다.

"아, 발그랑 씨, 당신은 참으로 좋은 분입니다! 앞으로도 탄탄대로를 걸으시길 바라며!"

발그랑은 잠시 뜸을 들이다가 불쑥 물었다.

“그런데 오늘밤 공연, 내가 잘해낸 거 맞나?”

“그럼요.”

“정말 그래?”

“그러잖아도 막간 때 비앵브뉘 양의 의상 담당자한테 그런 얘기 했는걸요. 세상 그 어느 배우도 우리 발그랑 씨의 발치에 미치지 못할 거라고 말입니다!”

“어허, 정말 진지하게 말해달라니까요, 샤를로…… 진지하게 말이요!”

샤를로는 안 되겠다 싶었는지 선서를 하듯 손을 쳐들고 말했다.

“돌아가신 어머니를 두고 맹세하는 바입니다, 발그랑 씨! 저를 그렇게도 못 믿으시나요?”

그때였다. 불현듯 문가에서 들려온 얌전한 노크 소리가 두 남자의 대화를 중단시켰다.

순간 침울해지기 시작하는 발그랑…… 귀찮은 팬들한테 시달릴 일이 또 남아 있단 말인가!

그럼에도 불구하고 궁금증이 발동해, 발그랑은 어서 문을 열어보라고 지시했다.

의상 담당자 샤를로는 반쯤 연 문틈으로 살짝 모습이 비친 난데없는 침입자에게 호통이라도 칠 기세였다.

“그래도 그렇지! 이깟 편지 한 통 때문에 이런 식으로 배우의 휴식을 방해합니까? 뭐요? 급한 사연이라고? 오, 사연치고 급하지 않은 것도 있나……”

샤를로는 거칠게 문을 닫고 발그랑에게 다가와 봉투를 쓱 내밀었다.

“어떤 여자가 이걸 가져왔는데요.”

“그래요? 샤를로, 이번에도 내기 한판 할까?”

“좋죠! 그럼 전 역시나 청구서에 걸겠습니다. 그래야 또 이기시죠.”

편지를 개봉한 발그랑, 처음 몇 줄은 건성으로 읽다가 시간이 갈수록 눈빛에 힘이 들어갔다. 심지어 중간에 읽다 말고 서명부터 확인하더니, 다시 시작 부분으로 돌아와 한 줄 한 줄 짚어가면서 입으로는 탄식까지 내뱉는 것이었다.

“오! 아! 맙소사!…… 이런!…… 이, 이것 좀 들어봐요! ‘당신은 이번 〈핏자국〉이라는 작품 속의 살인범 역을 소화하면서, 벨담경 살해범인 거언과 혼동될 정도로 기막힌 연기를 펼쳤습니다. 저는 오늘 새벽 정각 두시에 메시에 가 22번지에서 거언과 ‘똑같은 분장’을 한 당신을 기다리고 있겠습니다. 부디 혼자, 아무도 모르게 와주시기 바랍니다. 당신을 사랑하고 원합니다……’”

“서명이 있나요?”

“응, 서명이……”

샤를로의 질문에 대답을 하려다 말고 발그랑은 이렇게 우물거렸다.

"아, 그건 모르는 게 좋을 것 같은데…… 추신이 이렇게 되어 있어서 말이야. '최대한 비밀을 지켜주시기 바랍니다. 이 편지는 읽자마자 불태워주세요.'"

"흠, 알 만하군요."

발그랑은 편지를 불태우진 않고 품속 지갑에 잘 챙겨넣고는 입가에 묘한 미소를 띠며 물었다.

"뭘 멍하니 서 있는 거지요?"

"저요? 옷을 갈아입혀드리고 있지 않습니까!"

능청을 떠는 의상 담당자에게 발그랑은 껄껄 웃으며 말했다.

"맙소사! 아까 읽어준 편지 내용 못 알아먹은 거요? 그 나쁜 놈이 입었던 저고리하고 넥타이나 당장 내놔요!"

"아니, 지금 무슨 생각을 하는 거죠? 설마하니……"

"망설일 이유가 뭐 있겠어? 내가 놀았다면 좀 놀아본 몸이지만, 이번처럼 특별한 경우는 처음이니 말이요. 샤를로, 내 풍부한 경험을 한번 믿어봐요. 이런 일은 어차피 거기서 거기라니까! 게다가 난 이 사람을 알아. 종종 본 적이 있다고. 그게 그러니까, 내가 법정에 앉아 있는 장면에서…… 그렇지, 바로 그 여자야!"

"아이고!"

의상 담당자의 실소 섞인 탄식에도 불구하고 발그랑은 계속 신이 나서 지껄였다.

"세상에, 그렇게 먹음직스러운 여자는 처음 봤어요. 묘한 아름다움을 지녔지. 품격도 있어 보이고, 전체적으로 강렬한 매력이……"

"그래봤자 살짝 맛이 간 광팬이겠죠!"

"맛이 가다니요! 사랑에 빠진 여인이지!"

"어째 이번에는 꼭 어린애처럼 들떠 보이십니다!"

"그래요? 그거 듣던 중 반가운 소리인걸. 방금 전까지만 해도 피곤해서 죽겠더니만, 지금은 이렇게 쌩쌩해졌잖아요! 자, 자, 어서 서두르자고요. 내 모자…… 시간이 없어요! 그나저나 어디 붙어 있는 거야?"

"뭐가요?"

샤를로가 어리둥절한 표정으로 묻자 발그랑은 안달을 내며 말했다.

"뭐라니! 그 메시에인가 뭔가 하는 곳…… 지도를 찾아보라 고요! 내 향수 분무기는 또 어디 있지?"

발그랑은 점점 더 흥분해서 방 안을 이리저리 서성였고, 샤를 로는 메시에라는 주소명을 찾아 허겁지겁 『파리 명사 인명록』*을 알파벳순으로 뒤졌다.

"J…… K…… L…… M…… Ma…… Me…… 아니, 이 런!…… 발그랑 씨!"

샤를로가 한순간 눈이 휘둥그레지며 외쳤다.

---

* 1903년부터 매년 발간되는 프랑스의 대표적인 주소인명록.

"왜 또?"

"발그랑 씨, 그, 그게…… 메시에 가는…… 교도소가 위치한 곳인데요!"

"아니, 그게 대체 무슨 소리야? 교도소라니?"

"상테 교도소 주소예요! 사형수 거언이 갇혀 있는 곳이라고요!"

갈수록 어쩔 줄 몰라하는 샤를로와는 대조적으로, 발그랑은 호기 넘치게 모자를 비껴쓰며 말했다.

"오호, 그럼 밀회 장소가 감옥이란 말인가?"

"그건 아니지만…… 감옥 맞은편이니 결국 그게 그거죠."

발그랑은 더욱 신이 난 듯 외쳤다.

"감옥 맞은편이라! 야호! 이봐요, 샤를로. 왠지 내 평생 잊을 수 없는 밤을 보내게 되리라는 예감이 드는걸!"

"저는 전혀 아닙니다."

그러거나 말거나 명배우의 얼굴은 기대가 충만한 채 여전히 싱글벙글이었다……

"아무튼 요즘 마나님들은 취향이 여간 독특한 게 아니라니까."

발그랑은 자신의 눈치를 이리저리 살피는 샤를로의 걱정스러운 시선은 아랑곳하지 않고 계속 주절댔다.

"밀회 장소를 선택한 것만 봐도 알 수 있지. 이왕이면 거언의 분장을 완벽하게 갖춘 상태로 나를 보고 싶어하는 그 얄궂은 욕망 하며…… 취향이 보통 세련된 게 아니에요. 글쎄, 뭐랄까, 독특하기 그지없는 사디즘이라고나 할까? 한번 상상해봐요! 진짜 살인범 거언은 감방에 갇혀 있는데, 그 바로 앞에서 거언의 복제판과 한 여인이 뜨거운 밀회를 즐기는 광경 말이요. 자, 자, 뭐 하고 있어요. 내 망토하고 지팡이 어서 줘요!”

하지만 샤를로는 도무지 불안을 떨치지 못하는 표정이었다.

“발그랑 씨, 이건 좀 이상합니다. 더구나 당신 같은 명배우가 이렇게 선뜻……”

“나 같은 명배우가 뭐가 어때서! 자고로 나 같은 명배우는 때론 제대로 미칠 줄도 알아야 하는 법! 더구나 이런 밀회를 위해서라면야!”

발그랑은 그야말로 흥분이 극에 달해 당장이라도 뛰쳐나갈 기세였고, 샤를로는 그런 그를 어떻게든 막아보려고 안달이었다. 마침내 발그랑은 제발 신중하게 처신하라고 타이르는 의상 담당자의 만류를 매몰차게 뿌리치며 이렇게 내뱉었다.

“이번만큼은 왠지 신중하지 않고 싶다오…… 안녕, 샤를로!”

결국 배우 대기실에 홀로 남은 샤를로. 사실 그는 툭하면 여자 꽁무니나 쫓아다니면서 엉뚱한 짓을 저지르기 일쑤인 명배우의 괴벽에 익숙한 터였지만, 왠지 이번만큼은 마음이 영 편치 않았다.

"나 참, 저렇게 유명한 대배우가 어째 하는 짓이라고는……
계속 저러다간 여자들 때문에 멍텅구리가 돼버리지! 이것 보라
고. 장갑하고 머플러도 빠뜨리고 갔잖아!"

순간 문 두드리는 소리가 들렸다.

"들어오시오!"

의상 담당자가 기계적으로 내뱉자, 새로 일하게 된 극장 관리
인이 얼굴을 들이밀었다.

"아, 당신입니까?"

"소등해도 되겠습니까? 발그랑 씨는 나가셨나요?"

"네, 나가셨습니다."

건성으로 대답하는 샤를로에게 작별인사를 하다 말고, 극장
관리인은 뭔가 생각난 듯 이렇게 말했다.

"아 참, 이번에 나온 〈라 카피탈〉 보셨나요? 우리 얘기가 실렸
던데……"

"벌써요?"

"요즘 신문들이 보통 날랩니까! 미국식으로 후닥닥 해치우잖
아요. 공연이 대성공이라고 아주 떠들썩합니다."

"어디 좀 봅시다!"

의상 담당자는 얼른 신문을 빼앗아들고 눈으로 훑었다.

"음, 정말이네…… '이번 공연이야말로 발그랑 씨의 최대 성
공작이라 할 만하다……'"

샤를로는 뿌듯한 얼굴로 극장 관리인을 돌아보며 말했다.

"아까는 문교부 장관께서 직접 발그랑 씨를 찾아 치하했는데, 알고 있나요?"

"그야 당연히 알고 있죠! 관리인이 극장에 관한 일을 모른다면 말이 안 되지요."

샤를로는 계속해서 신문을 읽어내려갔다.

"가만, 이 대목은 정말 제대로 썼군요. 들어봐요! '발그랑 씨의 보기 드문 명연기는 일개 끔찍스러운 흉악범에게 충분한 공감을 불어넣어……'"

바로 그때였다. 신문을 읽던 의상 담당자의 얼굴이 갑자기 파랗게 질리면서 생각지도 못한 신음이 터져나오는 것이었다.

"아니, 세상에…… 이럴 수가!"

"무슨 일입니까? 혹평이라도 실렸나요?"

대답 대신 신문 한 귀퉁이를 가리키는 샤를로의 목소리가 심하게 떨리고 있었다.

"여기…… 이곳을 한번 읽어봐요……"

극장 관리인은 의상 담당자의 어깨 너머로 문제의 기사를 얼추 훑고는 다시 물었다.

"이게 뭡니까? 역시 거언 사건 얘긴가요?"

"그래요. 18일 오전에 처형할 거라는데…… 그렇다면 오늘…… 얼마 안 남았잖아!"

샤를로는 이제 몸까지 바르르 떨고 있었다.

"아, 그런가요……"

별 생각 없이 대꾸하던 극장 관리인은 백지장처럼 질려 있는 의상 담당자의 얼굴을 보고는 깜짝 놀라며 물었다.

"샤를로 씨, 어디 불편하세요?"

"아닙니다, 괜찮아요…… 그저 좀 피곤해서…… 이제 소등하십시오, 나도 오 분 안에 극장을 나가겠습니다."

샤를로가 애써 정신을 추스르는 걸 확인한 뒤, 극장 관리인은 비로소 배우 대기실을 나서며 부탁했다.

"혹시 제가 먼저 잠자리에 들까봐 드리는 말씀인데, 나가실 때 그쪽 뒷문 좀 꼭 닫아주십시오."

"네, 알았습니다!"

다시 혼자 남게 된 샤를로는 안락의자의 팔걸이에 힘없이 걸터앉은 채 혼잣말을 중얼거렸다.

"대체 어찌 된 영문인지 모르겠어! 발그랑 씨가 신중하지 못한 처신을 하고 있는 건 분명한데…… 저러다가 언젠가는 큰코다치지. 아, 오늘밤 일이 정말 걱정되는군. 도대체 왜 꼭 거길 가야 했던 거냐고! 그 여자가 원하는 게 대체 뭘까? 내가 비록 힘없는 늙은이에 불과하지만, 그래도 눈치는 제법 빠른 편이거든…… 가뜩이나 그놈의 아리송한 사건에 대해 흉흉한 얘기가

도는데 왜 하필 교도소 앞이냔 말이야!"

샤를로는 한동안 아무 말 없이 깊은 생각에 잠기다가, 문득 또 다시 중얼거렸다.

"내가 한번 그쪽으로 가볼까? 아이고, 혹시라도 들키면 그 양반 또 노발대발할 텐데…… 하지만 뭔가 안 좋은 일이라도 생기면…… 그 편지가 아무래도 수상하단 말이야. 아무래도 감이 안 좋아……"

샤를로는 잔뜩 인상을 쓴 채 방 안을 이리저리 서성대면서 자기도 모르게 두서없는 혼잣말을 마구 뱉어냈다.

"아이고, 도대체 이게 뭐 하는 짓이야! 진정하자, 진정해야 해! 나 참, 어리석기는…… 하지만 그놈의 밀회 약속이…… 하필 그런 기분 나쁜 곳에서…… 조금 있으면 기요틴에서 거언의 목이 달아날 텐데 뭐 하러 거길 간다는 건지……"

마침내 샤를로의 얼굴에 단호한 결의의 빛이 스쳐 지나갔다.

그는 서둘러 웃옷을 갖춰 입고 모자를 쓴 다음, 화려하게 불이 밝혀진 명배우의 대기실 전등을 하나하나 껐다.

"하는 수 없지. 내가 가봐야겠어! 가서 조금이라도 수상한 점이 발견되거나 최소한 반시간 안에 발그랑 씨의 모습이 보이지 않으면 그땐……"

샤를로는 배우 대기실 문을 열쇠로 잠그며 거듭 다짐했다.

'그래, 직접 가보는 거야. 그래야 마음이 편할 것 같아……'

32
무시무시한 배반

두방망이질하는 가슴을 매 순간 쓸어내리고, 흠칫흠칫 걸음을 멈출 때마다 혹시나 하는 마음으로 연신 귀를 기울이면서 벨담 부인은 캄캄한 밤의 적막 속을 황망히 서성대고 있었다. 평소보다 훨씬 더 창백한 얼굴과 묘한 광채가 번득이는 눈빛을 한 이 품위 넘치는 귀부인은 두근거리는 가슴이 폭발해 심장이 밖으로 뛰쳐나올까봐 걱정하는 사람처럼, 벌벌 떠는 두 손을 가슴 위에 포개고 있었다.

'혹시 안 오는 거 아니야?'

그렇게 속으로 중얼거리다 말고, 자기도 모르게 탄성을 토해내는 벨담 부인.

"아, 무슨 소리가 들렸어! 그가 분명해!"

그녀는 발끝걸음으로 방을 가로질러가 문을 살짝 연 뒤 잠시 귀를 기울이고는, 다시 제자리로 돌아왔다.

"아니야……"

메시에 가 22번지에는 몇 주 전부터 텅 빈 채 방치된 2층짜리 누옥이 하나 자리 잡고 있었다. 건물의 소유주인 시골의 포도원 주인이 아주 뜸하게 파리를 방문하곤 했는데, 갈수록 지저분해지고 습기가 차오르는 그곳에 이제는 세 들겠다는 사람도 점점 줄어들어, 마침내 완전히 허물고 새로 지어야 될 만큼 건물 전체가 폐허나 다름없는 꼴로 전락해버리고 말았다.

그런데 불과 한 달 전, 메시에 가 22번지의 건물 소유주는 뒤랑이라는 애매한 이름이 서명된 임대차 계약서를 받아들고 깜짝 놀라지 않을 수 없었다. 더군다나 계약서와 함께 일 년치 임대료에 해당하는 금액이라며 은행권 지폐 300프랑이 동봉되어온 것이 아닌가! 뜻밖의 횡재에 두 눈이 휘둥그레진 건물주는 부랴부랴 영수증부터 챙겨 보냈다. 그러지 않아도 저 골칫덩이를 언제 수리하나 고심하던 차인데 일 년간 살아줄 임자가 이렇게 나타났으니 일부러 손댈 걱정을 하지 않아도 되고 여간 달가운 일이 아니었다.

건물주는 계약서에 명시된 주소로 집 열쇠를 신속히 보내주었고, 더이상 건물에 신경 쓰지 않았다.

2층의 제일 큰 방이자 지붕 바로 밑 다락방이기도 한 곳. 닳아

빠진 낡은 소파와 비슷한 상태의 안락의자와 짚 의자 몇 개, 흰색 나무 탁자가 썰렁하니 배치된 곳에서 벨담 부인은 10월 18일 밤을 마음 졸이며 지새우고 있었다.

탁자에는 풍로 위에 얹혀 부글거리는 찻주전자와 잔 몇 개, 그리고 과자가 조금 준비되어 있었다. 이 남루한 실내 풍경을 비추는 것은 희부연 등불 하나가 전부였다.

방 한복판에 우두커니 서 있던 벨담 부인은 갑자기 계단 쪽 문과 정반대 방향에 있는 골방 앞으로 다가가더니, 그 작고 검은 문짝을 살짝 열어보았다. "쉿!" 부인은 마치 그 속에 누군가 숨어 있는 것처럼 속삭이고는, 다시 제자리로 돌아와 낡은 소파에 쓰러지듯 주저앉았다.

두 손으로 감싸쥔 벨담 부인의 관자놀이가 무섭게 박동하고 있었다. 생각을 정리하려고 애쓰는 듯했으나 여의치가 않은지, 부인은 벌떡 일어나 처음처럼 다시 방 안을 서성대기 시작했다.

"아직 안 오고 있어…… 아, 와주기만 한다면 내 수명에서 십 년이라도 내주겠는데…… 이러다 모조리 망치는 거 아니야? 아, 정말 미칠 것 같은 밤이로구나!"

벨담 경의 미망인은 문득 주위의 썰렁한 광경을 퀭한 눈으로 둘러보고는 또다시 탄식을 내뱉었다.

"어쩜 이리도 을씨년스러울까!……"

그러지 않아도 희미한 불빛에 의존하고 있던 방 안이 아까부터 점점 더 어두워지고 있었다. 벨담 부인은 얼른 탁자 위의 등불 앞으로 다가가 심지를 돋우기 시작했다.

그때였다.

"어머, 무슨 소리가 났어!"

벨담 부인은 자기도 모르게 입술을 손으로 가렸다.

온 신경이 끊어질 듯 팽팽하게 긴장되는 것을 느끼며 황급히 문가로 다가서는 벨담 부인…… 바깥에선 과연 누군가의 발소리가 머뭇머뭇 가까워오고 있었다.

"남자 발소리야……"

계단을 천천히 밟아 올라오던 걸음걸이가 갑자기 어느 순간부터 또렷해지는 느낌이었다.

더는 의심의 여지가 없었다.

벨담 부인은 얼른 제자리로 돌아가 소파에 몸을 던지고는, 문쪽을 등진 채 두 손으로 얼굴을 가렸다. 그녀의 입가에서 한 남자의 이름이 들릴 듯 말 듯 새어나오고 있었다.

"발그랑……"

괴이한 초대장이 명시한 수상쩍은 밀회 약속에 응하기로 마음을 정한 명배우는 극장을 나서자마자 마차를 잡아타고 뤽상부르 공원 근처까지 달린 후, 거기서부터는 차분하게 걸어서 목적지까지 왔다.

발그랑은 워낙 스릴을 즐기는 사내였다. 그는 여태껏 저지른 온갖 무모한 애정행각을 매번 멋진 성공으로 이끌어왔다. 그러다보니 해보지 않은 행동이 요구되는 새로운 스타일의 모험일수록 보다 강렬하고 짜릿한 만족감을 느끼게 되는 것이었다.

이 음산한 겨울밤, 이처럼 황량한 장소에, 그것도 비극적인 인물의 복장을 갖춘 남정네가 나타나주기를 바라는 것만 해도 분명 보통 아낙은 아닐 터…… 더군다나 이 천하의 명배우 발그랑더러 살인자 거언의 모습으로 밀회 장소에 와달라고 부탁한 여인이 다름 아닌 벨담 부인, 즉 그 살인자로 인해 가장 끔찍한 공포를 느껴야 마땅한 희생자의 미망인이라니!

발그랑은 속으로 연신 혼잣말을 되뇌고 있었다.

'세상에는 학대받고 고통받는 걸 일부러 즐기는 여자들이 있다더니…… 이제 그 구경을 한번 하겠군.'

마침내 발그랑은 초절정 인기 명배우 특유의 과장된 등장 효과를 최대한 살리고자 될 수 있는 대로 천천히 방 안에 들어섰다. 이어서 그는 요란한 동작으로 망토와 모자를 벗어 안락의자 위로 집어던진 뒤, 두 손에 얼굴을 파묻은 벨담 부인 쪽으로 씩씩한 걸음을 내디뎠다.

"저올시다!"

굵직한 저음으로 자신의 등장을 알리는 명배우 발그랑.

벨담 부인은 흠칫 놀란 사람처럼 "아!" 하는 가녀린 신음을 뱉으며, 더욱 몸을 사리는 자세를 취했다.

'어렵쇼! 진짜 힘든가보네…… 이럴 땐 뭐라고 해야 하지?'

발그랑이 그런 고민을 하는 사이, 벨담 부인은 안간힘을 다해 마음을 다잡는 듯 보였다.

"이렇게 와주셔서…… 감사합니다……"

간신히 내뱉는 여자의 속삭임에 발그랑은 손짓을 섞어가며 화답했다.

"감사해야 할 사람은 당신이 아니라 오히려 저지요. 저를 이렇게 불러주시지 않았습니까! 사실 오늘 공연이 초연만 아니었다면 지금보다 훨씬 일찍 달려올 수 있었을 겁니다. 초연이 끝나면 저를 보겠다는 팬들이 워낙 많이 몰려들어서요…… (부들부들 떠는 벨담 부인을 유심히 살피며) 많이 추우신가요?"

"네…… 사실 좀 춥네요."

벨담 경의 젊은 미망인은 들릴락 말락 한 목소리로 중얼거렸다.

발그랑은 그제야 자신이 들어와 있는 남루한 방 안을 잽싸게 둘러보았다.

그러고는 문단속이 제대로 되어 있는지 확인하러 얼른 창가로 다가갔다.

발그랑이 그런 세세한 문제에 신경 쓰는 동안, 소파에서 일어난 벨담 부인은 목소리를 가다듬고 말했다.

"발그랑 씨, 부족하지만 이걸로 조금이나마 몸을 녹일 수 있을 거예요. 차 한 잔 어떠세요?"

찻잔에 엄청난 무게라도 실려 있는 것처럼, 남자 앞으로 찻잔을 내미는 벨담 부인의 손이 심하게 떨리고 있었다.

발그랑은 얼른 찻잔을 받아들며 말했다.

"차 좋지요! 감사합니다, 부인."

그러면서 탁자 위의 설탕 그릇에 손을 뻗어, 자기보다 먼저 여자의 잔에 설탕을 챙겨주려는 발그랑. 벨담 부인은 그런 남자의 배려를 완곡하게 만류하며 이렇게 말했다.

"저는 설탕을 넣지 않고 마신답니다."

"당신을 흠모하긴 하지만, 차 마시는 취향만큼은 따를 수가 없겠군요."

살짝 입을 비죽이고는 곧장 자기 찻잔에 설탕을 듬뿍 집어넣는 발그랑을 벨담 부인은 아무 말 없이 바라보고만 있었다.

그렇게 각자 자기 취향대로 차를 한두 모금 마시는 사이, 어색한 침묵이 흘렀다. 벨담 부인은 다시 소파에 파묻히듯 앉았고, 발그랑은 소파에서 그리 멀지 않은 의자에 걸터앉았다.

명배우 발그랑은 차를 홀짝이면서도 계속 머리를 굴리고 있었다.

'어째 대화가 영 흥이 안 나는군…… 혹시 이 마나님께서 천하의 발그랑을 초장에 기 죽여 어린애처럼 다루겠다는 속셈이신가?'

슬그머니 눈을 들어 쳐다보니, 벨담 부인은 꼼짝도 하지 않은 채 멍하니 앞만 바라보고 있었다.

'이럴 때일수록 심리학자처럼 빈틈없게 굴어야지…… 자, 어디 보자. 필경 저 어여쁜 여인은 이 발그랑에게 집착하고 있지는 않은 것이 분명해! 그러니까 거언처럼 보이는 복장을 하고 와주기를 바랐지. 그러니 나는 어디까지나 그 후레자식의 거죽을 쓰고 있을 필요가 있어. 흠…… 하지만 어떤 태도로 나가야 하는 거지? 감상적이어야 하나? 다소 거칠게 나가야 하나? 여자의 광기를 살살 만족시켜주기만 하면 될까? 뉘우치는 죄인 역할을 할까? 젠장! 될 대로 되라지…… 행운을 믿어보는 수밖에!'

급기야 발그랑은 자리에서 일어났다. 그리고 마치 무대 위에서처럼 목청부터 가다듬은 뒤, 억양을 서서히 높여가며 그럴듯한 대사를 읊기 시작했다.

"부인, 당신의 부름을 받은 죄인 거언이 드디어 쇠사슬을 끊고 감방 문을 열어 온갖 장애를 뛰어넘은 당당한 사내의 모습으로 여기 이렇게 당신 앞에 섰습니다……"

발그랑이 한 발 성큼 앞으로 다가서자, 벨담 부인은 다급하게 속삭였다.

"아니, 그게 아니에요…… 조용히 하세요…… 조용히……"

순간 발그랑의 두뇌가 또 한번 빠르게 돌아갔다.

'이런 젠장! 그럼 다른 식으로 해볼까……'

곧이어 그는 지극히 반듯하고 교훈적인 어조로 다시 말을 시작했다.

"당신의 너그러운 마음이 정녕 이 몸을 죄악에서 구원해주시려는 건가요? 오, 당신은 그토록 선량한 귀부인…… 그토록 하느님과 가까운 분이셨습니까?"

"아니에요!…… 그게 아닙니다!"

벨담 부인은 여전히 난색이었다.

보아하니 귀부인께선 온몸을 부들부들 떨 만큼 감정이 격한데도 여간 꿋꿋이 버티는 게 아니었다. 발그랑은 이내 감을 잡은 듯 마음을 다잡았다.

'옳거니, 이제야 알겠어. 이런 타입은 단번에 무너뜨리는 게 상책이지!'

발그랑은 단호한 동작으로 벨담 부인의 팔뚝에 손을 갖다대고는 버럭 외쳤다.

"당신 나를 모르겠어? 나 거언이야! 살인범 거언! 난 당신을 가져야겠어!…… 당신을……"

당장이라도 말 그대로 실행할 것 같은 남자의 기세에 벨담 부인은 질겁하며 물러섰다.

"안 돼요! 안 돼!…… 아, 당신 미쳤어!"

하지만 이번에는 발그랑도 쉽게 물러설 눈치가 아니었다. 그의 목소리는 이미 주체할 수 없는 격정으로 날뛰고 있었다.

"당신을 으스러지도록 내 품에 껴안아줄 거야!"

벨담 부인은 더욱더 바짝 다가드는 발그랑의 몸을 기를 쓰고 밀쳐내려 했다.

"이 짐승 같으니…… 당장 물러나요!"

뜻밖의 앙칼진 비명에 발그랑은 얼빠진 사람처럼 뒤로 물러서지 않을 수 없었다. 벨담 부인은 쓰러질 것처럼 비틀대며 걸어가 저만치 벽에 간신히 기대섰다.

명배우는 심기가 몹시 뒤틀리고 속내가 더할 수 없이 복잡해지고 있었다.

'맙소사! 이렇게 어려워서야…… 아무래도 이 역할은 잘해낼 수 있을 것 같지가 않군.'

그는 목소리를 가급적 달콤하고 상냥하게 바꿔서 말했다.

"내 말 좀 들어보세요, 부인."

벨담 부인도 이제는 감정을 추스른 듯 더듬더듬 말했다.

"죄, 죄송합니다…… 죄송해요."

발그랑은 점점 더 온화해지는 어조로 말을 이었다.

"저는 발그랑이라고 합니다. 배우 발그랑, 잘 아시죠? 이런 식으로 불쑥 찾아뵈어서 저 역시 죄송합니다만, 사실 모든 게 그 편지 때문 아니겠습니까?"

"편지라뇨?…… 아, 네…… 그거요…… 죄송합니다."

발그랑은 뭔가 적절한 표현을 찾으려고 애쓰면서 얘기를 계속했다.

"아무래도 당신은 자신의 힘을 과신한 것 같습니다. 어떻습니까, 지금 보니 제가 그 사람을 너무 닮은 것 같죠?"

그쯤에서 일단 말을 멈춘 명배우는 자기도 모르게 두 눈을 비비며 생각했다.

'거참 희한한 일이네. 저 여자랑 어떻게 해보는 것보다 지금은 차라리 돌아가서 잠이나 자고 싶으니 말이야.'

그러면서도 발그랑은 다시 분발해 수작을 걸어보았다.

"당신을 처음 보았을 때부터 사랑했습니다. 일편단심으로 당신을 사랑해왔어요……"

그러고 보니 발그랑을 바라보는 벨담 부인의 눈빛도 조금은 덜 매몰차고 부드러워져 있었다.

그런 여자의 태도를 발그랑이 눈치채지 못할 리 없었다.

'이제야 뭔가 통하는군!'

연애 베테랑에 연기의 달인이기도 한 그는 이번에야말로 모든 것을 걸고 돌진해보리라 작정했다. 그나저나 하필 이럴 때 졸음이 몰려오는 건 또 무슨 조화인지…… 발그랑은 잠도 깰 겸 갑자기 목소리를 높였다.

"그런데도 제가 잠자코 있어야겠습니까? 더없이 소중한 제 욕망이 천우신조로 이제 막 그 실현을 목전에 두고 있는데요! 무엇보다 강렬한 소원이라면 들어주는 것이 순리 아닐까요? 제가 이렇게…… 사랑의 열병을 앓는 제가 이렇게…… 당신 앞에……

무릎을 꿇고 있는데……”

발그랑은 미처 말을 잇지 못하고 그만 바닥에 풀썩 쓰러졌다. 그와 동시에 벌떡 일어선 벨담 부인…… 멀리서 새벽 네시를 알리는 종소리가 어렴풋이 들려오고 있었다.

“오, 도저히 더는 못 하겠어! 더는 못 하겠다고! 벌써 네시잖아…… 아, 안 돼…… 그럴 순 없어! 이건 너무해…… 내겐 너무 벅찬 일이야!”

여자는 완전히 혼비백산한 채 함정에 빠진 짐승처럼 방 안을 이리저리 왔다 갔다 했다. 그러다 문득 발그랑에게 다가오더니, 뒤늦게 몰아친 연민과 자책감 때문에 괴로운 듯 절규하는 것이었다.

“어서 여길 벗어나세요! 신을 믿으신다면 어서요! 여길 떠나요! 빨리요!”

그 바람에 가까스로 정신을 차린 발그랑. 일어서긴 했으나 머리가 천근같이 무거웠다. 아울러 왠지 모르게 지금 있는 그곳에서 한 발짝도 움직이고 싶지 않았다.

꼼짝도 하기 싫은 이상한 욕구에 여자를 호리고야 말겠다는 오기까지 합쳐져 명배우 발그랑은 중얼중얼 이렇게 말하고 있었다.

“부인, 제가 믿는 신은 단 하나, 사랑의 신뿐이랍니다…… 그 사랑의 신이 제게 명하는군요. 여기 이대로 꼼짝 말고 있으라고……"

벨담 부인이 아무리 쫓아내려고 발악을 하고 소리쳐도 소용없었다.

"이런 딱한 사람 같으니! 빨리 도망치라니까요! 끔찍한 일이 벌어질 거예요!"

"이 몸은 한 발짝도 움직이지 않으렵니다!"

발그랑은 이렇게 내뱉더니, 벨담 부인 옆자리에 풀썩 쓰러지듯 앉아 다짜고짜 허리를 부둥켜안으려고 했다.

"아, 제발 이러지 마요! 저 소리가 안 들려요? 제발…… 아, 내 입으로 뭐라고 얘기할 수가 없어! 너무 무서워……"

"난 요지부동이라니까……"

발버둥치며 저항하는 여자를 악착같이 붙들고 늘어지면서도, 혼미한 정신 속에서 수면을 취하고 싶다는 욕구가 갈수록 남자를 무기력하게 만들고 있었다.

급기야 발그랑은 완전히 정신을 잃고 축 늘어졌다. 벨담 부인은 가만히 귀를 기울였다. 어렴풋한 소음이 계단 쪽에서 들려왔다. 벨담 부인은 긴장으로 뻣뻣해진 몸을 일으켰으나, 이내 무릎을 털썩 꿇고는 가녀리게 중얼거렸다.

"아, 드디어……"

수면에 대한 엄청난 욕구에도 불구하고 다시 눈을 떴을 때, 발그랑은 두툼한 두 손이 자신의 어깻죽지를 덥석 붙드는 것을 느꼈다. 두 팔이 뒤로 당겨져 등 뒤에서 묶인 건 순식간의 일이었다!

"맙소사!"

기겁을 하며 재빨리 몸을 뒤채자 고참병같이 보이는 두 명의 건장한 사내가 얼추 시야에 들어왔다. 그들은 어두운 색조의 제복 차림이었는데, 그중 한 명의 금속 단추들이 반짝반짝 빛을 반사하고 있었다.

뭔가 말을 하려고 했으나 사내 한 명이 손바닥으로 그의 입을 덥석 막으며 으르렁댔다.

"닥쳐!"

이대로 당할 수는 없다는 생각에 발그랑 역시 죽을힘을 다해 발버둥쳤다.

"도, 도대체 이게 무슨 짓이요?"

안 되겠다 싶었는지 그를 다루는 태도가 다소 부드러워지면서 그중 한 명이 이렇게 중얼거렸다.

"이거 왜 이러시나…… 시간이 됐단 말이야."

"이거 좀 놓고 얘기하시오! 대체 무슨 권리로……"

발그랑의 저항은 좀처럼 수그러들 기미를 보이지 않았다.

"공연히 심통 부리지 말라니까! 자, 어서!"

보다 못한 한 명이 윽박지르자, 나머지 한 명이 거들었다.

"다 알면서 왜 이러나, 거언! 이제 와서 버텨봤자 아무 소용 없다고. 세상 그 무엇도 자네를 구할 순 없어……"

아직 정신이 몽롱한 중에서도 발그랑은 가슴이 덜컹하는 걸 느꼈다.

"지, 지금 대체 무슨 소리를 하는 거요?"

급기야 사내 한 명이 울컥 짜증을 내며 말했다.

"곧 죽어도 사람 귀찮게 만들겠다, 이건가? 자네를 감옥에서 빼내 여기까지 데려오는 데만 해도 우리가 얼마나 위험을 무릅쓴 줄 아나? 상부에서는 자네가 교도소 부속 신부를 만나고 있는 줄 안단 말이야!"

아니나 다를까, 나머지 한 명이 가세했다.

"저 부인이 딱 한 시간만 함께 있게 해주는 조건으로 돈을 지불했기에 망정이지…… 이미 한 시간 반이 지났다고, 이 친구야! 그런데도 악착같이 고집을 부려?"

이제야 사태가 어떻게 돌아가는지 어렴풋이 감을 잡은 발그랑은 어떻게든 깨어 있으려고 안간힘을 썼다. 그리고 보니 제복도 좀더 자세히 눈에 들어왔다. 그를 붙들고 있는 두 남자는 상테 교도소 소속 교도관들이었다.

"지금 무슨 헛소리를 하는 거요?"

"자네는 이곳에 오기 전에 얌전히 굴겠다고 맹세했어. 우리 말에 순순히 따라 원위치로 돌아갈 것도 약속했고. 그러니 이제 약속을 지켜야지! 자, 자, 이제 그만 땡깡 부리고 가잔 말이야,

거언!"

두 교도관이 양쪽에서 움켜잡고 질질 끌어서라도 데려갈 태세를 보이자, 황당해진 발그랑은 침이 말라 뻑뻑해진 입으로 무기력한 비명을 뱉어내기 시작했다.

"아, 사람 살려! 이 멍청한 놈들이 나를 거언으로 착각하고 있어! 하지만 난 거언이 아니란 말이야!"

언뜻 고개를 돌리자, 이 얼토당토않은 상황에서 저만치 떨어진 구석에 무릎을 꿇은 채 두 손을 모으고 있는 벨담 부인의 넋나간 얼굴이 눈에 들어왔다.

"부인…… 뭐라고 말 좀 해주시오……"

더듬대며 하소연했지만 벨담 부인은 아무런 반응이 없었다.

교도관들의 완력에도 불구하고 죽을힘을 다해 발버둥을 친 끝에, 발그랑은 방 한복판을 넘지 않는 선에서 악착같이 버텨내고 있었다.

"난 거언이 아니란 말이다! 나는 배우 발그랑이야! 내가 누군지는 다들 알고 있어! 당신들도 알고 있잖아!…… 옳지, 내 옷을 뒤져봐!"

발그랑은 자기의 왼쪽 호주머니를 턱으로 가리키며 악을 써댔다.

"여기 내 지갑이 있어! 어서 뒤져보라니까! 편지가 있을 거야! 이 모든 게 저 여자의 함정이라는 증거야……"

“한번 뒤져보지, 니베!”

교도관 한 명이 밑져야 본전이라는 듯 툭 말을 건네자, 니베 교도관은 다짜고짜 발그랑의 귀에 대고 신경질부터 냈다.

“우라질! 목소리 좀 낮추지 못해! 우릴 죄다 들키게 만들려는 거야?”

니베는 어깨를 한 번 으쓱하고는 신속한 동작으로 발그랑의 옷을 더듬었고, 이내 호주머니가 텅 비어 있음을 확인했다.

그는 동료를 향해 짜증 섞인 푸념을 뱉어냈다.

“뭘 어쩌라고! 우리가 거언을 이리로 데려온 거 맞지? 그러면 다시 감옥에 데려다놓아야지, 안 그래? 그것만 생각하면 되는 거야! 젠장…… 자, 어서 가자고!”

이상하게 쏟아지는 졸음도 졸음이려니와, 아까부터 두 사내와 실랑이를 벌이느라 더욱 녹초가 된 발그랑은 더이상 저항할 기력이 없어 양쪽 팔을 움켜쥔 두 사내에게 몸을 맡길 수밖에 없었다.

어둑한 계단을 따라 질질 끌려내려가 마침내 건물 밖으로 나설 때까지도 그의 입에서는 가물가물 신음 소리가 계속 새어나오고 있었다.

“나는 거언이 아니야…… 나는 거언이 아니라고……”

벨담 부인은 문에 바짝 붙어서서 귀를 기울이고 있었다. 얼마나 지났을까. 방금 벌어진 소동이 그대로 묻힐 것 같다는 확신이 들자 그녀는 여전히 벌렁대는 가슴을 애써 추스르며 소파로 돌아와 털썩 쓰러지더니, 깊은 한숨을 토해내며 그대로 정신을 잃었다……

계단 쪽으로 난 문의 반대편에 있는 검은 문짝이 빠끔 열린 건 그로부터 얼마 지나지 않아서였다. 캄캄한 골방의 어둠 속에서 조용히, 그리고 천천히 모습을 드러낸 거언이 벨담 부인 쪽으로 스르르 다가갔다.

거언은 다짜고짜 벨담 부인의 무릎 앞에 몸을 던지고는, 혼절한 얼굴을 입맞춤으로 뒤덮으며 맥없이 풀린 그녀의 두 손을 꼭 그러쥐었다.

"모드! 모드!*"

벨담 부인은 아무 반응이 없었다.

거언은 방 안을 이리저리 서성대며 벨담 부인의 기력을 회복시킬 뭔가가 없는지 찾아 헤맸다. 한데 그러는 사이에 벨담 부인이 스스로 정신을 차리고 가냘픈 신음을 뱉어냈다. 그녀는 득달같이 달려온 애인의 목덜미에 자신의 흰 손을 얹고서 흐느끼듯 말했다.

"아, 거언! 당신인가요? 이리 가까이 와줘요…… 나를 꼭 껴

---

* 벨담 부인의 이름.

안아줘요…… 나로서는 정말 벅찬 일이었어요! 하마터면 모든 걸 실토할 뻔했단 말이에요! 아, 난 더이상 버텨낼 수가 없었어요…… 정말이지 끔찍한 시간이었어요……"

그러다가 갑자기 놀란 표정으로 상체를 벌떡 일으키며 이렇게 말하는 것이었다.

"가만! 들어봐요…… 아직도 그 사람 소리가 들려요!"

거언은 벨담 부인을 쓰다듬어 진정시키면서 말했다.

"천만에! 절대 그렇지 않아, 내 사랑…… 더이상 이 일에 대해서는 생각하지 마요!"

하지만 벨담 부인은 기억 속을 헤매는 것처럼 허공을 멍하니 바라보며 중얼거렸다.

"그가 뭐라고 했는지 알아요? '나는 거언이 아니야…… 나는 거언이 아니라고……' 오, 세상에…… 만약 그 사실이 탄로 나기라도 하면……"

이 가공할 바꿔치기를 계획하고 정부까지 끌어들여 모든 과정을 진행한 장본인 거언은 내심 치미는 불안감을 억지로 무시하면서 벨담 부인을 타일렀다.

"교도관들한테 돈을 두둑이 먹였으니 괜찮을 거요! 그자가 뭐라고 해도 교도관들이 인정하지 않으면 되니까……"

그러고는 나직한 목소리로 물었다.

"분명…… 마취제를 먹인 거지?"

벨담 부인은 얼른 고개를 끄덕이며 대답했다.

"네! 클로랄 성분이 퍼질 거예요. 실은 벌써 효과가 나타나기 시작했지 뭐예요! 하마터면 내 발 앞에 그대로 뻗어버리는 줄 알았어요."

그제야 거언은 깊은 안도의 한숨을 내쉬며 말했다.

"모드, 이제 우리는 살았어! 내 사랑……"

거언은 아직도 안절부절못하는 벨담 부인의 불안감을 진한 키스로 무마하고는 말을 이었다.

"이제 날이 밝아 우리가 섞여들기에 충분할 만큼 밖에 행인이 많아지면, 그때 이곳을 벗어나는 거요. 봐요, 당신이 그…… 그 자와 함께 있는 동안 나도 이렇게 말끔히 갈아입었지. 게다가 필요하다면……"

이렇게 말하는 거언의 시선이 아까 발그랑이 벗어놓고 간 망토에 가 닿았다.

"필요하다면 이 망토를 뒤집어쓰고 나가도 좋겠지!"

"아, 어서 여길 벗어났으면 좋겠어요!"

축 늘어져 있던 몸을 간신히 일으키며 벨담 부인이 재촉하자, 거언은 자기 얼굴을 이리저리 쓰다듬으며 말했다.

"잠깐! 아무래도 이 수염들을 깨끗이 정리하는 게 낫겠어!"

벨담 경 살해범은 호주머니에서 접이식 가위를 꺼내 거울 앞으로 다가갔다.

바로 그때였다. 나무 계단을 하나하나 밟고 올라오는 선명한 발소리가 뚜벅뚜벅 들리는가 싶더니, 갑자기 조용해지는 것이었다.

이번에는 거언이 하얗게 질린 얼굴로 어찌할 바를 몰랐고, 대신 기운을 차린 벨담 부인이 대담하게 문 앞으로 달려갔다.

벨담 부인이 손잡이를 덥석 붙잡았지만 문은 이미 스르르 열리고 있었다.

반대편 골방으로 피신할 틈이 없었던 거언은 가까운 안락의자로 잽싸게 몸을 날렸고, 거의 본능적이리만치 빠른 동작으로 아까 발그랑이 놔두고 간 모자와 망토를 대충 걸쳤다.

벨담 부인이 주춤주춤 물러남에 따라 슬그머니 얼굴을 들이민 불청객은 몹시 조심스럽고 머뭇거리는 인상이었다.

"저…… 실례합니다, 부인. 이렇게 불쑥……"

"무슨 일이죠? 당신은 누구세요?"

벨담 부인의 다그치는 듯한 질문에 상대는 더더욱 움찔하며 더듬거렸다.

"아…… 저는……"

그러다가 안락의자에 앉아 있는 거언을 문득 알아보고는 손가락으로 가리키며 이렇게 말하는 것이었다.

"저기 발그랑 씨와 잘 아는 사이입니다! 이름은 샤를로라고 하고요. 저분의 의상 담당자죠. 그냥…… 그냥 와봤습니다……"

샤를로는 호주머니에서 직사각형의 작은 물건을 꺼내며 덧붙였다.

"실은 발그랑 씨가 극장에서 너무 급히 나오는 바람에 지갑을 빠뜨리셨지 뭡니까! 그래서 이렇게 가져왔습니다……"

말을 마치자마자 샤를로는 발그랑 씨라고 굳게 믿고 있지만 사실은 벨담 경 살해범인 거언에게 성큼 다가가려고 했다. 순간 기겁을 한 벨담 부인이 그의 앞을 가로막은 건 당연한 일!

"아, 저는 그저…… 알겠습니다. 하는 수 없군요……"

여자의 의도를 엉뚱하게 해석하고 민망한 표정으로 더듬더듬 둘러대던 샤를로는 다시 여자의 얼굴을 바라보며 나직한 목소리로 말했다.

"그런데 발그랑 씨가 아무 말씀이 없으시군요. 혹시 화가 난 걸까요? 제가 이렇게 불쑥 찾아왔으니 어쩌면 그럴 수도…… 하지만 별뜻은 없었습니다. 방해하려고 온 건 아니에요. 그러니 기분 상하지 않으셨으면 좋겠습니다…… 부탁인데, 발그랑 씨에게 말씀 좀 해주셨으면 하네요. 이 샤를로에게 나중에라도 너무 화내지 마시라고 말입니다!"

기운도 없는 데다, 난데없이 들이닥쳐 수다를 늘어놓는 불청객을 더는 견딜 수 없었던 벨담 부인은 마침내 이렇게 하소연했다.

"이제 제발 가주세요! 어서요!"

"네, 갑니다. 아무래도 제가 폐를 끼치고 있는 것 같군요……

하지만 발그랑 씨한테 설명을 좀……"

샤를로는 생각보다 완강했다. 그만큼 명배우의 신변이 걱정되는 모양이었다. 못 말리는 수다가 다시 시작됐다.

"무슨 얘기인고 하니…… 저 맞은편 건물…… 그러니까 교도소가…… 혹시 모르고 계십니까?"

'교도소'라는 단어에 가슴이 덜컹 내려앉아 아무 말 못 하는 벨담 부인의 태도를 샤를로는 허락의 표시로 받아들였고, 방 안으로 주춤주춤 걸어 들어와 탁자 가장자리에 살짝 걸터앉았다. 이 선량한 노인은 자신이 앞으로 이야기할 내용 때문에 벌써부터 몸서리를 치고 있었다.

"혹시 거언이라고, 어느 유명한 영국인 갑부를 살해한 자가 처형된다는 걸 알고 계시는지요? 저도 간밤에 신문을 보고서야 알았는데요…… 이제 두 시간이 채 안 남았군요! 그러니까 오늘 아침에 형이 집행되는 셈이죠! 그래서…… 왠지 불안하기에 이렇게 와보려고 생각한 겁니다. 처음에는 그냥 아래에서 발그랑 씨가 나오기를 마냥 기다리려고 했는데…… 그만 길을 잃었지 뭡니까! 아이고, 빌어먹을 동네 같으니…… 아무튼 고생 끝에 여길 찾긴 했는데, 문이 활짝 열려 있는 거예요. 그러니 발그랑 씨가 안에 아직 있는지 벌써 떠났는지 알 게 뭡니까! 하는 수 없이 이렇게 올라와 확인할 수밖에요. 좌우간 이제 됐으니 가봐야죠. 여기 이렇게 발그랑 씨가…… 무사히 부인과 함께 있는 걸

봤으니…… 그럼 이만 실례합니다."

주절주절 해명을 끝낸 샤를로는 걸터앉았던 탁자에서 일어났다.

그는 거언의 앞을 지나가면서 마지막으로 한번 말을 던져보았다.

"저기요, 발그랑 씨. 절 용서해주실 거지요?"

여전히 아무 반응도 얻어내지 못하자, 소심한 노인은 벨담 부인의 도움이 절실하다는 표정으로 다시 말했다.

"부인, 이분한테 얘기 잘해주실 거죠? 좋은 분이니 아마 괜찮을 겁니다만…… 그래요, 제 심정을 충분히 이해해주실 겁니다. 다들 그런 식으로 생각하지 않겠어요?…… 자, 이제 정말 얌전히 나가겠습니다. 발그랑 씨를 봤으니 이젠 괜찮아요……"

샤를로는 고개를 숙인 채 잰걸음으로, 정말 나가야겠다는 심정으로 문 쪽을 향했다. 그런데 아뿔싸, 이번에는 창문이 문제였다! 창문 앞을 지나다가 바깥으로 흘끔 눈을 돌린다는 것이 그만 그 자리에서 우뚝 멈춰 서고 말았다.

때마침 먼동이 터오는 가운데, 저만치 불그스레한 기운을 머금고 둥둥 떠 있는 듯한 희부연 가로등 불빛들…… 가만 보니, 상테 교도소의 육중한 장벽을 따라 아라고 대로 모퉁이 지점 너른 공터에 평소와는 달리 사람들이 꽤 많이 몰려 있는 것이 눈에 들어왔다. 무슨 일인지 그들은 급조된 듯 보이는 낮은 방책 너머에 바글바글 모여 있었다.

샤를로는 창밖에서 눈을 떼지 못한 채 부들부들 떨리는 손을 들어 그곳 어딘가를 가리키며 중얼거렸다.

"아, 맙소사! 바로 저기인가봅니다…… 저기에 사형대를 설치할 건가봐요! 그러고 보니 계단하고 골조 같은 걸 세우고 있군요…… 기요틴이에요! 아, 저 엄청난 칼날 좀 봐…… 저걸로 사람 목을…… 으윽!"

샤를로의 끝없는 수다는 결국 단말마의 신음 소리로 끝을 맺고야 말았다!

뒤에서 난데없는 일격을 당한 그의 몸뚱어리는 쓸모없는 짐짝처럼 바닥에 나뒹굴었다. 그 옆에서는 벨담 부인이 공포의 비명을 지르지 않기 위해 주먹으로 자신의 입을 틀어막고는 무섭게 떨고 있었다.

의상 담당자를 찌른 사람은 다름 아닌 거언!

거언은 명배우 발그랑의 충실한 심복이나 다름없는 노인이 을씨년스러운 바깥 풍경에 잠시 넋을 잃고 서 있는 틈을 타 소리 없이 뒤로 다가가 호주머니에서 단도를 빼들고 목덜미 정중앙의 척수가 끊어질 만큼 깊이 쑤셔박은 것이다.

거언은 바닥에 널브러진 희생자를 아연실색 내려다보는 벨담 부인의 팔을 와락 잡아끌며 이렇게 속삭였다.

"자, 어서 도망칩시다……"

33
기요틴

밖은 여전히 어두컴컴했다.

별들이 아직 하늘 여기저기에 점점이 박혀 있는 이른 새벽. 상큼한 공기를 가르며 이따금 불어오는 미풍이 나뭇가지를 스치면서 잎사귀들을 부드럽게 흔들고 있었다……

보아하니 오늘은 제법 화창한 날씨가 될 것 같았다.

보도를 통해 몰려든 수많은 사람들이 차도에까지 넘쳐흐르고 있었다.

몽파르나스 대로, 생 미셸 대로, 포르 루아얄 대로, 생 자크 대로, 특히 아라고 대로는 운집하는 군중으로 발 디딜 틈조차 없어 보였다.

모든 사람들이 하나같이 동일한 목적지를 향해 바쁜 걸음을 옮기는 중이었다.

대부분의 사람들이 쾌활해 보였다. 우선 노랫소리가 들끓었다. 유행가의 후렴구가 퍼져나가는 가운데 레스토랑들이 활짝 문을 열고, 선술집들이 환히 불을 밝혔으며, 각종 상점들, 천장이 낮고 을씨년스러운 주막에 이르기까지 손님들로 넘쳐났다.

파리 시민들은 간밤 내내 너 나 할 것 없이 거리를 배회하고 있었다.

시민?

아니다!

적어도 이처럼 이른 시간에 잠자리가 아닌 노천을 떠도는 행인들은 조금은 특별한 계층에 속한 사람들이었다. 아주 부자이거나 지독하게 가난한 사람들, 즉 파리 시민 중에서도 양극을 이루는 사람들이라고 할 수 있었다. 그들은 어엿한 밤샘 술집의 단골 고객이거나 일 년 내내 도심 이곳저곳을 처량하게 누비고 다니는 노숙자들이었다.

술기운으로 얼굴이 발그레한 날품팔이꾼, 온갖 부류의 무직자, 거지들이 득실대는가 하면, 머리에 포마드를 처바르고 세련된 반장화를 신은, 번들거리는 눈빛과 건들거리는 태도만으로도 무슨 수상쩍은 일을 하는지 훤히 알 만한 젊은이들이 여기저기에 보였다.

벨빌과 레 알, 몽루주의 매음굴부터 텔렘과 라블레, 모니코 수도원에 이르기까지 이미 자정쯤부터 소문이 순식간에 쑥덕쑥덕 퍼져나간 상태였다.

더없이 확고부동하게 예정된 일…… 공화국 검사는 불가피한 구형을 한 것이다! 이제 기요틴이 그 피비린내 나는 팔을 음산한 도시의 지평선 위로 펼칠 터. 벨담 경 살해범 거언은 날이 밝자마자 극형을 받음으로써 자신이 저지른 악행을 씻어낼 터였다!

소문은 당장 사람들을 결집시켰고, 사람들은 그 비참한 범죄자의 머리가 떨어져나가는 광경을 구경하기 위해 보기 드문 잔치에 몰려들듯 구름 떼처럼 모여들고 있었다.

몽마르트르에서는 나리들이 타는 사륜마차들이 대거 동원되었고, 택시들은 최고의 인기를 누렸다. 그런가 하면 화사한 화장과 반짝이는 보석들로 한껏 치장한 여인네들의 마차 역시 상테 교도소 앞의 흉흉한 처형장을 향해 전속력으로 달렸다.

사정은 도시 외곽 지대도 마찬가지였다. 주막마다 그득했던 손님들이 밀물처럼 빠져나가더니, 너도 나도 옆구리에 자유분방한 애인이나 창녀를 꿰어차고, 입에는 노래 한 곡조, 걸진 농담 한마디씩 물고는, 피의 진풍경을 한번 구경해보겠다며 아라고 대로를 따라 도보 행진을 벌이고 있었다.

조금은 상스러운 이들 군중의 움직임은 뇌이의 축제와 장터에 떠도는 아주 독특한 냄새, 벼룩시장이나 도축시장을 연상케 하는 악취를 몰고 다니기 일쑤였다. 꾸역꾸역 모여든 사람들이 포도주 병마개를 뽑고 소시지를 자르며 노천에서 신나게 즉석 파티를 즐기는 동안, 상테 교도소 주변은 그렇게 쾌락의 분위기로 범람하는 것이었다.

대화의 화젯거리는 한결같았다.

다들 똑같은 목적으로 예까지 온 것이니, 저마다 입만 열면 구경거리를 들먹이는 건 당연지사!

가난뱅이들은 그들 특유의 걸진 입담으로 궁금증을 나누고,

"어때, 모가지가 댕강 잘려나가려나?"

부자들은 아직 마차 안에 머물면서 그들 나름의 농담을 즐겼다.

"아마 무서울걸?"

"내가요? 천만에!"

"어허, 공연히 덤덤한 척은!"

"어머, 몰랐어요? 내 심장을 도려낸 지가 언제인데…… 당신한테 고이 바치지 않았던가요?"

사형수가 취할 태도에 대한 긴장된 호기심은 그렇게 각자의 재치가 담긴 가벼운 대화 속에서 흐지부지되기 일쑤였다.

오! 군중은 즐기고 거언은 목이 잘리리니!

'성 안토니우스의 돼지' 주인인 프랑수아 봉본 영감이 일군의 사람들을 이끌고 떠들썩한 군중 틈을 교묘히 파고들었다. 상황이 상황이니만큼 얼근히 취한 술집 주인은 자기가 인솔하는 사

람들을 큰 소리로 불러댔다.

"이리 오라고, 빌리 톰! 길을 잃고 싶지 않으면 내 꽁무니에 바짝 붙으라니까! 그나저나 '술통' 조프루아는 보지 못했나?"

"부지유하고 같이 온다던데……"

"맙소사! 부지유 그 친구 또 엉터리 자가용들을 줄줄이 끌고 오는 건 아니겠지! 어때, 그럴 것 같나?…… 어휴, 웬 떼거지들이 이렇게 많아!"

빌리 톰은 어깨를 으쓱하며 대꾸했다.

"온갖 것이 다 모였네. 자동차에 마차에 별의별 장비들까지 없는 게 없어요!"

바로 그때, 두 명의 남자가 레 알의 유명 술집 주인 옆을 스치듯 지나쳤다.

"이쪽으로!"

허겁지겁 보조를 맞추는 젊은이에게 쥐브가 말했다.

"저 친구들 못 알아보겠나?"

"모르겠는데요……"

쥐브 경감은 방금 지나친 사람들을 제롬 팡도르에게 하나하나 거명하고는 이렇게 덧붙였다.

"내가 굳이 눈에 띄지 않도록 처신하는 이유를 알겠지?"

제롬 팡도르가 의미심장한 미소를 보이자, 쥐브는 이렇게 말했다.

"아무튼 묘한 일이야. 깡패나 사기꾼처럼 미래에 기요틴의 고객이 될 종자들일수록 이런 구경거리에는 빠지지 않고 몰려든단 말이거든!"

치안국 형사는 바글거리는 사람들 틈을 힘겹게 헤집다 말고 신문기자의 어깨에 손을 짚으며 말했다.

"잠깐만! 우리 지금 너무 앞서가고 있어. 이건 보통의 치안 업무일 뿐인데 말이야…… 사람들한테 부대끼지 않고 지나가려면 어느 정도는 신분을 알릴 필요가 있을 거야. 자, 여기, 자네의 자유 통행증이네!"

제롬 팡도르는 쥐브가 건네는 자그마한 카드를 받았다. 그를 위해 특별히 발급받아놓은 것이었다.

"이제 어떻게 하면 되죠?"

팡도르의 질문에 쥐브는 씩 웃으며 대답했다.

"아까 번쩍거리는 검들 눈에 안 띄었나? 기마 군경대라네. 일단 신문 가판대 뒤에서 기다리다가, 그들이 군중을 헤치고 나아가면 그 뒤를 따라 지나가는 거야."

과연 얼마 안 있어 화려하고 당당한 풍채를 자랑하는 정복 차림의 기마 군경대가 말발굽 소리와 더불어 아라고 대로에 모습을 드러냈다. 치안국 형사와 신문기자가 있는 바로 그 장소에 집결한 기마 군경대는 간명한 지시가 떨어지자 곧장 부채꼴 모양으로 대열을 갖추고는 사람들을 밀어내기 시작했다.

떠밀린 사람들의 원성이 여기저기서 솟구치는 건 당연했다.

"이러다 아무것도 구경 못 하겠어!"

"젠장, 두 시간이나 자리를 지키고 있었는데 그걸 놓치라고?"

"뭐야, 이거? 기요틴을 안 보여주겠다는 거야?"

경찰청에서 몇 안 되는 특별한 인사들에게만 발급한 자유 통행증 덕분에, 쥐브와 팡도르는 기요틴이 설치될 제한된 장소에 머무는 것이 허락되었고, 원활한 치안 업무를 위해 마련한 경계선도 마음대로 넘나들 수 있었다. 두 사람은 이제 구경꾼들이 모두 쫓겨난 아라고 대로의 널찍한 구역, 한쪽은 상테 교도소 장벽이, 다른 쪽은 수도원의 높다란 담벼락이 둘러쳐진 광장 한복판에 있었다.

두 사람 외에, 프록코트 차림에 실크해트를 쓴 십여 명의 사람들이 무심한 태도로 이리저리 거닐고 있었는데, 쥐브 경감은 그들을 한 명 한 명 거론하며 팡도르에게 이렇게 말하는 것이었다.

"치안국에서 일하는 내 동료 형사들이라네. 자네와 같은 직종에서 일하는 친구들도 보이는군…… 알아보겠나? 시내 유력 일간지 보도부장급들이 다 나오셨구먼. 〈라 카피탈〉의 신참 기자에 불과한 자네가 이런 끔찍한 구경거리를 신문사 대표로서 참관하다니, 엄청난 행운이라는 건 알고 있겠지?"

제롬 팡도르는 입술을 비죽거리며 대답했다.

"솔직히 고백하자면, 오늘 목이 달아날 거언이라는 사람이 당신 말대로 팡토마스일 거라는 생각에 여기까지 온 겁니다. 어떻게든 그의 죽음을 두 눈으로 확인하고 싶어서요. 만약 오늘의 희생자가 이런 처형이 필요할 만큼 중대 범죄자가 아니라면, 지금 이 자리의 영광도 저로선 아무 의미가 없었을 거예요.”

“많이 흥분되나?”

“네!”

팡도르의 대답에 쥐브 경감 역시 고개를 살짝 숙이며 털어놓았다.

“솔직히 말해서 나도 그렇다네, 팡도르……”

“쥐브 당신도요?”

“그럼!”

형사는 또 이렇게 덧붙였다.

“왜 아니겠나…… 지난 오 년 이상을 오로지 팡토마스만 물고 늘어진 몸이라네. 모두 비웃고 조롱했지만, 그가 실존 인물이라는 신념을 한 번도 버린 적이 없어. 자나 깨나 그를 붙잡아 오늘처럼 처단하기만을 학수고대한 세월이 오 년이 넘는다고. 명줄을 끊어놓는 길만이 그런 엄청난 범죄자의 악행을 중단시킬 수 있기 때문이지.”

쥐브는 잠시 숨을 돌린 뒤, 팡도르가 아무 대꾸를 하지 않자 이렇게 말을 이었다.

“그런데…… 그런데 나는 지금 속이 편치 않다네. 거언이 팡

토마스라는 확신을 가지고 있고, 내 수사과정과 추론을 진지하
게 살펴본 사람들 역시 그 확신을 공유한다지만, 사법적 차원
에서만큼은 팡토마스의 문제를 깨끗이 규명했다고 볼 수 없거
든…… 검사 측도 그렇고, 여론도 그렇고, 오늘 목이 잘리게 될
자는 오직 거언일 뿐이라고 생각하니까……”

거기까지 얘기한 뒤 쥐브 경감은 갑자기 입을 다물었다. 아라
고 대로 저만치 사람들이 물러선 곳으로부터 왁자지껄한 함성과
환호가 일시에 솟구쳤기 때문이다.

“무슨 일이죠?”

팡도르가 흠칫하며 묻자 쥐브의 설명이 이어졌다.

“아하, 역시 자네는 나와 달리 이런 행사에 익숙하지 않구먼!
저건 기요틴이 도착할 때 군중이 인사를 보내는 거라네.”

사실이었다.

꼼꼼하게 포장을 친 육중한 검은색 짐마차를 늙은 백마 한 마
리가 끌고 오고, 번쩍거리는 검을 찬 네 명의 기마 군경이 그 주
위를 엄중 호위하고 있었다.

마차는 쥐브와 팡도르가 서 있는 곳 불과 몇 미터 앞에서 정지
했고, 기마 군경들은 원위치로 물러났다. 가만히 보니 짐마차 뒤
에 또 한 대의 보잘것없는 사륜마차가 있었고, 거기서 검은 복장
의 남자 세 명이 내렸다. 쥐브 경감의 설명이 이어졌다.

“사형 집행인 데블레*와 그 조수들이로군.”

애기를 듣는 팡도르가 문득 몸서리를 쳤지만, 쥐브는 아랑곳하지 않고 설명을 계속했다.

"자네가 보고 있는 저 짐마차 안에는 생각만 해도 음산한 골조들과 엄청난 칼날이 들어 있지. 데블레와 조수들이 반시간 안에 그 모든 걸 조립해낼 걸세. 늦어도 한 시간 안에 팡토마스의 명줄이 끊어질 거야."

사형 집행인은 우선 형장 주변의 치안 업무를 총괄하는 장교에게 빠른 걸음으로 다가갔다. 둘 사이에 현재의 준비 상황에 대한 몇 마디 논의와 공감이 오갔다. 데블레는 현지 경찰서장과도 인사를 나눈 뒤, 곧장 조수들을 향해 차분한 목소리로 지시를 내렸다.

"자, 어서 작업에 들어가지!"

데블레는 무심코 고개를 돌리다 쥐브 경감과 눈이 마주치자 서슴없이 다가와 악수를 청했다.

"안녕하십니까?"

그러면서 너무도 자연스러운 일과를 이야기하는 것처럼 이렇게 덧붙이는 것이었다.

"이만 실례하겠습니다. 일이 조금 늦어져서요."

조수들은 짐마차에서 잿빛 포장을 두른 기다란 목재들을 꺼

---

* Anatole Deibler(1863~1939), 프랑스에 실존했던 유명한 사형 집행인.

498

내 바닥에 조심스레 내려놓았는데, 얼른 봐도 대단히 묵직해 보였다.

"잘 보게, 팡도르. 저기 보이는 것이 장치의 골조인데, 조금이라도 손상되지 않게 잘 다뤄야 해. 원래 기요틴이란 정확도가 생명인 기계거든."

짐이 다 내려지자 조수들은 비로소 프록코트를 벗고 셔츠 소매를 걷어붙인 뒤, 사형 집행인 데블레의 지시에 따라 일사불란하게 조립에 들어갔다.

골조의 균형을 해칠 만한 작은 돌 알갱이 하나 없도록 깔끔하게 비질한 바닥에 붉은색 설주들이 배치되었다. 이어서 각목과 판자들이 각각 짜맞춰지고 구리철사로 단단히 매어진 다음 안전 빗장으로 고정되었다. 이어서 조수들은 무시무시한 칼날이 타고 내려오게 되어 있는 홈틀을 설주 안쪽에 장치했다.

바야흐로 기요틴이 하늘을 향해 그 무시무시한 팔을 치켜드는 순간이었다!

쥐브는 특히 조립이 신속하게 이루어진 점을 팡도르에게 주지시켰다.

"봤나? 전체를 조립하는 데 결코 오랜 시간이 소요되지 않지. 이제 데블레가 시소처럼 움직이는 널판하고 목을 넣는 판자만 설치하면 되는 거야."

아닌 게 아니라, 데블레는 방금 쥐브 경감이 한 설명을 듣기라도 한 것처럼 곧장 작업에 착수했다.

먼저 수평계를 사용해 기요틴이 정확한 수평을 이루고 있는지부터 검사한 뒤, 사형수의 목을 걸치도록 반원형의 홈을 판 두 개의 판자를 합체시켰다. 그런 다음 시소처럼 움직이는 널판을 설치한 뒤 제대로 작동하는지 확인했다. 마지막으로 조수들에게 짧게 지시했다.

"칼날!"

데블레는 기요틴에 편안하게 몸을 의지한 채 조수들이 대령한 칼날을 두 개의 붉은 설주 안쪽 홈에 정확히 끼워넣고 전체적으로 면밀하게 작동 검사를 시행한 뒤, 완성된 장치를 한동안 만족스럽게 바라보았다.

그는 다시 조수들을 돌아보며 지시했다.

"짚단!"

목을 걸치는 부위에 즉각적으로 실험용 짚단이 놓였다. 데블레는 천천히, 그러나 단호한 동작으로 작동 장치를 눌렀다. 번쩍하는 칼날이 기둥을 타고 내려와 아래의 짚단을 싹둑 베어버린 건 눈 깜짝할 사이의 일이었다!

같은 실험을 여러 차례 반복한 결과 모두 성공적이었다. 이만하면 진짜 극적인 장면을 기대할 수 있을 터였다.

기요틴이 완성되는 내내 팡도르 곁에 붙어선 채 신경질적으로 담배를 질겅대며 일일이 설명해주던 쥐브가 마침내 중얼거렸다.

"이제 준비 완료군. 데블레는 다시 프록코트를 걸치고 팡토마스를 인계받으러 가기만 하면 돼."

실제로 조수들이 죽음의 기계 옆에 겨가 들어 있는 바구니 두 개를 갖다놓는 것으로 모든 준비는 완료되었다. 바구니 하나는 떨어져나간 사형수의 머리를 담기 위한 것이고, 다른 하나는 주인 잃은 나머지 몸통을 받아내기 위한 것이었다.

프록코트를 걸친 사형 집행인 데블레는 기요틴이 조립되는 사이에 근사한 사륜마차를 타고 당도했다가 지금은 모두 교도소 출입문 앞에 대기중인 일군의 사람들을 향해 성큼성큼 걸어갔다.

"여러분, 앞으로 십오 분 정도만 있으면 날이 완전히 밝을 것입니다. 기상과 동시에 일을 진행할 수 있을 겁니다."

데블레의 말에 모여 있던 사람들이 제각각 고개를 끄덕이며 수군거리는 가운데, 체구가 작은 한 사람이 불쑥 물었다.

"본 사건의 수사판사인 제르맹 퓌즐리에 씨는 여기 안 계십니까?"

치안국장 아바르 씨였다. 그는 법에 따라 사형수를 데블레에게 인계하는 역할을 맡고 있었다.

"안 계십니다. 제르맹 퓌즐리에 씨는 몸이 아프다며 양해를 구하고 나오지 않으셨습니다."

누군가 그렇게 대답하자, 데블레의 입가에 묘한 미소가 번졌다. 제르맹 퓌즐리에 씨는 사법의 계도적 역할을 주장하는 법관으로서, 사형 제도에는 반대하는 입장이었던 것이다.

"이제 시간이 되었지요?"

사형 집행인의 말에 검사가 대답했다.

"자, 모두 갑시다!"

사람들이 느린 걸음으로 교도소 출입문을 통과했다.

검찰총장과 검사, 검사대리, 상테 교도소장, 치안국장 아바르 씨, 그리고 사형 집행인 데블레와 그 조수 두 명이 말없이 걸음을 옮기고 있었다.

일행은 교도소의 여러 복도를 거쳐 사형수들의 독방이 위치한 2층으로 올라갔다.

니베 교도관이 열쇠 꾸러미를 손에 들고 나섰다.

데블레가 무표정한 얼굴로 검사를 바라보며 물었다.

"준비되셨습니까?"

무척이나 창백한 얼굴의 검사가 고개를 끄덕이자, 상테 교도소장이 교도관을 돌아보며 지시했다.

"문을 열게!"

니베 교도관은 조용히 열쇠를 돌려 문을 열었다.

맨 먼저 검사가 안으로 들어섰다. 사실 사형수는 아직 잠들어 있을 거라 생각했고, 그 상태로 잠시 숨을 돌린 뒤 운명의 시각이 왔음을 알리면 되리라 예상하고 있었다.

그러나…… 검사는 흠칫 놀라지 않을 수 없었다. 옷을 모두 갖춰 입은 사형수가 눈을 휘둥그레 뜬 채 침대 가장자리에 멍하니 걸터앉아 있는 게 아닌가!

"거언, 용기를 내시오! 당신의 상소는 기각되었소!"

검사의 선언이 떨어졌지만, 사형수는 미동도 하지 않았다. 무슨 소리인지 전혀 못 알아들은 것 같기도 했다. 마치 몽유병자 같은 태도였다.

뜻밖의 반응에 검사는 다소 의아한 표정으로 거듭 말했다.

"용기를 내시오!"

약간의 경련이 사형수의 얼굴에 작은 주름을 일구면서 입술이 움직거리는 듯했다. 말을 하기 위해 안간힘을 쓰는 표정이었다.

"저…… 저는……"

하지만 데블레가 불쑥 다가와 그의 어깨에 손을 짚는 것으로 마지막 순간을 재촉하고 있었다.

"자, 어서 갑시다!"

이번에는 교도소 부속 신부가 앞으로 나설 차례였다.

"기도하십시오, 형제여! 마음을 차분히 가라앉히십시오. 미사 봉헌을 원하십니까?"

사형 집행인의 손길이 닿았을 때 사형수는 몸을 흠칫했을 뿐, 이내 꼭두각시처럼 뻣뻣한 동작으로 자리에서 일어난 것이 고작이었다. 한데 부속 신부의 말이 들리자 사형수는 동공이 심하게 확장되고 끊임없이 경련이 이는 얼굴로 두어 걸음 다가오더니 들릴 듯 말 듯 또다시 중얼거리는 것이었다.

"저…… 는……"

이번에는 아바르 씨가 가로막았다.

"아니요, 신부님. 그럴 필요는 없습니다. 이미 시간이 되었어요……"

데블레도 동감을 표했다.

"자, 어서 갑시다! 날이 밝았으니 충분히 절차를 진행할 수 있습니다."

그런가 하면 검사는 사형수의 귓가에 '용기를 내라'는 말만 되풀이하고 있었다.

데블레와 니베 교도관은 사형수의 양쪽 겨드랑이를 받쳐든 채, 마지막 단장을 위해 들러야 하는 서기과 사무실로 거의 질질 끌다시피 하며 걸어 들어갔다.

깜빡거리는 불빛 하나가 밝혀진 작은 방에는 허름한 탁자와 의자 하나가 미리 준비되어 있었다. 사형 집행인과 조수는 사형수를 강제로 앉혔다.

"자, 빨리 합시다!"

이렇게 내뱉으며 데블레는 커다란 가위를 손에 쥐었다.

검찰총장이 사형수에게 불쑥 물었다.

"럼주 한 잔과 담배 생각 있소? 뭐든 부탁할 일이 있으면 지금 말하시오.”

이번에는 변호사가 나설 차례였는데, 지금껏 사형수를 깨우러 감방에 들어가본 적이 한 번도 없어서인지 파랗게 질린 얼굴을 하고 있었다.

“거언…… 뭐든 내가 해줄 일이 있으면 말씀하십시오. 남길 유언이 있습니까?”

사형수는 의자에서 금방이라도 일어날 것처럼 몸을 떨었지만, 모든 것은 목구멍을 타고 나오는 새된 신음 소리에 그치고 말았다.

“저…… 저는……”

그러더니 급기야 목이 뒤로 젖혀지면서 탈진한 것처럼 그대로 축 늘어지는 것이었다.

일행을 따라왔던 교도소 주치의가 검사대리를 따로 불러 이렇게 말했다.

“이건 좀 심하군요! 이 사람은 아까 일어난 뒤 지금까지 단 한 마디의 말도 못 하고 있습니다. 일종의 마비 상태에 빠져 있는 것 같아요. 이런 상태를 설명하는 전문용어도 따로 있습니다만…… 이 경우는 아무래도 일종의 기능정지 상태라고 할 수 있습니다. 분명 살아 있긴 하지만, 거의 시체나 다름없는 상태라고 보면 됩니다. 한마디로 완벽한 무의식 상태로, 정확한 사고를 할 수가 없고 원하는 문장도 만들어낼 수가 없게 되지요. 그렇더라도 이처럼 심각한 경우는 보기 힘든데 말입니다……"

순간, 데블레가 의사 주위에 몰려 있던 사람들을 손으로 헤치며 말했다.

"아바르 씨, 여기 수감자 인계장에 서명해주십시오."

치안국장 아바르가 거언을 사형 집행인에게 인계한다는 내용의 인계장에 서명을 끼적이는 동안, 데블레는 섬뜩한 가위로 죄수의 셔츠 목 부위를 깊게 잘라냈고, 목덜미를 가린 머리카락들도 말끔히 제거했다. 조수는 조수대로 머지않아 죽음의 길에 들어설 사람의 손목을 뒤로 돌려 끈으로 단단히 묶었다.

사형 집행인은 잠시 뒤로 물러나 회중시계를 살피더니 검사에게 눈짓으로 신호를 보냈다.

"자자…… 법정 시간이 되었습니다!"

조수 두 명이 사형수의 양 겨드랑이에 팔을 넣어 의자에서 일으켰다.

"저…… 는……"

도무지 무슨 소리인지 알아들을 수 없는, 그러나 왠지 불길한 신음이 또다시 사형수의 가슴에서 새어나왔지만, 이제 그에게 귀 기울이는 사람은 한 명도 없었다.

바깥으로 나오자, 새벽이슬을 머금은 햇살이 기요틴의 칼날을 비추며 새들을 깨우고 있었다.

오전 다섯시 십분.

아까보다 훨씬 더 많아진 인파가 무시무시한 기계로부터 멀찌 감치 떨어진 곳의 저지선을 넘지 못해 아우성이었다.

특히 '성 안토니우스의 돼지'에서 구경 온 일행이 눈에 띄게 극성을 부리고 있었다.

'술통' 조프루아의 어깨 위에 목말을 탄 부지유가 자기가 보고 있는 내용을 옆 사람들에게 큰 소리로 떠들어대는가 하면, 프랑수아 봉본은 앞을 막아선 군경들에게 고래고래 억지를 부리고 있었다.

"어이, 이보쇼. 우리 좀 들어가게 해줘! 너무 뻐기는 거 아니오?…… 오늘 저녁때 우리 가게에 술 한잔씩 하러 오라니까!"

그러나 군경들은 관련 고위 공직자 몇몇과 자유 통행증을 소지한 일부 인사만 기요틴 주변에 드나들게 함으로써, 한 치의 흔들림 없이 주어진 임무를 수행하고 있었다.

한데 갑자기 지금까지와는 다른 소란이 일었다.

기요틴 맞은편에 진영을 구축하고 있던 기마 군경대가 구령에 맞춰 일제히 검을 뽑아드는 것이었다. 치안국 형사 쥐브는 그것이 무슨 신호인 양, 사형수의 머리가 굴러떨어질 지점으로 팡도르를 데리고 가며 다급하게 떠들기 시작했다.

"저기로 가 있자고! 그래야 놈이 호송마차에서 내리는 걸 똑똑히 볼 수 있고, 널판에 묶여 머리를 저 구멍으로 들이미는 것까지 자세히 확인할 수 있단 말이야!"

얼굴이 창백해진 쥐브는 왠지 모를 초조감을 억지로 잊으려는
듯 계속 입을 나불거렸다.

"그야말로 모든 것을 뚜렷이 볼 수 있는 장소가 바로 저기야!
오래전이지만, 푀네*가 기요틴에서 처형당할 때도 내가 저기에
있었고, 1909년 8월 5일 친족 살해범 뒤슈맹**이 처형될 당시에
도 내가 저 자리를 지키고 있었지……"

쥐브 경감의 떠벌림은 상테 교도소 대문이 열리면서 음산한
분위기의 호송마차가 나타나고 나서야 잦아들었다. 사람들이 일
제히 그쪽으로 고개를 돌리고 뚫어져라 바라보면서, 대로 전체
에 거대한 적막이 감돌았다. 을씨년스러운 말발굽 소리와 함께
마차가 형사와 기자를 지나치는가 싶더니, 사형대 발치에 정확
히 멈추어 섰다.

날렵한 동작으로 마부석에서 뛰어내린 데블레가 마차 뒤쪽으
로 돌아가 발판을 내렸다.

부속 신부가 그 발판을 딛고 제일 먼저 모습을 드러냈고, 조수
들은 부축한 사형수의 시선이 기요틴 쪽을 향하지 않도록 애써
가리면서 주춤주춤 뒷걸음쳤다.

팡도르는 몸서리를 치며 연신 탄식을 토해냈다.

---

* Alfred Peugnez, 1899년 데블레가 파리에서 처음으로 처형한 사형수.

** Henri Duchemin, 상테 교도소 앞에서 최초로 공개 처형당한 사형수.

"세상에…… 세상에……"

하지만 이후의 모든 과정은 일사천리로 진행되었다.

조수들은 사형수의 몸을 붙잡고 가차 없이 널판 쪽으로 밀어붙였다.

범죄자의 얼굴에서 한순간도 시선을 떼지 않고 있던 쥐브 경감이 이렇게 중얼거렸다.

"저 인간 대단하구먼! 얼굴색 하나 변하지 않잖아! 보통 이쯤 되면 백지장처럼 하얗게 질리기 마련인데……"

조수들이 사형수의 몸뚱어리를 신속하게 널판에 결박하자마자, 덜컹 하는 소리와 함께 널판이 수평으로 뉘어졌다. 데블레는 지체 없이 사형수의 귀를 양쪽에서 움켜잡고 판자 구멍 속으로 머리통을 들이밀었다.

철컥 하며 작동 장치가 풀리는 소리……

낙하하는 칼날의 번쩍거리는 섬광……

솟구치는 핏줄기……

수많은 사람들의 가슴으로부터 낮은 신음 소리가 새어나왔다.

사형수의 머리통은 앞에 놓아둔 바구니 속으로 어김없이 굴러들어갔다.

바로 그때였다. 쥐브가 거칠게 팡도르를 밀치며 기요틴 쪽으로 내달렸다! 그는 다짜고짜 조수들 틈을 헤집고 바구니 쪽으로 다가가 손을 쑥 넣더니, 피범벅이 된 머리채를 움켜잡고 잘린 머리통을 들어올렸다.

뜻밖의 사태에 기겁을 한 조수들이 먼저 쥐브 경감에게 달려들었고, 데블레도 몸을 밀치며 강력하게 항의했다.

"당신 미쳤소?"

한데, 꿈쩍도 하지 않고 잘린 머리통을 응시하고 있던 쥐브가 문득 비틀거리는가 싶더니, 당장이라도 기절할 것처럼 휘청거리는 것이 아닌가! 즉시 그의 곁으로 달려간 팡도르의 입에서도 불안감에 뒤틀린 신음 소리가 새어나왔다.

"오, 설마!"

팡도르의 부축을 받고 간신히 몸을 추스른 쥐브는 가쁜 숨을 헐떡이며 말했다.

"지금 죽은 사람은 거언이 아니야…… 안색이 전혀 변하지 않은 건…… 분장 때문이었어…… 마치 배우처럼…… 아, 이럴 수가…… 팡토마스…… 그는 탈출했어…… 훨훨 날아가버린 거야…… 자기 대신…… 무고한 사람의 목을 잘리게 한 거지…… 아, 팡토마스…… 그는 멀쩡히 살아 있어…… 살아 있단 말이야!"

(2권으로 계속)

◆◆◆◆◆◆◆◆◆◆◆
옮긴이 해설 1
◆◆◆◆◆◆◆◆◆◆◆

전설을 소개하며

유령fantôme처럼 창백한 안색에 무표정한 얼굴, 무도회용 검은 복면과 실크해트, 깔끔한 연미복 차림의 남자가 오른손에 피 묻은 단도를 그러쥔 채, 불타는 노을을 배경으로 파리의 지붕들을 슬그머니 지르밟는다…… 가는 곳마다 혼란을 뿌리고 손대는 곳마다 핏자국을 심는 그의 행적은 그 자체로 잘 짜여진 죽음의 안무按舞. 모두가 보았으면서 아무도 알아보지 못하는 그는 아무도 아니면서 모두인 존재. '범죄의 제왕' '공포의 거장' '불가해한 자' '고문기술자'…… 전율을 동반하며 사람들 입가를 떠도는 그 모든 별명들보다 훨씬 더 잘 어울리는, 오로지 그만을 위한 이름이 있으니, 바로 팡토마스Fantômas다!

팡토마스 시리즈의 독자적인 매력을 제대로 이해하기 위해서는, 작품 탄생과 관련하여 전설처럼 전해 내려오는 일화를 반드시 되짚어볼 필요가 있다. 우선, 팡토마스 시리즈는 두 명의 저자가 사상 유례를 찾아보기 힘들 만큼 조직적이고 효율적인 방식을 통해, 혀를 내두를 속도로 '제작'되었다. 작가가 휘하에 소위 대필작가nègre를 두고 조수처럼 부리며 다수의 작품을 생산하는 경우는 널려 있으나, 팡토마스 시리즈의 두 저자가 취한 기상천외한 방식은 그 어느 것과도 비교를 거부한다.

피에르 수베스트르Pierre Souvestre(1874~1914)와 마르셀 알랭 Marcel Allain(1885~1969). 전설은 두 사람의 만남에서부터 시작한다. 어렸을 때 파리로 이사와 법학을 전공한 뒤 변호사가 된 피에르 수베스트르는 남는 시간을 이용해 글도 쓰고 신문에 기고도 하는가 하면, 자동차에 관심이 많아 그와 관련한 사업도 병행하는 부지런한 사람이었다. 한편, 일에 치여 살다 못해 결국 비서를 구하게 된 그의 앞에 나타난 마르셀 알랭. 마찬가지로 법학을 전공했으나 진로를 바꿔 기자 생활을 하던 알랭은, 수베스

---

* 팡토마스Fantômas라는 이름은 사실 유령이라는 뜻의 보통명사 팡톰fantôme에서 얼떨결에 튀어나온 신조어로, 그 탄생 자체가 순전한 우연의 소산이었다. 피에르 수베스트르가 파리 지하철을 타고 가면서 수첩에 적은 미래의 주인공 이름은 원래 팡토마스Fantômas가 아닌 팡토무스Fantômus였다. 한데 기차의 덜컹거림으로 인해 철자가 일순 흐트러졌고, 나중에 출판사 사장인 파야르가 수첩을 보고는 Fantômus의 u를 그만 a로 읽어버린 것이다.

트르가 자동차에 관심이 많았듯, 어렸을 적부터 바다와 여행을 동경해온 청년이었다. 다방면으로 재능 많고 잘 나가던 문인이자 사업가인 수베스트르는 재능은 있으나 변변치 못한 기자 생활로 허송세월 하던 알랭을 고용해 이런저런 잡문의 대필을 맡기다가, 차츰 그 재능을 알아보게 된다. 결국 서로 의기투합하여 공동작업으로 써내게 된 첫 소설이 잡지 〈로토L'Auto〉에 연재된 『르 루르*Le Rour*』라는 작품. 자동차의 스피드와 추리소설의 얼개가 한데 버무려진 이 작품이 대중적 호응을 얻으면서, 뒤이어 〈코뫼디아Comœdia〉에 연재한 『지문 *L'Empreinte*』까지 만족스러운 반향을 일으킨다. 이런 활약은 한 출판사 사장의 주목을 끌게 되는데, 그로 인해 제법 대담한 발상이 담긴 계약이 성사되기에 이른다. 출판사 사장인 아르템 파야르가 피에르 수베스트르를 상대로 제안한 계약서에는 다음과 같은 내용들이 주요 조항으로 담겨 있었다.

① 본 계약서에 명시된 조건에 입각해 수베스트르 씨가 집필할 모든 추리소설들의 출판과 판매의 전권은 파야르 씨가 갖는다.

② 수베스트르 씨는 중요인물들이 반복적으로 등장함으로써 서로 연계되는 방식의 대하시리즈를 추리소설 형식으로 집필한다.

③ 원고의 분량은 매권 1만 5천에서 1만 8천 행에 달해야 하며, 매달 한 권씩 출간하되, 권당 가격은 65상팀으로 정한다.

④ 수베스트르 씨는 총 스물다섯 권까지 집필해야 하며, 파야르 씨는 이중 처음 다섯 권을 필히 출간하되, 나머지 분량에 대한 출간여부는 추후 판매현황을 살펴 결정한다.

⑤ 파야르 씨는 수베스트르 씨에게 저작권으로 권당 2천 프랑을 지급할 것이며, 각 권 5만 부 이상 판매 시 그때부터 3상팀 씩을 추가로 지급한다.

⑥ 수베스트르 씨는 출간 전까지 최소 세 권에 해당하는 원고를 사전에 입고시켜야 하며, 이를 어길 시 파야르 씨의 재량에 따라 언제든지 다른 저자로 대체할 수 있다……등등.

단행본 연속 출간을 목표로 하는 파격적인 규모도 놀랍지만, 철저히 상업적인 계산이 반영된 조항들도 눈길을 끈다. 이를테면 ②와 ⑥ 항에는 작가의 독자적 창의성보다 대중의 취향과 생산성의 효율을 우선시하는 치밀한 기도가 반영되어 있다. 요컨대, 이제 겨우 잘 팔리는 작가로 가능성을 알린 수베스트르와 알랭은, 앞으로 어떤 운명이 펼쳐질지 모르는 상태에서, 무조건적인 재미와 가독성만으로 적어도 2년여를 줄기차게 끌고 갈 적잖은 분량의 긴박감 넘치는 스토리를 매달 짜내야 하는 입장에 처한 셈이다. 그리고 이때부터, 신화처럼 전해 내려오는 두 사람의 기상천외하면서 살인적인 공동집필 레이스가 시작된다!

먼저 수베스트르의 사무실에 마주 앉은 두 사람은 서로의 아이디어를 내놓고 토론하면서, 주제와 전체적인 스토리의 윤곽을 잡아간다. 이어 장章별로 대강의 구도를 메모한 다음, 홀수장과 짝수장을 각각 누가 맡을 것인지 제비를 뽑아 결정한다. 그 단계까지 도달하는 데 소요되는 시간은 총 사흘. 그야말로 교황을 선출하는 콘클라베 저리 가라 할 정도로 두 사람은 사흘 밤낮을 한곳에 틀어박혀 생각을 쥐어짜낸다. 그다음 각자 집으로 돌아가 집필에 들어가는데, 무자비한 마감시한을 맞추기 위해 부득이 구술축음기를 사용한다. 일일이 펜을 끼적일 시간이 없어, 구술 口述로 대신하는 것이다. 이를 별도로 고용한 타자수가 빠르게 원고상태로 옮겨내면, 곧장 인쇄소로 직행해 교정지가 뽑아져 나오고, 그것을 각자 교환해 일주일간 검토하면서 잘못된 문장과 내용을 번갈아 손본다. 한마디로 군사작전 내지 '미션 임파서블'을 방불케 하는 창작방식이 아닐 수 없다. 12×19센티미터 판형으로 평균 400여 쪽을 훌쩍 상회하는 분량을 한 달도 거르지 않고, 그것도 처음 계약한 스물다섯 권을 초과해 무려 서른두 권에 이르기까지 똑같은 방법을 유지해나갔다는 것 자체가 섣부른 상상을 불허한다. 다 떠나서, 그것이 대중의 열화와 같은 반응 없이 가당키나 한 일이겠는가! 어찌 보면 상당히 포스트모던하달 수 있는 이들의 창작방식은 어쨌든 공전의 베스트셀러를 낳았고, 이는 두 작가의 타고난 능력과 노력의 결과일 수밖에 없다. 두 사람 다 언론분야에 종사한 만큼 경찰청이나 신문사 자료들

에 접근이 용이했기에 그를 바탕으로 한 무척 구체적이고 현실
감 있는 내용들이 대중적으로 어필했음은 물론이겠거니와, (비
록 어쩔 수 없어서였지만) 빠른 구술을 통해 풀어낸 자유분방한
문체, 아니 문체의 개념 자체를 깨트려버린 '말들의 분출'이 오히
려 사람들의 원초적 감각을 뒤흔들었을 법도 하다. 정신 없이 얽
히고 설키면서 빠르게 진행하는 줄거리의 맥을 따라가다 보면,
어느새 엄청난 낙차와 굴곡을 갖춘 롤러코스터의 쾌감이 떠올려
지는 것도 사실이다. 설사 악당의 정체성을 가졌어도 결국엔 사
회적 규범과 선善의 가치에 적당히 타협하고 마는 당대의 소설
속 주인공들과는 판이하게, 오직 악惡만을 일관되게 대변하는 참
신한 안티히어로의 등장도 흥행에 한몫 했음을 부인하기는 어렵
겠다. 무엇보다 중요한 건, 오로지 읽고 상상하는 재미를 겨냥한
철저히 계산된 집필 전략이 적중했다는 사실, 두 사람의 서로 다
른 개성과 능력이 조직적으로 합체한 시너지 효과가 사상 유례
없는 성공의 길을 열어주었다는 점일 것이다. 루이 푀이야드 감
독의 〈팡토마스〉 영화 다섯 편에 힘입은 바도 없진 않겠으나, 어
쨌든 프랑스 국내 출간 부수와 세계적인 번역 열풍*을 포함해,
이 시리즈에 대한 폭발적 반응은 그 당시 분위기 상 '성서의 위
상을 위협'할 수준이었음이 정설로 전해지고 있으니……

---

* 현재까지 20여 개국의 언어로 번역되었다.

518

역자가 이 악명 높은 시리즈에 관심을 갖기 시작한 것은 2002년 중반 아르센 뤼팽 전집 번역에 한창 매진하고 있을 때였다. 우선 엄청난 분량에 무시무시한 명성을 갖추고도 국내에 거의 알려져 있지 않은 것에 놀랐고* 작품에 관한 정보를 캐면 캘수록 그 기발한 탄생 과정부터 미증유의 성공에 이르기까지 경이적인 기록들에 호기심이 당겼다. 특히, 철저하게 상업적인 대중소설로 기획되었으면서 세월이 갈수록 지식인층의 열광적인 호응을 불러일으켰다는 사실은, 이 시리즈에 신비의 후광까지 더해주는 가운데, 언젠가 반드시 번역 소개하리라는 결심을 굳히게 만들었다. 하지만 서른두 권에 달하는 전체 시리즈를 구하는 것부터가 글자 그대로 벽壁이었다. 당시만 해도 온오프라인을 망라한 프랑스 서점은 물론, 파리 국립도서관에도 그 전체가 모두 소장되어 있지 않았다.** 센 강변 고서적상을 샅샅이 훑든지, 온라인 경매라도 기웃거려가며 한 권 두 권 모으는 수밖에 없었다. 국내의 인지도를 조사한 결과는 참담함 그 자체였다. 인터넷 포털사이트 사전에 다소 초라한 정보가 달랑 올려져 있을 뿐, 그 밖에

* 자료를 조사하면서 어렵게 구한 책 두 권이 전부가 아닐까? 동아출판사의 '소년소녀 세계명작전집' 『괴도 팡토마』(1981년)와 같은 출판사의 '동아해님문고 세계명작편' 『괴도 팡토마』(1987년). 세상에, '아동용' 팡토마스라니! 참고로 '팡토마'라는 발음은 일본번역본의 영향이다.

** 파리 국립도서관에 전권이 소장된 것은 최근 2, 3년 내의 일이다.

는 추리문학이나 영화 관련 게시판에 궁금증을 표한 짤막한 두어 개 글이 전부였다. 팡토마스에 관한 언급이 눈에 띄게 늘어난 것은 2006년 르네 마그리트 기획전과 2010년 루이 푀이야드의 무성영화가 일반에 소개되면서부터라고 해도 과언이 아니다. 두 예술가는 팡토마스와 떼려야 뗄 수가 없는 관계들이니…… 이제는 그 이름이 거론된 담론들을 여기저기서 제법 자주 확인할 수 있는 데다, 2011년 팡토마스 탄생 백주년을 기념한 프랑스로부터의 각종 행사소식을 비롯해, 〈사일런트 힐〉을 만든 크리스토프 강스 감독의 팡토마스 영화제작에 관한 낭보까지 들려오는 상황이니, 만시지탄이나마 이제라도 이 경이로운 작품들을 전설 속에서 끄집어내 소개하게 되어 얼마나 다행인지 모른다. 물리적인 여건상 그 전체를 다 풀어내지 못함이 그저 아쉬울 뿐……*

팡토마스 시리즈는 우선 대중적으로 경이적인 성공을 거둔 인기소설이지만, 그를 둘러싸고 오늘날까지 이어지는 예술가들의 폭발적인 열광과 칭송이 무엇보다 주목할 만하다. 팡토마스를 중요하게 언급하거나 그로부터 영감을 받은 것으로 기억되는 작가와 예술가들을 얼추 추려봐도, 막스 자콥, 기욤 아폴리네르,

---

* 먼저 유명한 작품 다섯 권을 추려 순차적으로 출간할 예정이다. 그 이후는 향후 결정할 숙제로 남겨둔다.

블레즈 상드라르, 로베르 데스노스, 장 콕토, 앙드레 말로, 파블로 네루다, 레이몽 크노, 파블로 피카소, 후안 그리스, 르네 마그리트 그리고 거의 모든 초현실주의 작가들과 예술가들을 거론해야 할 판이다. 그중 블레즈 상드라르는 이 시리즈를 "우리 시대의 아이네이아스Aeneas다!"라고 평가했고, 〈팡토마스의 친구들Société des amis de Fantômas〉이라는 단체까지 조직했던 기욤 아폴리네르는 "활력과 상상력으로 가득하며, 거침없는 스타일로 집필된 비범하기 그지없는 소설로서, 우리 시대의 가장 풍요로운 걸작들 중 하나"라며 극찬을 아끼지 않았다. 심지어 프로이트는, 자유연상의 효과를 설명하는 가운데, 그런 과정에서 탄생한 팡토마스야말로 아주 흥미로운 연구주제가 될 거라는 의견을 피력한 적이 있다. 21세기 한국의 독자 여러분은 과연 어떤 소감을 내놓을지 이 시리즈를 기획하고 번역 소개하는 입장에서 무척 궁금하지 않을 수 없다.

처음 이 시리즈가 탄생한 지 1세기를 꼭 채우고 나서야 문학동네를 통해 국내 최초로 소개하는 팡토마스 선집의 제1권 『팡토마스』는 다음과 같은 점에서 특별하다. 우선 이 작품은 시리즈의 다른 작품들과 달리 구술을 거치지 않고 처음부터 꼼꼼히 집필되었다. 첫 작품인 만큼 시간 여유가 충분했던 때문인지 무려 네 차례에 걸쳐 원고의 수정이 이루어졌고, 마지막에 가서야 편집자 파야르의 최종 낙점을 받아 출간되기에 이르렀다. 그래서 인지 팡토마스 시리즈 특유의 용트림하는 듯 자유분방한 문체적 특징이 조금은 덜한 느낌이다. 무엇보다 이 첫 작품은 팡토마스라는 존재를 독자에게 처음 소개한다는 점에서 중요한 의미를 부여받는다. 당연히 영화를 통해서든, 시리즈에 대한 논평을 통해서든 제일 빈번하게 언급되고, 가가장 널리 알려진 스토리다.

10년 전 아르센 뤼팽 전집을 전작번역 출간했을 때와 마찬가지로 팡토마스 선집 역시 1권부터 5권까지 매권 해설을 달 생각이다. 각 작품에 대한 스포일러성 정보는 가급적 배제하고, 팡토마스 시리즈 전반에 관한 내용을 담을 것이다. 오늘날까지도 하나의 전설로 전해 내려오는 작품탄생의 비화와 경이적인 성공배경, 번역자로서의 포부와 기획에 얽힌 이야기를 담은 첫째 권 해설 다음으로, 제2권 『쥐브 대 팡토마스*Juve contre Fantômas*』의 해설에는 팡토마스의 작품세계에 대한 본격적인 소개차원에서 그 관전포인트를 요약, 설명할 생각이다. 소설뿐만 아니라 영화로도 엄청난 신드롬을 불러일으킨 이 대작 시리즈의 비결이 과연 어디에 있었는지를 살피고, 작품의 전체 목록을 제시할 것이다. 제3권 『죽은 자가 살인하다*Le Mort qui tue*』의 해설로는 팡토마스 시리즈가 당대와 이후의 예술가들에게 어떤 영향을 주었는지를 조망할 계획이다. 특히 초현실주의를 포함한 아방가르드 예술진영에서 팡토마스는 일종의 우상과도 같은 존재였다. 이름만 들어도 탄성이 절로 나오는 대가들이 앞다투어 팡토마스 예찬에 뛰어든 이유, 각자 자기만의 작품세계 속에 이 신비한 존재의 마력을 녹여내려 한 정황들을 살펴볼 것이다. 팡토마스와 예술가들의 이런 관계는 추리문학 역사상 매우 특이하고 중요한 현상이기에 반드시 짚고 넘어가야 할 내용이 될 것이다. 제4권 『심야의 삯마차 *Le Fiacre de nuit*』에는 팡토마스와 아르센 뤼팽의 비교작업을 해설로 담아낼 생각이다. 추리문학 역사에 각자 뚜렷한 자취를 남긴 두 존재는 여러 연구자들에 의해 서로 비교되어온 것이 사실이다. 물론 그 자체로도 흥미로운 내용이 될 테지만, 무엇보다 두 작품세계를 국내 처음 소개한 역자의 소박한 욕심으로 읽어주길 바라는 마음이다. 제5권 『잘린 손 *La Main coupée*』의 해설은 아마도 팡토마스 시리즈가 추리문학 역사에서 차지하는 의미를 짚어보는 내용으로 꾸며질 수 있을 것이다. 거듭 강조하겠지만, 이 시리즈는 몇 가지 점에서 추리문학사상 전무후무한 진기록들을 세운 걸로 유명하다. '집단무의식이 만들어낸 현대의 신화'라는 공인된 평가는 그런 미증유의 기록들에 대한 찬사에 다름 아니다.

2012년 봄

성 귀 수

지은이 **피에르 수베스트르**
1874년 프랑스 플로믈랭 출생. 대학에서 법학을 전공한 후 파리 변호사협회에서 활동을 하던 중 피에르 드 브레즈라는 필명으로 소설집과 시집을 한 권씩 발표했다. 유명 일간지에서 저널리스트로 활동했으며, 몇 편의 소설을 연재했다. 마르셀 알랭과의 공동 집필로 1911년부터 1913년까지 32편의 팡토마스 시리즈를 이끌어나갔다. 1914년 폐충혈로 사망했다.

지은이 **마르셀 알랭**
1885년 프랑스 파리 출생. 대학에서 법학을 공부하다 기자 생활을 했다. 피에르 수베스트르에 의해 글쓰기 재능이 발탁되어 함께 팡토마스 시리즈를 집필했다. 수베스트르의 사망 후 1926년부터 1963년까지 홀로 11편의 팡토마스 시리즈를 이어나갔다. 1969년 뇌충혈로 사망했다.

옮긴이 **성귀수**
시인. 전문번역가. 시집『정신의 무거운 실험과 무한히 가벼운 실험정신』을 발표했으며『오페라의 유령』『적의 화장법』『아르센 뤼팽 전집』『꽃의 지혜』『자살가게』『반란의 조짐』『매그레 시리즈(공역)』『O 이야기』 등 다수의 책을 우리말로 옮겼다.

문학동네 세계문학
팡토마스 ❶ 팡토마스

초판인쇄 2012년 3월 20일 | 초판발행 2012년 3월 27일

지은이 피에르 수베스트르, 마르셀 알랭 | 옮긴이 성귀수 | 펴낸이 강병선
책임편집 김미혜 | 편집 최정수 김이선 | 독자모니터 박미진
디자인 엄혜리 이원경 강혜림 | 저작권 김미정 한문숙 박혜연
마케팅 정민호 김도윤 박보람 | 온라인마케팅 이상혁 장선아
제작 안정숙 서동관 김애진 | 제작처 영신사(인쇄) 경일제책(제본)

펴낸곳 (주)문학동네
출판등록 1993년 10월 22일 제406-2003-000045호
주소 413-756 경기도 파주시 문발동 파주출판도시 513-8
전자우편 editor@munhak.com | 대표전화 031) 955-8888 | 팩스 031) 955-8855
문의전화 031) 955-3576(마케팅) 031) 955-8868(편집)
문학동네카페 http://cafe.naver.com/mhdn

ISBN 978-89-546-1764-2 04860
　　　978-89-546-1763-5 (전5권)

www.munhak.com